Excalibur

Herausgegeben von
Melissa Anderson und
Gerd Rottenecker

Mark Anthonys Meisterwerk bei *Excalibur*

Die letzte Rune 1 – Das Ruinentor
Die letzte Rune 2 – Der Fahle König
Die letzte Rune 3 – Der Runensteinturm
Die letzte Rune 4 – Die Flammenfestung
Die letzte Rune 5 – Der Tod der Götter
Die letzte Rune 6 – Die sterbende Stadt
Die letzte Rune 7 – Die schwarzen Ritter
Die letzte Rune 8 – Das Schwert von Malachor

Weitere Bände sind in Vorbereitung.

Über den Autor:

Der Paläontologe Mark Anthony wuchs in Colorado auf und gehört heute zu den erfolgreichsten Fantasy-Autoren der USA. Mehr Informationen finden Sie auf der offiziellen Homepage des Autors: www.thelastrune.com

Mark Anthony

DIE LETZTE RUNE
7

Die schwarzen Ritter

Aus dem Amerikanischen von
Andreas Decker

Knaur

Die amerikanische Originalausgabe erschien 2002
unter dem Titel *Blood of Mystery* bei Tor, New York.
In der Reihe *Excalibur – Fantasy bei Knaur* wird *Blood of Mystery*
mit freundlicher Genehmigung des Autors in zwei Bänden
– *Die letzte Rune 7: Die schwarzen Ritter* und
Die letzte Rune 8: Das Schwert von Malachor – erscheinen.

Deutsche Erstveröffentlichung 2003

Umschlagkonzept: Melissa Andersson
Umschlaggestaltung: ZERO Werbeagentur, München
Umschlagabbildung: Stephen Youl, USA
Lektorat: Ralf Reiter
Satz: Ventura Publisher im Verlag
Druck und Bindung: Nørhaven Paperback A/S
Printed in Denmark
ISBN 3-426-70207-X

2 4 5 3

Für Esther Elizabeth Anthony
In liebevollem Gedenken

KARTE

DIE DOMÄNEN
und Umland
Meilen
0
25
50
DAS WINTERMEER
Ur-Torin
DIE FROSTEBENE
TORINGARTH
Fal Imbri
IMBRIFALE
Das Runentor
Fal Threndur
(Eisenzahnberge)
DIE SCHATTENKLUFT
Burg Todesfaust
(MALACHOR)
Der Fluß Fellgrim
EMBARR
DIE ÖDNIS
Der Winterwald
Kelcior
Barrsunder
Der Schlangenschwanzfluß
Der Fluß Farwander
EREDANE
Der Weiße Turm
Spardis
KÜSTE
Fal Erenn
(Morgenrotberge)
PERRIDON
Westwald
Erendel
Galt
GALT
Dämmerwald
Der Graue Turm
DIE STURM-
Fal Sinfath
(Zwielichtberge)
Calavere
Ar-Tolor
DAS MEER DER
MORGENRÖTE
CALAVAN
Der Königsinnenpfad
Der Fluß Dimduorn
TOLORIA
Der Schwarze
Turm
Borelga
DIE FREIEN STÄDTE
Weißsteingipfel
Der Fluß Kelduorn
Gendarra
Der Große
BRELEGOND
Die Schleierberge
Nach Tarras
DAS SOMMERMEER

EINLEITUNG

In einer Herbstnacht verändert sich das Leben von Travis Wilder, einem Saloonbesitzer in der kleinen Stadt Castle City, für alle Zeiten. Sein Freund Jack Graystone bittet ihn, einen unscheinbaren Stein zu hüten, und stirbt Augenblicke später beim Angriff unheimlicher Wesen. Nur die Hilfe des mysteriösen Wanderpredigers Bruder Cy rettet Travis das Leben. Cy befördert ihn nach Eldh, einer Welt voller Magie, deren Entwicklung dem irdischen Mittelalter entspricht – und von der Jacks Mörder kommen.

Zur gleichen Zeit stößt in Denver die Ärztin Grace Beckett auf die Männer mit den Eisenherzen. Das Eingreifen von Hadrian Farr, einem Agenten der Sucher, die seit Jahrhunderten außerweltliche Phänomene erforschen, ermöglicht Grace die Flucht – die sie ebenfalls nach Eldh führt.

Die beiden Menschen von der Erde stehen plötzlich an vorderster Front im Kampf gegen den Fahlen König. Vor tausend Jahren raubte er die drei Großen Steine, um mit ihrer elementaren Macht die Welt zu zerstören. Er wurde im Krieg der Steine besiegt und für immer in sein eisiges Reich Imbrifale eingesperrt. Aber nach dem Untergang des Königreichs von Malachor, das nach dem Sieg über das Böse von König Ulther von Toringarth und Kaiserin Elsara von Tarras gegründet wurde, ist die Runenmagie in Vergessenheit geraten und der Kerker nicht mehr sicher.

Travis muss zu seinem Schrecken entdecken, dass sein Freund Jack der Hüter eines der Großen Steine war und ihn zusammen mit seiner Macht als Runenmeister an ihn weitergegeben hat. Und Grace, die man auf der rückständigen Welt für eine Herzogin hält, gebietet plötzlich wie die Hexen von Eldh über die *Gabe*, mit der sie sich die *Weltenkraft* zunutze machen kann, das magische Netz, das alle lebenden Dinge verbindet.

Unterstützt von dem Barden Falken Schwarzhand, der geheimnisvollen Lady Melia und dem aufrechten Ritter Beltan, nehmen sie gezwungenermaßen den Kampf auf. Travis kann das Gefängnis des Fahlen Königs mit *Sinfathisar*, dem Stein des Zwielichts, erneut versiegeln.

Aber das ist nicht das Ende. Es ist der Anfang.

Ungeheuer aus dem Krieg der Steine sorgen für Schrecken und Chaos. Das Böse zwang einige der Neuen Götter in seine Dienste und verwandelte sie in die Nekromanten. Ihre göttlichen Brüder und Schwestern stellten sich diesem Terror entgegen. Melia war eine von ihnen; sie opferte ihre Göttlichkeit und lebt nun als Unsterbliche unter Menschen.

Doch einige der Nekromanten haben überlebt. So wie Dakarreth. Als er mit Hilfe des Großen Steins *Krondisar* die Macht ergreifen will, kann Travis das unter Einsatz seines Lebens verhindern – er wird von *Krondisars* Feuer verschlungen und wieder geboren. Der magische Stein aber verbindet sich mit dem stummen Mädchen Tira, das ihn als Göttin am Himmel in Sicherheit aufbewahrt.

Bei dem Kampf wird Beltan so schwer verletzt, dass Grace und Travis ihn zur Erde bringen, um ihn zu heilen. Dort warten schon die irdischen Agenten des Bösen. Der Konzern Duratek will Eldh erobern. Und er hat neue Verbündete gefunden: die Zauberer von Scirath.

Schon seit langer Zeit besteht zwischen der Erde und Eldh eine Verbindung. Auf dem Kontinent Moringarth lebten vor langer Zeit die mächtigen Gottkönige von Amún. Sie erschufen Tor-Artefakte, die mit dem Blut magischer Wesen betrieben werden und den Transfer von der einen Welt zur anderen ermöglichen. Moringarth wurde in einem magischen Krieg in eine Wüste verwandelt, die Überlebenden flohen nach Norden und besiedelten Toringarth. Die Gottkönige sind längst ein Mythos, aber ihr Erbe ist noch lebendig. Die Zauberer von Scirath und die Nachkommen der magischen Stadt Morindu die Finstere, die als das Volk der Mournisch ruhelos durch die bekannte Welt ziehen, liefern sich einen erbitterten Kampf um die Artfakte. Die Zauberer sind im Vorteil, denn sie haben den Mournisch das einzig vorhandene Tor-Artefakt gestohlen. Und sie haben es Duratek zur Verfügung gestellt.

Grace und ihre Freunde werden von der Mournisch-Frau Vani gerettet. Sie ist eine *T'gol*, eine Meuchelmörderin. Die junge Frau ist ihnen schon lange auf der Spur, denn sie will eine uralte Prophezeiung erfüllen. Ihr zufolge sollen Grace und Travis die verschollene Stadt Morindu die Finstere zu neuem Leben erwecken. Doch nichts könnte die Freunde im Augenblick weniger interessieren; sie erobern das Tor-Artefakt und kehren nach Eldh zurück.

Das Tor bringt sie nach Tarras, der uralten Kaiserstadt im Süden – zu Sareth, Vanis Bruder. Der Mournisch ist auf der Suche nach dem magischen Blut von Orú, einem weiteren Artefakt aus Morindu. Die Suche hat ihn ein Bein gekostet. Und sie hat eine magische Waffe aus der Vergangenheit zu neuem, schrecklichem Leben erweckt, einen Dämon, der Zeit und Raum verschlingt.

Grace, Travis und Beltan stoßen in Tarras auf ihre alten Freunde Melia und Falken Schwarzhand, die zusammen mit den Hexen Aryn und Lirith und dem treuen Ritter Durge auf der Suche nach einem unheimlichen Mörder sind. Jemand tötet die Letzten der Neuen Götter, die sich in der Kaiserstadt in ihren Tempeln niedergelassen haben. Es ist der Dämon, der mittlerweile von den Scirathi kontrolliert wird. Melia will ihre Geschwister retten, gegen diese Macht kann sie aber nichts ausrichten.

Für Grace enthüllen sich in Tarras ganz andere Geheimnisse. Ihre Hexenkräfte waren ihr immer ein Rätsel. Bei ihrer Freundin, der jungen Baronesse Aryn, deren rechter Arm von Geburt an verkrüppelt ist und in der gewaltige Kräfte schlummern, stellt sich diese Frage nicht, schließlich ist sie ein Kind Eldhs. Aber bis zu jener schicksalhaften Nacht in Denver wusste die junge Ärztin nichts von der mittelalterlichen Welt, obwohl sie vom ersten Tag an eine seltsame Verbindung zu ihr verspürte.

Nun erfährt sie die Wahrheit. Sie wurde auf Eldh geboren, denn sie ist die Erbin von Malachor. Für die Welt war das sagenhafte Königreich, die Bastion gegen den Fahlen König, für alle Zeiten untergegangen, aber Melia und Falken konnten das Kind des letzten Königs retten. Siebenhundert Jahre lang haben sie das königliche Geschlecht am Leben erhalten. Aber als der Fahle König langsam wieder an Macht gewann und Graces Eltern von unbekannten Rittern in Schwarz ermordet wurden, sahen sie nur noch einen Ausweg, das Kleinkind zu retten. Mit Hilfe der Neuen Götter öffneten sie ein Tor zur Erde, um Grace dort in Sicherheit zu bringen. Doch bei dem Übergang griff eine unbekannte, böse Macht ein. Allein und schutzlos wuchs Grace im Waisenhaus auf, wo sie eine traumatische Kindheit erlebte und ihre Herkunft vergaß.

Grace bleibt keine Zeit, über die Vergangenheit nachzudenken. Der Dämon droht, die Welt zu verschlingen. Mit vereinten Kräften können die Gefährten die magische Waffe besiegen. Aber bei dem Kampf werden sie getrennt. Um ihr Leben zu retten, benutzen Travis, Durge, Lirith und Sareth das Tor-Artefakt. Jedoch hat der Dämon das Gefüge von Raum und Zeit gestört. Sie landen ungewollt auf der Erde, in Castle City, Colorado. Im Jahre 1887 ...

Atme den Wind,
Schreite durchs Feuer.
Der Rabe sei dein Herr.

Lege das Fleisch in Ketten,
Befreie das Herz von allem.
Der Rabe fliegt für alle Ewigkeit.

Das Erste Gebet des Raben

Atme das Feuer,
Trink das Eis,
Der Schatten sei dein Geliebter.

Lege den Verstand in Ketten,
Bring das Herz zum Verstummen.
Dunkelheit herrscht für alle Ewigkeit.

Die Wiedergeburt des Raben

ERSTER TEIL

Verschollen

1

Der Rabe machte einen Satz vom Rand der Klippe, breitete dunkle, schattengleiche Schwingen aus und glitt in den von der Morgendämmerung geröteten Himmel.

Hinter ihm blieb ein Wall aus Gipfeln mit der Schärfe von Drachenzähnen zurück, eine unbezwingbare Steinbarriere, die in den Himmel stach. Sturmwinde wehten aus den Bergen herab und durchpflügten die Federn des Raben. Anscheinend spielte der König wieder mit seinem Stein. Der Rabe kämpfte gegen die Böe an, nahm wieder die richtige Position ein und richtete den Blick auf den blätterlosen Wald, der Nebelschwaden gleich an dem Land tief unter ihm haftete. Vor Tagesende hatte er eine Botschaft zu überbringen, an eine Person, die sich an einem Ort weit im Süden befand, und er würde nicht scheitern.

Der Name des Raben war Gauris. Einhundertelf Mal waren die Eisschollen des Wintermeers zerborsten, getaut und wieder gefroren seit dem Tag, an dem er aus dem Ei geschlüpft war. Während dieser ganzen Jahre hatte Gauris seinem Herrn treu gedient. Sicher, seine Federn waren nicht mehr ganz so glänzend wie einst, und auch sein Schnabel und seine Krallen waren matter geworden. Aber seine schwarzen Augen waren noch immer scharf, und nicht einmal die Jungen aus der neuen Brut, die immer stolz die Brust aufplusterten, konnten an einem Tag so weit fliegen wie Gauris. Darum hatte man auch ihm die Botschaft anvertraut, denn sie war von ganz besonderer Wichtigkeit.

Zumindest nahm Gauris dies an. Denn niemand, nicht einmal die engsten Günstlinge des Königs, kannten dessen Gedanken und Willen. Sein Herz bestand aus kaltem, verzaubertem Eisen, und so mancher behauptete, dass der Verstand unter der Krone aus Eis aus demselben Material geschmiedet war. Eines wusste Gauris mit Sicherheit: Krieg lag in der Luft. Und so wie ein Ritter die Klinge schärfte und die Rüstung nach Rissen überprüfte, musste sich der König vergewissern, dass seine Werkzeuge bereit waren. Und eines dieser Werkzeuge – eines der kostbarsten von ihnen allen – war Gauris' Ziel.

Er schoss auf den Wald zu und glitt dicht über die Wipfel der kahlen, silbrigen Bäume hinweg. Der Sindath hatte gerade erst begonnen, aber in diesem Teil von Falengarth hatte der Winter bereits Einzug gehalten, und wenn es nach dem Willen des Königs ging, würde er niemals wieder aufhören. Gauris erwartete diesen Tag mit großer Vorfreude. Sicherlich würde man in der Neuen Zeit schnelle Kuriere brauchen, Boten, die die Befehle des Königs durch sein riesiges Reich beförderten, das Falengarth von Küste zu Küste umspannen würde. Und keiner war schneller als die Raben des Königs, die man im Verlauf der Jahrhunderte mit dunklem Fleisch gefüttert hatte, um ihnen Schnelligkeit und Stärke zu verleihen.

Sicher, der eine oder andere flüsterte, der König habe seinen eigenen Herrn, der in der Neuen Zeit zurückkehren würde, ein Herr, der von manchen der Herr der Nacht genannt wurde und der vor langer Zeit unrechtmäßig verbannt worden war. Falls das der Wahrheit entsprach, würde dann nicht der Herr der Nacht der Herrscher von allem sein, nachdem der Krieg gewonnen war? Doch bestimmt würde der Herr der Nacht sich für die Dienste des Königs dankbar erweisen, so wie der König dankbar für die Schnelligkeit seiner Raben sein würde. Bestimmt würden in der Neuen Zeit alle jene belohnt werden, die auf der siegreichen Seite gekämpft hatten.

Der Wald blieb hinter Gauris zurück, und er schlug mit starken Schwingen, während die Sonne emporstieg. Verbrannte Felder huschten unten vorbei, die von vereinzelten

Seen gesprenkelt wurden, die wie Münzen aufblitzten, bevor sie hinter ihm verschwanden. Eine weitere Bergkette kam in Sicht. Es handelte sich um ein verwittertes Felsgewirr, das bedeutend niedriger als der Wall aus abweisendem Stein war, der den Weg in die Domäne des Königs versperrte (und in den Zauber verwoben waren, die den Wahnsinn brachten, so dass er nur von seinen Raben und wenigen seiner anderen Diener passiert werden konnte). Gauris hielt auf die Linie der stummen Gipfel zu und folgte ihnen nach Süden.

Ein paar Meilen später erspähte er in den Bergen ein Tal, das wie eine Schüssel geformt war. In dem Tal befand sich ein See, und in der Mitte des Sees erhob sich auf einem hervorragenden Felsvorsprung eine zur Hälfte zerstörte Festung. Aus den Türmen der Burg quoll Rauch wie aus zauberischen Maschinen empor, und aus dem Wasser des Sees brodelte Dampf in die Höhe. Auf dem höchsten Turm der Burg flatterte eine blutrote Flagge: Eine schwarze Krone auf blutigem Grund umschloss einen silbernen Turm. Außerhalb der Festungsmauern bewegten sich winzige Gestalten; Helme und Schwerter funkelten im Licht.

Gauris wusste nicht genau, wo er die Empfängerin der königlichen Botschaft finden würde, aber er wusste, nach welchen Zeichen er Ausschau halten musste, nach Streit und Zerstörung, Rauch und Angst. Wo auch immer sie sich aufhielt, würden sich die Schatten zusammenziehen. Er faltete die Schwingen und schoss auf die Festung hinab.

Gauris bewegte sich so schnell, dass die Männer im Haupthof der Burg nichts weiter als ein dunkles Flackern im Augenwinkel wahrnehmen würden, und raste pfeilschnell durch eine Lücke in der Seitenmauer eines verfallenden Wachturms. Er landete auf einem verfaulten Träger und achtete darauf, im Zwielicht der Ruine zu bleiben.

Unten auf dem Hof marschierten ein Dutzend Ritter zum

wilden Schlag einer Trommel. Ihre Harnische waren so schwarz wie Gauris' Federn. Jeder hielt einen roten Schild mit der schwarzen Krone und dem silbernen Turm, es war das gleiche Symbol wie oben auf der Flagge über der Festung. Breitschwerter schlugen gegen ihre Oberschenkel.

Als sich die düstere Marschreihe näherte, hasteten hagere Männer, in Lumpen gekleidete Frauen und Kinder mit von Krätze verkrusteten Beinen aus dem Weg und drückten mit furchterfüllten Augen Wassereimer oder Torfstücke an die Brust. Wulstige Brandmale zeichneten ihre Handrücken.

Als die Ritter die Mitte des Hofs erreichten, flogen die Festungstore auf, und drei weitere der schwarzen Krieger donnerten auf rußfarbenen Schlachtrössern hindurch. Die Pferde kamen zum Halt. Einer der Ritter ging auf die Reiter zu. Gauris legte den Kopf schief und lauschte.

»Ehre dem einstigen Ruhm«, sagte der Ritter und schlug eine Faust gegen den Brustpanzer. Der Helm ließ seine Stimme tief und dumpf erklingen.

Einer der Reiter trieb sein Pferd näher an ihn heran und imitierte den Gruß. »Ehre dem Ruhm, der wieder einkehren wird.«

Beide Männer senkten die Fäuste.

»Habt ihr das Versteck des Flüchtigen gefunden?«

Der Reiter grunzte abfällig. »Die Tiermänner, die ihm gefolgt sind, sind kaum besser als Hunde. Aber es sind geschickte Hunde, und in seiner Bande aus Abschaum sind Hexen und Runenkundige. Keiner weiß, welche Tricks und Täuschungen sie sich haben einfallen lassen, um uns zu behindern.«

»Magie.« Der andere spuckte das Wort förmlich aus. »Wenn die alte Ordnung wiederhergestellt ist, werden solche Perversionen nicht mehr geduldet. Die Hexen und Runensprecher werden auf dem Scheiterhaufen landen, und das Land unserer

Vorfahren wird nicht länger von ihnen verseucht sein. Es kann nicht früh genug so weit sein.«

»Habt Vertrauen, Bruder«, sagte der Reiter und legte dem anderen eine behandschuhte Hand auf die Schulter. »Der Ketzer hat es gewagt, sich als König dieses Palastes zu bezeichnen. Wir werden ihn und seine alberne Bande bald aufgespürt haben. Und sie werden für ihre Sünden bezahlen.«

Die Männer unterhielten sich weiter, aber Gauris hatte genug gehört. Bevor umherschweifende Blicke den Schatten in dem zerstörten Turm entdecken konnten, sprang er von dem Balken und schoss in den Himmel. Er fragte sich, wer diese schwarzen Ritter wohl waren. Sicherlich handelte es sich um Krieger. Aber auf welcher Seite würden sie in der kommenden Schlacht kämpfen?

Es spielte keine Rolle. Offensichtlich war diejenige, der er seine Botschaft bringen sollte, nicht unter ihnen. Gauris flog weiter.

Wieder folgte er den zerklüfteten Bergen nach Süden und hielt nach den Zeichen von Streit und Panik Ausschau. Seine Flügel hatten angefangen zu schmerzen, aber er ignorierte es. In seiner Jugend hätte er doppelt so weit fliegen können, ohne auch nur ein Ziehen zu verspüren.

Tief unter ihm schlängelte sich der schmale Strich einer Straße über Hügel und durch Täler. Die Straße wurde langsam breiter und verband graue Ansammlungen von Gebäuden, bei denen es sich, wie Gauris wusste, um die Städte der Menschen handelte. Aus einer davon stieg eine dunkle Wolke in die Luft. Er flog näher heran.

Die Stadt brannte.

Flammen schlugen aus den armseligen Gebäuden, verschlangen Strohdächer und ließen Steinwände bersten. Zusammen mit dem Qualm stiegen Schmerzensschreie in die Luft, begleitet vom Klirren der Schwerter. Es hatte den Anschein, als eilten dunkle Gestalten mit schneller Präzision durch die Straßen, obwohl sich Gauris da nicht sicher sein konnte; selbst seinen Augen fiel es schwer, den Rauchschleier zu durchdringen. Davon abgesehen verriet ihm sein Herz, dass das hier nicht der gesuchte Ort sein konnte. Aus dem Wenigen, das er über die von ihm Gesuchte wusste, war ihm klar, dass eine so schäbige Ansammlung von Hütten weit unterhalb ihrer Aufmerksamkeit liegen würde. Er stieg wieder in den Himmel.

Der Schmerz in seinen Schwingen wuchs auf dem weiteren Weg nach Süden beständig. Wenn möglich suchte er eine Luftströmung und schwebte eine Weile darauf, um sich auszuruhen. Wenn sich die Luft dann veränderte, schlug er wieder mit den Schwingen. Er passierte weitere Städte und Schlösser sowie mit Steinmauern eingezäunte Felder, auf denen die Ernte verfaulte. Das spinnwebähnliche Netz der Straßen, das die Burgen miteinander verband, war leer. Dann entdeckten Gauris' schwarze Augen eine winzige Bewegung. Er zwang die steifer werdenden Flügel dazu, sich zu krümmen, und flog näher heran.

Eine Reihe von Leuten marschierte die Straße entlang, dreihundert Menschen, alle in Schwarz gekleidet. Handelte es sich um eine Art Heer?

Nein. Gauris kreiste tiefer und entdeckte, dass weit über die Hälfte Frauen und Kinder waren, und statt einer Rüstung trugen sie Gewänder aus grobem, schwarzem Stoff. In ihren Augen flackerte ein fiebriges Licht, so dass sich Gauris fragte, ob sie wohl Flüchtlinge vor einer Seuche waren. Dann sah er das Symbol, das jeder Mann, jede Frau und jedes Kind mit Asche auf die Stirn gezeichnet trug, der Umriss eines einzelnen, starrenden Auges.

Also war es doch ein Heer, ein Heer aus Pilgern, nicht aus Kriegern. Ihr tonloser Gesang hallte durch die Luft.

Atme das Feuer,
Trink das Eis,
Der Schatten sei dein Geliebter.

Lege den Verstand in Ketten,
Bring das Herz zum Verstummen.
Dunkelheit herrscht für alle Ewigkeit.

Gauris' Herz schwoll vor Stolz an. Ja, er verstand. Da gab es ein Tor in den nördlichen Bergen, ein Tor aus Eisen, hundert Fuß hoch, mit Runen gebunden. Aber bald würde die letzte der verhassten Runen zerbrechen, das Tor würde sich öffnen und der König würde endlich hinausreiten. Dann würde es genauso sein, wie die Menschen dort unten sangen. Der König würde für alle Zeiten herrschen.

Wer auch immer diese Pilger waren, sie standen in der kommenden Schlacht mit absoluter Sicherheit auf der richtigen Seite. Mit neuer Zuversicht vergaß Gauris die Schmerzen in seinen Flügeln und flog weiter.

Gerade als die Sonne den Zenit erreichte, endete die Bergkette, der er gefolgt war, in einer weiteren Gipfelkette, die sich von Osten nach Westen zog. Der Rabe stieg höher und überquerte ein kahles, felsiges Hochland. Die Luft hier war schrecklich dünn, so dass er doppelt so oft mit den Schwingen schlagen musste, um die gleiche Distanz zurückzulegen. Endlich kreiste er mit pochendem Herzen auf der anderen Seite des Passes wieder nach unten, dem grünen Land entgegen.

Er flog nach Westen und nach Osten. Unter ihm erschien alles friedlich und blühend; diese Reiche waren noch nicht wie die Länder im Norden vom frühen Winter und Krieg heimgesucht worden. Trotzdem konnten Gauris' scharfe Augen die verstohlenen, aber unmissverständlichen Anzeichen wachsender Zwietracht ausmachen. Hier und da legte er eine Pause ein – auf einem Ast, einem Fenstersims, einer Mauer – und lauschte als unsichtbarer Schatten.

Auf einem Hügel versammelte sich ein Dutzend Männer, verborgen in einem Labyrinth aus Menhiren. Sie saßen im Kreis, nackt bis auf ihre Leinenröcke, und schwitzten im berauschenden Rauch der Kräuter, die ins Feuer geworfen wurden. Einer von ihnen, ein Mann mit kräftigen Armen, trug eine Holzmaske, die wie ein Stierkopf geformt war. Auf seinen Knien lag ein Schwert.

»Erzähl uns vom Hammer und vom Amboss«, forderten die Männer im Kreis den Maskenträger auf.

Hinter der Maske ertönte eine grollende Stimme. »Der Hammer und der Amboss sind Vathris' Werkzeuge. Mit ihnen wird er die Letzte Schlacht bestreiten, und ihre Taten werden glorreich sein.«

»Und wann werden sie kommen?«, fragten die Männer.

»Sie sind bereits da. Zumindest behaupten das die Priester des Innersten Kreises. Sie glauben, dass die Letzte Schlacht bereits begonnen hat.«

Ein Raunen lief durch den Kreis.

»Werden wir sie gewinnen?«, fragte ein junger Mann und blickte ins Feuer; der Bart auf seinen Wangen war kaum mehr als ein weicher Flaum.

Der Sprecher mit der Stiermaske zuckte mit den gewaltigen Schultern. »Sieg oder Niederlage, das spielt keine Rolle. Selbst in der Niederlage liegt Ruhm, wenn man ehrenvoll kämpft. Auf alle, die in der letzten Schlacht sterben, wartet nach dem Untergang der Welt in Vathranan ein Platz. Wenn du nun für deinen Gott kämpfen willst, musst du das Blut deines Stiers aus dir selbst holen.«

Er nahm das Schwert und fuhr mit der Hand die Schneide entlang, so dass Blut den Stahl befleckte. Er gab das Schwert an den nächsten Mann weiter, der es wiederum weiterreichte. Alle ließen Blut fließen, der Jüngste mit der größten Entschlossenheit von allen ...

Der Rabe flog weiter.

In einem Schloss mit neun Türmen schritt ein König voller Wut auf und ab.

»Was soll das heißen, sie ist nicht mehr auf Ar-Tolor?«, brüllte der König.

Er war ein kräftiger Mann, in Schwarz und Silber gekleidet, mit einem Bart, der vor Öl glänzte. Der Soldat trat einen Schritt zurück.

»Vergebt mir, Euer Majestät. Sir Dalmeth hat diese Neuigkeit mitgebracht; er ist vor keiner halben Stunde aus Toloria zurückgekehrt.«

Der König ballte eine Faust. »Dann bei allen Sieben, in welcher Domäne steckt sie?«

Der Soldat schluckte. »Allem Anschein nach ist sie in keiner der Domänen, Euer Majestät.«

Der König blieb wie angewurzelt stehen. Die Bulldoggen am Kamin wimmerten und duckten sich zusammen. »*Was?*«

»Tarras«, stieß der Soldat mühsam hervor. »Sie ist nach Süden gereist, nach Tarras, Euer Majestät. Zusammen mit Lord Falken, Lady Melia und anderen. Vor zwei Monden.«

Der König kniff die blauen Augen zusammen. »Es ist nicht die Art meines Mündels, sich auf närrische Abenteuer einzulassen. Zumindest nicht, bevor sie Ivalaine kennen lernte. Beim Stier, das trägt das Zeichen der Hexenkönigin. Aber ich werde dem ein Ende setzen.« Sein Blick richtete sich wieder auf den Soldaten. »Schick sofort einen Boten nach Tarras ...«

Die Sonne sank dem westlichen Rand der Welt entgegen, und der Rabe flog noch immer.

Nicht weit von dem Schloss entfernt, jenseits eines Kreises

aus Megalithen, tanzten weiche Lichter unter den kupfer- und goldfarbenen Bäumen des unzugänglichen Fragments eines urtümlichen Forstes. Schrilles Gelächter erhob sich in den Himmel, begleitet von ausgelassener Musik und hallendem Glockenspiel.

Das Lachen und die Musik erstarben wie abgeschnitten. Am Rand des Waldes strichen schmächtige Schatten entlang, auf der Suche nach einem Eingang. Wieder blitzten Lichter auf – diesmal ein greller, silberner Schein in der Nähe des Waldrands. Schrille Schreie ertönten. Die Schatten wichen zurück, alles war still ...

Der Rabe flog weiter, jeder Schwingenschlag schmerzte wie ein Stich in seiner Brust.

In der Grotte eines geheimen Gartens versammelten sich drei Frauen mit strahlenden Augen, verschmutzten Gewändern und Blättern im Haar. An einem Dreibein aus grünen Ästen hing ein Eisenkessel über einem Feuer und brodelte vor sich hin.

Eine der jungen Frauen hielt eine Hand voll Blätter über den Topf. »Wie viele soll ich reintun, Belira?«

»Alle. Und die Mondglockenwurzel, Carsi.«

Die anderen beiden gehorchten und warfen die Kräuter in den Kessel.

»Ihr habt uns noch immer nicht verraten, was dieser Zauber bewirken wird, Belira.«

Die Frau mit den braunen Augen näherte sich dem Kessel und atmete den würzigen Dampf ein. »Ich habe es von Schwester Liendra persönlich gelernt. Es ist ein Visionstrank. Damit können wir vielleicht einen Blick auf einen erhaschen, der weit weg ist.«

Die beiden anderen umarmten sich kichernd.

»Und wen werdet Ihr sehen, Belira? Lord Teravian?«

Die Frau namens Belira schaute mit hartem Gesichtsausdruck auf. »Wir haben nicht den ganzen Tag für mädchenhafte Launen an dem Zauber gearbeitet. Da ist ein anderer, den ich sehen möchte, der von größerer Wichtigkeit ist. Und wenn wir ihn finden, werden wir sicherlich in das Zentrum des Musters gezogen.«

Die anderen runzelten die Stirn; es sah hübsch aus. »Wen meint Ihr?«

Die Frau mit den braunen Augen blickte in den Kessel und murmelte ein einziges Wort. »Runenbrecher ...«

Gauris stieg in die Höhe – und sank wieder herab. In seinen Schwingen glühte der Schmerz; er konnte sie kaum noch bewegen. Noch nie war er an nur einem Tag so viele Meilen geflogen. Aber er hatte sie noch nicht gefunden, die Person, der er die Botschaft des Königs ausrichten sollte. Lieber wollte er sterben, als unverrichteter Dinge zur Domäne des Königs zurückzukehren.

Als sich die Sonne dem westlichen Horizont näherte, wehte ein scharfer Wind über das Land. Die Böen stießen ihn umher. Als er sich wieder aufgerichtet hatte, war ihm schwindelig und er hatte die Orientierung verloren. Wo lag Norden? Er drehte um, suchte ...

... und sah einen Schatten übers Land fallen.

Es war kaum merklich und doch unverkennbar: ein verfrühter Fleck Dämmerung, der sich an einen Hügel schmiegte, der eigentlich in die letzten Strahlen der Sonne hätte getaucht sein müssen. Es konnte nur eine Antwort geben; ganz egal, wo sie sich im Licht hinwandte, immer würde ihr der Teil eines Schattens folgen.

Gauris flatterte in die Tiefe. Der Hügel wies eine perfekte Kreisform auf, seine Hänge waren grün, die Kuppe wurde von einem Steinkreis gekrönt. Als handelte es sich um einen Grabhügel, vielleicht ein Relikt aus dem ersten Krieg des Königs. Gauris stieß ein krächzendes Lachen aus. Er hätte wissen müssen, dass er sie an einem solchen Ort finden würde.

Jegliches Gefühl und alles Leben floh aus seinen Flügeln, er konnte sie nicht länger bewegen. Sein kreisender Abstieg verwandelte sich in einen Sturz. Genau in dem Augenblick, in dem der blutrote Kreis der Sonne den Horizont berührte, krachte Gauris in der Mitte des Steinrings zu Boden. Er blieb verkrümmt liegen, ein Haufen schwarzer Federn, benommen, zu keiner Bewegung fähig.

Eine schattenhafte Gestalt näherte sich ihm.

»Nun, wen haben wir denn da?«

Die Worte waren wie ein Lockruf, die Stimme weiblich, aber ihr Klang war hart und leblos.

Eine andere Gestalt näherte sich. »Das ist nur ein Vogel, Shemal. Diese Böe muss ihn erwischt und zu Boden geschleudert haben. Wenn ich zu lange bleibe, wird man meine Abwesenheit im Schloss bemerken. Werft ihn den Hügel runter und lasst ihn sterben.«

»Wirklich, Liendra?«, gurrte die eiskalte Stimme. »Dabei habe ich die ganze Zeit geglaubt, Euch und Euren Schwestern sei jedes Leben kostbar. Ich bin so erfreut, dass Ihr mir das Gegenteil bewiesen habt. Jedoch ist das hier nicht ›bloß‹ ein Vogel.«

Die Frau, die man Shemal nannte, kniete neben Gauris nieder, umfing seinen Körper mit schlanken Fingern und hob ihn auf. Er kämpfte schwach dagegen an, dann gab er auf; er hasste es, festgehalten zu werden, aber er konnte ihrem Griff nicht entkommen. Er legte den Kopf schief, um die Frau anzusehen, die ihn hielt. Aber da war nur die Andeutung eines schmalen, weißen Lächelns in der schweren Kapuze eines Umhangs zu erkennen.

Die andere Frau, die den Namen Liendra trug, trat näher heran; sie war hoch gewachsen, von majestätischer Haltung, mit rotgoldenem Haar. Über ihren Schultern lag ein hellgrüner Umhang, der sie vor der abendlichen Kühle schützen sollte.

»Warum könnt Ihr nie ohne Rätsel sprechen, Shemal? Wenn der Vogel wichtig ist, dann sagt es mir.«

»Jetzt hört aber auf, Liendra. Ich weiß, dass verglichen mit Euren Schwestern Eure magischen Kräfte nur schwach ausgeprägt sind. Ich habe Euch ja auch nicht deswegen ausgesucht. Aber Eure Zauberkräfte werden doch wohl dazu ausreichen, um zu spüren, dass das hier kein gewöhnlicher Vogel ist.«

Liendra runzelte die Stirn; entweder sie nahm es tatsächlich wahr oder wollte das Gegenteil nicht zugeben.

»Dieser Rabe ist einer seiner Boten«, sagte Shemal und strich über Gauris' Federkleid. Er erbebte unter ihrer Berührung.

»Wessen Bote?«

»Und jetzt stellt Ihr Euch absichtlich dumm. Ein Bote desjenigen, der dafür sorgen wird, dass Ihr in dem Augenblick, in dem Ihr das erste Anzeichen von Schwäche zeigt, Euer Herz gegen eines aus Eisen eintauschen werdet.«

Obwohl Liendra einen Umhang trug, fröstelte sie und verschränkte die Arme fester vor der Brust. »Euer Herr ...«

»Mein Herr?« Shemal lachte; es klang wie zersplitterndes Glas. »Ja, er glaubt wohl noch immer, er sei mein Herr. Aber am Ende dienen wir beide dem gleichen Herrn, das ist alles. Manchmal habe ich den Eindruck, er hat das nach all den Jahrhunderten vergessen – dass er sich daran gewöhnt hat, in Abwesenheit des Meisters zu herrschen.« Ein farbloses Auge schaute aus dem Inneren der Kapuze. »Und vergesst nie, Liendra, mein Herr ist auch Euer Herr.«

Liendra schluckte. »Wenn das ein Bote ist, wie lautet dann seine Nachricht?«

Shemal streichelte Gauris' Federn, diesmal nur härter.

»Sprich, Rabe. Was hat dein Meister dir aufgetragen, mir auszurichten?«

Die Botschaft. Er musste die Botschaft ausrichten. Gauris öffnete den Schnabel, aber es kam nur ein leises Krächzen heraus.

»Pst«, sagte Shemal. Der Laut erinnerte an eine verlöschende Kerze. Sie klemmte seinen Schnabel mit zwei Fingern zu. »Du brauchst die Worte nicht zu sagen. Ich kenne die Botschaft, die er mir schicken wird. Es ist viele Jahre her, dass ich zu seiner Domäne gereist bin. Er befiehlt mir, dorthin zu gehen und mich vor ihm auf die Knie zu werfen, damit er sicher sein kann, dass er mich noch immer beherrscht. Er, der einst als Sterblicher geboren wurde, während ich eine Göttin war!«

»Shemal? Ich ...«

Die von dem Umhang verhüllte Frau erbebte und ließ Gauris' Schnabel los.

»Ja, Liendra. Ich habe es nicht vergessen. Es wäre nicht gut, würde Euch dieses Miststück Ivalaine hier entdecken. Schon bald wird sie ein Nichts sein, eine Puppe, mit der wir spielen können, aber noch ist es nicht so weit. Also lauft zum Schloss.«

»Aber Ihr habt mir noch nicht gesagt, warum Ihr mich herbefohlen habt.«

Wieder lachte Shemal. »Ich fürchte, unser gefiederter Störenfried hat mich abgelenkt. Ich wollte Euch nur Folgendes sagen, Liendra: Ich habe den gefunden, den wir suchen.«

In Liendras Augen blitzte es auf. Sie trat einen Schritt vor, ihre Stimme bebte. »Ihr meint doch nicht etwa ... den Runenbrecher?«

»Nein, nicht ganz. Aber fast. Ihr müsst wissen, ich habe *einen* Runenbrecher gefunden.«

Liendra runzelte wieder die Stirn. »Ich verstehe nicht, Shemal. Wollt Ihr etwa sagen, dass es noch jemanden gibt, der Runen brechen kann?«

Shemals Stimme war triumphierend. »Ja, ein zweiter Runenbrecher! Und er hat sich mir verschworen.«

»Aber die Prophezeiung der Hexen ...«

»Die Prophezeiung besagt lediglich, dass der Runenbrecher die Welt zerschmettern wird. Sie sagt nicht, welcher Runenbrecher. Und jetzt ist der andere unter unserer Kontrolle, ein Werkzeug, das wir für unsere Zwecke benutzen können.«

Liendra wollte etwas erwidern, aber Shemal schüttelte den Kopf.

»Das reicht, meine Liebe. Ich werde Euch später mehr verraten, wenn Ihr es wissen müsst. Im Moment müsst Ihr Ivalaine im Auge behalten, und wenn sie etwas von Euren beiden Schwestern im Süden hört, lasst es mich sofort wissen.«

Die Sonne war untergegangen, der Hügel wurde in Zwielicht getaucht. Trotz des mangelnden Lichts konnte Gauris den Hass erkennen, der in den Augen der blonden Frau leuchtete. Liendra zog den Umhang enger um den Körper und verschwand zwischen zwei Felsblöcken in den Abend.

Shemal drückte den Raben an die Brust. »Bald, mein kleiner Bote. Die Zeichen sind da. Der Krieg kommt. Aber möglicherweise wird nicht alles so kommen, wie es dein Herr glaubt.«

Gauris kämpfte gegen ihren Griff an. Hier stimmte etwas nicht. Er musste in den Norden zurückkehren, es seinem Herrn sagen.

Die Frau hielt ihn fest. »Nein, kleiner Bruder. Ich kann nicht zulassen, dass du deinem Herrn erzählst, was ich gesagt habe. Das wäre nicht gut. Das wäre gar nicht gut. Und du bist erschöpft; dir fehlt die Kraft zum Fliegen.« Ihre kalten Finger legten sich um seinen Hals. »Es ist Zeit, dass du dich ausruhst.«

Noch einmal wehrte er sich gegen sie, aber es war sinnlos. Sie hatte Recht. Er war müde, so schrecklich müde.

Die Finger um seinen Hals griffen fester zu. Ein krachender Laut hallte von dem Steinkreis zurück. Einen Augenblick lang flog Gauris in einen Himmel aus Dunkelheit, der sich in alle Ewigkeit erstreckte.

Dann hörte er auf zu existieren.

2

Grace Beckett hatte eigentlich nie an das Schicksal geglaubt.

Schließlich war es nicht das Schicksal, das die Menschen durch die Tür der Notaufnahme des Denver Memorial Hospitals brachte. Es war bloß ganz gewöhnliches Pech. Sie überquerten zufällig die Straße in dem Augenblick, in dem ein herankommender Autofahrer – der in seinem Leben nie einen Tag krank gewesen war – eine Hirnblutung erlitt. Oder sie bemerkten nicht, dass die Drähte der Schnur, die sie in die Steckdose steckten, am Ende frei lagen. Oder sie erhielten einen Anruf, als sie die Einkäufe auspackten, und vergaßen, die Packung mit dem Rattengift, das sie gekauft hatten, oben aufs Regal zu stellen, wo ihr Kleinkind nicht daran herankam. Und in einem Augenblick änderte sich ihr Leben unwiderruflich, einfach so, ohne besonderen Grund.

Nichts war vorherbestimmt; die Dinge passierten einfach. Und wenn sich manchmal Prophezeiungen erfüllten, dann kam das nur daher, dass die Dinge ohnehin so geendet hätten. Das Drama *König Ödipus* bestätigte keineswegs die Existenz des Schicksals; es war eine Mahnung, nicht auf Warnungen zu hören. Ödipus hätte seinen Vater niemals getötet, hätten die Unheil verkündenden Worte des Sehers nicht die ganze Sache erst ins Rollen gebracht. Das einzige Schicksal, das es gab, war das, das der Mensch für sich selbst schuf.

Zumindest hatte Grace das damals in Colorado geglaubt. Aber jetzt kannte sie eine andere Welt. Eine Welt, in der die Götter leibhaftig vor einen hintraten. Eine Welt, in der Magie eine Macht so real wie Elektrizität war. Eine Welt, in der Prophezeiungen vielleicht, nur vielleicht, wirklich Wahrheit wurden.

Es war nun über einen Monat her, dass der von Xemeth befreite Dämon vernichtet und durch die Berührung des Großen Steins Sinfathisar in ein totes Stück Felsen transformiert worden war. Es war über einen Monat her, dass sie aus der zusammenstürzenden Kuppel der Etherion geflohen waren, nur um entdecken zu müssen, dass ihre Gruppe nicht vollzählig war. Und es war über einen Monat her, seit sie mit der aussichtslosen Suche nach jenen begonnen hatten, die verschollen waren.

Die Villa, in der sie wohnten, stand auf einem Hügel, der eine halbe Meile von der äußersten Stadtmauer von Tarras entfernt war. Das Haus mit dem Ziegeldach war wie ein Hufeisen geformt und umgab einen mit Brunnen und duftenden *Lindara*-Schlingpflanzen ausgestatteten Hof, und das ganze Haus wurde von einem Kreis aus *Ithaya*-Bäumen umgeben, die Grace an grüngoldene Säulen erinnerten. Der Kaiser hatte die Villa für sie gemietet, als er von ihrer Absicht erfahren hatte, in einem Gasthaus im Vierten Kreis abzusteigen.

»Ich lasse nicht zu, dass meine Cousine unter dem ungewaschenen Mob haust«, hatte Ephesian mit vor Empörung bebenden Wangen gesagt. Er hatte angefangen, Grace zu ihrem großen Verdruss seine *Cousine* zu nennen – und zu ihrem stillschweigenden Entzücken, wie sie sich insgeheim eingestehen musste.

»Unsinn, Eure Herrlichkeit«, erwiderte Melia beschwichtigend, »im Vierten Kreis gibt es jede Menge Badehäuser, und Eure Untertanen scheinen auf bewundernswerte Weise sauber gewaschen zu sein. Wir werden in dem Gasthaus gut untergebracht sein.«

»Auf gar keinen Fall!« Ephesian hämmerte mit den fetten Fäusten auf die Thronlehnen, und seine Diener – er war zu den Eunuchen zurückgekehrt, die zu Graces Erleichterung voll bekleidet waren – wichen mit weit aufgerissenen Augen zurück.

»Ihr habt bereits einen gewissen Ruf, Lady Melia. Aber sollte Lady Grace im Vierten Kreis wohnen, würde das das hohe Ansehen des Kaiserreichs beschmutzen.«

Melia hob die Brauen. »Ihr meint, im Gegensatz zu den Jahrhunderten der Plünderungen, der Korruption und der Ermordung Unschuldiger?«

Doch trotz ihrer Proteste war Ephesian nicht umzustimmen. Aber auch Melia gab seinen Forderungen keinen Fußbreit nach; sie weigerte sich, ein Quartier im Ersten Kreis zu beziehen. »Ihr seid herrisch wie eine Glucke, Ephesian. Ihr würdet nie aufhören, auf uns einzupicken, wenn wir nicht genau das tun, was Ihr wollt.«

Es war Grace, der schließlich ein Kompromiss einfiel. Sie fragte Ephesian, ob es denn keine Unterkunft außerhalb der Stadt gab, die sowohl über die nötige Exklusivität als auch eine zu bewältigende Entfernung verfügte. Nach Melias sarkastischen Bemerkungen schien Ephesian nicht mehr so versessen darauf zu sein, sie in seiner Nähe zu haben, und man einigte sich auf die Villa.

»Das war sehr diplomatisch von Euch, Euer Majestät«, flüsterte Beltan mit einem Grinsen, als sie den Palast verließen.

Diese Worte überraschten Grace. Im Nachhinein musste sie zugeben, dass es eine gute Lösung *war.* Vielleicht war sie in diesem ganzen Königinnenhandwerk ja besser, als sie sich eingestehen wollte. Vielleicht lag es ihr im Blut.

Manchmal schlüpfte Grace aus dem Bett, lange bevor die anderen erwachten, teilte die hauchdünnen Vorhänge, die die einzige Barriere zwischen ihr und dem letzten Atemhauch der Nacht darstellten, und trat auf den Balkon. Sie berührte den Anhänger aus Stahl, der an ihrem Hals hing – ein Anhänger, der in Wahrheit das Fragment eines Schwertes war –, und dachte über diese Frage nach. Konnte das Blut eines Menschen wirklich sein Schicksal beinhalten?

Da war einmal ein Patient in der Notaufnahme gewesen, bei dem sie die Symptome von Leukämie diagnostiziert hatte. Sie konnte sich noch deutlich an ihn erinnern. Er war einer jener großen, stämmigen Männer, die sich mit übertriebener Vorsicht bewegten, als hätten sie Angst, aus Versehen etwas zu zerbrechen. Er arbeitete als Lehrer an der High School, wohnte noch immer bei seiner in die Jahre gekommenen Mutter und hatte ein sanftes Lachen. Grace hatte ihn gemocht.

Sie setzten ihn auf die Liste für eine Knochenmarkspende. Aber ein paar Monate später erfuhr Grace, dass man für ihn keinen passenden Spender gefunden hatte und er gestorben war. Sie hatte einen Stich des Bedauerns verspürt, aber sein Schicksal hatte nicht in ihren Händen gelegen. Die Antwort, ob er leben oder sterben würde, war in seinem Blut verborgen gewesen, das hatte sein genetischer Code bestimmt, und es gab nichts, das jemand hätte tun können, um das zu ändern.

Vielleicht hatte sie sich ja all die Jahre geirrt. Vielleicht war alles ja wirklich Schicksal.

Grace blieb dann meistens eine Weile auf dem Balkon stehen und betrachtete die Stadt. Die weißen Häuser von Tarras leuchteten in dem geisterhaften Licht, das immer eine volle Stunde vor Sonnenaufgang auftrat, und tief am Himmel pulsierte ein blutroter Funke, gerade noch eben sichtbar oberhalb der Kreidefelsen südlich der Stadt.

Der rote Stern.

Einst war der Stern ein Vorbote von Veränderung und Tod gewesen; es war der Große Stein Krondisar, den der Nekromant Dakarreth in den Himmel geschickt hatte, um die Flammenpest im Land zu verbreiten. Aber Travis Wilder hatte den Nekromanten besiegt, und das stumme rothaarige Mädchen Tira hatte den Stein genommen und war in den Himmel aufgestiegen: eine neugeborene Göttin. Jetzt stellte der Stein ein Symbol der Hoffnung dar und die Erinnerung an eine Nähe, die Grace gefühlt hatte, wenn auch nur einen flüchtigen Augenblick lang.

»Ich liebe dich, Tira«, pflegte sie dann in diesen Augenblicken zu flüstern.

Obwohl das alles vor so langer Zeit passiert zu sein schien, war der rote Stern erst im Frühling erschienen. Jetzt schrieb man den Sindath; drüben in Colorado würde es November sein. So unmöglich das auch zu glauben war, war es doch kaum länger als ein Jahr her, seit sie dem Prediger Bruder Cy vor der ausgebrannten Ruine des Beckett-Strange-Heims für Kinder begegnet war. Kaum länger als ein Jahr, seit sie nach Eldh gekommen war.

Nach Eldh *zurückgekehrt* war.

Ob es nun dein Schicksal ist, dass du hier bist, oder nicht, Grace, hier gehörst du hin. Und das weißt du. Genau wie du weißt, dass du sie finden wirst, wo auch immer sie sind.

Sie sah in den Himmel, bis der rote Stern unterhalb der Klippen versank. Dann ging sie zurück ins Zimmer, wartete auf die Morgendämmerung und darauf, dass die anderen erwachten, damit sie von neuem mit der Suche beginnen konnten.

»Du hast uns nicht verraten, wo du gestern warst, Falken«, sagte Melia, als Grace den Hof betrat, auf dem sie sich jeden Morgen zum Frühstück trafen. Es war der neunte Tag des Sindath. Sie suchten nun schon seit über einem Monat; über einen Monat ohne ein Lebenszeichen.

Melia trug ein weißes und silbernfarbenes Kleid; sie füllte Pokale aus einer Kanne mit *Margra*-Saft und schaute dabei den Barden an. »Ich war mir nicht einmal sicher, dass du zurück warst.«

»Er kam spät«, sagte Beltan. Der blonde Ritter gähnte so

ausgiebig, dass sein Kiefer knackte. »Und dürfte ich vorschlagen, dass du, wenn du das nächste Mal versuchst, über einen Fliesenboden zu schleichen, vorher die Stiefel ausziehst. Oder dir ein Paar Sandalen besorgst, wie jeder andere in dieser Stadt.«

Der Ritter war in der Art dienstfreier tarrasischer Soldaten gekleidet: Sandalen, ein Rock, der bis zu den Knien reichte, und ein lose sitzendes weißes Hemd.

Falken zuckte zusammen und strich sich dann mit seiner schwarz behandschuhten Hand durch das Haar. Obwohl er ein langes Wams und locker sitzende Hosen im tarrasischen Stil trug, hatte er nicht auf seine aus dem Norden kommenden Stiefel verzichtet. »Tut mir Leid. Ich schätze, ich war etwas müde. Ich habe den ganzen Tag oben in Tyrrinon verbracht.«

»Tyrrinon?«, fragte Aryn. »Wo ist das?« Die junge Baronesse trug ein wallendes tarrasisches Kleid in sanftem Azurblau, das einen Kontrast zu ihrem dunklen Haar bot. Sie nahm einen Pokal Saft von Melia entgegen.

»Das ist ein Dorf ein paar Meilen westlich von Tarras, meine Liebe«, sagte Melia. »Es ist oben in den Bergen, und außer Schäfern und ihren Herden gibt es da nicht viel.« Sie warf Falken einen nachdenklichen Blick zu. »Natürlich abgesehen von dem alten Kloster von Briel.«

»Briel?«, sagte Beltan mit vollem Mund. »Wer ist das?«

Grace musste lächeln. Im Moment konnte sie vor lauter Sorge kaum ihr Essen unten behalten. Aber in dem Jahr, das sie ihn nun kannte, war Beltans Fähigkeit, in jeder Situation zu essen, keinerlei Schwankungen unterworfen gewesen. Soweit sie sagen konnte, war der Appetit eines calavanischen Ritters eine universelle Konstante.

»Briel ist einer der unbedeutenderen Götter von Tarras«, sagte Falken.

Melia warf ihm einen durchdringenden Blick zu. »Bitte, Falken. Das ist eine so abwertende Bezeichnung. Kein Gott ist *unbedeutend.*«

»Und welchen Begriff sollte ich dann wählen?«, sagte der Barde mit einem Stirnrunzeln.

Melia tippte sich auf die Wange. »Wie wäre es mit weniger glorreich?«

»Wie wäre es, wenn ich weitererzähle?«

Melia stieß ein gequältes Seufzen aus, sagte aber nichts mehr.

»Briel ist ein Diener von Faralas, dem Gott der Geschichte«, fuhr der Barde fort. »Er ist als der Hüter der Schriften bekannt, und es heißt, er würde ein Buch besitzen, in dem er jedes bedeutende Ereignis seit dem Beginn der Geschichte von Tarras niedergeschrieben hat. Ich habe vor ein paar Jahren gehört, dass es in seinem Kloster in Tyrrinon eine gute Bibliothek geben soll.«

»Und gibt es sie noch?«, fragte Aryn.

»Ich fürchte, die Dinge sind dort verwahrlost. Wie sich herausstellte, gab es in dem Kloster nicht mehr viele Mönche. Ich schätze, heutzutage interessieren sich eben nicht mehr viele Leute für Geschichte.«

»Was nur bedeutet, dass sie dazu verurteilt sind, sie zu wiederholen«, sagte Melia.

Beltan wischte sich Krümel aus dem spärlichen blonden Bart. »Falken, du hast noch immer nicht gesagt, wonach du in der Bibliothek von Briel gesucht hast. Etwas über Tore?« Ein Funkeln trat in seine grünen Augen. »Etwas, das uns helfen könnte, die anderen zu finden ...«

»Nein«, sagte Grace, und das Lächeln auf ihren Lippen verblasste. »Es ging um Mohg, den Herrn des Sonnenuntergangs.«

Die anderen schauten überrascht auf.

»Guten Morgen, Liebes«, sagte Melia, die sich als Erste fasste. »Hier ist heißer *Maddok* für dich.«

In Aryns saphirblauen Augen lag ein besorgter Blick, während ihre Stimme in Graces Gedanken erklang. *Alles in Ordnung, Schwester?*

»Mir geht es gut«, sagte Grace laut. Aryn und Lirith schienen sich nie etwas dabei zu denken, in Anwesenheit von anderen mit Hilfe der Weltenkraft zu kommunizieren, aber Grace vermied dies nach Möglichkeit. Im Gegensatz zu König Boreas' Überzeugung war sie nicht gut in der Ausführung von Intrigen; es kostete so viel mehr Kraft, als einfach offen zu sein.

Sie nahm Platz, zog dabei ihr Kleid zurecht, das Aryns ähnelte, aber von hellgrüner Farbe war, schenkte sich eine Tasse *Maddok* ein und atmete den leicht würzigen Duft ein. Erst nach einem Schluck wurde ihr bewusst, dass die anderen sie noch immer ansahen. Sie wandte sich Falken zu. »Du hattest gehofft, etwas über Mohg zu erfahren, nicht wahr? Etwas, das dabei helfen könnte, seine Rückkehr nach Eldh zu verhindern.«

Falken nickte ernst. Die Sonne im Hof schien zu verblassen. Grace konnte ihn fühlen: den Schatten, der mit ihrem Lebensfaden verbunden war. Sie alle hatten ihre Schatten, das wusste sie. Sie hatte den ihren durchschritten, als der Dämon sie verschlingen wollte, und obwohl sie ihn nicht besiegt hatte, lag er nun hinter ihr. Der Schatten hatte sie möglicherweise zu der Person gemacht, die sie war, aber die Entscheidung, wer sie nun sein würde, lag allein bei ihr.

Doch die Passage durch ihren Schatten hatte Erinnerungen ausgegraben, die sie vergessen hatte, um überleben zu können, Erinnerungen an die Zeit vor zwanzig Jahren. Die Nacht, in der das Waisenhaus niedergebrannt war. Sie wusste jetzt wieder, was sie in dieser Nacht gesehen hatte. Die Köchin des

Waisenhauses, Mrs. Fulch, wie sie in ein Eisenherz verwandelt wurde. Die strahlende, unheilvolle Gestalt des Phantomschattens. Und die Gestalt, die die Wand des verbotenen Zimmers in der obersten Etage schmückte: alt, urtümlich, das eine vorhandene Auge voller Verlangen und Hass.

Es war Mohg, der Herr des Sonnenuntergangs. Der Alte Gott, der das Kommen der Menschen fürchtete und versucht hatte, Eldh für sich zu beanspruchen, nur um von der Allianz aus Alten und Neuen Göttern von der Welt verbannt zu werden – eine Allianz, wie es sie nie wieder geben würde, da die Alten Götter seitdem ins Zwielichtreich entschwunden waren. Irgendwie hatte Mohg den Weg zur Erde gefunden; sein Bild im Beckett-Strange-Heim für Kinder war der Beweis gewesen. Er versuchte, die Erde als Brücke nach Eldh zu benutzen, um es erneut für sich zu beanspruchen und es für alle Ewigkeit mit dem Mantel der Nacht zu bedecken.

»Nun«, sagte Melia zu Falken, »hast du etwas in der Bibliothek gefunden?«

Er schaute in den leeren Pokal. »Nichts, was wir nicht bereits wüssten. Wie Mohg das Blut des Drachenweibchens Hriss trank, um das dunkle Wissen zu erlangen, das er benötigte, um Eldh an sich zu reißen; wie er zu dem Stein der Morgendämmerung gelangen wollte, um die Erste Rune zu brechen und Eldh nach seinen Vorstellungen neu zu erschaffen, und wie die Neuen Götter und die Alten Götter sich zusammentaten und Mohg durch eine List dazu brachten, aus dem Kreis der Welt zu treten, und dann den Weg hinter ihm versperrten und ihn für alle Ewigkeit verbannten.«

Trotz des Sonnenscheins fröstelte Aryn; sie drückte den guten linken Arm fest an den Körper. »Nur dass er nicht für alle Ewigkeit verbannt wurde. Nicht, wenn er einen Weg zurück findet.«

Beltan legte den Arm um sie. »Sorgt Euch nicht wegen dem,

was noch nicht geschehen ist, Cousine. Mohg wird nicht zurückkehren – nicht, wenn es nach Falken geht.«

Ein kleines schwarzes Etwas sprang auf den Tisch – Melias Kätzchen. Grace hatte sich an die Tatsache gewöhnt, dass das Tier keinen Tag zu altern schien. Seine goldenen Augen funkelten, als es auf eine Schale mit Milch zustolzierte. Melia nahm das Kätzchen, und es stieß ein verdrossenes Maunzen aus.

»Also hast du nichts anderes gefunden?«, fragte Melia und streichelte das Kätzchen, das sich zu befreien versuchte. »Ich hätte Briel für einen besseren Chronisten gehalten.«

Der Barde grunzte. »Da bist du nicht die Einzige. Die meisten Bücher fielen auseinander oder waren nicht einmal vollendet. Und da gab es eine Sache, die ich ganz besonders verwirrend fand. In dem ältesten der Bücher, das die Geschichte von Mohg erzählte, gab es eine Passage, in der von ›jenen, die jenseits des Kreises verloren gingen‹ die Rede war. Aber in dem Buch stand nicht, wer sie waren. Hast du eine Idee, wer gemeint sein könnte?«

Melia hob das sich windende Kätzchen an die Wange; das kleine Geschöpf schien sein Unbehagen zu vergessen und fing an zu schnurren. »Ich bin mir nicht sicher. Soweit mir bekannt ist, fand kein Gott im Kampf gegen Mohg den Tod. Zumindest keiner der Neuen Götter. Die Alten Götter waren uns so fremd und unverständlich. Obwohl wir mit ihnen zusammenarbeiteten, konnten wir sie kaum begreifen. Nur kurze Zeit nach dem Krieg schwanden sie dahin, kehrten in ihr Zwielichtreich zurück. Es könnte durchaus möglich sein, dass ein paar der Alten Götter in der Schlacht starben und wir es nicht einmal bemerkt haben.«

Falken kratzte sich am Kinn – wie gewöhnlich benötigte es dringend eine Rasur. »Vielleicht«, sagte er und schwieg dann.

Sie beendeten das Frühstück, dann machten sie ihre Pläne

für den Tag. Melia erwähnte, dass kurz nach Sonnenaufgang eine Botschaft vom Kaiser eingetroffen war, in der sie alle am nächsten Abend in den Palast eingeladen wurden.

Falken rollte mit den Augen. »Seit damals an König Kels Hof bin ich nicht mehr auf so vielen Festen gewesen.«

»Oder hast so schlechte Manieren gesehen«, meinte Melia mit einem Seufzer.

»Bitte.« Falken schnaubte. »Das ist eine Beleidigung für Kels Tiermänner. Hast du gesehen, wie Ephesians Höflinge essen? Es ist in Tarras wohl gerade Mode, auf eine Serviette zu verzichten.«

Aryn erschauderte. »Erinnert mich nicht daran! Als der Schatzminister mir die Hand küsste, war sie so klebrig, dass ich sie von seinen Lippen losreißen musste.«

Grace vermutete, dass die Einladung wohl größtenteils ihre Schuld war. Wegen Liriths Abwesenheit war es ihre Aufgabe geworden, Ephesians unstillbares Verlangen nach Wissen über Moral und Sittsamkeit zu stillen. Sie war nicht davon überzeugt, die beste Lehrerin für solche Themen zu sein, aber sie hatte Aryn zu Hilfe geholt, und der Kaiser hatte jedes ihrer Worte förmlich verschlungen. Unglücklicherweise hatte Ephesian seine Mühe, die Mitglieder seines Hofs – oder das Küchenpersonal – vom Nutzen der Zurückhaltung zu überzeugen.

»Ich verstehe wirklich nicht, was ihr gegen Festmahle habt«, sagte Beltan betroffen. »Was ist denn falsch daran, zu essen, bis man platzt?«

Melia tätschelte dem großen Ritter die Hand. »Mein Lieber, ich glaube, du hast gerade deine eigene Frage beantwortet.«

»Außerdem haben wir andere Dinge zu tun«, sagte Grace leise.

Sofort wurde Beltans Gesicht ernst. Er nickte, genau wie die anderen. Es war Zeit, wieder mit der Suche zu beginnen.

In der Notaufnahme hatte Grace Fälle von Phantomschmerzen erlebt: Amputierte, die noch immer den Schmerz der Gliedmaßen spürten, die längst nicht mehr da waren. In gewisser Weise erging es ihnen ähnlich. Jedes Mal, wenn sie sich an den Tisch setzten, wurde auf schmerzhafte Weise ersichtlich, dass einige, die da sein sollten, nicht da waren.

Was sich genau in jenen letzten Sekunden in der Etherion zugetragen hatte, darüber konnten sie nur spekulieren. Die Kuppel hatte kurz vor dem Einsturz gestanden. Gefangen auf der anderen Seite eines Abgrunds, hatten Travis, Lirith, Durge und Sareth mit Hilfe des Tor-Artefakts und einem Tropfen Blut aus dem Skarabäus von Orú fliehen wollen. Aber sie kamen nie an. Vani hatte gesagt, dass der Transport durch das Tor keine Zeit beanspruchte. Was bedeutete, dass etwas schief gegangen war.

Zwei Wochen lang hatten sie befürchtet, dass die anderen nicht genug Zeit gehabt hatten, dass die Etherion über den vieren zusammengebrochen war, bevor sie das Tor aktivieren konnten. Aber das Arbeiterheer des Kaisers hatte schnelle Arbeit geleistet und die Trümmer der Etherion weggekarrt, damit sie neu erbaut werden konnte. Man fand Dutzende Tote, einige davon waren Menschen, andere nicht. Aber von Travis, Lirith, Durge oder Sareth hatte man keine Spur gefunden.

Was bedeutet, dass sie es durch das Tor geschafft haben. Sie sind am Leben, sie müssen es sein.

Die Tor-Artefakte hatten die Macht, eine Person zwischen den Welten zu transportieren, und mit Blut, das so mächtig war wie das des Skarabäus, konnte niemand sagen, wo die vier gelandet waren.

Während Diener – ein weiteres Geschenk des Kaisers – die Reste des Frühstücks wegräumten, verkündete Melia, dass sie dem Tempel von Mandu dem Sterbenden Gott einen Besuch abstatten wollte. Einige der Götter hatten begonnen, die Anhänger von Sif, Geb und Misar in ihren Tempeln zu akzeptieren, was bedeutete, dass die verlorenen Schäfchen Mandu nicht länger brauchten.

»Mandus Werk ist fast vollbracht«, sagte Melia, »und ich fürchte, wenn es so weit ist, wird er in einen anderen Kreis übergehen. Ich muss mit ihm sprechen, bevor er geht. Er könnte über Wissen verfügen, das uns in unserer eigenen Suche anleitet.«

Aryn verkündete, die Hexen von Tarras besuchen zu wollen. Sie war vor ein paar Wochen bei ihnen gewesen, in dem Garten, in dem Lirith seinerzeit auf sie gestoßen war.

Es war der jungen Baronesse schwer gefallen, den Hexen näher zu kommen, da sie sehr auf Geheimhaltung bedacht waren – in einer Stadt, in der die alten Bräuche nicht so geschätzt wurden, wie es die Anhängerinnen Sias taten –, aber sie hatte langsam das Vertrauen von Thesta, der Anführerin des Zirkels, gewonnen. Einige Mitglieder des Zirkels geboten über die Sicht, und Aryn hatte die Hoffnung, dass sie vielleicht etwas in ihren Träumen gesehen hatten.

Die Baronesse seufzte. »Hätte ich doch nur wie Lirith die Sicht, vielleicht hätte ich dann selbst etwas entdeckt.«

Grace drückte ihre gute Hand. Aryn hatte ihre eigenen Fähigkeiten, die jeden Tag mit gewaltigen Schritten größer zu werden schienen.

»Grace«, sagte Falken. »Könnte ich mir heute noch einmal deine Kette ausleihen? Nur eine kleine Weile?«

Der Barde hatte schon zwei Mal zuvor darum gebeten, den Stahlsplitter an ihrer Halskette untersuchen zu können. Grace fragte sich, was er damit machte. Er hatte gesagt, er wolle den Tag damit verbringen, einige der Notizen zu studieren, die er in der Bibliothek von Briel gemacht hatte. Was wollte er dann mit ihrer Kette? Grace hatte keine Ahnung, aber trotzdem nahm sie die Kette vorsichtig ab und gab sie Falken. Ohne sie fühlte sie sich auf eine seltsame Weise nackt.

Beltan sah sie an; sein Ausdruck war ernst, aber begierig. »Gehen wir heute wieder zur Universität?«

Sie holte tief Luft und sammelte ihre Kräfte in dem Wissen, dass sie sie brauchen würde. »Wenn du mich begleiten willst.«

»Geht voraus, Mylady.«

3

Die Universität von Tarras belegte fast einen gesamten Quadranten des Zweiten Kreises der Stadt. Auf dem Weg zum Kaiser war Grace stets an dem hohen Torbogen vorbeigekommen, und sie hatte den präzise arrangierten Quadranten aus Gebäuden mit ihren von Säulen geschmückten Fassaden, aufwendigen Friesen und einer Überfülle an Marmorstatuen für einen Tempelkomplex gehalten. Erst als sie eines Tages stehen geblieben und einen Mann, der auf das Tor zuging, gefragt hatte, welchen Göttern diese Tempel geweiht waren, hatte sie die Wahrheit erfahren.

Seit diesem Tag hatte Grace der Universität mehrere Male in der Woche einen Besuch abgestattet. Ephesian hatte ihr einen goldenen Ring mit dem Siegel des Kaiserreichs gegeben: drei Bäume gekrönt von fünf Sternen. Der Ring verfügte über die beinahe magische Fähigkeit, in Tarras Türen zu öffnen. Der Torhüter der Universität hatte sie misstrauisch angesehen, als sie das erste Mal den Zutritt erbat. Doch der Ring musste nur einmal aufblitzen, und er eskortierte sie eilfertig hinein.

Bei ihren ersten Besuchen war Grace damit zufrieden gewesen, einfach umherzuspazieren, gelehrten Debatten zu lauschen und mit Studenten und Professoren zu sprechen, die einer Unterbrechung nicht abgeneigt schienen. Ihr wurde schnell klar, dass die Universität über vier Akademien verfügte, von denen jede ein zentrales Thema hatte: Rhetorik, Logik, Mathematik und Geschichte. Grace interessierte sich für alle diese Akademien, aber sie richtete ihre Aufmerksamkeit auf die Akademie für Geschichte. Sie war die kleinste der vier und lag am südlichsten Ende des Quadranten.

In der Bibliothek der Akademie hatte sie entdeckt, dass ihr Blickpunkt auf Geschichte im breitesten Sinn gerichtet war, sowohl Natur- als auch Zivilisationsgeschichte. Viele der dicken Wälzer und Abhandlungen der Bibliothek behandelten Biologie, vergleichende Anatomie und eine rudimentäre Art von Chemie. Zusätzlich war ein großer Teil der Bibliothek einer Sammlung von Exemplaren aus der Tierwelt gewidmet, die im Verlauf der Jahrhunderte gefangen und für das Studium erhalten worden waren. Grace hatte eine Schublade nach der anderen geöffnet und war auf die Häute und ins Leere starrenden Schädel von Tieren gestoßen, die sie nicht benennen konnte und die beinahe wie Primaten, Nagetiere und Beuteltiere aussahen.

Die Fauna der Erde und Eldhs sind sich ähnlich, Grace. Zu ähnlich. Es ist einfach unmöglich, dass sie sich parallel so entwickeln konnten. Aber hier haben die Dinge dann einen anderen Weg beschritten, so wie sich die Tiere in Australien durch Isolation von den übrigen Kontinenten anders weiterentwickelten.

Aber wenn es stimmte, dass die Geschöpfe der Erde und Eldhs getrennte Wege gegangen waren, dann stimmte es auch, dass sie einen gemeinsamen Ursprung teilten. Aber wann hatte zwischen den beiden Welten ein Austausch stattgefunden?

So interessant diese Frage auch war, hatte sich Grace dazu gezwungen, die Schubladen mit den Proben zu schließen und sich stattdessen auf die Bücherregale zu konzentrieren. Ihr Grund für den Besuch der Universität war einfach: Sie wollte etwas finden, das ihnen entdecken half, was mit Travis und den anderen geschehen war.

Sie verbrachte Tage damit, über einem Buch nach dem anderen zu brüten. Sie interessierte sich vor allem für Bücher, die sich mit der Geschichte des südlichen Kontinents Moringarth und den uralten Stadtstaaten von Amún beschäftigten. Morindu die Finstere war einer jener Stadtstaaten, und es waren die Zauberer von Morindu, die als Erste von der Welt jenseits der Leere, der Welt namens Erde, erfahren und die Tor-Artefakte erschaffen hatten, um dorthin zu gelangen.

Grace vermochte nicht zu sagen, warum sie einen Weg zur Erde finden wollten. Nicht einmal die Mournisch schienen die Antwort zu kennen – jedenfalls hatten sie sie nicht verraten –, und sie waren die Nachkommen der Bewohner von Morindu. Aber das spielte keine Rolle. Grace wollte einfach nur mehr über die Funktion der Tor-Artefakte erfahren, nicht warum man sie gebaut hatte.

Es hatte Grace überrascht, als Beltan sie nach ihren ersten Besuchen in der Universität gefragt hatte, ob er ihr helfen konnte. Es war nicht so, dass sie seine Gesellschaft nicht zu schätzen wusste; aber ihr war klar, dass die Karriere des Ritters ihm nur wenig Zeit für das Studium mehr geistiger Dinge gelassen hatte. Doch sobald sie sich von ihrer Überraschung erholt hatte, hatte sie seine Hilfe dankbar angenommen.

Als sie jetzt wieder an dem langen Tisch saßen, der mit den Büchern übersät war, die sie aus den staubigen Regalen geholt hatten, musterte Grace den großen Mann. Mit einer Hand hielt er das dünner werdende, hellblonde Haar aus der hohen Stirn, die vor Konzentration gerunzelt war. Seine Lippen bewegten sich, und Grace wusste, dass er die mit der Hand geschriebenen Wörter auf der Seite vor ihm lautlos vorlas.

Beltan konnte lesen, aber nicht besonders gut. Natürlich war selbst das eine ziemliche Leistung für einen Mann des Krieges, der in einer mittelalterlichen Welt lebte. Doch Grace hatte ihm Unterricht gegeben, und seitdem hatten sich seine Fertigkeiten im Lesen rapide verbessert. Seine Blicke glitten begierig über die Seiten. Was auch immer Beltan selbst von sich hielt, er war nicht dumm. Dennoch fragte sich Grace, aus welchem Grund er sie wirklich bei ihren Besuchen in der Universität begleitete.

Vielleicht kommt er aus dem gleichen Grund wie du. Um

etwas zu tun zu haben, das zumindest konstruktiv zu sein scheint, selbst wenn die Chance mikroskopisch klein ist.

Sie war das Buch leid, in dem sie gelesen hatte, sie hatte darin nichts über die Tore gefunden, also stützte sie das Kinn auf die Hand und beobachtete den Ritter. »Und, willst du dein Schwert gegen ein Studentengewand eintauschen?«

Er blickte mit einem Grinsen auf. Beltans Gesicht war unscheinbar, solange er nicht lächelte, und dann wurde es auf atemberaubende Weise attraktiv. »Vielleicht mache ich das«, sagte er und beugte sich wieder über sein Buch.

Mit einem Lächeln widmete Grace ihre Aufmerksamkeit wieder dem dicken Wälzer vor sich. Beltan war nicht der Einzige, dessen Fertigkeiten im Lesen besser wurden. Zwar war das Lesen noch immer einfacher, wenn sie die halbierte Silbermünze bei sich trug, aber sie konnte nun fast jedes Buch in der Bibliothek auch ohne verstehen, sogar die, die in archaischen Dialekten geschrieben waren. Und sie konnte Eldhisch nun fast fließend sprechen, allerdings hatte sie einen eigentümlichen Akzent, wie ihr Beltan verraten hatte, als sie es eines Tages ausprobiert hatte.

»Es ist, als würdest du mit zugehaltener Nase sprechen. Unter Wasser. Mit einem Mund voller Brot. Aber sonst klingst du großartig, Grace.«

Danach verwahrte sie die halbe Münze in dem kleinen Beutel an ihrem Gürtel – obwohl es schön zu wissen war, dass sie es im Notfall ohne schaffen würde.

Da kam ihr ein Gedanke. Die Silbermünze gewährte ihr die Fähigkeit, Eldhisch zu sprechen. Und sie wusste, dass das Elfenblut, das man Beltan verabreicht und das ihn geheilt hatte, ihm bei seinem Aufenthalt in Denver erlaubt hatte, Englisch zu sprechen.

Also sind seine neu gefundenen Fertigkeiten im Lesen möglicherweise gar kein Zufall.

Während das Sonnenlicht über den mit Mosaiken geschmückten Boden schlich und Studenten in braunen Gewändern leise in der Bibliothek ein- und ausgingen, arbeitete sich Grace durch weitere Bücher, einschließlich *Aufstieg und Fall von Amún, Die Gottkönige: heilige Tyrannen des Südens* und *Blutrituale in den Stadtstaaten von Moringarth – Mythos oder Magie?* Doch so interessant einige auch sein mochten, in keinem stand etwas über Tor-Artefakte.

Schließlich schob sie die Bücher mit schmerzendem Kopf und müden Augen zur Seite. Wie viele davon hatte sie in den letzten Wochen gelesen? Hundert? Wie viele es auch immer waren, es war nur ein Bruchteil der Reihen in den präzise organisierten Regalen, die die Antithese von Falkens Beschreibung der Bibliothek von Briel darstellten. Hier war so viel Wissen – es musste etwas geben, das ihnen helfen würde. Sie brauchten nur ein besseres System, um es zu finden.

»Ich wünschte, Durge wäre hier«, sagte sie, und erst, als Beltan aufschaute, wurde ihr bewusst, dass sie laut gesprochen hatte.

»Schon gut, Grace.« Er griff über den Tisch und drückte ihre Hand. Seine Hand war groß und mit verblassten Narben übersät. »Irgendwie werden wir sie finden.«

Grace lächelte, und erstaunlicherweise war dieser Ausdruck nicht erzwungen. In den letzten Wochen war die Stärke des Ritters eine Krücke gewesen, auf die sich alle gestützt hatten. Beltan liebte Travis; der Ritter hätte ein Wrack sein müssen. Aber aus irgendeinem Grund war er es nicht.

Nach ihrer Rückkehr nach Eldh, nach der Heilung durch den Elfen, war Beltan innerlich leer und zerbrochen gewesen, der Schatten seiner Vergangenheit, wie auch immer er aussah, hatte ihn verschlungen. Sie wusste bloß, dass es mit jemandem zu tun hatte, den der Ritter seiner eigenen Aussage nach getötet hatte, doch als Krieger war er mit Sicherheit gezwungen gewesen, auf dem Schlachtfeld viele Menschen zu töten. Aber seit sie in der Etherion dem Dämon gegenübergetreten waren, hatte es den Anschein, als hätte Beltan seinen Schatten genauso hinter sich gelassen wie Grace. Jetzt war der Ritter heiter und so humorvoll, wie sie ihn in Erinnerung hatte, so als hätte Travis' Verschwinden keine Verzweiflung verursacht, sondern ihm stattdessen neues Leben und einen Daseinszweck gewährt.

Welcher Ritter braucht keine Suche, Grace? Und jetzt hat er eine: Travis zu finden, ganz egal, was dazu nötig ist.

Was auch immer der Grund für seine Verwandlung war, es war schön, den alten Beltan zurückzuhaben. Allerdings, ob es nun an dem seltsamen Blut lag, das jetzt in seinen Adern floss, oder er im Laufe der Zeit etwas anderes in sich aufgenommen hatte, der Ritter hatte sich verändert. Manchmal konnte Grace die verborgene Ausstrahlung seines Gesichts selbst dann erkennen, wenn er nicht lächelte, und seine grünen Augen wiesen eine Tiefgründigkeit auf, die sie dort nie zuvor gesehen hatte.

Er legte den Kopf schief, und erst da wurde ihr bewusst, dass sie ihn angestarrt hatte.

»Was ist, Grace?«

Sie suchte nach Worten. »Es ist nichts. Ich habe bloß ...«

»Du kannst es sehen, nicht wahr?« Er sprach leise. »Aber ich schätze, das ist verständlich. Schließlich hast du ihn schon zuvor in mir erkannt, auf der Straße nach Spardis. Meinen Schatten.«

Sie schüttelte den Kopf. »Beltan, du musst nicht ...«

»Nein, es ist in Ordnung, Grace. Die Vergangenheit besitzt uns nicht. Das ist es doch, was wir in der Etherion gelernt haben, nicht wahr? Und ich glaube, ich will es schon länger jemandem erzählen. Ich glaube, vielleicht muss ich das sogar.«

Grace konnte sich nicht bewegen. Der Ritter hielt ihre Hand

fester. Er sah sie nicht an, während er sprach, sondern blickte stattdessen auf einen Halbkreis kobaltblauen Himmels außerhalb eines hohen Fensters.

»Ich habe so viele Jahre nach dem Mann gesucht, der meinen Vater, König Beldreas, ermordet hat. Ich glaube, vielleicht habe ich insgeheim gedacht, dass ich, wenn ich seinen Tod räche, irgendwo am Ende doch noch seine Anerkennung finde. Vathris weiß, ich schien sie niemals erringen zu können, als er noch am Leben war, ganz egal, wie sehr ich mich danach sehnte. Erst auf Spardis habe ich dann die Wahrheit erfahren. Ich habe den Mörder meines Vaters die ganze Zeit gekannt. Du musst wissen, ich selbst war es.«

Grace hörte mehrere gedämpfte Minuten wie erstarrt zu, während der Ritter ihr erzählte, was der Nekromant Dakarreth ihm in den Bädern unterhalb von Schloss Spardis enthüllt hatte: wie der Fahle König Dakarreth den Befehl gegeben hatte, in den Domänen Streit zu säen; wie Dakarreth sich in Beltans Träume gestohlen und den Ritter dazu gebracht hatte, ein Messer zu nehmen und es seinem Vater in den Rücken zu stoßen; wie der Nekromant, als er Beltans alte Wunde erneut aufgerissen hatte, ihn diesen schrecklichen Augenblick in seinen Erinnerungen noch einmal durchleben ließ.

Der Ritter schwieg, und Grace fand die Kraft, ihre andere Hand auf die seine zu legen. »O Beltan ...«

Er schüttelte den Kopf. »Mach dir keine Sorgen, Grace. Ich weiß, dass es nicht meine Schuld war. Ich war bloß ein Schwert in Dakarreths Hand; er war der Mörder, nicht ich. Und kein Mann hätte dem Nekromanten widerstehen können, nicht einmal Falken. Schließlich hat er vor langer Zeit etwas mit Falkens Hand gemacht. Nun, das hat er mir angetan. Aber ich werde Dakarreth nicht gewinnen lassen, nicht nachdem Travis alles aufgegeben hat, um ihn zu besiegen.«

Trotz ihrer Betroffenheit musste Grace lächeln. Wieso auch

nicht? Beltan hatte jeden Grund zur Wut, zur Verzweiflung oder zum Wahnsinn. Stattdessen hatte er das Leben und die Liebe gewählt.

Der Ritter zog die Hand weg und wischte sanft eine Träne von ihrer Wange. »Du solltest lieber damit aufhören, Grace. Der Bibliothekar wird dich rausschmeißen, wenn du eines seiner Bücher nass machst. Du hast doch den Aufstand gesehen, den er gemacht hat, als ich diese Flasche Wein mitgebracht habe. Komm, lass uns noch ein paar Bücher holen, damit wir weiterarbeiten können.«

Der Ritter lud sich einen Arm voll Bücher auf und ging in die Bibliothek hinein. Grace holte tief Luft, dann stand sie auf und drehte sich um.

Und blickte in goldene Augen.

Eine Frau trat aus dem Schatten zwischen zwei Bücherregalen in einen Strahl honiggelben Lichts. Wie immer trug sie eng anliegendes schwarzes Leder, und ihr dunkles Haar war von dem betörenden Oval ihres Gesichts streng zurückgekämmt.

»Vani«, stieß Grace leise hervor. »Wie lange bist du da?«

»Nicht ... lange.«

Grace musterte die Frau aus dem Volk der Mournisch. Sie wusste, dass Vani eine Prinzessin war, die von dem königlichen Geschlecht der alten Stadt Morindu der Finsteren abstammte. Außerdem war sie eine *T'gol* – eine Meuchelmörderin, die seit frühester Kindheit in der Kunst des Tötens ausgebildet worden war.

»Du hast alles gehört, nicht wahr?«, sagte Grace.

»Das habe ich.«

Grace befeuchtete sich die Lippen. »Du musst das verstehen, Vani. Es war nicht seine Schuld. Nur weil er ...«

Vani hielt eine Hand hoch. »Ich werde wegen seiner Tat nicht über ihn urteilen. Das ist nicht meine Angelegenheit.«

Grace zuckte innerlich zusammen. Vani liebte Travis – genau wie Beltan. Wenn auch aus anderen Gründen. Für den Ritter war es eine Sache des Herzens. Für Vani war es eine Sache des Schicksals. Und beide hatten sie ihn verloren.

Eine Last schien sich auf Grace zu senken. Sie wandte sich ab. »Beltan ist ein guter Mann, Vani.«

»Ich weiß.«

Sie schwiegen einen Augenblick lang.

Schließlich sagte Vani: »Die Mournisch werden Tarras bald verlassen. Für gewöhnlich reisen sie zu dieser Jahreszeit weiter nach Süden, zu den Städten südlich von Tarras.«

Grace drehte sich überrascht wieder zu ihr hin. »Gehst du mit ihnen?«

Vani lächelte, aber es war ein bitterer Ausdruck. »Ich glaube eher, dass mein Schicksal bei dir und deinen Gefährten liegt. Das heißt, wenn du mich dabeihaben willst.«

Welche Spannungen auch immer zwischen der *T'gol* und Beltan bestanden, Vani war ihre Freundin. Grace verspürte das impulsive Verlangen, auf die andere Frau zuzustürmen und sie zu umarmen, aber vermutlich war es keine gute Idee, in der Nähe einer Meuchelmörderin plötzliche Bewegungen zu machen. Sie beschränkte sich stattdessen auf ein herzliches Lächeln. »Ich bin froh, dass du bleibst.«

Vani ging zum Tisch und fuhr mit einem Finger über eines der aufgeschlagenen Bücher. »Du suchst in ihnen nach Wissen über die Tore?«

»Wir versuchen es«, sagte Grace.

»Die Zauberer von Morindu hüten ihre Geheimnisse. Es ist unwahrscheinlich, dass du hier Enthüllungen findest, ganz egal, wie alt diese Bücher auch sein mögen.«

Grace stieß einen Seufzer aus. »Ich weiß. Aber ich habe etwas zu tun. Vermutlich habe ich mir bloß Hoffnungen gemacht.«

Wieder verzogen sich Vanis Lippen zu einem kaum merklichen Lächeln, aber diesmal schien es ein verstohlener Ausdruck zu sein.

Sie unterhielten sich noch ein paar Minuten, und Grace erfuhr, dass die Mournisch noch ein letztes Fest veranstalten wollten, bevor sie ihre Wagen beluden und ihre Wanderschaft wieder aufnahmen. Vanis Al-Mama lud Grace und die anderen am nächsten Abend ins Lager ein, um an den Festlichkeiten teilzunehmen. Grace nahm die Einladung an; ihr war klar, dass alle eine Abwechslung gebrauchen konnten. Außerdem würde es ihnen einen Grund geben, die Einladung des Kaisers abzulehnen.

»Wir sehen dich morgen Abend«, sagte Grace.

Die staubige Bibliotheksluft flimmerte bereits, faltete sich in sich zusammen. Vani war verschwunden.

Beltan war noch immer irgendwo, um Bücher zurückzubringen. Grace nahm einen Stapel, um das Gleiche zu tun. Sie wanderte durch die dämmerigen Reihen aus Bücherregalen und vergewisserte sich, dass jeder Band an den richtigen Ort kam; sie fürchtete sich vor dem, was einer der Bibliothekare mit ihr machen würde, wenn sie es nicht tat, denn es spielte keine Rolle, ob sie nun den kaiserlichen Ring besaß oder nicht. Bald war nur noch ein Buch übrig. Nach einigem Suchen fand sie die Lücke im Regal, wo es hingehörte. Sie schob den dicken Band hinein.

Das heißt, sie versuchte es. Das Buch blieb sechs Zentimeter vor der Regalkante stecken. Grace drückte stärker, aber das Buch wollte sich einfach nicht weiterschieben lassen. Jetzt, wo sie darüber nachdachte, fiel ihr ein, dass es ihr überhaupt erst aufgefallen war, weil es ein Stück aus der Reihe herausragte. Sie zog es wieder heraus und spähte in die Lücke.

Dort war etwas. Grace griff hinein, und ihre Finger fanden etwas Flaches und Hartes. Sie zog es heraus. Es war ein Buch.

Sie musste kräftig niesen. *Ein staubiges Buch.*

Sie stellte den anderen Wälzer ab und betrachtete das Buch, das sie aus der Lücke gezogen hatte. Es war uncharakteristisch schmal. Vermutlich war es hinter die anderen Bände geschoben worden und dort in Vergessenheit geraten. Allem Anschein nach vor langer Zeit. Grace wischte mit einem Zipfel ihres Gewands den Staub von dem ledernen Einband. Dort stand in verblichenen goldenen Buchstaben der Titel geschrieben: *Heidnische Magie des Nordens.*

Sie blätterte die vergilbten Seiten durch. Sämtliche Bücher, die sie bis jetzt durchgesehen hatte, bestanden aus großformatiger, blumiger Schrift auf dickem Pergament, aber dieses Buch war aus knisterndem, glattem Papier, das mit spinnenhafter, aber ebenmäßiger Schrift beschrieben worden war. Ein paar Wörter erregten ihre Aufmerksamkeit, als die Seiten an ihr vorbeirauschten: *Malachor, Runenmeister, Ewigsee ...*

»Was hast du da, Grace?«

Sie drehte sich um. Beltans Gesicht war voller Bücherstaub, seine grünen Augen blickten neugierig.

»Ich bin mir nicht sicher«, sagte sie. »Es stand hinter den anderen Büchern auf dem Brett. Und es ist keine Geschichte von Tarras. Es scheint von den Mythen und Legenden des Nordens zu handeln.«

»Vermutlich ist es deshalb in Vergessenheit geraten. Ich weiß nicht, ob es dir aufgefallen ist, aber diese Tarraser scheinen sich für den Mittelpunkt der Welt zu halten.«

»Vermutlich, weil sie es ein Jahrtausend auch waren.«

Beltan grunzte. »Alte Gewohnheiten sterben langsam.«

Grace schaute aus einem der hohen Fenster. Der Himmel färbte sich langsam schiefergrau; es war Zeit zu gehen. Aber es gefiel ihr nicht, dieses Buch zurücklassen zu müssen. Was war, wenn einer der Bibliothekare es an einem Ort einstellte, an dem sie es nie wiederfinden würde? Sicher, sie suchte nach dem Wissen des Südens, nicht des Nordens. Trotzdem kribbelte ihre Hand, als sie sie auf den Einband legte.

»Ich werde dieses Buch ausleihen«, entschied sie.

Beltan runzelte die Stirn. »Was?«

»Ich nehme es mit«, sagte Grace und ging in Richtung des Haupttischs direkt neben dem Eingang zur Bibliothek.

Beltan blinzelte ihr verstohlen zu. »Jetzt verstehe ich.« Er senkte die Stimme zu einem Flüstern. »Ich mache ein kleines Ablenkungsmanöver, während du mit dem Buch verschwindest.«

Sie warf ihm einen entsetzten Blick zu. »Beltan!«

Mehrere Studenten und ein vorbeigehender Bibliothekar schauten auf, als ihre Stimme durch den Saal hallte. Grace zuckte zusammen und steuerte Beltan schnell zur Seite.

»Hör mir zu«, sagte sie diesmal mit gesenkter Stimme. »Ich stehle dieses Buch nicht. Also keine Ablenkungsmanöver. Verstanden?«

Der blonde Ritter schaute verletzt drein. »Was auch immer Ihr sagt, Mylady. Aber wenn Ihr beim Klauen erwischt werdet, dann gebt nicht mir die Schuld.«

Sie hatten den Tisch am Eingang erreicht; die Zeit des Flüsterns war vorbei. Grace gab einer der Bibliothekarinnen hinter der Barriere aus poliertem Holz das Buch.

»Ich möchte das hier ausleihen.«

Die Bibliothekarin nahm das Buch. »Was ist das?« Sie blätterte den Band durch, und ihr spitzes Gesicht wurde noch verkniffener. »Zauberer? Zauberformeln? Drachen? Ich hatte ja keine Ahnung, dass wir in dieser Bibliothek solchen Unsinn stehen haben. Ich kümmere mich darum.«

Sie wollte sich abwenden, aber Grace war schneller und riss ihr das Buch aus der Hand.

»Wenn ich es bitte ausleihen könnte«, sagte Grace und versuchte demütig zu klingen.

Die Bibliothekarin kniff die Augen zusammen. »Ihr seid keine Studentin hier, oder? Habt Ihr eine Bibliotheksmarke?«

Grace schluckte schwer. »Nein, aber ich habe das hier.« Sie hob die rechte Hand und zeigte Ephesians Goldring.

Die Bibliothekarin zeigte sich nicht beeindruckt. »Meine Dame, nicht einmal der Kaiser selbst kann ein Buch ohne Bibliotheksmarke ausleihen. Ihr müsst beim Erzdekan einen schriftlichen Antrag für eine Bibliotheksmarke einreichen und dann zurückkommen, wenn ...«

»Wartet«, sagte Grace. Sie hasste, das zu tun, was sie nun tun würde, aber sie hatte keine andere Wahl. »Ich vergaß. Ich habe eine Marke. Hier.«

Schnell griff sie mit ihren Gedanken zu und berührte die Weltenkraft – das leuchtende Netz der Macht, das durch alle Dinge floss. Sie webte mehrere Fäden zu einem schnellen Zauber zusammen und streckte die Hand aus.

Die Bibliothekarin blinzelte und starrte Graces ausgestreckte Hand an, dann nickte sie kurz angebunden.

»Also habt Ihr ja doch eine Bibliotheksmarke.« Ihre trockene Stimme hatte einen Unterton von Enttäuschung. »Nun gut, Ihr dürft das Buch ausleihen. Aber zuerst müsst Ihr dafür unterschreiben.«

Mit einer Schreibfeder kritzelte Grace ihren Namen und den Titel des Buchs auf ein Stück Pergament, wandte sich ab und ließ die pedantische Bibliothekarin an ihrem Tisch zurück.

»Was ist denn da gerade passiert?«, sagte Beltan, als sie durch die Tür der Bibliothek schritten. »Deine Hand war leer, aber sie benahm sich, als würde sie genau das sehen, was sie sehen wollte.«

Grace konnte noch immer das leise Kribbeln von Macht in ihren Fingern spüren. »Genau das tat sie.«

Beltan warf ihr einen scharfen Blick zu. »Und Magie zu benutzen ist etwas anderes als Stehlen, weil ...?«

Grace lachte und nahm den Ritter beim Arm. »Es ist viel höflicher«, sagte sie, und sie traten auf das Universitätsgelände hinaus, während sich das purpurne Zwielicht herabsenkte.

4

Es war spät, und Grace hatte Kopfschmerzen.

Sie hob den Blick von dem Buch auf dem Tisch und rieb sich den Nacken. Ihre Augen schienen vergessen zu haben, wie man sich konzentrierte. Die anderen waren vor einer Stunde auf ihre Zimmer gegangen, und Grace wusste, dass auch sie schlafen gehen sollte, wenn sie am morgigen Tag die nötige Energie für das Fest der Mournisch haben wollte.

Beim Abendessen hatte sie den anderen von Vanis Besuch in der Bibliothek erzählt. Als sie erwähnte, dass die Mournisch-Frau nicht zusammen mit ihrem Volk abreisen würde, hatte sich Beltan abgewandt, so dass Grace seine Miene nicht ergründen konnte. Als hätte sie diese Fähigkeit je besessen. Wenn es um das Thema menschliche Emotionen ging, war sie noch immer eine Anfängerin, und im Gegensatz zu Medizin oder Geschichte war das nichts, was man aus einem Buch lernen konnte.

Grace hatte Falken *Heidnische Magie des Nordens* zeigen wollen, aber er hatte den ganzen Tag damit verbracht, die Notizen durchzuarbeiten, die er in der Bibliothek von Briel gemacht hatte, ohne ein Ergebnis zu erzielen. Nachdem sie die Kette mit ihrem Anhänger wieder entgegengenommen hatte, hatte sie sich entschieden, ihm das Buch am Morgen zu zeigen. Immer vorausgesetzt, er erwachte mit besserer Laune.

Eine warme Brise ließ die feinen Vorhänge flattern. Jenseits des Fensters konnte Grace tief am Horizont einen pulsierenden blutroten Funken sehen. Tiras Stern war am Aufgehen und begann seine nächtliche Reise quer über den Himmel.

Nur noch eine Seite, Grace. Dann ab ins Bett. Ärztliche Anweisung.

Falken hatte ihnen viel über den Krieg der Steine und

Malachor und die Runenmeister erzählt. Aber das Buch enthielt mehr Einzelheiten als Falkens Geschichten. Vor allem faszinierten sie die Hinweise auf Ewigsee – ein Land weit im Westen von Falengarth, in das angeblich viele nach dem Untergang des Königreichs von Malachor geflohen waren. War es möglich, dass die Menschen Malachors – die entfernte Verwandte von ihr waren – dort noch immer lebten?

Ihr stellte sich eine andere Frage. Es war zweifelhaft, dass es unter den Gelehrten der Universität von Tarras Experten in nordischer Mythologie gab. Also wer hatte dieses Buch verfasst? Die Bindung schien etwas neuer als der Rest des Bandes zu sein; Grace hatte den Verdacht, dass die Titelseite verloren gegangen war, als man das Buch neu gebunden hatte, zusammen mit der Identität des Autors. Trotzdem war es fesselnd. Grace unterdrückte ein Gähnen und blätterte um.

Das Gähnen wurde zu einem Keuchen.

Es war verblichen, von der Zeit verblasst, aber klar zu erkennen. Jemand hatte in dem Buch etwas unterstrichen, und zwar mit etwas, das wie ein Bleistift aussah. Eine kurze Textpassage war markiert ...

... dass Götter, Drachen und mit der Sicht begabte Hexen sein Kommen vorhergesagt haben. Der mit Namen Runenbrecher wird die Rune Eldh brechen, die Erste Rune, die der Weltenschmied sprach, der sie zu Anbeginn der Welt in den Stein der Morgendämmerung band. Und so wird die Erste Rune auch die Letzte Rune sein, denn wenn sie bricht, wird die Welt enden ...

So beunruhigend diese Zeilen auch waren, waren es doch nicht sie, die Graces Blut erstarren ließen. Es waren drei hastig, beinahe verzweifelt am Rand daneben hingekritzelte Worte:

IST ES SCHICKSAL

»Nein«, flüsterte Grace. »Nein, das kann nicht sein.«

Sie griff in den Beutel an ihrer Schärpe, zog die halbe Silbermünze heraus und warf sie auf den Tisch. Sie schaute wieder in das Buch. Obwohl sie ihn jetzt nur noch mit Mühe lesen konnte, sah der Text auf der Seite nun seltsam und archaisch aus; er war in Eldhisch verfasst. Aber die mit Bleistift geschriebenen Wörter waren in englischer Sprache verfasst.

Grace schaute mit weit aufgerissenen Augen auf. Das war unmöglich. Und da war noch etwas. Etwas an den Wörtern am Rand, der Art und Weise, wie die Buchstaben geformt waren, beunruhigte sie noch mehr. Aber was war es? Sie starrte aus dem Fenster, dachte nach. Draußen schaute der rote Stern zurück wie ein böses Auge.

Das Auge schloss sich.

Wie gelähmt sah Grace weiter hin, wartete darauf, dass der blutrote Funke wieder zum Leben erwachte.

Nichts geschah. Entsetzen stieg in ihr auf. Mit zitternden Gliedern stand sie auf und ging ans Fenster. Es gab keine Wolken. Der Mond war eine große Sichel, und die Sterne sprenkelten den Nachthimmel wie schimmernde Spreu. Aber wo noch eben der rote Stern geleuchtet hatte, klaffte nur noch eine schwarze Leere am Himmel.

Der rote Stern – Tiras Stern – war verschwunden.

Grace zuckte zusammen, als es laut an der Tür klopfte. Nach einem kurzen Augenblick hatte sie sich wieder so weit gefasst, dass sie zur Tür stolpern und sie aufreißen konnte. Es war Falken.

»Melia will dich unten sehen.« Die Augen des Barden blickten genauso überrascht drein wie die ihren.

Sie fanden Melia an dem Tisch sitzen, an dem sie ihre Mahlzeiten einnahmen, wenn Regen verhinderte, dass sie auf dem Hof aßen. Die Lady schaute auf, aber der Ausdruck in ihren bernsteinfarbenen Augen war für Grace unergründlich. Aryn und Beltan kamen einen Augenblick später.

Der Ritter gähnte. Er trug nur ein langes Nachthemd. »Was ist? Ich träumte gerade von Bier. Und zwar nicht das labbrige Zeugs, das sie hier machen, sondern echtes, galtisches Bier – die Sorte, die einen in den Magen schlägt, einen vom Boden aufhebt, einem den starken Arm um die Schultern legt und zurück zum Tresen führt, und dabei die ganze Zeit grinst.«

Aryn richtete den durchsichtigen Morgenmantel, den sie sich übergeworfen hatte, und bedachte den großen Mann mit einem Stirnrunzeln. »Seid Ihr sicher, dass Ihr nicht von galtischen Männern geträumt habt statt von galtischem Bier?«

»Was auch immer, ich würde trotzdem lieber weiterschlafen.«

»Was ist los, Melia?«, fragte Falken.

Melias Gesichtsausdruck war angespannt. »Ich hatte gehofft, Grace würde das wissen.«

Aryn schaute Grace an. *Was ist geschehen, Schwester?*

»Tiras Stern«, krächzte Grace und rang nach Luft. »Er ist verschwunden.«

Sie sprachen darüber, während der Sichelmond jenseits der hohen Fenster immer höher stieg. Melias Kätzchen tauchte auf, stolzierte über den Tisch und bettelte nacheinander jeden um Streicheleinheiten an. Irgendwann mussten dann auch die Diener gekommen sein, denn auf dem Tisch erschienen Tassen und ein dampfender Topf *Maddok*. Grace nahm dankbar einen Becher entgegen, als Aryn ihn ihr reichte. Die Nacht war warm, aber ihr war kalt.

Von ihnen allen hatte allein Grace den roten Stern in dem

Moment betrachtet, in dem er verschwunden war – obwohl Melia sein Verschwinden innerhalb weniger Augenblicke bemerkt haben musste, wenn man bedachte, wie schnell Falken vor Graces Tür gestanden hatte. Unglücklicherweise hatte keiner von ihnen eine Erklärung für das, was geschehen war.

Aryn war sichtlich besorgt. »Ihr glaubt doch nicht ... ihr glaubt doch nicht, dass Tira ...«

»Sie ist eine Göttin, meine Liebe«, sagte Melia beruhigend. »Ich bin fest davon überzeugt, dass es ihr gut geht.«

Beltan kratzte sich am Kinn. »Was ist mit dem Stein des Feuers? Tira sollte ihn beschützen. Was, wenn sie ihn verloren hat? Das wäre schlimm, nicht wahr?«

»Mehr als schlimm«, sagte Falken. »Es wäre verheerend. Der Fahle König sucht noch immer nach den Steinen des Feuers und des Zwielichts, um sie neben dem Stein des Eises in die eiserne Halskette Imsaridur einzusetzen. Und sein Herr, Mohg, will zurück nach Eldh. Es besteht kein Zweifel, dass das in einer finsteren Zeit geschieht.«

»Du hast in diesem Moment aus dem Fenster geschaut, Liebes«, sagte Melia zu Grace. »Ist dir irgendetwas Seltsames aufgefallen, bevor der Stern verschwand? Irgendetwas, das ein Hinweis auf das Kommende gewesen sein könnte?«

Grace wünschte, es wäre so gewesen, aber sie schüttelte den Kopf. »Ich las in einem Buch, das ich in der Universität ausgeliehen habe. Meine Augen waren müde, und ich sah aus dem Fenster, um ihnen eine Erholung zu gönnen. Ich sah Tiras Stern. Und dann ... war er weg.«

»Du hast mir nicht gesagt, dass du Nachforschungen anstellst«, sagte Falken und warf ihr einen scharfen Blick zu. »Wie heißt das Buch?«

»Es trägt den Titel *Heidnische Magie des Nordens*. Ich wollte es dir zeigen, aber nach der Bibliothek von Briel schienst du in keiner sehr bücherfreundlichen Stimmung zu sein.«

Falken grunzte. »Da kann ich dir nicht widersprechen. Aber ich kenne die meisten Bücher, die jemals über die Magie des Nordens geschrieben wurden, und von dem habe ich noch nie gehört. Darf ich es mal sehen?«

Froh, etwas zu tun zu haben, eilte Grace nach oben und holte das Buch. Sie kehrte zu den anderen zurück und gab es Falken. Der Barde drehte es ein paar Mal um und blätterte es durch. Grace erklärte, wie sie es gefunden hatte.

»Interessant«, sagte er mit einem Stirnrunzeln, das besagte, dass er es *seltsam* fand. »Der Text ist definitiv auf Hochmalachorianisch geschrieben. Aber ich habe noch nie Papier von solcher Qualität gesehen, und der Einband ist tarrasisch. Ich bezweifle, dass *Heidnische Magie des Nordens* der Originaltitel war. Das ist viel zu abwertend, um etwas anderes als die Schöpfung eines tarrasischen Gelehrten zu sein. Ich schätze, derjenige, der den Band neu benannt hat, hat die ursprüngliche Titelseite weggeworfen.« Er schloss das Buch. »Ich bezweifle, dass wir je erfahren werden, wer es geschrieben hat, aber es sieht interessant aus. Hast du etwas dagegen, wenn ich es mir ausleihe, Grace?«

»Nein, aber da gibt es etwas, dass du dir ansehen solltest, etwas, das ich entdeckt habe, bevor der rote Stern verschwand.«

Sie setzte sich neben ihn und bemühte sich, ihre Hände am Zittern zu hindern, als sie die Seite suchte, die sie zuletzt gelesen hatte.

Falken runzelte finster die Stirn. »Ich finde es verabscheuungswürdig, wenn Leute in fremden Büchern herumschmieren. Und was steht da am Rand geschrieben? Das ist Gekritzel.«

Grace griff in den Beutel an ihrer Schärpe und holte die Silbermünze heraus. »Hier«, sagte sie und drückte Falken die Münze in die Hand. »Jetzt lies es.«

Er schaute wieder in das Buch und riss die Augen auf. Er sah zu Grace hoch. »Das kann nicht sein.«

»Was steht dort, Falken?«, fragte Melia.

Grace befeuchtete die Lippen. »Dort steht: ›Ist es Schicksal‹ Die Worte sind neben einem Absatz über die Prophezeiung vom Runenbrecher geschrieben.«

Aryn hob den Kopf. »Runenbrecher?«

»Ja, aber das ist nicht wichtig. Wichtig ist, dass ...«

Falken strich über die Seite. »... dass das S überall falsch herum geschrieben wurde.«

Beltan sprang auf und hieb mit der Faust auf den Tisch. »Beim Blut des Stiers, es ist Travis! Er ist ein Spiegelleser – das hast du selbst gesagt, Falken. Und das hier war falsch herum geschrieben. Er muss es sein. Er ist irgendwo in Tarras.«

»Beruhige dich«, sagte Falken mahnend. »Wir wissen nicht mit Sicherheit, dass Travis das geschrieben hat.«

Aber Grace wusste, dass der Barde das selbst nicht glaubte. Eine Notiz auf Englisch mit verkehrt herum geschriebenen Buchstaben neben einem Absatz über den Runenbrecher. Wer außer Travis hätte das sein sollen? Aber wie hätte er etwas in ein Buch schreiben können, das in der Universität von Tarras vor Jahren verloren gegangen war?

Grace nahm die Silbermünze von Falken entgegen und schlug den Einband des Buchs auf. Dort war ein Stück Papier eingeklebt. Darauf hatte die Bibliothekarin das Datum eingetragen, bis zu dem Grace das Buch zurückbringen musste – es waren zwei Wochen. Darüber war eine Liste der vorherigen Rückgabetermine, die durchgestrichen waren. Grace las das Datum, das direkt über dem ihren stand.

Zweiter Durdath im siebenunddreißigsten Jahr der gesegneten Herrschaft Seiner Eminenz, Ephesian des Sechzehnten.

Hinter Grace ertönte ein Keuchen. Es war Melia; sie war aufgestanden und schaute Grace über die Schulter.

»Aber das ist unmöglich«, sagte die Lady. »Der sechzehnte Ephesian starb vor über einem Jahrhundert.«

Etwas von Beltans Begeisterung wich Verwirrung. »Wovon redet Ihr da, Melia? Selbst ich weiß, dass Travis nichts in ein Buch geschrieben haben kann, das seit mehr als hundert Jahren hinter einem Regalbrett verloren war.«

»Nein«, murmelte Melia. »Nein, das kann er wohl kaum getan haben.«

Die Diskussion ging weiter, es wurden noch mehr Tassen *Maddok* geleert. Aber am Ende waren sie beiden Geheimnissen keinen Schritt näher gekommen. Sie konnten nur vermuten, warum Tiras Stern verschwunden war – und konnten nur hoffen, dass sowohl die Kindgöttin wie auch der Stein des Feuers sich noch immer irgendwo in Sicherheit befanden.

»Vielleicht wird der Stern ja morgen wieder aufgehen«, sagte Aryn, aber selbst die junge Baronesse schien wenig von ihren eigenen Worten überzeugt zu sein.

Irgendwo in der Ferne krähte ein Hahn. Draußen vor den Fenstern waren der Mond und die Sterne verschwunden und von einem harten blauen Licht ersetzt worden. Aryn nickte auf ihrem Stuhl ein, und Falken legte ihr seinen verblichenen Umhang über die Schultern.

»Kommt, Euer Hoheit«, murmelte er und weckte sie mit einem sanften Rütteln. »Die Zeit zum Schlafengehen ist schon lange vorbei.«

Grace schob eine zur Hälfte geleerte Tasse *Maddok* weg. Ihre Nerven summten wie Drähte. So erschöpft sie auch war, würde es für sie dennoch keinen Schlaf geben.

Melia warf Beltan einen Blick zu. »Ich weiß, dass du nicht mehr offiziell mein Ritter-Hüter bist, mein Lieber. Aber hättest du etwas dagegen, einer müden ehemaligen Göttin nach oben zu helfen?«

Beltan nickte und stand auf. Aber er wirkte bedrückt, und Grace wusste, an wen er dachte.

Sie stemmte sich hoch. »Ich glaube, ich sehe mal nach, ob die Milch schon geliefert wurde.«

Die Entdeckung, dass wie in einer vergangenen Ära der Erde jeden Morgen Tonkrüge mit Milch und Sahne an die Schwelle der Villa geliefert wurden, hatte Grace amüsiert. Sie wusste, dass die Diener müde sein würden, weil sie so lange aufgeblieben waren, um *Maddok* zu servieren; falls die Milch schon eingetroffen war, würde sie sie in die Speisekammer der Küche bringen und ihnen einen Teil der Arbeit ersparen.

Während Melia und Beltan Falken und Aryn zur Treppe folgten, begab sich Grace zum Eingang der Villa. Sie schob den Eisenriegel zurück, öffnete die Tür und ließ etwas von dem feuchten Grau des Morgens herein. Sie sah nach unten. Tatsächlich lag etwas auf der Schwelle, aber es war kein Milchkrug. Es war ein Mann in einer braunen Kutte.

»Beltan!«, rief sie instinktiv.

Einen Augenblick später war der Ritter da. »Was ist, Grace?«

Sie kniete neben der Gestalt nieder, die mit dem Gesicht nach unten auf der Steintreppe lag. Beltan stieß einen Fluch aus, dann kniete er neben ihr nieder. Grace war sich undeutlich bewusst, dass die anderen sich hinter ihr versammelt hatten, aber sie konzentrierte sich auf den Mann vor ihr.

Die braune Kutte war an mehreren Stellen zerrissen, der Stoff war feucht von Blut, aber er atmete. Sie drückte zwei Finger an sein Handgelenk. Der Puls war schwach, aber regelmäßig. All ihre Sinne sagten ihr, dass seine Verletzungen nicht kritisch waren. Aber er war kalt, litt an Unterkühlung.

Aber wie ist das möglich? Während der Nacht wird es doch kaum kälter als Zimmertemperatur. Ein nacktes Baby hätte draußen schlafen können, und ihm wäre nichts passiert.

Der Gedanke konnte warten, bis sie sicher sein konnte, dass der Patient außer Gefahr war. Sie wollte ihn umdrehen, um nach weiteren Verletzungen zu suchen.

»Beltan, hilf mir.«

Der Ritter drehte den Mann mit starken, sanften Händen um, während sie seinen Kopf hielt. Die Vorderseite der Kutte war nicht zerrissen; was auch immer die Verletzungen verursacht hatte, war von hinten gekommen. Eine schwere Kapuze verbarg das Gesicht. Grace schob sie zurück.

Und zum dritten Mal seit dem letzten Sonnenuntergang verspürte sie einen Schock. Er war ein junger Mann, höchstens Mitte zwanzig, dessen Augen geschlossen waren. Sein Gesicht war breit, mit einer flachen, schiefen Nase und dicken, wulstigen Lippen. Doch trotz der Reizlosigkeit lag ein innerer Frieden auf seinem Gesicht, der bestechend war.

»Bei Vathris, ich erkenne ihn!«, sagte Beltan, und der lautstarken Reaktion der anderen nach zu urteilen, erging es ihnen genauso.

Aber wie ist das möglich? Er hat dir geholfen, Travis davor zu retten, von den Runensprechern des Grauen Turms verbrannt zu werden. Danach ist er verschwunden, und du hast ihn nie wieder gesehen.

Bis jetzt.

Grace strich feuchtes Haar aus der Stirn, und seine braunen Augen öffneten sich zögernd. Einen Augenblick lang las sie Furcht darin, dann konzentrierten sie sich auf sie, und seine Lippen verzogen sich zu einem Grinsen. Er formte lautlos die Worte *Lady Grace,* und sie konnte einen flüchtigen Blick auf den Stumpf werfen, der alles war, was von seiner Zunge übrig geblieben war.

Er hob die blutigen Hände und bewegte sie zu Gesten, die mit ungewöhnlicher Eloquenz kommunizierten. *Guten Morgen, Mylady. Ich hoffe, Ihr vergebt mir meinen Überfall.*

Grace konnte es nicht glauben. Das war völlig unmöglich. Aber vielleicht war das in Ordnung; vielleicht geschah ja doch manchmal das Unmögliche.

Sie warf die Arme um Himmels breite Schultern und lachte.

5

Wenn Travis Wilder nicht genau hinsah, konnte er beinahe glauben, endlich und unmöglicherweise wieder zu Hause zu sein.

Er blieb nach Atem ringend an einer der zahllosen Biegungen stehen, die der Pfad machte, während er sich den östlichen Abhang des Castle Peak hinaufschlängelte. Travis wischte sich mit dem Taschentuch Schweiß und körnigen Staub von dem mit Stoppeln bewachsenen Kopf und richtete den ausgebeulten Segeltuchsack, den er über die wunden Schultern gelegt hatte. Dreihundert Meter unter ihm fing das Tal die letzten Strahlen der spätnachmittäglichen Sonne ein wie die funkelnden Flecken in der Pfanne eines der Fiftyniners, der Goldgräber aus dem Jahr 1858. Das dünne halbmondförmige Band des Granite Creek blitzte im Licht so schlank und silbern wie eine Forelle auf, aber purpurne Schatten tauchten die Moränen am Fuß von Signal Ridge bereits in Dunkelheit.

Er wusste, er hätte das Brennen in seinen Lungen ignorieren und weitergehen sollen. Die Nacht kam früh in den Bergen, und es würde nicht mehr lange dauern, bis er nicht mehr schwitzen würde. Sogar im Juli war in der Höhe von dreitausend Metern nach Einbruch der Abenddämmerung Frost keine Seltenheit, und sie wollten nicht noch eine Nacht so verbringen wie die vorherige. Scheinbar eine Ewigkeit hatten sie sich schweigend und zitternd auf dem schmutzigen Fußboden der verlassenen Silberschürferhütte aneinander gedrängt, während der Wind durch die Ritzen in den Bretterwänden pfiff.

Du hättest eine Rune benutzen können, Travis. Er berührte den harten Klumpen in seiner Hemdtasche. *Als du das letzte Mal auf der Erde gewesen bist, hat dich Sinfathisar Runen sprechen lassen. Es spielt doch keine Rolle, dass das ein anderes Jahrhundert ist. Du hättest* Krond *sagen und ein Feuer entzünden können. Lirith war heute Morgen ganz blau im Gesicht, an Durges Schnurrbart hing Eis, und Sareth …*

Doch die Vorstellung, die Rune des Feuers zu sprechen, war noch viel entsetzlicher gewesen als die Möglichkeit zu erfrieren. Wenn er Magie benutzte, wurden viel zu leicht Dinge verbrannt oder zerstört. Und manchmal waren diese Dinge auch Menschen. Er vermochte nicht zu sagen, ob er wirklich derjenige war, den Lirith und die Hexen den Runenbrecher nannten, aber ihm war bewusst, dass sie Recht hatten, seine Macht zu fürchten. Er tat es.

Du musst zurück. Sareth sah gar nicht gut aus, als du aufgebrochen bist. Vermutlich hat er die Höhenkrankheit, und die anderen werden nicht wissen, was das ist. Er muss viel trinken, aber hier oben ist das Wasser nicht sicher, bevor man es abgekocht hat, und das wird nicht passieren, bis du mit den Streichhölzern da bist.

Seine Stiefel aus eldhischem Leder schienen mit dem Pfad verschmolzen zu sein. Wenn er die Augen zusammenkniff, schien das Tal sich nicht besonders vom letzten Mal zu unterscheiden, als er es betrachtet hatte. Die Silhouette der Berge, die mit Rückenstacheln eines Stegosaurus versehen schien, hatte sich nicht verändert, und die Hochebene an ihrem Fuß war mit dem gleichen staubigen grünen Salbei gesprenkelt. Aber wenn er die Augen richtig aufmachte, zeigte ihm seine unnatürlich scharfe Sicht schnell die Dinge auf, die verkehrt waren.

Unten zu seiner Rechten war der südliche Abhang des Castle Peak mit Hütten und grob zusammengezimmerten Minenarbeiterbehausungen besetzt, die in seiner Erinnerung kaum mehr als verwitterte, graue Trümmer darstellten. Berge aus roten und umbrafarbenen Erzabfällen quollen die Bergseite herunter wie Absonderungen frischer Wunden. Ein dichter Nebel aus pulverisiertem Stein hing in der Luft, und der Lärm der letzten Pulversprengung hallte noch immer wie verspätetes Donnergrollen von den Berggipfeln.

Auf der anderen Talseite stieg eine schmale Dampfspur aus einem Zug, der gerade in ein vermutlich provisorisches Haltedepot einfuhr. Travis konnte den hellen Strich des Schienenstrangs ausmachen, der auf die Stadt zuführte. Nur noch zehn Meilen Schienen mussten gelegt werden, dann würden die Lokomotiven direkt in Castle City einfahren, noch mehr Menschen und billige Waren aus Denver bringen und unverarbeitetes Erz aus den Minen zu den Steinmühlen transportieren, in denen aus dem schwarzen Bleicarbonat funkelndes Silber gewonnen wurde.

Castle City war größer, als er es je gesehen hatte. Aber es war eine seltsame Eigenschaft der Bergstädte Colorados, dass sie im Gegensatz zu den meisten Städten kleiner wurden statt zu wachsen. Der Fund einer reichhaltigen Gold- oder Silberader konnte ein kleines Schürferlager über Nacht in eine Bretterstadt mit fünftausend Einwohnern verwandeln. Dann, wenn eine Mine nach der anderen ausgebeutet war und geschlossen wurde, zogen die Leute weiter und die Stadt schrumpfte. Ein paar dieser Städte erlebten ein Jahrhundert später eine Wiedergeburt als Winterspielplatz für die Reichen. Castle City gehörte zu dem Rest – eine zusammengewürfelte Ansammlung aus viktorianischen Fachwerkhäusern, mit rostigen Dächern versehenen Hütten und weniger leicht abzureißenden Häusern, in der nur ein paar Hundert Seelen hausten, bloß ein Schatten seiner einstigen Pracht.

Zumindest war das Travis' Erinnerung. Aber hier und jetzt, dreihundert Meter unter ihm im Tal, war dieser Schatten lebendig und gesund.

Er war noch nicht bis in die Stadt gegangen. Diese Vorstellung hatte ihn genauso sehr geängstigt, wie die Rune des Feuers zu sprechen. Das hier war in jeder Hinsicht eine genauso fremdartige Welt wie Eldh, als er es das erste Mal im Winterwald betreten hatte. Wie würden die Leute auf seine Mournisch-Tracht oder seinen Akzent aus dem 21. Jahrhundert reagieren? Würde er überhaupt mit ihnen kommunizieren können?

Seine Befürchtungen waren nicht ganz unbegründet gewesen.

Genau wie in seiner Ära hätte es in McKay's General Store alles gegeben, was er brauchte, aber er war an dem ersten Laden stehen geblieben, auf den er eine halbe Meile außerhalb von Castle City gestoßen war. Die rechteckige falsche Fassade hatte nicht die schiefe Hütte verbergen können, die sich dahinter duckte, aber das war Travis egal gewesen. Der Laden befand sich in der Nähe der Minen am Castle Peak, und Travis war – wie zweifellos viele der Silberschürfer – eher an Nähe statt an Auswahl interessiert.

Er trat durch die Tür in einen dunklen Raum, in dem es nach Rauch stank. Holzkisten bildeten ein planloses Labyrinth. Von niedrigen Dachbalken hingen Gewehre, Kupferlaternen, Schinken und Spitzhacken. Die einzige Person in Sicht war eine kleine mürrische Frau hinter der Theke, die aus einem auf zwei Fässer gelegten Brett bestand. Ihr fettes Haar war zu einem strengen Knoten zurückgekämmt, und sie trug ein schweres schwarzes Kleid, dessen Schultern mit Schuppen bestäubt waren. Sie schaute von dem Kassenbuch vor ihr auf und musterte ihn mit schmalen Augen aus einem aufgedunsenen roten Gesicht.

»Was sin' Sie für'n komischer Heiliger?« Selbst mit Hilfe der Silbermünze waren ihre schrillen, nasalen Worte kaum zu verstehen. »Un' ich hielt die Kerls aus Cornwall für'n verrückt'n Haufen, mit ihr'n komisch'n Geschichten. Nun, ich kann Ihnen nich helfen, wenn 'se nix mehr zu fressen hab'n. Hier gibt's nix umsonst. Außer Blei.« Sie deutete mit dem Kopf auf die Waffe, die in bequemer Reichweite ihrer Hand lag – ein kleiner Derringer mit Perlmuttgriff.

Travis fing an, den Staub von seiner locker sitzenden Mournisch-Tracht zu klopfen, dann zwang er sich dazu, damit aufzuhören. Er wollte nicht noch mehr Aufmerksamkeit auf seine fremdartigen Kleider lenken. Er räusperte sich und versuchte mit so einfachen Worten zu sprechen wie möglich.

»Ich habe die hier.« Er hielt ihr den kleinen Stapel dicker Goldmünzen hin, die er und die anderen nach dem Durchstöbern ihrer Taschen zusammenbekommen hatten. Es war nicht viel. Dennoch glomm in den Augen der Frau ein Funkeln auf.

»Stehen 'se nich da dumm rum. Her mit den Adlern.«

Er gab ihr die Goldmünzen, und sie runzelte die Stirn, als ihr zweifellos klar wurde, dass es sich gar nicht um amerikanische Münzen handelte. Sie nahm ein kleines Messer und kratzte von einer Münze ein paar Späne ab. Sie grunzte, dann legte sie die Münzen auf die eine Seite einer kleinen Waage und stapelte Messinggewichte auf die andere. Travis entging nicht, dass ihr Daumen zusammen mit den Gewichten auflag, aber er sagte nichts.

»Ich geb' 'se fünfzig Dollar dafür. Nu' machen 'se schon.« Sie winkte mit ihrer dicken Hand. »Nehmen 'se, was 'se wollen. Ich sach's 'se, wenn 'se alles verbraucht hab'n.«

Travis wusste dank des amüsierten Tonfalls ihrer Stimme, dass sie bei diesem Handel das bessere Geschäft machte, aber es spielte keine Rolle. Er wollte bloß weg, bevor jemand anders hereinkam. Schnell sammelte er einen Arm voll Waren zusammen und brachte sie zur Theke. Die Frau war offensichtlich enttäuscht, dass sie ihm, nachdem sie alles zusammengerechnet hatte, noch zwanzig Dollar schuldete. Mürrisch zählte sie ihm die großen, zerknitterten Banknoten in die

Hand. Er füllte den Segeltuchsack, den er mitgebracht hatte, und ging in Richtung Tür.

»Mehr Gold werden 'se aus dem Berch nich' mehr rauskratzen«, rief sie hinter ihm her.

Er zögerte. »Ich schürfe nicht nach Gold«, sagte er, dann trat er nach draußen.

Jetzt war der Schweiß auf seinem Kopf getrocknet, und das Keuchen seiner Lungen zu einem leisen Rasseln abgeklungen. Travis drehte sich um und stieg wieder den Pfad empor.

Als er die verlassene Hütte erreichte, lag das ganze Tal im Schatten des Berges. Travis war derjenige gewesen, der am vergangenen Nachmittag die Hütte entdeckt hatte. Erschöpft nach der Schlacht mit dem Dämon in der Kuppel der Etherion und verwirrt, dass sie sich auf der Erde wiedergefunden hatten, waren sie vor den Menschen und dem Lärm Castle Citys geflohen. Sie hatten einen Ort gebraucht, an dem sie nachdenken und sich orientieren konnten. Dann hatte Travis aufgeschaut und den kleinen, kistenartigen Umriss entdeckt, der sich über ihnen auf den Hängen des Castle Peak duckte. Die Hütte war verlassen worden, zweifellos von einem Schürfer, dessen Claim kein Silber, sondern wertlosen Felsen zu Tage gebracht hatte.

Travis öffnete die von der Sonne verblichene Brettertür der Hütte und entdeckte, dass sich die anderen während seiner Abwesenheit nützlich gemacht hatten. Durge hatte in einem Anfall guter embarranischer Betriebsamkeit die Spalten in den Wänden mit Lehm aus dem kleinen Bach geschlossen, der an der Hütte vorbeirieselte, und den gröbsten Zug beseitigt. Lirith hatte den aus festgetretener Erde bestehenden Boden mit einem Bündel aus Zweigen gefegt, die primitive Feuerstelle aus Stein gesäubert und einen ordentlichen Holzstoß darin aufgebaut. Aber Sareth hockte in der Ecke; sein normalerweise kupferfarbenes Gesicht war blass.

»Es ist gut, dass Ihr zurück seid«, sagte Durge, ohne das auszusprechen, was Travis in seinen tief liegenden braunen Augen lesen konnte. *Wir haben uns schon Sorgen gemacht.*

Travis nahm den Sack von der Schulter, die sich sofort verkrampfte. »Wie geht es Euch, Sareth?«

Der Mournisch grinste. »Ich versuche Lirith davon zu überzeugen, dass ich mir den Kopf aufgeschlagen habe, aber sie will mir nicht glauben. Mittlerweile hat sie vermutlich mein Hirn aus der Hütte gewischt. Und mein Atem scheint meinen Körper nur widerstrebend verlassen zu wollen.«

Durge nickte. »Die Luft hier scheint seltsam dünn zu sein. Ist das auf Eurer Welt, dieser Erde, immer so?«

»Es ist die Höhe«, sagte Travis. »Wir sind hier fast eine Meile höher als in Tarras. Jeder muss viel Wasser trinken.«

»Aber Ihr habt uns doch gesagt, wir dürften das Wasser nicht trinken«, sagte Durge finster.

»Weil wir es vorher abkochen müssen.« Er wollte mehr sagen, ließ es dann aber sein. Er war zu müde, um die Sache mit den mikroskopischen Amöben und den Schaden, den sie in den Eingeweiden anrichten konnten, zu erklären. Im Augenblick konnte Durge ihn für widersprüchlich halten, das war ihm egal.

Lirith kniete neben dem Sack. »Habt Ihr die ... *Kratzhölzer* bekommen, damit wir Feuer machen können?«

»Streichhölzer. Ja, und noch mehr.«

Travis ging neben ihr auf die Knie, und sie packten aus. Es sah jetzt nach noch weniger aus als im Laden. Selbst 1887 schien man für dreißig Dollar nicht viel kaufen zu können. Natürlich wusste Travis, dass die Preise in den boomenden Minenstädten auf groteske Weise überzogen waren. Ein Sack Mehl konnte hundert Dollar kosten. Aber da sich die Eisenbahn näherte, waren die Preise vermutlich am Sinken.

Zusammen mit einem Kupferkessel zum Wasserkochen und einer Tasse, die sie abwechselnd benutzten konnten, hatte er Lebensmittel gekauft – Kekse, ein kleines Käserad, eine Zitrone und ein paar Dosen mit Sardinen. Die Dosen enthielten vermutlich Blei, aber das war im Moment die geringste ihrer Sorgen.

Für jeden von ihnen gab es auch neue Kleidung, Kleidung, die andere hoffentlich davon abhielt, sie für komische Heilige zu halten. Für jeden der Männer gab es ein Paar Jeans aus Segeltuch und ein Kattunhemd, für Lirith ein braunes Popelinkleid. Ihre eldhischen Schuhe würden ausreichen müssen, aber Travis' und Durges Stiefel waren schlicht genug, um nicht auffällig zu sein, und die Halbschuhe, die Lirith und Sareth trugen, unterschieden sich nicht sehr von Mokassins. Das Taschentuch, mit dem Travis sich den Kopf abgewischt hatte, war ein Luxus in der letzten Minute gewesen. Er wusste nicht einmal genau, warum er es gekauft hatte; da war bloß eine vage Erinnerung, dass man sich nicht ohne Taschentuch auf ein Abenteuer begeben sollte.

»Und ich habe das hier«, sagte Travis und zog eine kleine purpurne Flasche aus der Tasche. »Sie hatten kein Aspirin.«

Lirith betrachtete die Flasche stirnrunzelnd. »Aspirin?«

»Das spielt keine Rolle, ich bin mir ziemlich sicher, dass es in dieser Zeit noch nicht einmal erfunden ist. Aber ich glaube, das hier ist fast das Gleiche.«

Auf dem kleinen, auf die Flasche aufgeleimten Aufkleber stand *Salizylat.* Lirith nahm die Flasche, entkorkte sie und führte sie an die Nase. Sie hob eine Augenbraue und schaute auf.

»Es riecht wie die Tinktur von Weidenrinde.«

Travis nickte. »Es müsste Sareths Kopf helfen.«

Bald brannte ein Feuer, und der Kessel voller Bachwasser hing an einem Eisenhaken über den Flammen. Allerdings war

Travis etwas enttäuscht, dass die anderen die Streichhölzer nicht für Magie hielten.

»Ich verstehe«, sagte Durge und studierte ein Streichholz. »Es ist eine alchemistische Reaktion. Der Schwefel dient als Katalysator, und daraus entsteht dann das Feuer.«

»Sie scheinen bequemer als Feuerstein und Zunder zu sein«, meinte Lirith, während sie einen weiteren Zweig ins Feuer schob, und Sareth nickte.

Travis stöhnte. »Ihr seid alles Langweiler. Streichhölzer sind doch richtig cool! Als ich ein Junge war, habe ich immer gern ausprobiert, wie weit ich sie brennend werfen konnte.«

Durge nahm Travis sanft, aber bestimmend die Streichholzschachtel ab. Travis ließ es geschehen.

Die Nacht fand sie zwar nicht unbedingt in luxuriösen Umständen vor, aber es war doch immerhin wesentlich weniger erbärmlich als in der vergangenen Nacht. Ihre neue Kleidung war steif und kratzte an den Nähten, aber sie war wärmer als die Mournisch-Tracht, die für südliches Klima gemacht war. Das Feuer verbreitete ein fröhliches Licht, und irgendwie war es Lirith gelungen, die Kekse und Sardinen appetitlich aussehen zu lassen, obwohl es anfangs nicht leicht gewesen war, die Dosen aufzubekommen. Erst als Durge sein Breitschwert gezogen und es auf eine der Dosen gerichtet hatte, war Travis wieder an sein malachorianisches Stilett erinnert worden. Er hatte es aus der kleinen Tasche gezogen, die er mit Mühe geschafft hatte, aus der Etherion zu retten, und die Klinge war in die Dose eingedrungen wie in Butter.

Sie alle tranken das Wasser, nachdem es abgekühlt war, und Lirith hatte mit ein paar Tropfen Salizylat einen Tee gemacht. Er schien Sareths Kopfschmerzen zu lindern. Da das nackte Überleben nicht mehr ihre dringlichste Sorge war, wandten sich ihre Gedanken anderen, nicht weniger wichtigen Problemen zu.

»Also, wie können wir nach Eldh zurückkehren?«, fragte Lirith. Die dunklen Augen der Hexe funkelten im Flammenschein.

»Ich habe eine bessere Frage, *Beshala*«, sagte Sareth. Er hatte wieder an Farbe gewonnen, und er saß aufrecht da. »*Wann* treffen wir auf Eldh ein?«

Es hatte Travis am Vortag einiges an Mühe gekostet, den anderen zu erklären, dass das hier zwar seine Welt war, aber nicht die Welt, die er kannte. Das Datum im *Castle City Clarion* war der 13. Juni 1887 gewesen. Sie wussten, dass der Dämon in Tarras den Zeitfluss beeinflusst hatte. Irgendwie hatten die noch vorhandenen Reste seiner Macht bei ihrer Flucht aus der Etherion das Tor-Artefakt gestört, und darum waren sie hundert Jahre in die irdische Vergangenheit gereist.

»Kann das Tor-Artefakt uns nicht helfen?«, fragte Durge. »Es war dazu in der Lage, uns in eine lange vergangene Zeit zu transportieren. Die Logik sagt uns, dass es uns auch in eine Zeit schaffen kann, die erst noch eintreten muss. Und in dem Skarabäus von Orú ist noch ein Tropfen Blut.«

»Ich bin nicht davon überzeugt, dass sich die Logik diesmal anwenden lässt.« Travis griff in den Sack und holte das Tor-Artefakt heraus. Er stellte es auf dem Boden ab, und eine kleine, goldene Kreatur krabbelte aus der Oberfläche der Obsidianpyramide und streckte eines ihrer schlanken Insektenbeine aus, um Travis' Hand zu streicheln.

Wie immer war Travis von dem Skarabäus wie verzaubert. Er hatte Ähnlichkeit mit einer Spinne, nur dass er aus Gold gefertigt war, und auf seinem Leib funkelte ein wie eine Träne geformter Rubin. Er schien zu leben, aber was würde geschehen, wenn sie den letzten darin enthaltenen Blutstropfen verbraucht hatten? Würde der Skarabäus sterben?

»Ich glaube nicht, dass das Tor uns mit eigener Kraft durch die Zeit befördern kann«, fuhr Travis fort. »Ich glaube, allein der Dämon ist daran schuld, dass wir sowohl durch die Zeit als auch zwischen den Welten gereist sind.«

Lirith fuhr sich mit den Fingern durch das schwarze, lockige Haar. »Was bedeutet, dass wir, sollten wir das Tor benutzen, hundert Jahre vor unserer Geburt in Tarras eintreffen.«

»Vielleicht ist das ja nicht so schlimm, wie es klingt«, sagte Sareth und kratzte Erde von der Holzprothese an seinem rechten Bein. »Ich habe manchmal davon geträumt, in die Vergangenheit zu reisen.«

»Also gibt es in der Gegenwart nichts, was Euch halten könnte?«, fragte Lirith in scharfem Tonfall.

Sareth sah sie verblüfft an, aber sie hatte den Blick auf das Feuer gerichtet.

»Also hat es den Anschein, als wären wir verloren«, grollte Durge. Mit den Jeans und dem Kattunhemd sah der Ritter genauso aus wie die Minenarbeiter des neunzehnten Jahrhunderts, die Travis auf alten Fotos gesehen hatte. Der Schnurrbart des Embarraners und das lange, aus der ernsten Stirn gekämmte Haar trugen zu diesem Eindruck nur noch bei. »Falls man einen Dämonen braucht, um durch die Zeit zu reisen, dann ist Eure Fantasie Wirklichkeit geworden, Sareth, und uns bleibt nichts anderes übrig, als in der Vergangenheit zu bleiben – auf dieser oder unserer Welt.«

»Nein«, sagte Travis und stand auf, um umherzugehen. »Ich glaube nicht, dass wir schon aufgeben müssen. Ich glaube, es gibt da jemanden, der uns vielleicht helfen könnte – die Person, die mich überhaupt erst in diese ganze Sache verwickelt hat. Ich weiß bloß nicht, ob er schon hier ist.«

Lirith wandte den Kopf von dem Feuer. »Von wem sprecht Ihr?«

»Von dem Mann, der mir das hier gegeben hat.« Travis zog den Stein des Zwielichts aus der Tasche. Er schimmerte silbriggrün auf seiner Handfläche. »Jack Graystone.«

Außer mit Melia und Falken hatte er nie viel über Jack Graystone gesprochen, also fing er am Anfang an: wie sein alter Freund ihn vor einem Jahr in einer stürmischen Oktobernacht in das Antiquitätengeschäft außerhalb der Stadt gerufen und sich sein ganzes Leben für immer verändert hatte. Jack hatte ihm Sinfathisar gegeben und befohlen, vor gefährlichen Wesen zu fliehen, die in grellem Licht erschienen – Wesen, wie Travis erst später erfuhr, namens Phantomschatten. Travis war geflohen, und irgendwie und unmöglicherweise war er durch eine Reklametafel in die Welt namens Eldh getreten. Erst später bei seiner Rückkehr zur Erde hatte er erfahren, dass seine Befürchtung wahr geworden war: Jack Graystone war in dem Feuer gestorben, das in jener Oktobernacht sein Antiquitätengeschäft verschlungen hatte.

Durge strich sich über den Schnurrbart. »Dann war dieser Zauberer Graystone also wie auch Mindroth einer der drei Runenmeister, die nach dem Sturz von Malachor mit den Großen Steinen flohen. Nur dass er den Weg zu Eurer Erde fand. Und Ihr glaubt, er könnte uns dabei helfen, in die Zeit zurückzukehren, in die wir gehören.«

»Das ist richtig«, sagte Travis.

»Und Graystone trägt die Verantwortung dafür, dass Ihr den Stein Sinfathisar erhalten habt und bei der vergangenen Wintersonnenwende den Fahlen König hinter dem Runentor einsperren konntet. Und letzten Sommer den Nekromanten aufhalten konntet.«

»Und den Dämon besiegt habt«, fügte Lirith hinzu. »Sowie die Zauberer von Scirath.«

Sareth stieß einen leisen Pfiff aus. »Es scheint eine glückliche Fügung gewesen zu sein, dass Ihr diesen Jack Graystone kennen gelernt habt.«

Travis griff den Stein fester. »So könnte man es nennen.« Schließlich konnte es nicht das Schicksal gewesen sein. Nicht, wenn er ein *A'narai* war, einer der Schicksalslosen, wie Sareths Großmutter behauptet hatte.

»Also besteht Eurer Meinung nach die Chance, dass der Zauberer Graystone in dieser Zeit hier ist«, sagte Durge.

Travis setzte sich wieder und angelte in einer der geöffneten Dosen nach einem Sardinenkopf. »Ich bin mir nicht sicher. Es könnte sein. Ich versuche mich zu erinnern, wie das genau war. Ihr müsst wissen, dass Jack mehrere Jahrhunderte lang in London gelebt hat – das ist eine große Stadt, die weit von hier entfernt ist, auf der anderen Seite eines Ozeans. Er besaß dort einen Buchladen mit dem Namen Queen's Shelf. Aber dieser Laden ist dann abgebrannt, und danach kam er her, nach Castle City. Ich weiß, dass das Queen's Shelf 1887 abgebrannt ist – das ist dieses Jahr. Aber ich weiß nicht, wann genau 1887.«

»Also könnte dieser Jack Graystone bereits hier sein«, meinte Sareth.

Travis zuckte mit den Schultern. »Schon möglich. Oder es könnte noch Monate dauern, bis er kommt. Aber wie dem auch sei, wir müssen es herausfinden. Ich fürchte, wir müssen morgen in die Stadt gehen und herumfragen.«

»Es gibt eine Möglichkeit, wie wir es in dieser Nacht herausfinden«, sagte Lirith leise.

Die anderen starrten die Hexe an.

Lirith fuhr fort. »Wenn ich diesen Graystone kennen würde, könnte ich vielleicht die Gegenwart seines Lebensfadens fühlen. Ich vermute, der Faden eines Zauberers müsste hell in der Weltenkraft leuchten.«

Sareth musterte sie. »Könnt Ihr das tun, *Beshala?*« In seiner Stimme lag kein Zweifel, sondern nur stilles Staunen.

»Ich glaube schon. Die Weltenkraft ist auf dieser Welt schwächer als auf Eldh. Aber sie müsste kräftig genug sein, um diese Magie wirken zu können. Obwohl hier etwas nicht stimmt. Es ist, als würde das Land vor Schmerzen schreien.«

Travis glaubte zu verstehen. Im modernen Denver, in dem Grace versucht hatte, Magie zu wirken, war die natürliche Welt, mit der die Weltenkraft verbunden war, fast unter Beton, Stahl und Asphalt erstickt worden. Aber in den Bergen, 1887, war das Land noch größtenteils eine Wildnis. Doch es war verletzt: Minen waren in sein Fleisch gegraben worden, Eisenbahnschienen schlitzten seine Haut auf.

»Vergebt mir, Mylady, aber da scheint es ein Problem zu geben«, sagte Durge und gab sich offensichtlich alle Mühe, nicht unbehaglich auszusehen. Der Ritter hatte sich allem Anschein nach noch nie für Hexenzauber begeistern können. »Ihr habt gesagt, Ihr könntet den Faden des Zauberers Graystone sehen, wenn er Euch bekannt wäre. Aber seid Ihr ihm denn jemals begegnet?«

Lirith schaute auf. »Travis könnte mir helfen.«

Travis kniete neben ihr nieder und streckte die linke Hand aus. Lirith ergriff sie mit beiden Händen. Durges Augen weiteten sich vor Entsetzen, und er rückte schnell etwas ab. Travis fragte sich, was die starke Reaktion des Ritters wohl verursacht hatte, aber bevor er fragen konnte, schloss Lirith die Augen, und eine Stimme ertönte in seinem Bewusstsein.

Stellt Euch Euren Freund vor.

Travis schloss die Augen und gehorchte Liriths Stimme. Er stellte sich Jack so vor, wie er ihn stets in Erinnerung hatte, ein attraktiver und gelehrt aussehender älterer Gentleman in einem zerknitterten grauen Anzug und grüner Weste, dessen dünnes Haar in allen Richtungen von seinem Kopf abstand und dessen blaue Augen funkelten.

Travis verspürte ein Kribbeln in der Hand, dann ließ Lirith los. Er öffnete die Augen, aber die Hexe hielt die ihren noch immer geschlossen. Die drei Männer sahen ihr mit angehaltenem Atem zu.

»Ich glaube nicht, dass er schon eingetroffen ist«, murmelte Lirith nach einer Minute. »Ihr habt mir ein klares Bild verschafft, Travis, und sein Lebensfaden müsste leicht zu erkennen sein. Aber er ist nirgendwo in Sicht. Er muss noch immer ... oh!«

Lirith riss die Augen auf. Sareth eilte an ihre Seite. *»Beshala,* was ist?«

»Ich habe etwas gesehen«, flüsterte sie. »Einen Schatten. In der Nähe.«

Durge war bereits auf den Füßen. Er hielt das Breitschwert in beiden Händen und ging zur Tür. Ein langer Augenblick der Stille kehrte ein, dann hörten sie es alle: das Geräusch kleiner Kiesel, die über den Fels kollerten.

Mit einer schnellen Bewegung riss Durge die Tür auf und sprang nach draußen, das Schwert bereit. Travis war direkt hinter ihm, das malachorianische Stilett in der Hand.

Ein kalter Wind wehte durch die leere Nacht. Der Mond schien aus einem wolkenlosen Himmel, enthüllte nackten Felsen und sonst nichts.

Durge senkte das Breitschwert. »Es muss ein Tier gewesen sein. Eines dieser kleinen gestreiften Backenhörnchen, wie Ihr sie nennt.«

Travis wollte dem Ritter antworten, dann erregte ein blutrotes Funkeln seine Aufmerksamkeit. Er schaute noch gerade rechtzeitig auf sein Stillet, um zu sehen, wie der im Griff eingelassene Rubin leicht flackerte und dann dunkel wurde.

6

Travis wurde vom Donner geweckt.

Sand fiel von den Dachbalken der Hütte in sein Gesicht. Er rieb ihn sich aus den Augen und setzte sich auf. Zwischen den Türplanken drang Sonnenlicht herein und schnitt heiße Keile aus der staubigen Luft. Es war Morgen.

Ein weiteres Beben erschütterte die Hütte.

Neben Travis setzte sich Durge mit wildem Blick und Sand im Haar auf. »Wir müssen uns beeilen!«, stieß der Ritter hervor. »Das Drachenfeuer breitet sich aus. Die Burg wird einstürzen!«

»Wacht auf, Durge«, sagte Travis und schüttelte den Ritter an der Schulter. »Da ist kein Drache. Und glaubt mir, da ist auch keine Burg.«

»Ist es ein Sturm, Travis?«, fragte Lirith. Sie lag zusammengekrümmt auf dem Boden auf Travis' grauem Nebelmantel. Sareth, der noch immer zu schlafen schien, beanspruchte die andere Hälfte des Mantels.

Travis stand auf und streckte die steifen Glieder. »Das ist eine Sprengung. Vermutlich drüben am Südkamm des Berges.«

Durge runzelte die Stirn. »Eine Sprengung?«

Lirith setzte sich auf und legte die Arme um den Leib. »Sie machen noch mehr Löcher in das Land. Aber mit welcher Magie schaffen sie das?«

»Das ist keine Magie«, sagte Travis. »Das ist Sprengstoff. Dynamit, vielleicht Nitroglyzerin. Ich bin mir nicht sicher, was sie damals genommen haben – ich meine, heute. Ich weiß nur, dass sie mit einer Ladung Tonnen von Felsen heraussprengen können.«

Durge schüttelte den Sand aus dem braunen Haar. »Ich

glaube, ich sollte mir diese Sprengung, wie Ihr es nennt, mal ansehen.«

Sareth stieß ein Stöhnen aus. »Das sind zweifellos die lautesten Träume, die ich je hatte. Würdet ihr alle gehen, damit ich schlafen kann? Und nehmt eure Sprengung mit.«

Die Nacht war besser gewesen als die erste, wenn auch nicht viel. Selbst nach dem Verstopfen der Ritzen und dem Feuer war es in der Hütte kurz nach Einbruch der Nacht lausig kalt. Travis hatte im Laden keine Wolldecken gekauft, und der einzige Umhang, den sie hatten, war sein mitgenommener Nebelmantel, der ganz unten in dem Beutel mit seinen Besitztümern lag. Er hatte den Mantel Lirith und Sareth gegeben, nachdem sich die beiden nebeneinander hingelegt und der Wärme wegen aneinander geschmiegt hatten.

Als die beiden sich unter dem Mantel zusammenkrümmten, hatte Durge Travis einen abschätzenden Blick geschenkt.

Travis hatte ihn ungläubig erwidert. »Das ist nicht Euer Ernst.«

Der praktisch veranlagte Embarraner hatte nur ein Schnauben von sich gegeben. »Soweit mir bekannt ist, Freisasse Travis, zieht Ihr Ritter mit hellem und nicht mit dunklem Haar vor. Und ich ziehe überhaupt keine Ritter vor. Also glaube ich, dass wir in jedem Fall sicher sind.« Er hatte sich auf den Boden gelegt. »Und jetzt legt die Arme um mich, bevor wir erfrieren.«

Travis hatte die Nacht eng an Durges harten, stämmigen Körper gedrückt verbracht, und vermutlich hatte ihn das vor der gröbsten Kälte bewahrt. Dennoch fühlte er sich so steif, als hätte er die letzten acht Stunden an einem Haken in der Kühlkammer einer Fleischerei verbracht.

Ein weiterer Knall ließ die Wände und das Dach erzittern. Ein Stück Holz fiel direkt auf Sareths Kopf. Mit einer wilden mournischen Verwünschung, die keinerlei Übersetzung bedurfte, warf er den Umhang zurück und setzte sich auf.

»Das Schicksal hat also entschieden, dass ich nicht schlafen darf.«

Travis musste lachen. »Fühlt Ihr Euch besser, Sareth?«

Der finstere Blick des Mournisch verwandelte sich in leichtes Erstaunen. »Tatsächlich tue ich das.«

Durge erhob sich vom Boden, seine Gelenke spielten eine Symphonie aus Ächzen und Knacken. »Mylady«, sagte er, »irgendwelche Anzeichen, dass die ... Falle, die Ihr gestellt habt, ausgelöst wurde?« Der Ritter versuchte bei seinen Worten nicht zu unbehaglich auszusehen, was natürlich genau den gegenteiligen Effekt hatte.

Lirith stand auf und klopfte ihr Kleid ab, das kaum eine Falte aufwies. Vor dem Schlafengehen hatte sie einen kleinen Strick aus getrocknetem Gras geflochten, den sie vor die Türschwelle gelegt hatte. Jetzt kniete sie nieder und untersuchte ihn.

»Nein, der Zauber wurde nicht gebrochen. Letzte Nacht hat niemand versucht hier einzubrechen.«

»Abgesehen von der Kälte«, erwiderte Durge und ballte langsam die Fäuste.

»Und lauten Geräuschen«, sagte Sareth mürrisch.

Travis ignorierte sie und sah Lirith an. »Was, glaubt Ihr, habt Ihr da letzte Nacht gespürt?«

Die Hexe schüttelte den Kopf. »Ich bin mir nicht sicher.«

»Könnte es ein Tier gewesen sein? Vielleicht ein Bär oder ein Berglöwe? Vermutlich gibt es davon hier oben Dutzende.«

»Nein, die Anwesenheit eines Tieres hätte mich nicht so getroffen. Aber was auch immer es war, ich habe nur einen kurzen Augenblick lang einen Blick darauf werfen können.« Sie hob eine Hand ans Kinn. »In gewisser Weise erinnerte es mich ... aber nein, das ist unmöglich.«

»Was denn?«, fragte Travis und verspürte einen Druck im Magen, der nichts mit seinem Hunger zu tun hatte.

»In gewisser Weise erinnerte es mich an das, was ich in der Etherion gefühlt habe.«

Sie alle tauschten überraschte Blicke aus. Konnte ein Teil der Magie des Dämons ihnen durch das Tor gefolgt sein?

Travis traf eine Entscheidung. »Hier oben ist es zu isoliert, und wir haben noch etwas Geld übrig. Ich glaube, wir sollten uns besser eine Unterkunft in der Stadt suchen.«

»Ist das klug?«, fragte Sareth. Seine bronzefarbenen Wangen waren von einem Zwei-Tage-Bart beschattet, der seinem Ausdruck eine gewisse Schärfe verlieh. Er deutete auf Lirith und Durge. »Auf dieser Welt sind wir Fremde.«

Travis seufzte. »Das bin ich auch. Zumindest in diesem Jahrhundert. Aber ich finde trotzdem, dass wir gehen sollten. Wenn uns jemand verfolgt, dann möchte ich lieber nicht ein so einfaches Ziel abgeben. Außerdem besteht die Möglichkeit, dass in der Stadt jemand weiß, wann Jack eintreffen wird. Er könnte geschrieben haben, um ein Haus zu finden. Und sagt mir nicht, dass ihr hier tatsächlich noch eine Nacht verbringen wollt.«

Alle blickten nach unten auf den harten Boden, und damit war die Sache entschieden.

Aus dem Rest der Lebensmittel, die Travis eingekauft hatte, bereiteten sie ein unspektakuläres, aber willkommenes Frühstück zu; die Kälte hatte sie alle hungrig gemacht. Travis hätte alles für eine dampfende Tasse Kaffee getan, aber er hatte in dem Laden keinen gekauft, und soweit er wusste, gab es für *Maddok* keine Rune. Er wollte Lirith fragen, ob es wohl möglich war, mit Hexenkraft eine Tasse zu beschwören, aber sobald er das Wort *Maddok* erwähnte, knurrte sie ihn nur an und wandte sich ab, dabei hielt sie eine Hand an den Kopf. Am Ende gaben er und Lirith sich mit einer Tasse heißen Wassers mit ein paar Tropfen Salizylat zufrieden, das sie in der Hoffnung hineingemischt hatten, damit ihre pochenden Schädel beruhigen zu können.

Es nahm nicht viel Zeit in Anspruch, ihre paar Habseligkeiten zusammenzupacken, und eine Stunde nach Einbruch der Morgendämmerung brachen sie auf. In dieser Höhe schien die Sonne bereits strahlend hell, und Travis war froh, einen Strohhut zu tragen. Mit seinem rasierten Kopf und der empfindlichen Haut war das eine Notwendigkeit, wollte er sie nicht sofort in Dörrfleisch verwandeln. Er hatte für sie alle Hüte gekauft. Trug in den achtziger Jahren des 19. Jahrhunderts nicht jedermann einen Hut?

Ihnen begegnete niemand auf dem schmalen Pfad, der sich den Berg hinunterschlängelte, und die paar Hütten, an denen sie vorbeikamen, waren in einem noch schlechteren Zustand als die, in der sie die letzten beiden Tage verbracht hatten. Aus seinen Jahren in Castle City wusste Travis, dass die meisten Minen kurz nach der Inbesitznahme wieder aufgegeben wurden, sobald das leicht zu erreichende Erz weggeschafft worden war. Mittlerweile würden im Tal nur noch die großen Minen arbeiten, diejenigen, die über genug Kapital verfügten, um die Ausrüstung zu kaufen und die Männer einzustellen, die man benötigte, um in den Tiefen des Berges zu graben.

Als sie den Talboden erreicht hatten, traf der Pfad auf eine furchendurchzogene Straße. Beim Herankommen konnte Travis sehen, wie bevölkert sie war. Es handelte sich hauptsächlich um Minenarbeiter auf dem Weg zu ihrer Arbeit, allerdings rollten auch schon die ersten mit Erz gefüllten und von Maultieren gezogenen Karren die Straße entlang auf ihrem Weg zum Zugdepot.

Erst beim Anblick dieser Menschen kam Travis ein beunruhigender Gedanke. Er würde sich in Castle City vermutlich verständigen können – selbst wenn die Frau in dem Laden vermuten ließ, dass das Englisch, das hier gesprochen wurde, nicht unbedingt das Englisch war, an das er gewöhnt war. Aber Lirith, Durge und Sareth sprachen überhaupt kein Englisch. Was, wenn jemand versuchte, sie anzusprechen?

Du könntest einem von ihnen die halbe Silbermünze geben. Aber das würde den anderen beiden wenig helfen. Und dann könntest du nicht mehr mit ihnen sprechen, es sei denn, dein Eldhisch ist bedeutend besser, als du glaubst.

Sie waren stehen geblieben, etwa hundert Meter vor der Straße, auf der sich Menschen und Wagen vorbeibewegten.

»Stimmt was nicht?«, fragte Durge. »Diese Männer scheinen ein rauer Haufen zu sein. Ich vermute, sie werden uns in dem Augenblick angreifen, in dem sie uns sehen.« Der Ritter griff über die Schulter nach seinem Breitschwert, das jetzt in Travis' Nebelmantel gewickelt war.

»Nein, Durge. Ich glaube nicht, dass sie uns angreifen.«

Tatsächlich war die Straße so dicht bevölkert – mit so unterschiedlichen Menschen –, dass Travis bezweifelte, dass sie überhaupt jemandem auffallen würden. In der Flut der blassen europäischen Gesichter war eine großzügige Anzahl schwarzer, brauner, gelber und roter Gesichter zu sehen. Aber soweit Travis wusste, war der Wilde Westen ein wahrer Schmelztiegel gewesen. Fast jeder war dem Sirenengesang von Gold und Silber gefolgt.

Da waren Menschen aus den alten Kolonien – Georgia, den Carolinas, New England – und aus den Staaten, die die erste Grenze nach Westen gebildet hatten: Kentucky und Ohio, Kansas und Missouri. Andere waren über den Atlantik gesegelt gekommen, aus England, Frankreich, Preußen und Schweden. Da waren Russen, die über Alaska gekommen waren, und Mexikaner, die vor gar nicht so langer Zeit dieses

Land für sich beansprucht hatten. Die meisten Indianer waren nach Süden und Westen in stetig kleiner werdende Reservate gedrängt worden, aber ein paar waren geblieben. Und es gab Menschen von afrikanischer Abstammung, von denen viele gerade mal zwanzig Jahre zuvor von der Sklaverei befreit worden waren.

Du musst Lirith darüber informieren. Er wusste bloß nicht, wie er erklären sollte, dass vor gar nicht so langer Zeit Menschen wie sie in diesem Land versklavt worden waren. Er würde einen Weg finden müssen.

So wie er einen Weg finden würde, den anderen zu helfen, sich in dieser Zeit zurechtzufinden. Er holte die Silbermünze hervor und drehte sie. Hätte er doch nur noch drei Stück mehr.

Und warum stellst du dann nicht noch welche her? Schließlich hast du nur die halbe Münze, und ihre Magie funktioniert doch tadellos. Wer sagt denn, dass kleinere Stücke nicht auch genauso gut funktionieren?

Es gab nur eine Möglichkeit, dies herauszufinden. Er schloss die Faust um die Münze, griff mit der anderen Hand in die Jeanstasche und berührte die glatte Oberfläche des Steins des Zwielichts.

»Reth.« Er verspürte einen Energiestoß und ein scharfes Kribbeln in beiden Händen.

Lirith warf ihm einen scharfen Blick zu. »Was tut Ihr da?«

Travis streckte die Hand aus und öffnete die Faust. Dort lagen vier kleine Silberstücke.

Es dauerte nicht lange, bis sie den Beweis hatten, dass die Münzenstücke funktionierten. Travis konnte Sareth verstehen, als er auf Mournisch fluchte, weil sein Holzbein in einer Straßenfurche stecken blieb.

»Bei der blutigen Milch von Mahondras Zitze!«, sagte er in der heißblütigen, melodischen Sprache der Mournisch.

Den Mienen nach zu urteilen, verstanden auch Durge und Lirith.

»Entschuldigung«, sagte Sareth, als er ihre Blicke sah. »Das ist einer der Flüche, die besser funktionieren, wenn andere sie nicht verstehen.«

Lirith hob eine Braue. »In der Tat. Und wer genau ist Mahondra?«

»Sie war die Mutter des Gottkönigs Orú. Und glaubt mir, mehr wollt ihr gar nicht wissen.«

Wie Travis gehofft hatte, schenkten die Männer ihnen kaum Aufmerksamkeit, als sie die Straße zur Stadt betraten; allerdings grinsten ein paar von ihnen und lüfteten die schmierigen Hüte in Liriths Richtung, einige anscheinend aus Höflichkeit, andere mit gierigen Blicken in den schmutzigen Gesichtern.

Lirith sah starr geradeaus.

Die Menge wurde kleiner, als sie die letzten Minenarbeiter auf dem Weg zur Arbeit passierten, deren Augen noch immer von zu viel Whiskey am Vorabend gerötet waren. Als sie zum Ende einer langen Reihe von mit falschen Fassaden versehenen Gebäuden kamen, wurde es auf der Straße – die breiter, gerader und staubiger wurde – wieder lebendiger.

Travis war erstaunt, als er sah, wie wenig sich die Dinge im Laufe der Zeit verändert hatten. Da war das Silver Palace Hotel, ein langes dreistöckiges Ziegelgebäude, und McKay's General Store, und keiner von beiden sah wirklich anders aus, als er in Erinnerung hatte. Direkt danach kam das Castle City Opera House mit seinen Säulen im griechischen Stil, und das Erzprüfbüro – allerdings war das nicht geschlossen, so wie Travis es immer gesehen hatte; vor der Tür stand eine Schlange von Männern, von denen jeder einen kleinen Sack mit Erz hielt, das geprüft werden sollte. Travis wusste, was seine scharfen Augen erblicken würden, wenn er nur ein Stück weiter die Straße entlangsehen würde, aber er zwang sich, nicht hinzusehen. Noch nicht.

Der Saloon wird dir noch hundert Jahre lang nicht gehören, Travis. Also denk nicht mal dran.

Er machte einen Schritt und blieb dann stehen, und seine Stiefel wirbelten Staub auf. Er stieß nervös die Luft aus.

Lirith warf ihm einen besorgten Blick zu. »Was ist los, Travis? Ist das nicht Euer Zuhause?«

»Ich schätze schon. Nur, so war es hundert Jahre, bevor ich geboren wurde.«

Durge grunzte. »Vermutlich hat sich meine eigene Heimat in einem Jahrhundert kaum verändert, abgesehen davon, dass die Bäume gewachsen sind. Was für einen Unterschied können hundert Jahre schon machen?«

Wie um die Worte des Ritters zu unterstreichen, donnerte eine Postkutsche an ihnen vorbei, die Peitsche des Kutschers knallte. Sie stolperten gerade noch rechtzeitig zurück, um nicht unter die Räder zu kommen. Travis wusste gerade genug über Geschichte, um zu wissen, dass für alles, das vertraut erschien, ein Dutzend anderer Dinge auf gefährliche Weise anders sein würde. Im Wilden Westen waren jeden Tag Menschen gestorben – an Krankheiten, Unglücksfällen und Kugeln.

Eine weitere Postkutsche rollte vorbei, während sie die Elk Street entlanggingen. Noch ein paar Monate, und der Schmalspurschienenstrang würde Castle City erreichen; bis dahin würden Kutschen die Passagiere vom Ende der Linie zur Hauptstraße der Stadt transportierten. Die Postkutsche kam mit einem Ruck vor dem Silver Palace Hotel zum Stehen. Die Tür öffnete sich, und ein Mann in einem teuren grauen Anzug stieg aus. Er drehte sich um, um einer Lady aus dem Gefährt zu helfen. Sie trug meterweise Schwarz und Kastanienbraun, hinten bauschte sich das Kleid massiv auf, an ihrem winzigen Hut steckten Pfauenfedern.

Lirith strich über ihr einfaches braunes Kleid, ihre dunkelroten Lippen verzogen sich zu einem trockenen Lächeln. »Nun, das sagt eine Menge über die Frauen aus.«

»Sind die beiden hier ein Lord und eine Lady?«, fragte Durge. »Denn dann müssen wir zu ihnen gehen und sie um ihre Gastfreundschaft bitten.«

Der Mann im grauen Anzug schaute sich um, seine Augen lagen im Schatten seines Bowlers. Die Frau richtete den Schleier, der von der Hutkrempe hing. Er legte einen Arm um ihre Taille und führte sie ins Hotel.

Sareth kicherte leise. »Etwas verrät mir, dass sie nicht von hier kommen. Und dass sie trotz ihrer kostbaren Ausstattung genauso wenig eine Lady ist wie er ein Lord. Oder zumindest nicht die Art von Lady, die Ihr meint, Durge.«

Die zerklüfteten Wangen des Embarraners verfärbten sich blutrot. Sareth fing an zu lachen, aber Lirith drehte ihm den Rücken zu, und das Lachen erstarb auf seinen Lippen. Er sah sie verwirrt an.

Durge wandte sich Travis zu. »Wenn das nicht der Lord dieses Landes ist, wer ist es dann?«

»Es gibt hier keine Lords, Durge.«

»Aber wer dient dem König und der Königin?«

»Es gibt auch weder König noch Königin.« Travis schob einen Finger unter den Hut, um sich am Kopf zu kratzen. »Nun, in England gibt es eine Königin – das ist das Land auf der anderen Seite des Ozeans, von dem ich gestern Abend gesprochen habe. Ihr Name ist Victoria. Und damals haben Adlige aus Europa auch Colorado besucht – ich meine, zu dieser Zeit. Ich glaube mich da an etwas erinnern zu können über einen russischen Herzog, der in den Westen kam, um Büffel zu jagen.« Er seufzte. »Obwohl ich vermute, dass es sie jetzt nicht mehr gibt, oder?«

Durge schien über die Worte nachzudenken. »Wenn ihr in

diesem Land keinen König habt, wie wird dann die Ordnung aufrechterhalten?«

Travis hatte nicht bedacht, wie seltsam Menschen aus einer mittelalterlichen Welt die Dinge hier erscheinen würden. Er versuchte, es so einfach wie möglich zu machen. »Nun, wir haben einen Präsidenten. Ich bin mir nicht sicher, wer das im Augenblick ist. Grover Cleveland? Er war derjenige, der die Silberschürfer in den Bankrott getrieben hat.« Er zuckte mit den Schultern. »Aber wie dem auch sei, die Menschen dieses Landes wählen alle vier Jahre einen Präsidenten, zusammen mit einer bestimmten Anzahl von Gesetzesmachern. Und jeder Staat hat einen Gouverneur. Und dann gibt es noch örtliche Beamte wie Bürgermeister und Sheriffs, die ebenfalls gewählt werden.«

»Ein merkwürdiges System«, knurrte Durge in offensichtlichem Missfallen. »Und wer wählt diese Beamten? Die Bauern?«

»Jeder über achtzehn.« Travis dachte darüber nach. »Nun, zumindest in meiner Zeit. Im Augenblick dürfen Frauen nicht wählen.«

Lirith drehte sich wieder um und gab einen empörten Laut von sich. »Ich verstehe, manche Dinge sind auf jeder Welt gleich.«

»Ich glaube, dieser Ort ähnelt eher den Freien Städten«, sagte Sareth zu Durge und Lirith. »Es kommt nicht auf das königliche Blut an, sondern auf Gold und Silber.«

Dagegen konnte Travis nichts einwenden. In seiner Zeit war Castle City eine ruhige Stadt, vor allem, wenn die Sommertouristen weg waren. Doch in der kleinen Stadt vor ihm ging es hektisch zu.

Auf den hölzernen Gehsteigen, die die Straßen säumten, eilten Leute aneinander vorbei, einige in der staubigen Kleidung von Minenarbeitern und Cowboys, andere in schwarzen

Jacken und gestärkten weißen Hemden – viele der Letzteren konsultierten unterwegs goldene Taschenuhren. Ein paar Frauen spazierten in aufwendigen, schweren Kleidern vorbei, andere trugen die fadenscheinigen Schürzen der Waschfrauen und Tagelöhnerfrauen. Ein Rudel Kinder in schäbigen Schuhen folgte einer steif dahergehenden Lehrerin, und junge Burschen mit Mützen rannten mit Stapeln frisch gedruckter Zeitungen vorbei. Die Straße selbst war ein Zirkus aus Pferden, Maultiergespannen und weiteren Kutschen. An regnerischen Tagen verwandelte sie sich vermutlich in einen Morast; heute war sie eine staubige Piste, und eine dünne Staubschicht bedeckte alles und jeden.

Die Geschäfte, die die Straße säumten, waren genauso unterschiedlich und betriebsam aussehend wie die Menschen. Einige bestanden aus Ziegeln oder Stein, aber die meisten waren aus Holzbalken zusammengezimmert, und jedes wies eine falsche Fassade auf, was sie wie ein Minenarbeiter in einem Opernkostüm wirken ließ. Travis erkannte Banken, Restaurants, Barbiere, Lebensmittelhändler, Eisenwarenläden, Buchhändler und Kleiderläden. Und jede dritte Fassade schien eine Art Saloon oder Trinkhalle zu sein. Das Silber floss reichlich aus den Minen, und der Reichtum war überall.

Aber das würde nicht andauern. Bereits Mitte der Achtziger fingen die Minen an, sich zu erschöpfen. Und Travis hatte Geschichten von dem Zusammenbruch von 1893 gehört, als Präsident Cleveland schließlich den Bland-Allison Act widerrief, der einen künstlichen Silbermarkt geschaffen hatte. Über Nacht fiel der Silberpreis auf einen Bruchteil seiner vorherigen Höhe, und fast jede Mine machte Bankrott. Gewaltige Vermögen wurden an einem Tag verloren. Henry Tabor, der reichste Mann von Colorado, musste dankbar sein, das letzte Jahr seines Lebens als Postmeister von Denver verbringen zu können. Seine Frau, die berühmte Baby Doe, sollte Jahre später als einsame Verrückte sterben. Man würde ihre Leiche in ihrer Hütte in Leadville finden, wo sie so fest am Boden festgefroren war, dass man bis zum Frühjahr warten musste, um sie fortschaffen zu können.

»Wo sollen wir uns eine Unterkunft suchen?«, fragte Lirith und musterte die Gebäude zu beiden Seiten der Straße.

Travis war sich ziemlich sicher, dass sie sich das Silver Palace Hotel nicht leisten konnten. »Ich bin mir nicht sicher. Lasst uns die Elk Street hinuntergehen und sehen, ob irgendetwas« – er verschluckte das Wort *billig* – »erschwinglich aussieht.«

Sie betraten den hölzernen Gehsteig und suchten sich einen Weg durch das Gedränge, vorbei an Tagelöhnern, Minenarbeiterfrauen und Bürodienern, die im Schnellschritt Botendienste erledigten. Sie kamen an mehreren Etablissements vorbei, die Schilder im Fenster aufwiesen und Zimmer anboten. Doch die Preise schockierten Travis. Manche verlangten bis zu fünf Dollar pro Tag. Bei diesen Raten würden ihre verbliebenen zwanzig Dollar nicht lange reichen. Sie gingen weiter.

Travis schätzte, dass es neun Uhr morgens war, aber soweit er sehen konnte, waren alle Saloons geöffnet. Die meisten wiesen Schwingtüren auf, genau wie in den Westernfilmen, aber direkt dahinter befindliche dünne Zwischentüren verhinderten, dass man hineinsehen konnte. Trotzdem drang Lachen und das Rollen von Würfeln nach draußen, gelegentlich begleitet von Männern, die müde Augen zusammenkniffen – offensichtlich überrascht, dass die Sonne bereits aufgegangen war –, bevor sie den Gehsteig entlangstolperten.

Bald erblickte Travis ein vertrautes Schild, das über dem Gehsteig hing. Das Schild sah fast genauso aus wie das letzte Mal, als er es neu gestrichen hatte, die Buchstaben waren so vertraut, dass er es ohne die übliche Anstrengung lesen konnte: THE MINE SHAFT. Der Saloon. Sein Saloon – zumindest eines Tages. Wie würde es wohl sein, durch diese Tür zu gehen?

Lautes Gelächter unterbrach seine Gedanken. Vor ihnen stützten sich drei Männer auf das Gehsteiggeländer. Sie schienen in ihren Zwanzigern zu sein und trugen weiße Hemden und dunkle, dreiteilige Anzüge, aus deren Westentaschen silberne Uhrenketten baumelten. Auf ihren Köpfen saßen schwarze Stetsons, an den Füßen trugen sie schwarze Stiefel. Einer der Männer war glatt rasiert, einer hatte einen roten Bart, und der Dritte einen sauber gewachsten Schnurrbart.

Der glatt Rasierte spuckte Tabaksaft aus, dann machte er eine obszöne Geste und zeigte mit dem Finger. Dabei klaffte sein Jackett auf, so dass Travis die Waffe in dem Holster an seiner Hüfte sehen konnte – irgendein Revolver. Aber es war nicht die Waffe, die Travis' Blut erstarren ließ.

Der Mann zeigte direkt auf Lirith.

Travis spürte, wie sich die Hexe neben ihm versteifte. Sie musste es gesehen haben. Die drei Männer lachten wieder, diesmal nur lauter. Der mit dem spärlichen roten Bart – der am besten Aussehende der Gruppe – errötete und senkte den Kopf. Aber der Mann mit dem Schnurrbart starrte Lirith mit einem wollüstigen Ausdruck auf seinem scharf geschnittenen Gesicht an, und der glatt Rasierte grinste bloß; in seinen blauen Augen lag ein kaltes Funkeln.

»Mögen die hungrigen Geister der Morndari ihre Männlichkeit fressen«, zischte Sareth.

Travis zuckte zusammen. Er hatte das Gefühl, dass das ein weiterer Mournisch-Fluch war, der ohne Übersetzung besser ankam. Sareth machte einen Schritt auf die Männer zu, aber Travis griff nach seinem Arm.

»Vergesst es, Sareth. Sie haben Revolver.«

Aber der Mournisch würde nicht wissen, was Revolver

waren. Er machte einen zweiten Schritt. Doch Durge stellte sich ihm in den Weg. Das Gesicht des Ritters war ernst.

»Travis hat Recht. Wir sind hier Fremde – wir dürfen keinen Ärger machen. Und ich weiß etwas über diese Revolver, von denen er spricht. Sie erlauben einem Mann, einen anderen zu töten, ohne überhaupt an ihn herantreten zu müssen.«

Sareths Augen blitzten. »Aber diese Bastarde ...«

»Bedeuten mir nichts«, sagte Lirith und trat zwischen Durge und Sareth. »Das sind dumme Jungen, mehr nicht. Und wir müssen noch immer eine Unterkunft finden. Bitte, *Beshala.*«

Etwas von der Wut schwand aus Sareths Blick und wurde von Zärtlichkeit ersetzt, als er Lirith ansah. Er nickte.

Gemeinsam gingen die vier auf dem Gehsteig weiter, gleichmäßigen aber nicht zu schnellen Schritts. Travis und Durge hielten Sareth und Lirith zwischen sich. Anzügliche Rufe ertönten, als sie die drei Männer passierten, aber sie hielten die Blicke geradeaus gerichtet, und bald blieben die Pfiffe und das Gejohle hinter ihnen zurück und verstummten dann.

Nachdem sie zwei Häuserblocks weitergegangen waren, blieben sie stehen. Travis riskierte einen Blick über die Schulter, aber die drei Männer waren nirgendwo zu sehen. Sie waren etwa einen Block oder so am Mine Shaft vorbeigegangen, aber er würde nicht zurückgehen. Er wandte sich den anderen zu – und runzelte die Stirn.

»Wo ist Lirith?«

»Sie war doch eben noch hier«, grollte Durge.

Sareth zeigte. »Dort.«

Sie eilten Lirith hinterher, die auf dem Gehsteig ein paar Dutzend Schritte weitergegangen war. Sie erreichten sie in dem Augenblick, als sie auf einen mit kleinen blauen Flaschen vollgestellten Holztisch zutrat. Neben dem Tisch stand ein

Mann mit grauem Haar, der einen schäbigen Anzug trug. Hinter ihm an der Wand hing ein bemaltes Segeltuchplakat.

DR. WETTERLYS MEDIZINISCHES BITTER 1 $
KURIERT VIELE UND VERSCHIEDENE
SCHMERZEN UND LEIDEN
EINSCHLIESSLICH, ABER NICHT AUSSCHLIESSLICH
PRELLUNGEN, HÜHNERAUGEN, SCHIELEN,
NERVENSCHMERZEN,
MUNDGERUCH, FURUNKEL, WASSERSUCHT,
TEILNAHMSLOSIGKEIT, RHEUMATISMUS, GICHT,
MELANCHOLIE UND SCHLUCKAUF

Der Mann im Anzug sprach mit lauter Stimme auf das etwa halbe Dutzend Leute ein, das sich um den Tisch drängte, und rühmte die Wirksamkeit seiner Patentmedizin. Lirith nahm eine der Flaschen, entkorkte sie und roch daran. Ihre Stirn legte sich in Falten.

Der Medizinverkäufer wandte sich an sie. »Wenn Sie mehr als riechen wollen, Miss, legen Sie Ihren Dollar hin und nehmen einen Schluck. Er wird Ihre sämtlichen Leiden heilen.«

Lirith verkorkte die Flasche und stellte sie wieder ab. »Sie lügen«, sagte sie mit ruhiger Stimme. Travis hörte es entsetzt, aber ein Teil von ihm registrierte erleichtert, dass die Magie der Münze ihre Worte offenbar in zeitgenössisches Englisch übersetzte. Denn ein Raunen ging durch die Versammelten.

Der Mann breitete kichernd die Arme aus. »Nun, Miss, ich kann verstehen, warum Sie eine Skeptikerin sind. Aber Sie können versichert sein, dass diese kleine Flasche ...«

»Nichts außer mit Pfeffer gewürzten und mit Honig gefärbten, schlecht gebrannten Getreideschnaps enthält«, sagte

Lirith nun schon etwas schärfer. »Ich kann keine Kräuter, Öle oder Tinkturen erkennen – nichts, das auch nur die geringste Krankheit heilen würde. Tatsächlich ist diese Medizin, wie Sie sie bezeichnen, kaum besser als Gift, und jeder wäre ein Narr, sie zu trinken, ganz zu schweigen dafür zu bezahlen. Sie sollten sich schämen.«

Die Leute am Tisch schnappten sich mit angewiderten Blicken ihre Silberdollars und eilten davon. Aus der Verwirrung auf dem Gesicht des Medizinverkäufers wurde Wut.

»Was? Du kleine Schlampe«, knurrte er, und jede Spur Freundlichkeit war verschwunden. »Sieh nur, was deine Worte angerichtet haben. Du hast mich die Morgeneinkünfte gekostet. Und du wirst dafür bezahlen.«

Lirith wollte zurücktreten, aber der Mann schnappte ihr Gelenk und verdrehte es. Sie stieß einen leisen Aufschrei aus.

Travis und Durge griffen beide nach Sareth, aber sie waren zu langsam. In einer Sekunde hatte er den Tisch erreicht, und seine dunklen Augen funkelten. Er versetzte dem ausgestreckten Arm des Mannes einen harten Schlag. Der Bursche jaulte auf, ließ Lirith los und drückte den Arm an die Brust, während er gegen den Tisch zurücktaumelte. Flaschen fielen herunter und zerschellten auf dem Gehsteig. Der scharfe Geruch von billigem Alkohol erfüllte die Luft.

»Lasst uns gehen«, sagte Sareth und steuerte Lirith von dem Tisch fort.

»Dieb!«, kreischte der grauhaarige Mann. »Du musst für das bezahlen, was deine Hure kaputtgemacht hat. Dieb!«

Mit pochendem Herzen eilte Travis an Liriths und Sareths Seite. Durge war direkt hinter ihm. Sie mussten hier weg. Schnell. Sie drehten sich um ...

... und standen vor den drei Männern in Anzügen.

Der Bartlose grinste das gleiche Grinsen, das sie bereits zuvor gesehen hatten, allerdings erreichte der Ausdruck seine kalten blauen Augen nicht. »Was haben wir denn hier, Doc? Ein Haufen Herumtreiber? Nun, wir wissen, was man mit ihresgleichen in dieser Stadt machen muss.«

Er schob das Jackett zurück, enthüllte den Revolver an seiner Hüfte, und die beiden Männer, die ihn flankierten, folgten seinem Beispiel.

7

Staubige Luft schwebte durch die Leere, die noch Sekunden zuvor ein dicht bevölkerter Teil des hölzernen Gehsteigs gewesen war. Ängstliche Gesichter schauten von der anderen Straßenseite oder durch Schaufenster, aber keiner kam näher.

Travis holte tief Luft; sie schmeckte nach Staub. Aus dem Augenwinkel sah er, wie Durge nach dem Breitschwert griff und dann innehielt. Die Klinge war in den Umhang gewickelt und mit Seil verschnürt; das würde dem Ritter nicht helfen.

»Alles in Ordnung, Doc?«, fragte der jüngste der drei Männer, der mit dem roten Flaum auf den Wangen.

Der grauhaarige Mann – offensichtlich Doc Wetterly höchstpersönlich – kroch auf Händen und Knien auf dem Gehsteig herum, hob Flaschen auf und stopfte sie sich in die Jackentaschen. »Ja, ja, Mr. Murray. Ich versichere Ihnen, ich komme hier zurecht.« Er sprang auf die Füße und drückte mehrere Flaschen an die Brust. Ein paar davon leckten und tropften auf seinen Anzug und den Gehweg. »Nun, wenn Sie mich jetzt ...«

Noch bevor Wetterlys Mund die Entschuldigung vollendet hatte, trugen ihn seine Beine bereits schnellen Schritts den Gehsteig entlang. Er flitzte um die Ecke und war verschwunden.

Der Mann mit den blauen Augen verlagerte das Gewicht und legte eine Hand auf die Hüfte, neben den Revolver. »Ich habe es doch gewusst; in dem Augenblick, in dem ich die vier da sah, dachte ich mir, die haben was Verschlagenes an sich. Habe ich es nicht gesagt, Mr. Ellis?«

»Das haben Sie, Mr. Gentry«, sagte der Mann mit dem

Schnurrbart und der blassen Gesichtsfarbe. Er führte eine dünne Zigarre an die Lippen und nahm einen tiefen Zug.

»Das habe ich in der Tat«, fuhr der Mann namens Gentry mit seinem breiten, melodischen Akzent fort. »Ich schätze, die beiden da sehen nicht besonders auffällig aus.« Er deutete mit dem Kopf auf Travis und Durge. »Obwohl der Große etwas blass ist – vermutlich ist er frisch aus dem Osten. Und der Kleine macht irgendwie einen gefährlichen Eindruck. Ich erkenne einen Killer, wenn ich ihn sehe, und ich würde sagen, dem Blick in seinen Augen nach zu urteilen, hat er schon zuvor ein Leben genommen, vielleicht sogar mehr als eins.«

Travis entging nicht, wie sich die Muskeln in Durges Kiefer anspannten. Neben ihm hielt sich Lirith eng an Sareth. Gab sie ihm mit Hilfe eines Zaubers etwa irgendwelche Anweisungen? Travis wollte etwas sagen, irgendetwas, aber seine Zunge schien fest mit seinem Gaumen verschmolzen zu sein.

Gentry machte einen Schritt auf Sareth und Lirith zu. »Aber diese beiden, Mr. Ellis und Mr. Murray, die stachen hervor. Wir sehen in dieser Stadt nicht viele Negerinnen, und die, die ich kenne, findet man in Morgan's Variety, einen Dime den Tanz. Aber du bist nicht wie ein Tanzmädchen angezogen, auch wenn du meiner Meinung nach hübsch genug bist, um eins zu sein.«

In Sareths Augen blitzte Wut auf. Er wollte etwas sagen, aber Gentry war schneller.

»Und du«, sagte er, und sein Tonfall wurde schneidend, »du bist der, der mich wirklich stört. Als ich dich gesehen habe, da habe ich so bei mir gedacht: ›Lionel Gentry, warum sollte ein anständiger Mann ein Holzbein haben? Die sind für Piraten und dergleichen.‹ Und dann dachte ich, auch ohne Holzbein bist du ein komischer Bursche. Du siehst nicht ganz genau wie ein Mexikaner aus, und bist auch bestimmt kein Indianer. Also was bist du, Junge?«

»Er ist ein Zigeuner«, stieß Travis hervor, bevor Sareth etwas sagen konnte. Er wollte nicht, dass Gentry fragte, was ein *Mournisch* war.

Gentry zog die Augen zu schmalen Schlitzen zusammen. »Ein Zigeuner? Nun, anscheinend hatte ich ja Recht, was dich angeht. Ich habe gehört, dass deinesgleichen nichts als ein Haufen Lügner, Diebe und Mörder sind. Darum seid ihr auch immer unterwegs.«

Aus dem Augenwinkel sah Travis eine Bewegung. Liriths Finger bewegten sich an ihren Seiten. Wollte sie einen Zauber weben? Vielleicht, aber musste sie nicht die Augen schließen, um sich zu konzentrieren?

Was ist mit dir, Travis? Warum sprichst du keine Rune?

Aber welche Rune sollte er sprechen, ohne sie alle zu töten? Diese Stadt war praktisch aus Feuerholz gemacht; das Sprechen von *Krond* würde sie bis auf die Fundamente niederbrennen. Was war mit *Meleq*, der Rune des Holzes? Konnte er die Balken des Gehsteigs dazu bringen, seinen Befehlen zu gehorchen? Er hatte mal etwas anderes mit *Sar* vollbracht, der Rune des Steins – hatte aus einer steinernen Wand Fesseln hervortreten lassen, um ein Eisenherz abzuwehren, das ihn auf Calavere hatte töten wollen.

Und was würde Meleq *mit Sareths Bein machen, hm? Und den ganzen Läden um uns herum und den Menschen, die sich in ihnen aufhalten?*

Durge griff erneut nach seinem Breitschwert, zwang seine Hand aber dann wieder nach unten.

Der Mann namens Ellis stieß noch eine Rauchwolke aus. »Was trägt denn der da auf dem Rücken?« Er zeigte mit seiner Zigarre auf Durge.

»Stimmt«, sagte Murray, der jüngste von ihnen. »Ich habe gesehen, wie er danach greifen wollte, als wäre es wichtig.«

Gentry nahm vor Durge Aufstellung. »Was haben Sie da eingewickelt, Mister? Vielleicht eine Schrotflinte?«

Durges braune Augen blickten grimmig. »Das geht Sie nichts an.«

Als er dies hörte, lachte Gentry leise. »Ganz im Gegenteil, in dieser Stadt geht mich alles etwas an. Und im Augenblick schließt das Sie und Ihre Freunde mit ein. Wissen Sie, das ist hier nicht so wie an anderen Orten, an denen Sie waren. Hier in Castle City glauben wir an Recht und Gesetz. Hier leben gute Menschen, friedliche Menschen. Wir haben hier keinen Platz für Tramps oder Betrüger und Revolverhelden. Oder Zigeuner. Solche Typen sollten lieber lernen, sich zu benehmen. Oder noch besser, sie sollten aus der Stadt verschwinden.« Er berührte den Revolvergriff. »Wissen Sie, meistens passieren hier bösen Menschen böse Dinge.«

Travis versuchte, den staubigen Kloß in seiner Kehle herunterzuschlucken. Sie konnten die Stadt nicht verlassen. Noch nicht. Sie mussten auf Jack warten. Jack war der Einzige, der ihnen helfen konnte, dorthin zurückzukehren, wo sie hingehörten.

»Ich glaube, sie kapieren, worauf Sie hinauswollen, Mr. Gentry«, sagte Ellis, und seine Lippen verzogen sich zu einem Lächeln. Er nahm einen letzten Zug von der Zigarre und hob die Hand, um den Stummel fortzuschleudern.

Liriths Finger erstarrten. »Ich würde das nicht tun.« Ihr Blick glitt kurz zu dem hölzernen Gehsteig.

Travis schaute nach unten und sah feuchte Flecken, die in den Balken versickerten.

Ellis' Gesicht verfinsterte sich. »So eine wie du sagt mir nicht, was ich zu tun habe.« Er schnippte den Stummel weg, und der rot glühende Zigarrenrest landete auf dem Gehsteig.

Blaue Flammen schossen in die Höhe.

Travis, Lirith, Durge und Sareth hatten bereits einen großen

Schritt zurück gemacht; auch ohne eine magische Botschaft von Lirith hatte jeder von ihnen gewusst, was passieren würde. Die anderen aber nicht. Murray stolperte zurück und trat die Flammen aus, die auf seinen Stiefelspitzen flackerten. Ellis sah mit weit offen stehendem Mund zu. Gentry packte seinen Arm und riss ihn von dem Feuer fort.

»Du Idiot«, knurrte er. »Du weißt doch, dass Doc Wetterlys Zeug fast so stark wie Kerosin ist. Hilf mir, das Feuer auszukriegen.«

Er riss sich das Jackett vom Leib und fing an, auf die Flammen einzuschlagen. Ellis und Murray folgten seinem Beispiel. Aber das trockene, verwitterte Holz war mit dem Alkohol aus den zerbrochenen Flaschen Patentmedizin durchtränkt. Die Flammen rasten den Gehsteig entlang. Überall auf der Elk Street ertönten Schreie.

»Sareth!«, rief Lirith. »Wasser!« Sie zeigte auf ein Regenfass, das ein paar Schritte entfernt in einer Gasseneinmündung stand. Wie ein Mann sprangen Sareth und Durge darauf zu.

Ja. Das war genau das, was sie brauchten. Travis griff in die Tasche und berührte den Stein des Zwielichts. Und in genau dem Augenblick, in dem Durge und Sareth das Fass kippten, flüsterte Travis ein Wort.

»Sharn.«

Das Regenfass war nur zur Hälfte gefüllt. Ein schmaler Wasserschwall schoss vor und traf die Flammen, aber es war nicht einmal annähernd genug. Er hätte sofort verdunsten müssen.

Er tat es nicht. Plötzlich flutete mehr Wasser, als ein einzelnes Fass je hätte enthalten können, über ihre Stiefel und erstickte die Flammen in einer Wolke aus zischendem Dampf. Als sich der Dampf auflöste, war das Feuer erloschen und das Wasser vom Gehsteig geflossen, wo es von der durstigen Oberfläche der Elk Street eingesogen wurde. Murray und Ellis stampften das Wasser von den Stiefeln; ihre Hosenaufschläge tropften.

»Was zum Teufel ...?«, sagte Gentry und starrte das Fass an. »Das ist doch unmöglich.«

Er schaute auf, und seine blauen Augen zogen sich zu Schlitzen zusammen, als er Travis musterte. Travis wollte etwas sagen, aber bevor er sprechen konnte, machte Gentry einen Satz und packte ihn am Kragen.

»Lassen Sie ihn los, Mr. Gentry«, sagte eine tiefe Stimme.

Gentry und Travis erstarrten, als ein Mann aus den letzten Dampfschwaden trat.

Er war kein großer Mann, kaum größer als Durge, und zierlich gebaut. Sein Gesicht war schlicht und lag größtenteils hinter einem sandfarbenen Schnurrbart verborgen, und die Augen unter der Krempe seines grauen Huts wiesen eine wässrige Farbe auf. Trotzdem verlieh ihm die Art und Weise, wie er sich hielt, eine Respekt einflößende Ausstrahlung. Er trug einen marineblauen Anzug, der denen der Männer ähnelte. Auf dem Anzug war kein Staubkörnchen zu sehen, aber er war an den Ärmeln etwas zerschlissen.

Gentry bewegte sich nicht; er hielt noch immer Travis' Hemd fest. Langsam fiel das Atmen schwer.

»Ich sagte, lassen Sie ihn los.«

Gentry ließ Travis los und trat mit völlig ausdruckslosem Gesicht einen Schritt zurück.

»Sie verstehen nicht«, sagte Murray. »Das sind ein Haufen Herumtreiber, Sheriff Tanner.«

Erst als Murray das gesagt hatte, fiel Travis das polierte silberne Abzeichen auf der Anzugbrust des Neuankömmlings auf.

»Tatsächlich, Calvin Murray?« Sheriff Tanner gab ein leises Lachen von sich, das irgendwie viel verächtlicher war als die schärfste Erwiderung. »So wie ich es sehe, haben sie gerade verhindert, dass die ganze Stadt niederbrennt. Nicht schlecht für ein paar Herumtreiber, meinen Sie nicht?«

Murray senkte den Kopf, seine Wangen waren so rot wie sein Bart.

Der Sheriff kam näher. »Was mich allerdings interessiert, ist die Frage, wie dieses Feuer überhaupt zu Stande gekommen ist.« Er betrachtete die zerbrochenen Medizinfläschchen auf dem Gehsteig, dann berührte er etwas mit der Stiefelspitze. Es war der verbrannte Stummel einer dünnen Zigarre. »Nun, ich würde sagen, das sieht nach Ihrer Marke aus, Eugene Ellis. Sie sollten Ihre brennenden Kippen nicht auf diesen alten Gehsteig werfen. Er ist so trocken wie Zunder.«

Ellis warf dem Sheriff einen mürrischen Blick zu, dann bückte er sich, hob den Zigarrenstummel auf und wandte sich ab.

Travis warf Durge, Lirith und Sareth einen Blick zu, aber sie beobachteten den Sheriff. Tanner machte noch einen weiteren Schritt auf Gentry zu, so dass die beiden Männer nur noch fünf Schritte voneinander entfernt waren. Gentrys Hand ruhte in der Nähe seiner rechten Hüfte. Mit einer scheinbar völlig natürlichen Geste schob Tanner das Jackett zur Seite und enthüllte einen funkelnden Revolver.

»Warum gehen Sie nicht einfach weiter und spendieren sich und Ihren Jungs ein Glas Whiskey, Lionel Gentry?«, sagte Tanner. »Das wird Ihre Nerven beruhigen.«

Gentrys Gesicht verzog sich zu einem Grinsen, das so scharf wie ein Bowie-Messer war. »Ich glaube kaum, dass ich derjenige bin, dessen Nerven beruhigt werden müssen, Sheriff.«

Tanners Hand schwebte einen Zentimeter über dem Revolvergriff, aber sie bebte mit einer Intensität, die zu schnell war, um willkürlich zu sein.

Der Sheriff ließ das Jackett zurückfallen, verbarg die Waffe und ballte die rechte Hand zur Faust. »Ich sagte, gehen Sie weiter, Gentry.«

Gentry nickte, noch immer grinsend. »Kommt, Jungs. Ihr habt den Sheriff gehört. Zeit für einen Drink.«

Die drei Männer setzten sich in Bewegung, die rußverschmierten Jacketts über die Schultern geworfen. Nach ein paar Schritten warf Gentry einen Blick zurück, aber es war nicht der Sheriff, den er ins Auge fasste. Sein eisiger Blick fiel auf Sareth. Dann trat das Trio durch eine Schwingtür und verschwand im Halbdunkel eines Saloons.

»Alles in Ordnung?«

Der Sheriff musterte sie, allerdings nicht mit dem Misstrauen von Gentry und seinen Kumpanen. Seine hellen Augen verrieten Neugier.

»Uns geht es gut«, sagte Travis und atmete erleichtert auf. »Danke für die Hilfe, Sheriff.«

»Kein Problem, Mister. Männer wie Lionel Gentry glauben gern, dass sie hier in Castle City das Sagen haben.« Er blies Luft durch seinen Schnurrbart. »Ich fürchte, es ist mein Job, sie daran zu erinnern, dass das nicht der Fall ist.«

Durge nickte. »Also ist ein Sheriff eine Art Ritter.«

Tanner tippte sich an die Hutkrempe. »Sie haben doch wohl keine Dime Novels gelesen, oder, Mister? Wenn doch, dann glauben Sie kein Wort davon. Im Westen Sheriff zu sein hat nichts Romantisches an sich. Es ist ein langweiliger und schmutziger Job, und ich habe auch nicht darum gebeten.«

»Warum sind Sie dann Sheriff?«, fragte Lirith.

Tanner lachte. »Das ist eine ganz besondere Geschichte, Ma'am. Wenn auch nicht so unterhaltsam wie die, die Sie in den Dime Novels Ihres Freundes lesen können.«

Sareth runzelte die Stirn. »Was sind diese ›Dime Novels‹, von denen Sie sprechen?«

»Bitte vergeben Sie meinem Freund«, sagte Travis schnell. »Wir sind nicht von hier.«

Tanner stieß einen Pfiff aus. »Das ist offensichtlich. Castle City ist zu groß geworden, als dass ich jeden persönlich kennen könnte, aber ich wusste in einer Sekunde, dass sie keine Ortsansässigen sind. Irgendetwas ist an jedem von ihnen anders, auch wenn ich den Finger nicht darauf legen kann. Wo kommen Sie her?«

»Aus dem Osten«, sagte Travis in der Hoffnung, sowohl vage als auch spezifisch genug zu klingen.

»Haben Sie in der Stadt eine Unterkunft?«

Die vier Freunde schwiegen.

»Dachte ich mir«, sagte Tanner. »Nun, auf der Elk Street werden Sie auch keine finden.« Er warf Lirith einen Seitenblick, zu. »Aber zwei Blocks weiter, auf der Grant Street, ist eine Pension, heißt Bluebell. Ich kenne die Frau, die sie führt. Sie ist ein gutes Mädchen, ganz egal, was manche Leute auch behaupten mögen. Sagen Sie ihr, dass ich Sie geschickt habe, und Sie wird Ihnen ein paar Zimmer vermieten.«

Travis schenkte ihm ein dankbares Lächeln. Wie alt war der Sheriff? Es war schwer zu sagen. Er sah kaum älter als Travis aus, dennoch strahlte er eine gewisse Müdigkeit aus, die an den Ecken und Kanten genauso zerschlissen wie sein Anzug war.

Lirith trat vor und ergriff die rechte Hand des Sheriffs. »Danke«, sagte sie und musterte ihn mit ihren dunklen Augen.

»Keine Ursache, Ma'am. Und jetzt gehen Sie rüber zum Bluebell und machen, dass Sie von dieser staubigen Straße kommen.«

So sanft die Worte auch waren, war ihre Bedeutung doch unmissverständlich. Noch immer wurden sie beobachtet, und der Sheriff wollte, dass die Vorstellung vorbei war. Er tippte sich an den Hut, und die Freunde gingen auf dem Gehsteig weiter, der nur Momente später wieder so bevölkert wie zuvor war.

Sie sprachen kein Wort, bis sie die Grant Street erreicht hatten. Sie war schmaler als die Elk Street und nicht einmal annährend so bevölkert, wenn auch genauso staubig.

»Das war knapp«, sagte Travis mit einem Seufzen.

»Ich kenne Männer wie diesen Gentry«, sagte Durge mit seinem grollenden Tonfall. »Sie sind gelangweilt und gefährlich, und sie sind keine einfachen Banditen. Wir sollten uns vorsehen, ihm nicht noch einmal zu begegnen, sonst werde ich mein Schwert auswickeln müssen.«

Travis versuchte sich die Reaktion der Öffentlichkeit vorzustellen, wenn Durge mitten auf der Elk Street sein embarranisches Breitschwert schwang. »Bleiben wir lieber dabei, sie nicht wieder zu sehen.«

»Warum hat mich der eine so sehr verabscheut?«, fragte Sareth und schüttelte den Kopf. »War das wirklich nur wegen meinem Bein?«

Travis legte dem Mournisch eine Hand auf die Schulter. »Männer wie er brauchen keinen Grund, Sareth. Sie suchen sich einfach einen aus der Menge heraus und beschließen, dass sie ihn nicht mögen, und nichts wird jemals ihre Meinung ändern.«

Sareth nickte, aber sein Gesicht blieb ernst.

»Dieser Sheriff, Tanner«, murmelte Lirith. »Mit ihm stimmt etwas nicht. Habt ihr gesehen, wie seine Hand zitterte? Als ich sie anfasste, habe ich versucht herauszufinden, was es ist. Ich konnte etwas in ihm fühlen, es war fast wie ein Schatten, aber die Zeit reichte nicht aus, um mir zu sagen, was es war.«

Travis wusste, dass es so gut wie alles sein konnte. Im Wilden Westen hatte es zahllose Krankheiten gegeben, an denen man sterben konnte – Tuberkulose, Pocken, Cholera, Ruhr.

»Kommt schon«, sagte er. »Ich glaube, da vorn ist das Schild des Bluebell.«

Das Bluebell war das größte Gebäude in dem Block an der Grant Street – ein zweistöckiges Haus im viktorianischen Stil mit einem vollen Dutzend Kuppeln und einer schmiedeeisernen Aussichtsgalerie, die das Dach krönte. Alles in allem sah es etwas üppig für eine Pension aus. Hatte Tanner ihre finanziellen Möglichkeiten überschätzt? Doch als sie näher kamen, sah Travis die Fassadenverschalung, deren graue Farbe abblätterte, die durchhängenden Fensterläden und die Hirsepflanzen, die sich ihren Weg durch das Gitterwerk unter der Veranda bahnten.

Sie stiegen knarrende Stufen zur Vordertür empor und fanden einen Haufen Katzen, die in verirrten Sonnenstrahlen lagen oder auf dem Verandageländer hockten. Sie sahen alle wohlgenährt aus. Lirith blieb stehen und hob eine kleine Kaliko-Katze auf. Sie hielt sie sich an die Wange, und das Tier stieß das leiseste *Miau* aus, das Travis je gehört hatte.

Die Tür öffnete sich mit Glöckchengebimmel.

»Passen Sie auf Guenivere dort auf, Miss«, sagte eine Frauenstimme, die so dunkel und rauchig wie Whiskey war. »Ich glaube, sie hat sich die Pfote verletzt.«

Lirith schaute nicht von dem Kätzchen auf. »Ja, das stimmt. Ich glaube, sie hat sich einen Dorn eingetreten.«

»Tatsächlich? Dabei habe ich sie mir doch genau angesehen.«

»Er ist nicht zu sehen – er ist zwischen den Ballen eingedrungen.«

Ein leises Lachen ertönte, begleitet von einem klirrenden Laut, den Travis nicht einordnen konnte. »Nun, dann bringen Sie sie mit rein. Und vergessen Sie Ihre Männer nicht. Sie müssen eine glückliche Frau sein, drei so gut aussehende Herren im Schlepptau zu haben.«

Die Tür öffnete sich weiter.

Lirith lachte und trat mit dem Kätzchen auf dem Arm durch die Tür. Die drei Männer folgten ihr errötend.

Sie durchquerten ein kleines Foyer und betraten ein Wohnzimmer. Die Wände waren mit einem blutroten Fleur-de-lis-Muster tapeziert, aber die Tapete war verblichen und wies Wasserflecke auf. Ein fadenscheiniger Perserteppich bedeckte einen in Mitleidenschaft gezogenen Holzfußboden, an den Fenstern hingen von der Sonne zu Elfenbein gebleichte, verstaubte Spitzenvorhänge. Wie das Äußere schien auch das Wohnzimmer seltsam nobel für eine Pension zu sein, war aber ebenfalls abgenutzt, so als wäre alles in zu kurzer Zeit zu sehr beansprucht worden.

Das Gleiche hätte Travis über die Frau sagen können, die in der Mitte des Zimmers stand. Sie konnte nicht älter als Grace sein – Anfang dreißig – und ihr oval geformtes Gesicht wies eine zarte Schönheit auf. Aber sie war genauso verschlissen wie ihr grünes Samtkleid. Sie ließ Travis an das Portrait einer jungen Frau denken, das man zu lange auf dem staubigen Dachboden gelassen hatte, so dass die Farben – das Gelb ihrer Haare, das Blau der großen Augen und die Röte ihrer Wangen – alle von einem grauen Belag gedämpft worden waren.

»Ich vermute, Sie brauchen Zimmer«, sagte die Frau mit rauchiger Stimme, die aber keineswegs rau oder bitter klang. Eher wie der Rauch von Kirschtabak. »Haben Sie Referenzen?«

Travis sah die anderen an und schluckte. »Sheriff Tanner hat uns ...«

Sie hielt eine Hand hoch. »Das reicht. Wenn Bart Sie schickt, ist das gut genug für mich. Und jetzt zu wichtigeren Angelegenheiten – Miss Gueniveres Pfote.«

Die Frau ging auf Lirith zu. Dabei hörte Travis erneut den metallisch-klirrenden Laut. Sie blieb neben der Hexe stehen, und erst als sie einen polierten Mahagonistock an ein abgenutztes Pferdehaar-Sofa anlehnte, wurde ihm klar, dass sie ihn zum Gehen benutzt hatte. Die beiden Frauen setzten sich auf das Sofa, beugten sich beruhigende Laute ausstoßend über die Katze, und eine Minute später war der schmerzende Dorn herausgezogen. Die Patientin wurde auf ein Kissen gelegt, wo sie sich zusammenrollte und die Pfote leckte.

Die Frau stützte sich auf ihren Stock und stand auf. Das schien ihr die Luft zu rauben. Lirith eilte an ihre Seite. Aber die Frau schenkte ihr ein warmes Lächeln.

»Kümmern wir uns um Ihre Zimmer«, sagte sie noch immer etwas atemlos. »Da Sie zu Miss Guenivere so nett waren, mache ich Ihnen einen guten Preis – einen Dollar pro Tag für Zimmer und Verpflegung für jeden von Ihnen.« Sie sah sie abschätzend an. »Sie können doch bezahlen, oder?«

Travis nickte schnell und griff zur Tasche, um ihre letzten zwanzig Dollar hervorzuholen.

Sie lachte. »Nicht jetzt, Partner. Ich brauche bloß Ihre Namen. Ich schreibe sie für Sie in das Register, wenn Sie nicht selbst schreiben können.«

Travis übernahm die Aufgabe, die Feder mit der Stahlspitze in ein Tintenfässchen zu tauchen und ihre Namen in das Buch einzutragen, das geöffnet auf einem kleinen Marmortisch lag. Er war nicht davon überzeugt, dass er dafür die beste Wahl war, aber er wusste nicht, ob die Münzenstücke die anderen auch Englisch schreiben lassen würden. Dennoch schien hier Magie am Werk zu sein, denn als er die Feder zur Seite legte, sahen die Namen nicht so aus, wie er es beabsichtigt hatte, und das lag nicht an den verdreht geschriebenen Buchstaben.

Die Frau nahm das Buch. Sie lächelte und schaute Lirith an. »Lily. Nun, das ist ein hübscher Name für ein hübsches Mädchen. Und mal sehen, ob ich die anderen errate.« Sie zeigte nacheinander auf Durge, Sareth und Travis. »Das ist Dirk, das ist Samson und das hier muss dann Travis sein.«

Die anderen warfen Travis verwirrte Blicke zu, aber er zuckte bloß mit den Schultern und grinste. »Das ist richtig.«

»Und wie heißen Sie?«, fragte Lirith.

Die Frau legte eine Hand an die Stirn. »Was ist nur los mit mir?« Sie streckte die Hand aus. »Nennen Sie mich Maudie. Maudie Carlyle. Ganz egal, was die Leute Ihnen auch sagen mögen, ich nenne mich nicht mehr Ladyspur.«

Ladyspur?

Sie schüttelte jedem fest die Hand, und als sie sich abwandte, blickte Travis nach unten und sah sie unter dem Saum ihres Kleides hervorblitzen: die Messingräder eines Paars Sporen.

Natürlich. Das ist Ladyspur. Die Lady mit den Sporen. Du kennst ihre Geschichte. Sie war eine Prostituierte und später dann eine Madame, und einmal gewann sie ein faires Revolverduell auf der Elk Street. Er schaute auf und entdeckte zwei Sechsschüsser, die über dem Kamin hingen. *Danach gab sie diesen Beruf auf und versuchte in Castle City eine richtige Dame zu werden. Nur wollte keine der Damen der Gesellschaft etwas mit ihr zu tun haben. Und kurz darauf ...*

Sein Herz setzte einen Schlag aus. Wieder fiel ihm auf, wie dünn die Hand war, mit der sie den Stock hielt.

... starb sie an einer Krankheit wie Cholera oder Schwindsucht.

Maudie schien ihren Stock kaum zu brauchen, als sie in den Korridor zurückging. »Ihr habt das Mittagessen verpasst, aber lasst mich wissen, wenn ihr einen Zwieback braucht, um bis zum Abendessen durchzuhalten. Wir setzen uns um sechs Uhr zu Tisch. Kommt nicht zu spät.« Sie schenkte den Männern einen strengen Blick. »Und vergesst nicht, euch vorher zu waschen. Eure Zimmer sind im zweiten Stock, die ersten beiden Türen links nach dem Treppenabsatz. Das erste gehört der Lady.«

»Zwei Zimmer?«, sagte Durge. Er sah Travis an. »Reichen unsere Mittel dazu?«

»Natürlich!«, sagte Maudie, bevor Travis antworten konnte. »Der Preis ist der gleiche. Und ihr werdet ja wohl nicht erwarten, dass Lily sich ein Zimmer mit einem Haufen Tölpel wie euch teilt. Dafür ist sie viel zu hübsch.«

Sareth grinste, seine kupferfarbenen Augen funkelten. »Das ist sie.«

Lirith senkte den Kopf und ging schnell die Treppe hinauf, aber Travis entgingen ihre geröteten Wangen nicht. Die drei Männer bedankten sich bei Maudie und folgten Lirith.

8

Den größten Teil der nächsten drei Tage verbrachten sie in ihren Zimmern im Bluebell; sie gingen nur nach unten, um die Mahlzeiten einzunehmen, den Abort auf der Hinterseite zu benutzen oder auf der Veranda zu sitzen, während an den meisten Nachmittagen Gewitter über das Tal brausten. Dann atmeten sie die feuchte, nach süßem Salbei duftende Luft ein, während auf ihrem Schoß sich eine von Maudies Katzen zusammenrollte. Nur Durge bildete eine Ausnahme. Irgendwie brachte es der ernste Ritter immer fertig, zwei oder drei der schnurrenden Katzen zu beherbergen.

»Es ist nicht so, dass ich sie mag«, hörte Travis Durge zu Lirith sagen. »Es ist nur so, dass sie gebrechliche, dumme Geschöpfe sind, die die Elemente nicht ertragen können. Würde eine von ihnen krank, würde es Lady Maude zweifellos bekümmern, und das würde sie dabei behindern, den Bedürfnissen ihrer Gäste nachzukommen, uns eingeschlossen. Es geschieht also nur aus rein praktischen Gründen.«

»Ja, ich verstehe«, sagte Lirith mit funkelnden Augen, während Durge mit seiner rauen Hand Miss Guenivere sanft streichelte.

Für gewöhnlich versammelten sie sich in dem Zimmer, das sich Travis mit Sareth und Durge teilte, da es wesentlich größer als Liriths war, wenn auch nicht so bequem eingerichtet. Liriths Zimmer war in Pink und Blutrot gehalten, jede Oberfläche war mit Quasten und Spitzendeckchen geschmückt – alles ein Zeugnis von Maudies persönlicher Note. Dagegen war das Zimmer der Männer spartanisch eingerichtet und etwas zugig, da es die nördliche Hälfte des Dachbodens einnahm. Die Dachbalken waren rußverschmiert und nackt, und die einzigen Möbelstücke waren vier schmale Betten, vier wackelige Stühle und eine massive Kiefernkommode mit einem angeschlagenen Krug und einer Waschschüssel.

Trotzdem war das Zimmer sauber, und es hatte einen gewissen primitiven Charme, wie es ihn auch in einem Landhaus auf Eldh hätte geben können. Außerdem brauchten sie auch nicht mehr als eine Kommode. Keiner von ihnen hatte Kleidung zum Wechseln, und Travis hatte bloß seine paar Besitztümer, die in einer der Schubladen Platz fanden – sein malachorianisches Stilett, der Talisman mit der Rune der Hoffnung und die Nickelbrille, die Jack ihm gegeben hatte. Durges Breitschwert passte nicht in eine Schublade, also steckten sie es oben zwischen die Dachbalken, noch immer in den Nebelmantel gewickelt.

Wie Maudie sie vorgewarnt hatte, wurden die Mahlzeiten in genauen Abständen serviert. Am ersten Abend waren sie alle halb verhungert gewesen, und sie hatten den Schinken, das Kornbrot, das zerkochte Gemüse und den Kirschsaft heruntergeschlungen, die Maudie und ihre einzige Hilfskraft in der Pension – eine junge, stille, hübsche Frau namens Liza – aufgetischt hatten. Sogar Lirith hatte mehrere Portionen genommen, allerdings war es der Hexe gelungen, die Völlerei beinahe geziert aussehen zu lassen.

Zurzeit hielten sich nur ein halbes Dutzend Gäste in der Pension auf. Es waren alles Männer, und keiner schien an einer Unterhaltung interessiert zu sein. Jeder war frisch gewaschen, das noch feuchte Haar zurückgekämmt, und sie trugen saubere weiße Hemden und Denimhosen. Doch kein Schrubben der Welt hätte die schwarze Erde entfernen können, die sich in ihre Haut eingegraben hatte. Sie aßen schnell, und als sie fertig waren, schoben sie die Stühle zurück, setzten die Hüte auf und gingen wortlos.

»Was glaubt ihr, wo gehen sie hin?«, fragte Sareth.

»Zu den Pokertischen und zum Monte und Faro«, sagte

Maudie, während sie und Liza die Teller wegräumten. »Heute war Zahltag in den Minen. Morgen Früh kommen sie alle zurück, mit schmerzenden Köpfen und leeren Taschen.«

Nach dem Essen entdeckte Travis im vorderen Wohnzimmer einen Stapel Zeitungen – Ausgaben des *Castle City Clarion.* Er fragte Maudie, ob er ein paar davon mit nach oben nehmen dürfe.

Sie warf ihm einen scharfen Blick zu. »Kein Feuer auf den Zimmern. Nicht nach dem, was passiert ist.«

Also das war die Erklärung für die rußigen Dachbalken. »Kein Feuer«, versprach er. »Ich will sie bloß lesen.«

»Nun, dann bedienen Sie sich. Keiner der anderen Männer scheint viel fürs Lesen übrig zu haben. Vermutlich würde ihnen das Zeit fürs Spielen und Trinken rauben.«

Travis nahm einen Stapel Zeitungen. Bevor er nach oben gehen konnte, legte Maudie ein in eine Serviette eingewickeltes Bündel oben auf den Stapel. Ein warmer Duft entwich dem Stoff: Biskuits.

»Bringen Sie die Mr. Samson. Er hat nicht viel gegessen, und mir gefallen die Ringe unter seinen Augen nicht. Ist es lange her, dass er sein Bein verloren hat?«

»Eine Weile«, sagte Travis. »Ich glaube, die Höhe macht ihm zu schaffen.«

»Nun, das ist keine Überraschung. Sie macht jedem zu schaffen. In letzter Zeit scheint die Luft hier oben so dünn zu sein, dass ich kaum Luft bekomme.« Sie nahm ihren Stock und ging mit klirrenden Sporen in Richtung Küche, während Travis mit seinen Schätzen die Stufen hinauflief.

»Ich mag Lady Maude«, sagte Durge, während er die Biskuits mampfte.

Sareth war zu müde, um zu essen, und hatte sich auf eines der Betten gelegt, nachdem er nach Liriths Aufforderung noch etwas von dem Salizylat eingenommen hatte.

»Sie ist krank«, sagte Travis.

Lirith erwiderte seinen Blick. »Ich weiß. Ich habe es in ihr gesehen. Ihre Lungen verkümmern.«

Durge hörte auf zu essen und starrte sie an, und Sareth stützte sich mit nachdenklichem Blick auf einen Ellbogen.

»Ihr wisst, wie lange sie noch leben wird, nicht wahr?«, fragte Lirith. »Ihr wisst es aus der Geschichte.«

Travis nickte zögernd. »In meiner Zeit wurden noch immer Geschichten über sie erzählt. Sie war in ihrer Zeit ziemlich berühmt – also jetzt. Man nannte sie Ladyspur, genau wie sie sagte. Sie trug beim Tanzen immer Stiefel und Sporen.«

»Sie hat getanzt?« Liriths Stimme klang plötzlich sehr kühl.

»Ja, sie war ein Tanzhallenmädchen. Nun, eigentlich sogar mehr als das ...«

»Also war sie eine Hure«, sagte Sareth. Die Worte waren keine Verurteilung, nur eine Feststellung.

»Und später dann eine Madame«, sagte Travis. »Ich vermute, Liza ist eines ihrer ehemaligen Mädchen. Aber sie gab ihr Handwerk auf, nachdem sie ein Duell mit einem Mann gewann, der ihre Ehre beleidigt hat. Danach entschied sie sich, ihr Leben zu ändern.«

Durge aß den letzten Biskuit. »Ich mag sie trotzdem.«

Travis war aufgefallen, dass sich Lirith abgewandt hatte, die Hände fest auf den Leib gedrückt. War ihr nach der langen Zeit ohne Essen die schwere Mahlzeit nicht bekommen?

»Lirith?«

Sie drehte sich betrübt um. »Wann?«, fragte sie ganz leise. »Wann stirbt sie?«

»Das weiß ich nicht genau. Ich weiß nur, dass sie, nachdem sie das Revolverduell gewonnen und ihr Bordell in eine Pension umgewandelt hatte, ein paar Jahre später starb.«

»Die paar Jahre sind bereits vorbei«, sagte Sareth. »Sie hat mir erzählt, dass sie die Pension seit mittlerweile drei Jahren betreibt.«

Das brachte alle zum Schweigen. Travis wusste, dass sie nichts für Maudie tun konnten. Und vermutlich schwebten er und die anderen in Gefahr, sich allein durch den Aufenthalt mit Tuberkulose zu infizieren, auch wenn er nicht wusste, wie ansteckend diese Krankheit in Wirklichkeit war – dafür hätte er Grace gebraucht. Aber das war vermutlich die geringste ihrer Sorgen.

Travis wandte seine Aufmerksamkeit den Zeitungen zu und durchforstete an diesem Abend und den folgenden Tagen die undeutlich gedruckten Seiten; es kostete ihn seine ganze Konzentration, dass die Buchstaben keinen Tanz aufführten.

Travis vermochte nicht einmal genau zu sagen, was er in der Zeitung zu finden hoffte. Vielleicht gab es ja einen Hinweis auf Jack – ob er jemals hier gewesen war oder wann er eintreffen würde. Soweit Travis wusste, war Jack stets ein prominentes Mitglied der Gesellschaft von Castle City gewesen. Falls jemand von seinem Kommen wusste, musste es im *Clarion* bestimmt einen Artikel geben; fast jedes Ereignis in der Stadt war offensichtlich ein paar Zeilen wert, ob es darum ging, wer gerade ein Geschäft eröffnet hatte oder wer es gerade beraubt hatte.

Aber Travis fand keine Erwähnung von Jack Graystone, auch nicht, als er sich tiefer in den Stapel hineinarbeitete. Trotzdem stieß er auf zahllose faszinierende Artikel – die ihn alle daran erinnerten, wie sehr sich diese Welt wirklich von dem Castle City in seiner Erinnerung unterschied.

Es überraschte kaum, dass viele der Schlagzeilen die Minen zum Thema hatten. In zahllosen Artikeln ging es um die Menge des Erzes, die jede der Minen produzierte, und wie viel Silber jede Tonne Felsen enthielt. Ein Artikel zitierte einen

Geologen, der davor warnte, dass die Adern mit Bleicarbonat ausgingen – auch wenn die Redakteure des *Clarion* sich beeilten, dies zurückzuweisen und sämtliche Gerüchte bestritten, dass der Boom so gut wie vorbei war. Natürlich wusste Travis, dass das die Wahrheit war, aber Menschen waren niemals so vehement, als wenn es darum ging, den Irrglauben, dem sie mit ganzem Herzen anhingen, zu verteidigen.

Zusätzlich zu den Geschichten über die Minen verfolgte man häufig die Fortschritte des Schienenstrangs der Denver&Pacific Railroad, der sich zentimeterweise auf die Stadt hinarbeitete. Und zu Travis' morbider Faszination enthielt jede Ausgabe eine Kolumne mit dem Titel ›Morgendliche Ruhestörung‹, in der die Verbrechen des Vortages aufgelistet wurden. Sie reichten von öffentlicher Trunkenheit und Faustkämpfen bis zu Raub und Mord.

Bald fiel Travis in der Kolumne ein Trend auf. In den Zeitungen im unteren Teil des Stapels nahm der Verbrechensbericht nur den Teil einer Seite ein. Aber je höher er kam, desto umfangreicher wurde die Kolumne, so dass sie in der Mitte des Stapels eine volle Seite beanspruchte. Aber danach schrumpfte die Kolumne wieder, und in den Ausgaben der letzten Wochen war sie kleiner als je zuvor. Es hatte den Anschein, als wäre das Verbrechen in Castle City nach einem stetigen Anstieg im Abnehmen begriffen.

Zumindest was die Kleinkriminalität anging. Zwar standen in den neueren Zeitungen weniger Berichte über Verbrechen, aber in denen, die dort zu lesen waren, ging es weniger um Raub und durch Alkohol ausgelöste Körperverletzungen als vielmehr um ernste Straftaten – so wie Pferdediebstahl und Mord. Seltsamerweise schien die Kolumne jedoch nicht mehr zu berichten, wie die Opfer getötet wurden oder wer der Hauptverdächtige war.

Homer Tattinger, ursprünglich ein Bürger aus North Caro-

lina, so ein typischer Artikel, *wurde Samstag Nachmittag am Nordufer des Granite Creek etwa eine Meile flussabwärts der Stadt tot aufgefunden. Er wurde von Sheriff Bartholomew Tanner aufgefunden und war einen ganzen Tag oder so tot. Mr. Tattinger war weithin als Raufbold und schwerer Trinker bekannt, einigen Leuten zufolge war er auch ein Revolverheld, und so wundert es kaum, dass man ihn in einem solch bösen Zustand gefunden hat. Die Redaktion vertraut darauf, dass dies ähnlichen Naturen zu denken gibt.*

Travis war nicht der Einzige, der sich für die Zeitungen interessierte. Durge schien von ihnen fasziniert zu sein, wenn auch aus anderen Gründen als Travis.

»Die können unmöglich mit der Hand geschrieben worden sein«, verkündete der Ritter am Nachmittag des zweiten Tages und legte eine Zeitung ab. Seine Hände waren mit Druckerschwärze verschmiert, auf seiner zerfurchten Stirn waren graue Fingerabdrücke zu sehen. »Die Buchstaben sind zu klein, und jeder ist genau gleich geformt. Ich kann ihre Natur nicht ergründen, aber ich glaube, dass man eine Art von mechanischem Prozess benutzt hat, um die Wörter auf diese Seiten zu bringen.«

Sie saßen die nächste Stunde im Wohnzimmer und tranken Tee, während Travis über das Wenige referierte, das er über die Erfindung der beweglichen Buchstaben und der Druckerpresse wusste.

Durges braune Augen blickten nachdenklich. »Ich habe gesehen, wie meine Bauern auf ähnliche Weise Bilder produzieren, indem sie in einen Holzblock einen Umriss einschnitzen, den Block in Farbe tauchen und ihn dann auf Stoff oder Schafhaut drücken, um so ein Bild herzustellen. Dieser Druckprozess, von dem Ihr da sprecht, unterscheidet sich davon nicht sehr.«

»Nein, das tut er nicht«, sagte Travis mit einem Grinsen; er fragte sich, ob er jetzt den technologischen Fortschritt auf Eldh unwiderruflich verändert hatte.

Nur, wenn Durge jemals nach Eldh zurückkehrt, Travis.

Er seufzte und las weiter.

Sareth und Lirith fanden die Zeitungen ebenfalls faszinierend, obwohl sie mehr an der Werbung als an den Artikeln interessiert waren. Sareth fragte Travis ständig nach diversen angepriesenen Gütern. Aber Travis hatte seine Mühe, zu erklären, wozu einige dienten. Lirith gefielen die Bilder der Damenmoden. Obwohl sie entsetzt zu sein schien, als sie das Konzept eines Korsetts begriffen hatte.

»Aber das quetscht einem doch das ganze Leben aus dem Leib«, sagte die Hexe indigniert. Was auch immer Lirith in ihrer ersten Nacht in der Pension beschäftigt hatte, sie schien es überwunden zu haben. Auch wenn Travis nicht entging, dass Sareth ihr oft besorgte Blicke zuwarf – Blicke, die sie offensichtlich nicht erwidern wollte. »Solch ein Ding kann nur ein Mann erfunden haben«, fuhr Lirith fort. »Die Frauen dieser Welt sollten gegen solch eine Folter rebellieren.«

»Das werden sie auch«, sagte Travis. »Tatsächlich werden in etwa achtzig oder neunzig Jahren Frauen aus Protest ihre Unterwäsche verbrennen.«

Durge schaute finster drein. »Das klingt gefährlich.«

»Ich glaube, er meint, nachdem sie sie ausgezogen haben«, sagte Sareth mit einem Grinsen.

Dem Mournisch schien es wieder besser zu gehen – die Ringe unter seinen Augen waren nicht mehr so ausgeprägt, manchmal waren sie sogar ganz verschwunden. Travis hoffte, dass er sich an die Höhe gewöhnte.

Sareth blätterte die Zeitung um, und sein Lächeln verblasste. Travis blickte über seine Schulter, ihm wurde das Herz schwer. Die Seite wurde von einer Anzeige mit Zeichnungen von Prothesen eingenommen, Wachshände und Glasaugen.

Und Holzbeine. *Fühlen Sie sich wieder wie ein ganzer Mann!*, verkündete die Werbung. Und ein Stück tiefer: *So lebensecht, dass die Damen die Wahrheit nie erahnen!* Sareth zögerte, dann strich er über ein Bild des falschen Beins.

Durge unterhielt sich mit Lirith über Druckerpressen, und sie hörte mit einem aufmerksamen, wenn auch leicht gequälten Ausdruck zu. Ihr war entgangen, was Sareth betrachtete.

Beim Frühstück am dritten Tag ihres Aufenthalts in der Pension zählte Travis vier weitere Dollar in Maudies ausgestreckte Hand und war schließlich gezwungen, sich das einzugestehen, was er die ganze Zeit gewusst hatte: Sie brauchten mehr Geld. Es reichte lediglich für zwei weitere Tage in der Pension, und es konnte noch Monate dauern, bis Jack in der Stadt eintraf. Wie sollten sie in der Zwischenzeit an Geld kommen?

Maudie musste die Sorge auf seinem Gesicht bemerkt haben. »Ich nehme an, Sie suchen einen Job.«

Er schenkte ihr ein schiefes Grinsen. »Ist das so offensichtlich?«

Sie tätschelte seine stoppelige Wange. »Vergeben Sie mir, mein Junge. Aber Sie machen nicht den Eindruck eines Silberbarons. Ich fürchte, Sie sehen eher wie ein Tagelöhner aus – nicht, dass man sich dafür schämen müsste.«

»Vermutlich könnte ich bei einer der Minen nachfragen ...«

»Im Leben nicht!« Maudie drohte ihm mit dem Finger. »Diese Minen sind Gruben des Verderbens und der Verzweiflung, das behaupte ich. Ich werde nicht zulassen, dass Sie oder einer Ihrer Jungs dort unten arbeiten. Mr. Samson würde in einem dieser Löcher keine Woche überstehen.«

Da konnte Travis ihr nicht widersprechen. Aber was konnte er sonst tun?

»Sie haben doch sicher irgendwelche Fertigkeiten oder

beherrschen ein Handwerk«, sagte Maudie. Travis hätte beinahe gelacht. Ob in dieser Stadt wohl jemand einen dyslexischen Runenmeister einstellen würde? »Ich war mal Saloonwirt.«

Maudie nickte anerkennend. »Damit werden Sie in dieser Stadt ein paar Dollar verdienen können. Sprechen Sie mit Mr. Manypenny. Ich weiß, dass er immer auf der Suche nach einem guten Barkeeper ist. Man kann sie nur schwer halten.«

»Warum?«

Maudie blinzelte. »Ich schätze, Sie können schneller Whiskey eingießen als Schrotflinten nachladen.«

Travis schluckte; er war nicht davon überzeugt, dass dieser Vorschlag besser als Minenarbeit klang. »Wer ist Mr. Manypenny?«

»Ihm gehört der Mine Shaft drüben auf der Elk Street. Das ist eines der respektableren Etablissements in dieser Stadt. Arthur Manypenny ist ein alter Kunde ... ein alter Bekannter von mir. Lassen Sie ihn wissen, dass Sie hier wohnen und ich für Sie bürge.«

Travis starrte sie an, ihre Worte dröhnten in seinen Ohren. *Ihm gehört der Mine Shaft ...*

Bevor er wusste, wie ihm geschah, hatte Maudie ihn mit einem geliehenen Rasiermesser, einem Abziehriemen und einem Becher mit Rasierschaum nach oben geschickt, zusammen mit dem Befehl, sich zurechtzumachen.

Eine Stunde später stand Travis auf dem Gehsteig vor den Schwingtüren des Mine Shaft Saloon, so sauber, wie das mit einer Waschschüssel und kaltem Wasser möglich war. Sein Kopf und seine Wangen waren frisch rasiert – dank Sareths geschickten Händen ohne größeren Blutverlust. Travis sah zu, wie ein Dutzend Männer die Schwingtüren des Saloons passierten – es gingen mehr hinein als hinaus –, aber er konnte nicht durch die Sperrholztür sehen, die das Innere verbarg.

Du kannst das, Travis. Schließlich hast du es schon früher getan. Oder wirst es tun, sozusagen. Wenn du in dieser Stadt irgendwo hingehörst, dann ist das hier in den Mine Shaft.

Er holte tief Luft und trat durch die Tür.

Es war wie ein Schritt nach vorn in der Zeit. Natürlich waren die Unterschiede sofort ersichtlich. An den Wänden hingen Kerosinlampen statt elektrischen Lampen, und hinter der Bar gab es keine Neonbierreklame. Die Tische im hinteren Teil des Saloons waren mit grünem Filz bedeckt und dienten offensichtlich dem Glücksspiel, auch wenn sie im Augenblick nicht besetzt waren.

Viel schockierender war das, was sich nicht verändert hatte. Der mit Sägespänen bestreute Fußboden aus Kiefernholz, die Hirsch- und Elchtrophäen an den Wänden, das Piano auf der kleinen Bühne, der aus Chicago importierte, sechs Meter lange, messingbeschlagene, glänzende Bartresen mit dem dahinter befindlichen Spiegel – das alles sah genauso aus, wie Travis es in Erinnerung hatte, nur neuer und funkelnder.

Es war nicht schwer, Mr. Manypenny zu finden. Im Saloon trug jeder entweder den staubigen Denim eines Minenarbeiters oder einen Dreiteiler – jeder, mit Ausnahme des Mannes hinter dem Tresen. Er war ein großer, rotgesichtiger Herr, der in seiner Jugend vermutlich sehr sportlich gewesen war, jetzt in seinen Vierzigern aber korpulent wurde. Er trug ein gestärktes weißes Hemd mit schwarzen Manschettenhaltern an den Oberarmen, und sein glattes Haar war genau in der Mitte geteilt – bis hinten in den Nacken, wie Travis im Spiegel sehen konnte. Er trug einen aufwendigen Knebelbart, der sorgfältig mit einer offensichtlich großen Menge Wachs geformt worden war.

Zwei Männer traten von dem Tresen, Whiskeygläser in den Händen. Manypenny wischte mit einem Handtuch über das Holz. Jetzt war Travis' Chance gekommen. Mit schwitzenden Händen trat er vor.

Drei Minuten später hatte Travis einen Job.

Als er sagte, er sei nicht zum Trinken gekommen, warf Manypenny ihm einen unfreundlichen Blick zu. Aber sobald Travis erwähnte, dass ihm selbst mal ein Saloon gehört hatte, verwandelte sich der finstere Blick in ein joviales Grinsen. Der Besitzer bat Travis, einen Whiskey einzuschenken. Da Travis' Selbstbewusstsein stieg, riskierte er es, ein bisschen anzugeben. Er warf das Glas in die Luft, fing es hinter dem Rücken auf und goss über die Schulter ein, bevor er das Glas auf den Tresen donnerte – ohne einen Tropfen zu verschütten.

Das entlockte Manypenny ein Lachen, und er schlug Travis auf den Rücken – hart genug, dass dieser einen Schritt nach vorn stolperte. Das würde am nächsten Morgen wehtun.

»Sie haben einen Job gewonnen, Mr. Wilder«, sagte Manypenny mit einer überraschend hohen und kultivierten Stimme. »So ausgefallenes Einschenken habe ich schon seit langem nicht mehr gesehen. Anscheinend sind meine besten Bartender dazu verdammt, dem Sirenengesang des Silbers zu verfallen, und sie hauen ab, um sich selbst einen Claim abzustecken. Sie haben doch hoffentlich keine Sehnsucht nach dem Leben eines Silberschürfers, oder? Wenn ja, dann sagen Sie es jetzt.«

Travis versicherte ihm, dass das nicht der Fall war, und Manypenny erwiderte, er könne am Abend anfangen. Travis musste versprechen, ein weißes Hemd und schwarze Wollhosen zu kaufen; das würde noch mehr von ihrem Geld kosten, aber jetzt, da er einen Job hatte, war das egal. Der Lohn betrug vier Dollar am Tag, was gerade eben ihre Ausgaben decken würde.

»Ich stelle die Schürze zur Verfügung«, sagte Manypenny. »Aber Sie müssen Ihre eigene Pomade kaufen, um sich den Kopf richtig zu frisieren. Ich finde, *Prince Albert* ist da sehr zufrieden stellend.«

Travis grinste verlegen, dann nahm er den Hut ab und zeigte seinen rasierten Schädel. Das rief ein weiteres brüllendes Lachen und einen Hieb auf den Rücken hervor. Dann führte ihn Manypenny in den hinteren Teil des Saloons.

»Angestellte nehmen immer die Hintertür«, sagte der Saloonwirt. »Ich bin der Meinung, dass es vernünftig ist, einen diskreten Abstand zu der Klientel zu halten.«

So wie die meisten Gäste des Saloons rochen, konnte ihm Travis da nicht widersprechen. Er versprach, um sieben Uhr da zu sein, dann gab er Manypenny die Hand.

»Ich werde meinem Schicksal danken, dass Sie vorbeigekommen sind«, sagte Manypenny und schüttelte Travis' Hand energisch. »In welchem Saloon, sagten Sie, haben Sie sich abgerackert?«

Travis grinste. »Er war diesem hier sehr ähnlich.«

Manypenny lachte wieder und öffnete die Hintertür. Travis wollte in die Gasse hinaustreten ...

... und blieb wie angewurzelt an Ort und Stelle stehen.

Es klebte neben der Tür an der Wand – ein vergilbtes Plakat. Darauf stand in großen Buchstaben geschrieben:

GESUCHT: LEBENDIG ODER TOT
WEGEN SCHRECKLICHER VERBRECHEN GEGEN DIE MENSCHLICHKEIT
TYLER CAINE, DER MÖRDER
500 $ BELOHNUNG

Aber es waren nicht diese Worte, die Travis' Knie nachgeben ließen. Es war die primitive Zeichnung darunter. Sie stellte das Gesicht eines Mannes dar. Statt eines Spitzbarts trug er einen Knebelbart und einen schwarzen Hut, aber der einzige andere echte Unterscheid war die aus einem Drahtgestell bestehende Nickelbrille.

Das bist ja du, Travis. Du mit schwarzem Hut und Schnurrbart. Mit der Brille, die Jack dir gegeben hat.

Die Brille hatte Travis in einem Kästchen in Jack Graystones Antiquitätengeschäft gefunden; angeblich hatte sie einst einem Revolverhelden gehört.

Einem Revolverhelden namens Tyler Caine.

Das ist unmöglich. Das kann nicht sein.

Dennoch war es so.

»Etwas nicht in Ordnung, Mr. Wilder?« Manypenny sah ihn besorgt an.

Travis befeuchtete sich die Lippen. »Dieser Steckbrief ...«

Manypennys Augen funkelten begeistert. »Das ist Tyler Caine, der berühmte Friedensstifter. Sicher haben Sie von ihm gehört? Er wird in fünf verschiedenen Staaten und Territorien gesucht, weil er Männer erschossen hat. Das Gesetz hat ihn als Schurken gebrandmarkt, aber die Leute wissen es besser. Seit Ivanhoe oder Robin Locksley von Sherwood hat es keinen derartigen Beschützer der Gerechtigkeit mehr gegeben, einen solchen Verteidiger des kleinen Mannes.«

Travis runzelte die Stirn und vergaß das mulmige Gefühl im Magen. Er fragte sich, ob Manypenny diese Dime Novels gelesen hatte, von denen Sheriff Tanner gesprochen hatte.

»Ich habe gehört, dass er immer seine Brille trägt«, fuhr Manypenny fort. »Selbst im Schlaf. Daran kann man ihn erkennen. Natürlich heißt es, er sei vor ein paar Jahren oben in Virginia City an Diphtherie gestorben. Aber das glaube ich keinen Augenblick lang. Ich wünschte, er würde nach Castle City kommen. Tyler Caine könnte aufräumen mit diesen ...«

Manypenny biss sich auf die Lippe und sah über die Schulter in den Vorderteil des Saloons. Sein Rücken war gekrümmt, und plötzlich erschien der große, freundliche Saloonbesitzer ängstlich. Was hatte er sagen wollen?

Viel wichtiger ist doch, wer, fürchtet er, könnte ihn belauscht haben?

Aber Travis hatte keine Chance, das herauszufinden. Manypenny verabschiedete sich noch einmal von ihm, dann schloss er die Tür und ließ Travis allein in der Gasse hinter dem Mine Shaft zurück. Er hob die Hand und berührte sein Gesicht, aber die Nickelbrille, die er so viele Jahre getragen hatte, war nicht da. Seine neuen Augen, die in den Flammen Krondisars wiedergeboren worden waren, brauchten keine Brille. Aber auf der Zeichnung hatte er sie getragen. Was hatte das zu bedeuten?

Doch darauf gab es keine Antwort, sondern nur das einsame Wimmern des Windes zwischen den Häusern. Die Hände in die Hosentaschen geschoben, ging Travis zurück zur Pension, um darauf zu warten, dass es sieben Uhr wurde und sein neuer Job anfing.

9

Grace half Beltan, Himmel in das kleine Gemach zu tragen, das sich direkt neben dem Hauptraum der Villa befand. Entweder hatte der Schock ihr ungewöhnliche Kräfte verliehen, oder das Leben in einer mittelalterlichen Welt hatte sie härter gemacht als gedacht. Was auch immer zutraf: Obwohl Himmel beinahe so groß wie sie und bedeutend kompakter war, nahm Grace seine Beine so mühelos wie Beltan seine Schultern. Sie legten den verwundeten jungen Mann vorsichtig auf ein Sofa.

»Leg ihn auf die Seite, Beltan«, sagte Grace.

Beltan warf ihr ein flüchtiges Grinsen zu. »Ja, Euer Majestät.«

Sie schenkte ihm einen finsteren Blick, dann wandte sie ihre Aufmerksamkeit wieder Himmel zu. Was auf Eldh tat er hier? Seit seinem Verschwinden aus dem Turm der Runensprecher hatten sie ihn nicht mehr gesehen. Und wer war dieser seltsame junge Mann wirklich? Im Grauen Turm hatte sie keine Gelegenheit gehabt, das herauszufinden; sie hatte nie verstanden, warum er alles riskiert hatte, um ihr bei Travis' Rettung zu helfen. Vielleicht würde sie es ja jetzt.

Aber alles der Reihe nach. Grace tastete Rücken, Hals und Kopf mit geübtem Griff ab. Aus seinen Wunden sickerte noch immer Blut, und er war bewusstlos, aber eine schnelle Überprüfung seines Lebensfadens enthüllte, dass es sich nicht um einen Schock handelte, sondern nur um den Schlaf der Erschöpfung.

»Wie geht es ihm, Liebes?« Melia stand zusammen mit Falken und Aryn in der Tür.

»Die Schnitte auf seinem Rücken sind tief, aber ich glaube nicht, dass sie lebensbedrohlich sind«, sagte Grace und sprach in dem gleichen energischen Tonfall, den sie immer in der Notaufnahme des Denver Memorial benutzt hatte. »Aber er ist unterkühlt, und er hat viel Blut verloren.«

»Was können wir tun?«, wollte Falken wissen.

»Ihr könnt mir ein paar Dinge bringen.« Grace zählte alles auf. »Ich brauche warmes Wasser, eine Flasche Wein, eine Decke und sauberes Leinen, um die Wunden zu verbinden. Und ein Messer. Nadeln und gewachsten Faden. Und eine Kerze.«

»Was soll ich tun, Grace?«, fragte Beltan, während die anderen loseilten.

Grace nahm die Hand des blonden Ritters und legte seine Finger um Himmels Handgelenk. »Fühlst du seinen Puls? Gut. Wenn der Rhythmus schneller oder schwächer wird, lässt du es mich sofort wissen.«

Als die anderen mit den gewünschten Gegenständen eintrafen, machte sich Grace an die Arbeit. Sie schnitt Himmels raue Kutte von seinen Wunden; sein Rücken und die Schultern waren breit und ausgesprochen muskulös. Beltan grunzte überrascht, und Grace erwiderte seinen Blick. Sie wusste, dass sie beide das Gleiche dachten. So einen Körper bekam man nicht, indem man das Essen für Runensprecher kochte.

Sie tauchte einen Lappen in warmes Wasser, und der scharfe, saubere Geruch von *Alasai* stieg auf. Melia oder Aryn mussten ein paar getrocknete grüne Zepterblätter in die Schüssel zerbröselt haben. Das war gut; *Alasai* schien antiseptische Wirkung zu haben. Grace säuberte Himmels Rücken von getrocknetem Blut und Schmutz. Auf der rechten Schulter waren drei Risse, direkt unterhalb des linken Schulterblatts war eine weitere Reihe.

Das sieht wie Krallenspuren aus – wie Wunden von einem Berglöwen oder einem anderen Raubtier.

Aber welches Raubtier hatte nur drei Krallen? Da fiel ihr keines ein.

Und was ist mit den Feydrim? Wie viele Finger haben sie an ihren Vorderbeinen?

Aber es wollte ihr nicht einfallen; sie hatte nur einmal die Gelegenheit gehabt, eine dieser verwachsenen Kreaturen aus der Nähe zu untersuchen, damals, als Travis und sie eine von ihnen in ihrem Gemach auf Calavere mit Mühe hatten abwehren können. Darüber hinaus waren Feydrim die Kreaturen des Fahlen Königs, und Berash war in der Nacht der Wintersonnenwende hinter dem Runentor weggesperrt worden.

Sie wischte noch mehr Blut fort – und runzelte überrascht die Stirn, als ihre Arbeit noch etwas anderes auf den Schultern des jungen Mannes zum Vorschein brachte.

»Was in Sias Namen ist das?«, sagte Aryn.

Grace beugte sich zurück, ohne den Blick davon zu wenden. »Ich bin mir nicht sicher.«

In der Mitte der oberen Rückenpartie des jungen Mannes gab es eine Tätowierung, direkt unterhalb des Nackens. Mit blauschwarzer Tinte gezeichnet, hatte die Tätowierung etwa die Größe von Graces beiden ausgebreiteten Händen. Sie bestand aus drei sich überlappenden Kreisen, von denen jeder von Symbolen umgeben wurde, die sie für Runen hielt. Genau in der Mitte eines jeden der drei Kreise war eine einzelne, größere Rune.

Beltan grunzte. »Ich habe solche Zeichnungen schon zuvor gesehen – bei den Tiermännern des Nordens, wie die an König Kels Hof. Die Krieger dieser Stämme lassen sich oft solche Tätowierungen machen, um zu zeigen, für welchen Anführer sie kämpfen.«

Aryn sah überrascht aus. »Krieger? Aber Himmel ist ein Diener.«

»Langsam bezweifle ich das«, sagte Grace.

»Weißt du, was diese Runen bedeuten?«, wollte Melia von Falken wissen.

Der Barde kam näher heran. »Bei den kleinen Runen neben den Kreisrändern bin ich mir nicht sicher. Ich müsste mir die Zeit nehmen, sie zu studieren. Aber die großen Runen erkenne ich. Die hier, ganz oben, ist die Rune des Himmels. Das macht vermutlich Sinn. Es ist sein Name. Aber das in dem rechten Kreis ist die Rune für Olrig, und die im linken ist die Rune für Sia.«

Aryn schaute auf. »Für Sia gibt es eine Rune?«

»Natürlich«, sagte Falken. »Wie für jeden der Alten Götter. Alle Dinge der Schöpfung haben eine Rune. Natürlich mit Ausnahme der Neuen Götter und der Drachen.«

Die Baronesse kaute auf einem Knöchel herum. Grace konnte ihre Verwirrung nachempfinden; den Hexen zufolge war Sia die Mutter von Eldh, und sie hatte weder etwas mit den Alten Göttern noch mit Runenmagie zu tun. Die Runensprecher wiederum glaubten, dass der Weltenschmied die Runen gesprochen hatte, die Eldh und alle darauf befindlichen Dinge erschufen. Und es war der Alte Gott Olrig, der das Geheimnis dieser Runen von den Drachen stahl, die in dem grauen Nebel hausten, der schon vor der Welt existierte, und die die Runen gehört hatten, als sie gesprochen wurden. Also wie konnte Himmel zugleich Sia und Olrig dienen?

»Diese Runen habe ich schon lange Zeit nicht mehr gesehen«, fuhr Falken fort. »Und selbst damals waren sie uralt.«

Melias bernsteinfarbene Augen funkelten. »Faszinierend«, murmelte sie, führte das aber nicht weiter aus.

Grace verdrängte sämtliche Fragen, die ihr auf der Zunge brannten, und konzentrierte sich auf den Patienten. Mit routinierter Effizienz spülte und nähte sie die Verletzungen.

»Beltan, hilf mir, ihn aufzusetzen. Ich muss den Verband um seine Brust wickeln, damit er hält.«

Mit Beltans Unterstützung setzten sie den jungen Mann auf

und schoben die Fetzen der braunen Kutte bis zu seiner Taille herunter. Himmels Brust und Arme waren genau wie sein Rücken massiv gebaut.

»Bei Vathris, ich würde sagen, er könnte ein Schwert schwingen, wenn es sein muss«, meinte Beltan.

Grace nickte. Aber aus irgendeinem Grund fragte sie sich, ob Himmel wirklich so eine Art Krieger war. Weitere Tätowierungen schlängelten sich die glatte Haut seiner Brust hinauf und umwanden seinen Bizeps. Größtenteils waren es Runensymbole, die Grace nicht entziffern konnte, aber direkt über seinem Herzen war ein aufwendig gezeichnetes Bild, das sie klar deuten konnte. Es zeigte den zerklüfteten Umriss eines schwarzen Turms, über dem drei Kreise schwebten.

Nein, keine Kreise, Grace. Drei Monde.

Einer der Monde stellte die Sichel des zunehmenden Mondes dar, der nächste war ein Vollmond, und der letzte zeigte wieder die Sichel des abnehmenden Mondes. In den Kreis eines jeden Mondes war kunstfertig das kaum sichtbare Bild eines Frauengesichts gemalt; es waren ein Mädchen, eine wunderschöne Frau und eine Greisin.

Grace hörte ein Keuchen. Das war Aryn; sie starrte die Tätowierung auf Himmels Brust an. Grace sprach nur ungern heimlich mit den Gedanken, aber da lag ein Ausdruck in Aryns Augen, ein tiefes Entsetzen, das sie dazu zwang.

Aryn?, sagte sie, und ihre Stimme summte durch das Netz der Weltenkraft. *Aryn, was ist?*

Das kann nicht sein, ertönte Aryns überraschte Stimme.

Bei Sias drei Gesichtern, das ist unmöglich. Ein schwarzer Turm – haben sie nicht einen schwarzen Turm errichtet?

Wer denn, Aryn?

Die Runenbrecher ...

Wovon redete Aryn bloß? Was meinte sie mit den drei Gesichtern Sias? Grace wollte eine weitere Frage stellen, aber bevor sie sie die Fäden der Weltenkraft entlang schicken konnte, meldete sich Beltan leise zu Wort.

»Grace.«

Ihr Blick klärte sich, als sie aufhörte, mit der Gabe zuzugreifen. Himmel sah sie mit sanften braunen Augen an.

Sie hob eine Hand ans Herz, und sein reizloses Gesicht verzog sich zu einem müden Grinsen. Mit einer Hand machte er eine schnelle, elegante Geste, dann ahmte er mit einer Pantomime eine nähende Bewegung nach. *Danke, Mylady. Dafür, dass Ihr mich genäht habt.*

Überrascht konnte sie nicht anders, als das Lächeln zu erwidern. »Keine Ursache, Himmel. Ich glaube nicht, dass deine Wunden sehr ernst sind, nicht, wenn wir sie sauber halten. Aber wer – wer hat dir das angetan?«

Sein Grinsen verblasste, und er schüttelte den Kopf. Er schien ihre Worte mit einer Hand aus der Luft zu pflücken und legte sie sanft, aber bestimmt zur Seite. *Das ist im Augenblick nicht wichtig, Mylady.* Er machte eine weitere Reihe von Pantomimen, schrieb mit dem Finger etwas auf die Handfläche und streckte die Hand dann in Richtung von Grace aus.

»Ich verstehe nicht«, sagte Beltan mit einem Stirnrunzeln. »Was will er denn sagen?«

Aber Grace hatte die Bedeutung seiner Gesten so deutlich verstanden, als wären die Worte durch die Weltenkraft zu ihr geflogen.

»Eine Botschaft«, sagte sie leise. »Er sagt, er hat uns eine Botschaft gebracht.«

Melia trat näher heran, den Blick auf Himmel gerichtet. »Eine Botschaft? Aber von wem?«

Wieder machte Himmel eine Reihe eloquenter Gesten.

Von denen, die verschollen sind.

Einen endlosen Augenblick lang starrten alle den jungen Mann in verblüfftem Schweigen an.

Das ist unmöglich, Grace. Er kann nicht wissen, dass sie vermisst werden.

Aber von wem konnte Himmel sonst sprechen? Wer war noch verschollen? Doch niemand außer Travis, Lirith, Durge und Sareth.

Die anderen schienen alle gleichzeitig die Fassung wiederzugewinnen, und alle redeten durcheinander und befragten Himmel. Ein Zittern ging durch den Körper des jungen Mannes.

Er hat Blut verloren, und er kann sich nicht warm halten. Wenn ihm zu kalt wird, könnte er in einen Schockzustand verfallen.

Sie hielt eine Hand hoch und war irgendwie überrascht, dass das die anderen zum Schweigen brachte. Ihr Unterricht in majestätischem Gehabe bei Ephesian schien sich auszuzahlen. Sie gab Beltan die Wolldecke, die die anderen geholt hatten, und während sie und die anderen Frauen sich umdrehten und Himmel den Rücken zuwandten, halfen Beltan und Falken dem jungen Mann aus den Fetzen seiner Kutte. Als sich Grace wieder umdrehte, lag Himmel eng in die Decke gewickelt erneut auf dem Sofa. Er zitterte noch immer, wenn auch nicht mehr ganz so stark.

»Trink das«, sagte Grace und gab ihm eine Tasse mit Wasser verdünnten Wein, und er gehorchte. Der Alkohol würde als mildes Sedativum wirken, und er würde auch gegen mögliche Bakterien im Wasser helfen. Das Letzte, was Himmel jetzt brauchte, war eine Sekundärinfektion.

Nachdem Himmel ihr die leere Tasse zurückgegeben hatte, machte er Zeichen mit den Händen, und wie immer war die Bedeutung der Gesten auf seltsame Weise klar.

»Du willst die Kutte zurück?«, fragte Grace. »Aber ich fürchte, davon ist nicht mehr viel übrig.«

Doch Himmel zeigte erneut, und sie hob die Fetzen vom Boden auf und gab sie ihm. Er durchsuchte das Kleidungsstück, dann ließ er es wieder zu Boden gleiten. In der Hand hielt er einen Schlüssel. Der Schlüssel war groß und schien aus schwarzem Eisen geschmiedet zu sein. Er hielt ihn Grace hin.

Ihr müsst ihn nehmen, Mylady. Ihr müsst ihn nehmen und Euch dorthin begeben.

Falken rieb sich mit der behandschuhten Hand das Kinn. »Aber wohin sollen wir gehen? Was öffnet der Schlüssel, Himmel?«

Der junge Mann zuckte mit den Schultern und ließ die Decke von der linken Schulter rutschen. Er zeigte auf die Tätowierung über seinem Herzen – die Tätowierung des Schwarzen Turms.

Der Barde stieß eine Verwünschung aus. »Bei allen Alten, das ist der Schwarze Turm, nicht wahr? Du willst, dass wir uns dorthin begeben. Der Turm der Runenbrecher.«

Himmel nickte. Aryn schlug die Hand vor den Mund, aber es war zu spät, um ein Aufstöhnen zu unterdrücken. Grace sah sie an. Warum verstörten Himmels Worte die junge Hexe so? Da war etwas mit den Runenbrechern – etwas, das die Baronesse wusste und Grace nicht erzählt hatte. Aber was?

Es würde warten müssen. Grace kniete neben dem Sofa nieder und nahm Himmels Hand. »Ich verstehe nicht. Ich glaubte, man hätte den Schwarzen Turm vor Jahrhunderten aufgegeben, dass es keine Runenbrecher mehr gibt. Warum sollten wir dorthin reisen?«

Er drückte ihr den Eisenschlüssel in die Hand. *Um zu finden, was verloren gegangen ist.*

Grace erstarrte. Vielleicht, nur vielleicht verstand sie, was er meinte. Falken hatte ihr die Geschichten erzählt: wie die Runenbrecher vor langer Zeit aus Falengarth verschwunden waren und wie die Angehörigen der beiden anderen Runenorden – die Runenbinder und Runensprecher – sich gegen sie gewandt hatten, wie sie die Runenbrecher dafür verantwortlich gemacht hatten, dass das Volk alle Zauberer und Magiekundigen hasste und fürchtete.

Aber einen Runenbrecher gibt es noch, nicht wahr, Grace?

Beltan kam ihr zuvor. »Travis. Es ist Travis, stimmt's? Irgendwie ist er da, zusammen mit den anderen, im Schwarzen Turm. Wir müssen sie dort finden.« Der große Ritter setzte sich in Richtung Tür in Bewegung, als wollte er auf der Stelle zu dieser Reise aufbrechen.

Himmel hielt eine Hand hoch. *Wartet.*

»Was ist, Himmel?«, fragte Melia leise.

Er zeigte erneut auf die Turm-Tätowierung, dann ballte er beide Hände zu Fäusten und drehte sie mehrmals umeinander. Bei dem Punkt, an dem sie in dem Kreis am weitesten voneinander entfernt waren, hielt er inne.

Da kam auch Grace nicht mehr mit. »Ich verstehe nicht. Was meinst du?«

»Ich glaube, ich weiß, was er meint«, sagte Falken. »Der Tag der Wintersonnenwende. Dann sollen wir den Schwarzen Turm betreten.«

Natürlich. Wenn die Sonne scheinbar am weitesten von Eldh entfernt war. »Aber warum?«, fragte Grace. »Warum ihn erst zur Wintersonnenwende betreten und nicht sofort?«

Wieder gestikulierte Himmel. *Weil man das, was verloren ging, dann wiederfinden kann.*

Falken fing an, noch mehr Fragen zu stellen, aber der junge

Mann blinzelte, und er sank zurück auf das Sofa. Augenblicklich verdrängten Graces medizinische Instinkte jegliches Verlangen, mehr über Himmels mysteriöse Botschaft zu erfahren.

»Er ist erschöpft«, verkündete sie. »Ihr könnt später mit ihm reden. Im Moment braucht er Ruhe.«

Falken fing an zu protestieren, aber Grace warf ihm einen Blick zu, der so durchbohrend wie die spitze Nadel einer Spritze war, und der Barde machte einfach den Mund zu. Nachdem die anderen gegangen waren, strich Grace Himmel das Haar aus der Stirn. Sie hatte selbst viele Fragen. Aber die konnten warten. »Alles in Ordnung?«

Er schenkte ihr ein schwaches Lächeln, dann ergriff er ihre Hand und drückte ihre Finger fester um den Eisenschlüssel.

Jetzt schon, Mylady. Jetzt schon.

Sie erwiderte das Lächeln, aber er hatte bereits die Augen geschlossen, und wenige Augenblicke später wurden seine Atemzüge tiefer und gleichmäßiger. Grace schlüpfte aus dem Zimmer und schloss hinter sich die Tür.

Die anderen waren um den Tisch im zentralen Raum der Villa versammelt – obwohl Beltan auf und ab ging, statt zu sitzen.

»Ich verstehe nicht, warum wir nicht sofort aufbrechen können«, sagte der Ritter gerade. »Wie weit ist das? Hundertsechzig Meilen? Wir könnten in drei Wochen da sein.«

»Du hast Himmel gehört«, erwiderte Falken und kratzte sich am Kopf. »Oder ihn gesehen, was das angeht. Er sagt, dass das, was wir im Schwarzen Turm finden werden, vor dem Wintersonnenwendtag nicht da sein wird. Vielleicht wird der Schlüssel bis dahin auch gar nicht funktionieren. Wenn wir jetzt gehen, könnten wir am Ende dort wochenlang herumsitzen. Und das war schon ein raues Land, bevor man den Schwarzen Turm verlassen hat. Es wäre nicht gerade ein sicherer Ort, um dort so lange zu lagern.«

Beltan ballte die Fäuste. »Aber Travis und die anderen könnten verwundet sein, oder sie verhungern. Sie könnten sterben, während sie auf uns warten.«

»Du redest Unsinn, mein Lieber«, sagte Melia liebevoll und berührte den Arm des Ritters. »Bestimmt würde Himmel uns nicht instruieren, unsere Reise zu verschieben, wären die anderen dort und würden unsere Hilfe brauchen.«

»Warum ausgerechnet nur dieser Ort?«, murmelte Aryn. Der Blick der Baronesse schien nach innen gerichtet zu sein. »Warum müssen wir zum Turm der Runenbrecher reisen? Und warum jetzt? Das kann nicht gut sein. Niemals.«

Grace starrte die junge Hexe an. Warum war Aryn über die Neuigkeit so aufgebracht? Grace wollte sie darauf ansprechen ...

... und es klopfte an der Eingangstür.

Einen Augenblick lang waren alle zu überrascht, um zu reagieren. Das Klopfen ertönte erneut; es war hart und dringend. Dann war Beltan mit drei Schritten an der Tür und riss sie auf.

Der Mann auf der Schwelle war kein kaiserlicher Beamter; er trug weder den Bronzeharnisch noch den Lederrock der tarrasischen kaiserlichen Soldaten. Er war mit einem Kettenhemd über einem grauen Wams und einer Hose bekleidet, sowie einem waldgrünen, mit Schlamm bespritzten Umhang. Der Mann nahm die Hand gerade noch rechtzeitig herunter, um Beltan nicht auf die Brust zu klopfen. Erst als sich ein Grinsen auf seinem attraktiven Gesicht ausbreitete, wurde Grace klar, dass sie ihn kannte. Der Mann war nicht so groß wie Beltan, aber wohlgeformt. Und mit dem kurz geschnittenen, wilden roten Haar und dem roten Spitzbart am Kinn konnte er nur ...

»Sir Tarus!«, rief Beltan aus.

Der blonde Ritter riss den anderen Mann in eine stürmische

Umarmung, zerrte ihn über die Schwelle und in die Villa hinein. Der Rothaarige schien zu zögern, aber dann erwiderte er die Geste.

Schließlich ließ Beltan ihn los. »Beim Schwanz von Vathris' Stier, Ihr stinkt, Sir Tarus.«

Der junge Mann lachte und kratzte sich den Bart, als würde er darin nach unwillkommenen Störenfrieden graben. »Seit einer Woche reite ich so schnell, wie ich kann, Sir Beltan. Und ich fürchte, es war nicht viel Zeit für Annehmlichkeiten wie Baden oder Schlafen. Ich wollte Euch warnen, aber ...«

»... aber wie gewöhnlich hat sich Sir Beltan von seiner Begeisterung mitreißen lassen«, sagte Melia und glitt heran. »Natürlich ist in Eurem Fall leicht zu verstehen, warum das so ist, Sir Tarus.«

Die Wangen des Ritters nahmen die blutrote Farbe seines Bartes an. Er verneigte sich vor Melia, sein Kettenhemd klirrte.

Grace erinnerte sich an das erste und einzige Mal, dass sie Sir Tarus begegnet war. Es war früher in diesem Jahr gewesen, auf der Reise zum Grauen Turm. Sie waren Tarus und Beltan begegnet, die zusammen mit den anderen Rittern des Ordens von Malachor in den Wäldern im Westen Calavans patrouillierten. Insgeheim hatte sie den Verdacht gehabt, dass Tarus und Beltan Liebhaber gewesen waren, zumindest eine Weile lang. So unbeholfen sie auch war, wenn es darum ging, die Gefühle anderer zu verstehen, konnte selbst sie es jetzt sehen, als sich Tarus wieder aufrichtete und Beltan ansah – mit einem scheuen Blick.

Aber sein Lächeln war stark und ehrlich, und – fand Grace – verriet keinerlei Anzeichen eines gebrochenen Herzens. Vermutlich fiel es einem so gut aussehenden Mann wie Tarus nicht schwer, einen anderen zu finden, der sein Bett wärmte. Aber es war mehr als das. Bei ihrer letzten Begegnung hatte sich Tarus durch eine jungenhafte Überschwänglichkeit ausgezeichnet – sie konnte sie noch immer in seinem Gesicht finden. Aber jetzt war da auch Stärke zu finden. Beltan hatte ihm den Befehl über die Ritter von Malachor übergeben; anscheinend bekam es ihm, ein Anführer zu sein.

»Es ist schön, Euch wieder zu sehen, Lady Grace«, sagte Tarus und verbeugte sich in ihre Richtung.

Sie zuckte innerlich zusammen. Ihm musste ihr Starren aufgefallen sein. Sie erwiderte die Verbeugung hastig, und erst da wurde ihr verspätet bewusst, dass sie eigentlich einen Knicks hätte machen müssen.

Und sei dankbar für deine Blödheit, dachte sie mit einem trockenen Lächeln. *Nur für den Fall, dass du irgendwann wirklich glaubst, eine Königin zu sein ...*

»Vielen Dank«, sagte sie. »Und, wollt Ihr uns verraten, warum Ihr so schnell nach Tarras geritten seid?«

»Offensichtlich um uns zu finden«, sagte Falken. »Aber warum, das ist die Frage.«

Augenblicklich veränderte sich Tarus' Benehmen. Er nahm ruckartig die Schultern zurück und sprach in einem formellen Tonfall. »Ich bringe eine Botschaft von König Boreas für Ihre Hoheit, die Lady Aryn, Baronesse von Elsandry.«

Aryn krallte die linke Hand um die Stuhllehne. »Eine Botschaft für mich? Vom König?«

Grace konnte das Entsetzen der jungen Frau verstehen. Sie hatte sich vor sechs Monaten aus Calavere weggeschlichen und war seitdem nicht mehr dort gewesen. Sie hatte auch nicht um König Boreas' Erlaubnis gebeten, bevor sie in den Süden nach Tarras gereist war, obwohl der König ihr Pflegevater war. Plötzlich sah Aryn weniger wie eine junge Frau von Adel aus als vielmehr wie ein Teenager, der dabei erwischt worden war, wie er aus dem Schlafzimmerfenster kletterte.

Tarus verbeugte sich in Aryns Richtung und nahm wieder Haltung an. »Die Botschaft kommt zu Euch aus den Händen

Seiner Majestät, König Boreas von Calavan, Lord des Landes zwischen den Zwei Flüssen, Träger des Schwertes von Calavus, und ...«

»Ja, ja«, sagte Falken und winkte mit der schwarz behandschuhten Hand ab, »wir sind uns alle Boreas' überwältigender Erhabenheit bewusst. Könntet Ihr bitte zur Sache kommen?«

Tarus biss sich auf die Lippe, um ein Grinsen zu verbergen. Er ging einen Schritt auf Aryn zu und sprach weniger geziert weiter. »Mylady, ich überbringe Euch eine Aufforderung des Königs. Boreas befiehlt Euch, sofort nach Calavere zurückzukehren, so schnell es Euch möglich ist.«

Aryn umklammerte noch immer den Stuhl; sie sah aus, als würde sie umfallen, falls man ihn ihr wegnahm. »Nach Calavere zurückkehren? Aber warum? Soll ich ... bestraft werden?«

»Bestraft?« Tarus runzelte die Stirn. »Nein, Mylady, Boreas erbittet Eure Rückkehr aus einem viel glücklicheren Grund. Ihr müsst wissen, der König hat endlich einen Gemahl für Euch gefunden.«

Aryn starrte ihn mit offenem Mund an, genau wie die anderen.

»Meine Glückwünsche, Lady Aryn«, sagte Tarus mit einem breiten Grinsen. »Ihr werdet heiraten.«

10

Es scheint ein Tag für Botschaften zu sein«, sagte Falken und stellte den leeren Weinpokal auf dem Tisch im Hauptgemach der Villa ab. Er schaute auf, als Grace leise die Tür zum Nebengemach schloss. »Und, wie geht es unserem ersten Kurier?«

Sie setzte sich an den Tisch. »Er schläft noch immer. Ich glaube, er wird noch eine Weile nicht ansprechbar sein. Was auch immer Himmel auf der Reise zugestoßen ist, er ist völlig erschöpft.«

»Ich würde gern wissen, wo genau er herkommt«, sagte Falken. »Und ich habe noch ein Dutzend anderer Fragen an unseren geheimnisvollen Freund. Aber ich vermute, das wird warten müssen, bis er wieder aufwacht.«

»Ja«, sagte Grace energisch, »das wird es.«

Sie griff nach der Weinflasche in der Tischmitte und drehte sie über einem unbenutzten Becher.

Es kamen genau zwei Tropfen heraus.

Sie stellte die Flasche ab und warf sowohl Falken als auch Beltan einen finsteren Blick zu. Der Barde täuschte Überraschung vor, und der blonde Ritter zuckte verlegen mit den Schultern, bevor er schnell den letzten Schluck in seinem Becher herunterstürzte.

»Und, wo sind die anderen?«, fragte Grace seufzend.

»Tarus nimmt sein dringend benötigtes Bad«, sagte Beltan. »Und ich glaube, Melia ist oben bei Aryn.«

Grace seufzte erneut. Es war gut, dass die Lady bei Aryn war. Tarus' Botschaft hatte sie alle überrascht – auch wenn das vielleicht nicht der Fall hätte sein dürfen.

Kurz nachdem sie Aryns Bekanntschaft gemacht hatte, wusste sie bereits, dass Boreas bis zum einundzwanzigsten

Geburtstag der Baronesse einen Ehemann für sie finden wollte, jemand, der ihr bei der Herrschaft über die Baronie von Elsandry helfen und dem König ein loyaler Vasall sein würde. Aber in den Aufregungen der letzten Monate war es leicht gefallen, diese Dinge zu vergessen. Wenn Grace eines in ihrer Zeit auf Eldh gelernt hatte, dann die Tatsache, dass der Adel einem viele Privilegien brachte, aber auch weitaus weniger willkommene Pflichten und Verantwortlichkeiten. Aryns Hochzeit war für Boreas von großer politischer Bedeutung; ihr Herz – und ihre Wünsche – spielten dabei keine Rolle.

Aryn hatte bei Tarus' Botschaft nur genickt; sie hatte nicht protestierend aufgeschrien oder einen Wutanfall bekommen oder sich auf irgendeine Weise geweigert. Die junge Frau kannte ihre Stellung. Trotzdem war Grace der traurige Ausdruck in ihren Augen nicht entgangen.

»Nun, wenn das keine fröhliche Runde ist«, sagte Tarus mit einem Grinsen, als er den Raum betrat.

Grace brachte ein schwaches Lächeln zu Stande. Das Bad hatte dem jungen Ritter gut getan, sein Gesicht war von Schmutz und Müdigkeit befreit, der Bart an seinem Kinn sauber gestutzt. Die Diener hatten seinen Umhang und das Wams vom Straßenschmutz befreit, und ohne jeden Zweifel wurde das Kettenhemd in diesem Augenblick auf Hochglanz poliert.

Beltan warf dem rothaarigen Mann einen bewundernden Blick zu. Grace wusste, dass er Travis mehr als alles andere auf der Welt liebte. Aber Travis war eine Welt weit weg, und langsam verstärkte sich Graces Eindruck, dass man auf Eldh einen Unterschied zwischen Sex und Liebe machte. Das Letztere war ein gepriesenes Ideal, das man schätze und in Ehren hielt, aber das Erstere wurde so ähnlich wie Nahrung betrachtet – oder in Beltans Fall Bier –, ein Grundnahrungsmittel, auf das man nur eine gewisse Zeit verzichten konnte, bevor es zu Mangelerscheinungen kam.

Und was ist mit dir, Grace? Wäre körperliche Intimität wirklich lebensnotwendig, lägst du mittlerweile zwei Meter unter der Erde.

Natürlich hatten die meisten Menschen keine zehn Jahre ihres Lebens in einem Waisenhaus verbracht, das von Leuten mit Herzen aus Eisen geleitet wurde. Sie hatte zwar den Schatten der Vergangenheit hinter sich gelassen, aber sie konnte nicht ändern, was die Vergangenheit aus ihr gemacht hatte. Oder zumindest hatte sie es bis jetzt noch nicht geändert. Und was Beltans Blick auch immer andeutete, Grace fiel auf, dass Tarus ihn angestrengt mied.

Eine neue Flasche Wein stand auf dem Tisch, ein Diener hatte sie gebracht.

Grace goss sich einen Becher ein, dann füllte sie einen zweiten und hielt ihn Tarus hin.

»Danke, Mylady«, sagte er. »Woher habt Ihr gewusst, dass ich etwas zu trinken gebrauchen kann?«

»Ärztlicher Instinkt.«

Tarus griff nach dem Becher ...

... und fuhr herum, riss den Dolch aus dem Gürtel und hielt ihn stoßbereit. Vor ihm flimmerte die Luft und glättete sich wieder. Eine schlanke Gestalt in schwarzem Leder stand mit blitzenden goldenen Augen vor ihm.

»Nicht schlecht, Diener des Stiers«, sagte Vani mit einem kühlen Lächeln auf dem ebenmäßigen Gesicht. »Ihr seid schneller als die meisten, die ich kennen gelernt habe.«

Tarus schrie alarmiert auf. Grace wollte ihm zurufen, alles sei in Ordnung, Vani sei eine Freundin, aber sie war zu langsam. Tarus stieß mit der Dolchhand zu.

Die Hand war leer.

Vani räusperte sich. Ihr Blick glitt nach unten, und unwillkürlich folgte Tarus ihrem Beispiel. Sie tippte einen Dolch gegen die Innenseite seines Oberschenkels. Seinen Dolch.

»Was zum …?«, sagte Tarus und trat mit weit aufgerissenen Augen schnell einen Schritt zurück.

Vani grinste und warf den Dolch Tarus zu, mit dem Griff zuerst, und er fing ihn trotz seiner Überraschung geschickt auf.

Endlich fand Grace ihre Stimme wieder. »Tarus … Ich möchte Euch unsere Freundin Vani vorstellen.«

Der junge Mann sah Beltan an. »Freundin?«

Der blonde Ritter zögerte, nickte dann knapp. »Sie ist eine weitaus bessere Kriegerin, als es die meisten Männer je werden können, Tarus. Seid froh, dass Ihr nicht ihr Feind seid. Denn in diesem Fall würdet Ihr Euch jetzt zu diesen fanatischen neuen Priestern gesellen können, von denen ich hier in Tarras gehört habe – die, die vor dem Altar von Vathris die Juwelen ihrer Männlichkeit in einer goldenen Schale als Opfer darbringen.«

Tarus schluckte schwer, und Grace versuchte so zu tun, als würde sie nicht sehen, wie er seine edlen Teile einer schnellen Überprüfung unterzog.

»Vani«, sagte sie und stand auf. »Wir haben dich gar nicht reinkommen sehen.«

»Tun wir das denn je?«, fragte Falken gequält.

Da hatte der Barde Recht. »Willst du uns abholen?«, fragte Grace die Attentäterin.

Vani nickte. »Meine Al-Mama erwartet euch.«

Sie erreichten den Kreis aus schlanken *Ithaya*-Bäumen auf den weißen Klippen nördlich der Stadt genau in dem Augenblick, in dem die letzten Sonnenstrahlen das Gold der Kuppeln von Tarras zu Kupfer machten. Hier hatten die Mournisch die letzten beiden Monate kampiert, dreihundert Meter über dem Hafen. Grace konnte die fantastischen Umrisse ihrer Wagen, die nun mit den tiefer werdenden Schatten zwischen den Bäumen verschmolzen, gerade noch eben ausmachen: ein Hase, eine Schnecke, ein sich duckender Löwe und ein Drache, der sich wie eine zum Zubeißen bereite Schlange zusammenschlängelte.

Ein Teil von Grace hatte Himmel nur ungern in der Villa zurückgelassen. Aber er schlief, und ihre sämtlichen Instinkte als Ärztin – und als Hexe – hatten ihr gesagt, dass seine Wunden nicht ernst waren, dass er sich erholen würde. Sie hatte einen der Diener vor seiner Tür postiert, mit dem strengen Befehl, niemanden hineinzulassen.

Obwohl Sir Tarus von der langen Reise müde war, hatte er sie den steilen Pfad hinaufbegleitet, um die Mournisch zu sehen.

»König Boreas hat mir befohlen, mit Lady Aryn nach Calavere zurückzukehren«, sagte der junge Ritter. »Ich werde nicht zulassen, dass ein Haufen Vagabunden sie mir vor der Nase wegstiehlt. Ich habe Geschichten über die Mournisch gehört, wie sie ...«

Er verstummte, als er Vanis harten, goldenen Blick bemerkte.

Beltan schlug Tarus auf den Rücken. »Und Ihr habt gehört, welch tolle Feste sie feiern, und Ihr wollt auf keinen Fall versäumen, eines davon mitzuerleben.«

Als sie die Lichtung betraten, verschwanden die letzten Sonnenstrahlen am westlichen Horizont. Im gleichen Augenblick stieg im Osten über dem Rand des Meeres Eldhs gewaltiger Mond auf. Es sah so aus, als wäre er tatsächlich aus den Fluten emporgestiegen, und sein Licht schuf auf dem Ozean eine silbrige Straße.

Melia blieb stehen und machte einen Knicks in Richtung Mond, dabei murmelte sie etwas. Grace war sich nicht sicher, aber möglicherweise waren es die Worte *Es ist schön, auch dich wieder zu sehen, Liebes* gewesen. Bevor sie weiter darüber nachdenken konnte, berührten braune Hände ihre Arme und zogen sie und die anderen in den Lichtkreis des Feuers in der Mitte der Lichtung.

Etwas hatte sich nicht verändert: Die Mournisch wussten noch immer, wie man ein Fest feiern musste. Überall ertönte entfesselte Musik, Tänzer sprangen wie Flammen in die Höhe. Der Duft von gebratenem Fleisch hing schwer in der Luft, und der Becher in Graces Hand schien immer mit feurigem roten Wein gefüllt zu sein. Aber sie war nicht besonders hungrig, und sie war nie eine große Tänzerin gewesen, also war sie damit zufrieden, neben Aryn und Beltan auf einem Kissen zu sitzen und in die Flammen zu starren, während der Wein seine Wirkung tat.

Irgendwann kam eine der Tänzerinnen – eine üppige Frau mit dunklen Augen – auf Grace zu.

»Wo ist Euer Freund?«, fragte sie mit melodischer Stimme.

»Mein Freund?«, fragte Grace.

»Ja, der Dunkelhaarige mit der ernsten Miene und den vielen Muskeln.«

Grace blinzelte. »Ihr meint Durge?«

»Ja, D'hurj.« Die Frau lächelte. »Das war sein Name.«

Grace verspürte einen Stich im Herzen, und sie fragte sich, ob dieses empfindsame Organ noch mehr Schmerz ertragen konnte. »Ich fürchte, er ist nicht hier.«

Die Frau war offensichtlich enttäuscht. »Das ist schade. Er war ein guter ... Tänzer.«

Und die Frau verschwand mit wirbelnden Schleiern.

Das Fest nahm seinen Gang, während Funken aufstoben, um zwischen den Sternen zu funkeln. Dann endete es plötzlich – auf ein Zeichen hin, das Grace entgangen war. Die Tänzer und Musiker verschwanden in den Schatten. Die Türen der Wagen öffneten und schlossen sich. Die Gefährten saßen allein in dem Kreis aus Feuerlicht.

Nicht ganz allein, Grace.

Goldene Augen leuchteten in einem faltigen Gesicht und blickten Grace an. Neben Vani saß eine Gestalt auf einem Kissenstapel, die Grace während des wilden Festes gar nicht aufgefallen war. Ihr Hals war dünn und gebeugt wie der eines Geiers, und die Haare auf dem knotigen Kopf waren wie Spinnweben.

Die uralte Frau lächelte Grace an und entblößte ihren einen, überaus spitzen Zahn. »Ich habe dir gesagt, dass du von ihnen allen die Stärkste sein wirst, nicht wahr?«

Grace befeuchtete die Lippen. »Danke für die Einladung. Ihr wart es doch, die uns eingeladen hat, oder?«

Die Alte stieß ein gackerndes Lachen aus. »Ich hatte die Idee, ja, aber Vani sprach sie aus, bevor ich es konnte. Ich wollte vor unserer Abreise mit euch sprechen. Morgen begeben wir uns wieder auf unsere Wanderung. Das ist unser Schicksal.« Sie kniff die Augen zusammen. »So wie du bald deine Reise beginnen wirst – denn das ist deins.«

Grace legte eine Hand an den Hals. »Woher wisst Ihr das? Hat Vani es Euch erzählt?«

Die Alte runzelte die Stirn. »Ihr müsst doch wissen, dass die Vorzeichen klar und eindeutig sind. Der rubinrote Stern verschwand so plötzlich, wie er erschien; Dinge gehen verloren, die wiedergefunden werden müssen. Und ganz egal, wie ich sie mische, ich ziehe immer dieselben Karten. Den Wagen, den Turm und die Königin der Klingen. Ich weiß nicht, was es mit diesem Turm auf sich hat oder was du finden wirst. Ich weiß nur, dass du dorthin gehen wirst.«

Falken riss den Blick vom Feuer los. »Warum habt Ihr sie jetzt so genannt? Die Königin der Klingen?«

Der Alte zuckte mit den spitzen Schultern. »Es ist ihr Schicksal, nicht wahr? Selbst ich kann das sehen, so schwach mein Augenlicht auch geworden ist. Und ich hätte gedacht, dass von allen Leuten gerade du das wissen müsstest, Falken

Schwarzhand.« Sie lachte wieder krächzend. »Aber nicht mehr lange Schwarzhand. Denn auch das habe ich gesehen.«

Falken ballte die Hand mit dem Handschuh zur Faust, aber er sagte nicht, was er über die Worte der Alten dachte.

»Glaubst du wirklich, dass sie Sareth und die anderen finden können?«, fragte Vani die Alte.

»Es ist ihr Schicksal, deinen Bruder und den Rest zu suchen. Doch ob es das Schicksal der Verlorenen ist, gefunden zu werden, das kann ich nicht sagen. Könnte ich doch nur sehen, was aus dem *A'narai* wird. Aber er hat kein Schicksal, und meine Karten sind da nutzlos. Er ist ein Geheimnis für mich, so wie alle, die ihm nahe sind.«

Tarus, der während des Festes still bei ihnen gesessen hatte, sah Beltan an. »Entweder bin ich schwerer von Begriff, als ich es immer wahrhaben wollte, oder die Mournisch können wirklich Verwirrungszauber wirken. Ich verstehe kein Wort.«

»Nein?«, fragte die Alte, bevor Beltan antworten konnte. Sie musterte Tarus durchdringend. »Hast du nicht selbst die Anzeichen der herannahenden Dunkelheit gesehen?«

Tarus setzte sich mit aufgerissenen Augen auf.

Beltan legte dem jungen Ritter die Hand aufs Knie. »Was ist, Tarus? Ich würde mein Schwert verwetten, dass Ihr mehr zu berichten habt als König Boreas' Botschaft an Aryn. Was geschieht in den Domänen?«

Tarus seufzte. »Ich wünschte, ich könnte Euch das sagen. Ich habe nur Gerüchte gehört. Sie kamen zu Anfang des Revendath auf. Zuerst schienen es die Art von Geschichten zu sein, wie sie die Hinterwälder immer erzählen – Schatten in den Wäldern, seltsame Geräusche, unheimliche Lichter auf den Hügeln. Eben diese Art von Dingen. Aber dann ...« Er legte den Kopf schief. »Wisst ihr, dass die Grenzen der Domäne von Eredane seit der letzten Wintersonnenwende geschlossen sind?«

Falken nickte. »Königin Eminda wurde beim Rat der Könige ermordet. Ihr Berater war ein Eisenherz. Wir haben keine Ahnung, wer jetzt in Eredane herrscht.«

»Nur dass ich glaube, dass wir es mittlerweile wissen«, sagte Tarus. »Denn jetzt ist nicht nur Eredanes Grenze geschlossen, sondern die von Brelegond ebenfalls. Niemand darf hinein oder hinaus. Und man erzählt sich, dass die Straßen von Rittern in schwarzen Rüstungen und schwarzen Visieren an den Helmen bewacht werden, die jeden erschlagen, der sich auch nur eine halbe Meile in diese Domäne hineinbegibt.«

Tarus' Worte versetzten Grace einen Stich wie mit einem kalten Dolch. Vor einem Jahr hatte es Gerüchte über solche Schatten gegeben, und die Gerüchte hatten sich als wahr erwiesen. Phantomschatten und *Feydrim* – Diener des Fahlen Königs – hatten das Land heimgesucht. Und der Rabenkult, der sich in den Domänen ausgebreitet hatte, hatte sich ebenfalls als Speerspitze des Fahlen Königs entpuppt. Nachdem Travis bei der Wintersonnenwende das Runentor versiegelt hatte, waren die Phantomschatten und *Feydrim* verschwunden, und in den darauf folgenden Wochen hatte der neu gegründete Orden von Malachor die Aktivitäten des Rabenkults ausgemerzt. Es hatte den Anschein gehabt, als wären diese finsteren Tage vorbei.

Aber vielleicht kehren diese finsteren Tage jetzt wieder zurück.

»Was ist mit den anderen Domänen?«, wollte Falken wissen.

»Dort scheinen die Dinge in Ordnung zu sein«, sagte der Ritter. »Calavan erwartet die glückliche Hochzeit von Lady Aryn. Galt steht unbehaglich im Schatten von Eredane, aber ich wüsste nicht, dass es dort Ärger gibt. Toloria ist so, wie ihr es verlassen habt. Und es heißt, dass sich die junge Königin

Inara in Perridon als eine starke Führerin erwiesen hat, die im Namen ihres minderjährigen Sohnes weise herrscht.«

Melia glättete den Stoff ihres Rocks. »Ihr habt Embarr vergessen, Tarus.«

Er schüttelte den Kopf. »Nein, Mylady, ich glaube, Embarr hat *uns* vergessen – genau wie den Pakt, der beim Rat der Könige geschlossen wurde. Es heißt, dass König Sorrin jeden Tag verrückter wird. Dazu kann ich nichts sagen. Aber ich weiß, dass er alle seine Ritter aus dem Orden von Malachor abgezogen hat. Man erzählt sich, dass er seinen eigenen Ritterorden gegründet hat, aber ich kann nicht sagen, wie er heißt oder was seine Aufgabe ist.«

Falken schaute besorgt drein. »Das ist eine seltsame Neuigkeit.«

Tarus sah die alte Mournisch an und erwiderte mutig ihren bohrenden Blick. »Also, was hat das alles zu bedeuten, wo Ihr doch so viel aus Euren Karten herauslesen könnt? Stehen die schwarzen Ritter mit all den anderen Veränderungen in Verbindung?«

»Alle Dinge sind miteinander verbunden«, murmelte die Greisin, als hätte sie da eine tiefe Wahrheit ausgesprochen. Und vielleicht war es das tatsächlich.

Tarus schien sich damit allerdings nicht zufrieden zu geben. Er wandte sich Grace zu. »Ich habe Lady Lirith noch nicht gesehen. Muss ich das so verstehen, dass sie eine der ... Verschwundenen ist?«

Graces Kehle fühlte sich zu eng für Worte an, also nickte sie stattdessen.

Tarus senkte den Kopf. »Dann hoffe ich, dass sie nicht Recht hatte. Ich hoffe, dass es nicht bereits dazu gekommen ist. Bei Vathris, ich dachte, das wären nur von Priestern erzählte Geschichten. Ich hätte nie gedacht, dass zu meinen Lebzeiten die letzte Schlacht geschlagen wird.«

Grace verstand Tarus' Worte nicht. Aber ihr entging nicht, dass Beltan, Falken und Melia den jungen Ritter erstaunt ansahen.

Beltan fasste sich als Erster. »Das sind schlimme Neuigkeiten über die Domänen. Aber unsere Aufgabe ist trotzdem klar. Wir müssen zum Schwarzen Turm reisen.«

»Das ist vielleicht nicht so einfach, wie wir glauben«, sagte Falken. »Der Turm der Runenbrecher steht dort, wo die letzten Ausläufer der Fal Sinfath am Großen Westwald enden.«

Beltan runzelte die Stirn. »Aber das heißt, dass er von uns gesehen auf der anderen Seite von Brelegond ist.«

»Genau«, sagte der Barde grimmig. »Und aus dem, was uns der gute Sir Tarus berichtet hat, geht hervor, dass eine Reise durch Brelegond im Augenblick nicht möglich zu sein scheint.«

Beltan schlug sich die Faust aufs Knie. »Diesmal stimme ich Vanis Al-Mama und ihren Karten zu. Wir müssen einen Weg dorthin finden.«

»Nein«, sagte Aryn leise. »Nicht wir alle.«

Die Baronesse saß am Rand des Feuerscheins. Ihre Miene zeigte einen Hauch von Niedergeschlagenheit, aber da war auch Entschlossenheit. Grace stieß die Luft aus. In dem ganzen Gespräch hatten sie Tarus' Botschaft und was sie für die junge Frau bedeutete ganz vergessen.

»Mein Liebes«, sagte Melia und nahm Aryns Hand. Aryn lächelte schwach.

Grace griff nach der Weltenkraft. Es fiel leicht, Aryns hell leuchtenden blauen Faden zu finden.

Bitte mach dir keine Sorgen, Aryn. Ich bin sicher, alles wird gut.

Grace zuckte zusammen. Diese Worte waren völlig wertlos. Aber hoffentlich würde Aryn spüren, was sie gemeint hatte.

Ich weiß, dass es das wird, drang Aryns Stimme stark durch das Netz der Weltenkraft. *Seit ich ein kleines Mädchen war, wusste ich, dass das meine Pflicht sein wird. Und ich werde mich nicht dagegen wehren. Es ist nur, dass im Augenblick so viele Dinge unsicher sind, und ich habe Ivalaine versprochen ...*

Grace verspürte einen Ruck in ihrem Geist, als Aryn hastig ihren Faden zurückzog und die Verbindung unterbrach. Was hatte die Baronesse sagen wollen? Und warum wollte sie nicht, dass Grace es erfuhr?

Vielleicht, weil du nicht die Einzige bist, die zugehört hat.

Melias Augen waren auf Aryn gerichtet, ihre Miene war unleserlich. Aryn zog ihre Hand zurück und starrte ins Feuer. Da war etwas, das die Baronesse wusste, etwas, das sie nicht sagte. Ivalaine hatte Aryn etwas befohlen. Aber was?

»Wir können nicht durch Brelegond reisen«, sagte Falken, »also müssen wir einen anderen Weg zum Schwarzen Turm finden.«

Melia hob eine Braue. »Und warum habe ich das Gefühl, dass du ihn bereits kennst?«

Der Barde konnte ein wölfisches Grinsen nicht ganz unterdrücken. Er griff in den Kasten, in dem seine Laute lag, und holte ein Buch hervor. Es war *Heidnische Magie des Nordens*, das Buch, das Grace in der Universitätsbibliothek gefunden hatte.

»Ich habe dieses interessante kleine Buch gelesen«, sagte Falken und blätterte in den vergilbten Seiten. »Ich bin mir noch immer nicht sicher, wer es geschrieben hat, aber wer auch immer es war, er oder sie wusste eine Menge sowohl über Magie wie auch Geschichte.«

Melia stöhnte verzweifelt. »Spar dir das Dramatische, Falken. Du hast etwas aus dem Buch erfahren, und du weißt, dass du nicht widerstehen kannst, es uns zu erzählen, also raus damit.«

Der Barde schloss das Buch und schaute auf. »Ich weiß, wo wir die Bruchstücke von Fellring finden können.«

Grace fühlte, wie in ihrem Inneren langsam alles erstarrte, als Falken erklärte, was er in dem Buch gelesen hatte: wie nach dem ersten Krieg der Steine die zersplitterten Teile von Ulthers magischem Schwert Fellring – mit dem er den Fahlen König besiegt hatte – über das Wintermeer zurück in seine Heimat Toringarth gebracht wurden.

»Also glaubst du, wir sollten nach Toringarth reisen?«, fragte Beltan zweifelnd.

Der Barde nickte. »Was auch immer Tarus' Besorgnis erregende Geschichten zu bedeuten haben, eine Sache wissen wir genau. Mohg, der Herr des Sonnenuntergangs, sucht eine Tür, die ihn zurück nach Eldh bringt. Wenn wir eine Möglichkeit finden könnten, Fellring neu zu schmieden, dann hätten wir eine mächtige Waffe, mit der wir ihn bekämpfen könnten.«

Grace verschluckte beinahe ihre Zunge. Sie wusste nur zu gut, was Falken verschwiegen hatte – dass den Legenden zufolge, die er so liebte, allein Ulthers Erbe Fellring schwingen konnte. Aber was auch immer er denken mochte, sie wusste, dass sie der Aufgabe, Götter zu töten, nicht gewachsen war, ganz egal, wie alt und hinfällig sie auch möglicherweise waren.

»Bis zur Wintersonnenwende sind es noch fast zwei Monate«, fuhr Falken fort. »Außerdem wissen wir, dass wir Brelegond nicht durchqueren können – und es ist von Toringarth nicht weiter zum Schwarzen Turm als von Tarras aus. Wir können nach Toringarth segeln und dann zum Turm reisen und werden noch immer genug Zeit bis zur Wintersonnenwende haben.«

»Aber was ist mit Eredane?«, fragte Beltan. »Herrschen dort nicht die Schwarzen Ritter? Und was ist mit Toringarth? Man hat schon seit Jahrhunderten nichts mehr von diesem Land gehört.«

»Auf dem Weg nach Süden zum Schwarzen Turm können wir uns zwischen dem Fluss Silberflut und dem Westwald halten«, sagte Falken. »Wir müssen keinen Fuß nach Eredane hineinsetzen.«

»Ja, Falken mit der Schwarzen Hand«, sagte Al-Mama mit ihrer heiseren Stimme. »In meinen Ohren klingen deine Worte wie Schicksal. Ich glaube, ihr alle müsst tun, was er sagt.«

Grace berührte ihre Halskette. »Diese Schwarzen Ritter.« Sie sah Falken an. »Glaubst du, sie stehen in irgendeiner Verbindung mit dem Fahlen König? Ich meine, sie ...«

Sie konnte den Rest ihrer Gedanken nicht aussprechen, aber sie wusste, dass Falken verstehen würde. Es war der Barde gewesen, der ihr die Geschichte erzählt hatte, wie eine Bande Schwarzer Ritter ihre Eltern ermordet hatte. Und es ergab einen Sinn, nicht wahr? Würde der Fahle König nicht alle Erben des Throns von Malachor ausrotten wollen?

»Grace, ich weiß es nicht«, sagte Falken. »Aber wenn die Schwarzen Ritter etwas mit dem Fahlen König zu tun haben, dann ist es noch viel wichtiger, dass wir eine Möglichkeit finden, Fellring neu zu schmieden.«

Grace versuchte den Kloß in ihrem Hals herunterzuschlucken und scheiterte. Die Vorstellung, eine Heldin aus der Sage zu spielen, war absurd. Doch das Funkeln in den Augen des alterslosen Barden machte es ihr unmöglich, ihm zu sagen, dass er sich irrte.

Die letzten Flammen flackerten an den Scheiten auf und verloschen dann; es war Zeit zu gehen. Sie verabschiedeten sich von Vani und ihrer Al-Mama, dann erhoben sie sich und gingen aus dem Wagenkreis zu dem Pfad, der in die Dunkelheit führte.

»Mach dir keine Sorgen, Grace«, sagte Beltan und nahm

ihre Hand. Sein Griff war rau und stark. »Falkens Plan ist gut, da bin ich mir sicher. Wir werden die Teile deines Schwertes finden und noch immer rechtzeitig zu Travis kommen.«

Grace wollte etwas darauf erwidern, aber dann sah sie zwei goldene Augen aufblitzen, die in die Dunkelheit starrten. Die Nacht flimmerte, faltete sich zusammen, und die Augen waren verschwunden.

Der Mond stand hoch am sternenfunkelnden Himmel, als sie die Villa erreichten. Sie hatten den Rückweg schweigend zurückgelegt. Grace hatte mit Aryn sprechen wollen, aber nicht gewusst, was sie sagen sollte. Als sie in das Hauptgemach traten, sah Grace, dass der Diener noch immer vor der Tür des Nebenraums stand.

»Danke, Mahalim«, sagte sie und berührte seinen Arm. »Geh, und ruh dich aus.«

Der Mann schenkte ihr ein müdes Lächeln, verneigte sich und ging. Leise öffnete Grace die Tür und betrat den Raum, um nach ihrem Patienten zu sehen.

»Oh«, sagte sie und blieb auf halbem Weg ins Zimmer stehen.

»Grace, was ist?«, hörte sie Falken hinter sich sagen. Dann fluchte der Barde leise, und sie wusste, dass sie nichts erklären musste.

Mahalim hatte die Tür bewacht; daran hatte sie nicht den geringsten Zweifel. Und das einzige Fenster des Raums war klein und mit Eisenstäben vergittert. Trotzdem war das Sofa leer und lag die Decke zusammengeknüllt am Boden.

Himmel war verschwunden.

11

Zwei Tage später versammelten sie sich bei Anbruch der Morgendämmerung an den Docks von Tarras, um Abschied zu nehmen.

Am Vorabend hatten sie sich in dem gewaltigen Thronraum des kaiserlichen Palastes im Ersten Kreis hastig von Ephesian verabschiedet. Der Kaiser hatte die Nachricht über ihre Abreise nicht begeistert aufgenommen.

»Das sind unerfreuliche Neuigkeiten, Cousine«, hatte er gesagt, Grace böse angeschaut und die Arme über seinem fetten Körper verschränkt. »Ich sollte Euch in den Kerker werfen lassen, damit Ihr nicht wegkönnt.«

Grace hatte sich auf die Lippe gebissen. »So behandelt man aber keine Familienangehörigen, Euer Prächtigkeit.«

»Ganz im Gegenteil – *genau so* behandelt man seine Familie. Vor allem, wenn man nicht eines Morgens mit einem Dolch im Rücken aufwachen will.« Ephesian hatte einen Seufzer ausgestoßen und den immer schief sitzenden Kranz aus goldenen *Ithaya*-Blättern auf der Stirn gerichtet. »Betrachtet das als meine letzte Lektion in kaiserlicher Herrschaft an Euch, Cousine. Ich werde Euch wirklich vermissen.«

»Ich Euch auch«, hatte Grace gesagt und beinahe mit Überraschung zur Kenntnis genommen, dass sie es auch so meinte.

Sie hatte eine Stufe des Podests erklommen und sich vorgebeugt, um seine Wange zu küssen – und war sich erst in diesem Augenblick bewusst geworden, dass das möglicherweise eine Beleidigung war, auf die die Todesstrafe stand. Aber der Kaiser hatte sich nur die Wange gehalten, als sie gegangen waren.

Wie es das Schicksal so wollte, gehörte das Schiff, das

Falken gemietet hatte, um sie nach Norden zu bringen, einem gewissen Kapitän Magard – derselbe Kapitän, wie Grace erfuhr, der die anderen seinerzeit nach Tarras gebracht hatte. Magard hatte eine neue Ladung Gewürze gekauft und wollte in die Domäne Perridon reisen, um sie dort zu verkaufen. Falkens Gold hatte den Kapitän überzeugt, noch etwas weiter nach Norden zu reisen.

»Magard hat eingewilligt, uns nach Norden bis nach Omberfell zu bringen«, sagte Falken, nahm seinen Lautenkasten und schob sich den Trageriemen über die Schulter. »Das ist eine Stadt an der nordwestlichen Küste von Embarr, an der Mündung des Fellgrim.«

Melias Augen funkelten im Morgenlicht wie die goldenen Kuppeln von Tarras. »Und warum will Magard nur bis nach Omberfell segeln? Liegt Toringarth nicht noch weiter nördlich, auf der anderen Seite des Wintermeers?«

»Sicher«, erwiderte Falken. »Aber Magards Schiff ist für südliche Gewässer gebaut. Zu dieser Jahreszeit wird das Wintermeer voller Eis sein. Es würde den Rumpf von Magards Schiff wie eine Nuss knacken. Wir werden in Omberfell ein neues Schiff finden müssen, das uns die letzte Etappe der Reise transportiert.«

»Vielleicht sollten wir auf den Frühling warten«, meinte Beltan.

Falkens Blick war hart. »Und vielleicht ist es im Frühling zu spät. Komm schon, Beltan – hilf mir, unsere Sachen an Bord zu bringen.«

Der Barde ging auf die Landungsplanke zu, mit nichts als seinem Lautenkasten auf der Schulter. Beltan musterte den Berg von Taschen auf dem Dock, seufzte und fing dann an, sie sich aufzuladen.

»Die nicht, mein Lieber«, sagte Melia und zeigte auf zwei kleine Ledertaschen, die, wie Grace wusste, der Lady gehörten.

»Die kannst du neben Lady Aryns und Sir Tarus' Besitztümer stellen.«

Beltan runzelte die Stirn. »Warum?«

»Weil ich nicht mit euch nach Toringarth gehe, mein Lieber. Ich werde Aryn nach Calavere begleiten.«

»Was?«, stieß Falken in scharfem Tonfall hervor. Der Barde drehte sich auf dem Absatz um und eilte zu den anderen zurück. »Was soll das heißen, du kommst nicht mit uns nach Norden?«

Ein gequälter Ausdruck trat auf Melias Gesicht. »Lass es mich dir erklären, mein Lieber. Du gehst nach Toringarth, so wie du es geplant hast. Aber wenn du dort ankommst, werde ich nicht an deiner Seite sein. Weil ich dann nämlich auf Calavere bin. Bei Aryn.« Sie tätschelte seinen Arm. »Ist jetzt alles klar?«

Der Barde sah sie finster an. »Ich weiß, was du damit sagen wolltest, Melia.«

»Wirklich? Warum hast du dann gefragt?«

»Weil es keinen Sinn macht«, knurrte der Barde.

Das Gesicht der Lady wurde etwas weicher. »Das tut es doch, mein Lieber. Du weißt, dass das Meer und ich keine Freunde sind. Davon abgesehen kann eine Lady von Aryns Stellung unmöglich allein mit einem Mann reisen. Das wäre nicht schicklich.«

Tarus grinste. »Ich glaube, Lady Aryns Tugend ist bei mir ziemlich sicher. Ich vermute, dass König Boreas auch mich aus diesem Grund für diese Aufgabe erwählt hat.«

Melia tätschelte dem jungen Ritter die Wange, voller Zuneigung und zugleich doch mit deutlicher Strenge. »Widersprecht mir nie wieder, mein Lieber, dann werden wir auf dem Weg nach Calavere blendend miteinander auskommen.«

Tarus hob hastig Melias Taschen auf. »Ich stelle sie zu

Aryns Sachen«, sagte er und eilte über das Dock zu der Stelle, wo ihre Pferde warteten.

Erst als er dort eintraf, wurde Grace bewusst, dass es nicht zwei, sondern drei Pferde waren. Das dritte war eine nebelweiße Stute, die haargenau wie das Pferd aussah, auf dem Melia früher in diesem Jahr nach Perridon geritten war.

Es war entschieden. Beltan umarmte Aryn kräftig, dann lud er ihr Gepäck auf, stolperte unter dem Gewicht und ging der Landungsplanke entgegen. Melia und Falken traten ein paar Schritte zur Seite, um ungestört ein paar letzte Worte zu wechseln. Tarus war bei den Pferden. Also blieben nur noch Grace und Aryn übrig.

»Das ist so merkwürdig«, sagte Grace. »Abschied zu nehmen.«

Aryn ergriff mit leuchtenden Augen ihre Hand. »Dann lass es uns nicht tun, Grace. Lass es uns nicht einmal denken. Schließlich ist es ja nur für kurze Zeit. Und wenn ich dich das nächste Mal sehe, wirst du Fellrings Splitter besitzen, und ich werde meinen Kopf auf deine Knie legen und zuhören, während du mir von deinen wunderbaren Abenteuern im Norden erzählst.«

Grace drückte ihre Hand. »Und wenn ich dich wieder sehe, wirst du ...«

Aryns Lächeln war tapfer, aber es konnte die Sorge in ihrem Blick nicht ganz verbergen. »Dann werde ich deine Freundin sein, so wie immer, und bei deinem Anblick mehr als nur froh sein.«

Grace umarmte die junge Baronesse. Aryn war auf Eldh ihre erste Freundin gewesen, und die junge Frau würde auch immer ihre beste Freundin sein. Ohne nachzudenken webte Grace mit den Fäden der Weltenkraft die Worte: *Ich liebe dich, Aryn.*

Die Antwort kam sofort, beinahe überwältigend in ihrer Wucht. *Ich dich auch.*

Schließlich ließen sie voneinander ab. Aber in dem Moment, bevor die Verbindung unterbrochen wurde, webte Grace noch eine letzte Frage. *Aryn. Ich will nicht neugierig sein, aber ich habe den Eindruck, dass dir in letzter Zeit etwas zu schaffen gemacht hat – etwas, das mit dem Hexen zu tun hat, um das dich Ivalaine gebeten hat. Was war es?*

Sie fühlte, wie sich Aryn in ihren Armen versteifte, dann wich die junge Frau hastig vor ihr zurück. »Die anderen kommen, Grace«, murmelte sie. »Es ist Zeit für uns.«

So leise die Worte auch waren, waren sie dennoch wie ein Schlag. Grace starrte Aryn hinterher, als sie auf Tarus und Melia zueilte. Dann standen Beltan und Falken an ihrer Seite. Ein hoher, schmerzhafter Ton hallte durch die Luft. Ein Matrose blies in den Wanten von Magards Schiff auf einer großen Muschel.

»Grace, es ist Zeit«, sagte Falken.

Sie tauschten schnell ihre letzten Abschiedsgrüße aus. Dann stieg Grace in Falkens und Beltans Begleitung die Landungsplanke hinauf. Oben drehte sie sich noch ein letztes Mal um, um zu winken, aber Aryn, Melia und Tarus waren bereits in die Sättel gestiegen und losgeritten.

Grace verfügte nicht über die Gabe der Sicht, nicht so, wie Lirith sie beherrschte. Trotzdem verspürte sie eine seltsame Vorahnung voller Furcht und Dunkelheit. Aryn verbarg etwas – etwas, das am Ende Ärger bringen würde. Da war sie sich sicher. Sie verspürte den Drang, die Landungsplanke hinunterzustürmen und hinter der Baronesse herzulaufen.

Es war zu spät. Als der durchdringende Ton des Muschelhorns erneut ertönte, kam Bewegung in Magards Mannschaft. Die Planke wurde eingezogen. Taue zischten in alle Richtungen. Die gerefften Segel flatterten, als wären sie begierig, sich von den einengenden Belegtauen zu lösen. Zuerst musste das

Schiff aus dem Hafen gerudert werden. Zwei Dutzend Ruder tauchten ins Wasser ein, und das Schiff löste sich geschmeidig vom Dock. Grace griff nach der Reling, als sich das Deck unter ihr hob und wieder senkte.

Alles wird gut, sagte sie sich mit einer Leidenschaft, die sich beinahe wie Überzeugung anfühlte. *Aryn ist kein kleines Mädchen mehr. Sie kann auf sich aufpassen. Außerdem begleitet Melia sie.*

Trotzdem wurde Grace das Gefühl nicht los, dass sich Melia wegen mehr als nur einer Abneigung gegen Schiffsreisen und einem Sinn für Schicklichkeit dazu entschieden hatte, mit Aryn nach Norden zu reisen.

Tarus' Geschichten gestern Abend haben sie und Falken beunruhigt. Melia will in den Domänen die Dinge im Auge behalten – nur für den Fall, dass sich die Schatten wirklich wieder versammeln.

»Was ist, Grace?«, fragte Beltan, der neben ihr stand. »Du wirst doch wohl nicht seekrank, oder?«

Der salzige Wind wehte das Haar des Ritters aus seiner Stirn, seine grünen Augen blickten besorgt. Falken war nirgendwo in Sicht; er musste unter Deck gegangen sein, um ihre Quartiere zu überprüfen.

Grace suchte und fand die Hand des Ritters. »Es ist nichts, Beltan. Aber ...«

Ganz in ihrer Nähe an einem der beiden Schiffsmasten bauschte sich die Ecke eines Segels auf. Dann fiel sie zurück und enthüllte eine dunkle, schlanke Gestalt, die noch einen Herzschlag zuvor nicht dort gestanden hatte. Sie kam näher; trotz des Hebens und Senkens der Deckplanken bewegte sie sich mit katzenhafter Geschmeidigkeit. Ihr kurzes schwarzes Haar war zurückgekämmt, und sie trug dieselbe engansitzende Lederkleidung wie an dem Tag, an dem Grace sie kennen gelernt hatte.

Beltan kniff die Augen zusammen. »Vani. Was tut Ihr denn hier?«

»Wie ich schon sagte, ist es mein Schicksal, euch auf dieser Reise zu begleiten«, sagte die Mournisch und sah dabei eher Grace als den großen Ritter an.

Einen Augenblick lang schien Graces Herz in ihrer Brust einen Freudensprung zu machen. Ihr Vorhaben schien so aussichtslos zu sein; vielleicht machte Vanis Begleitung alles etwas weniger unmöglich. Dann sah sie das Misstrauen in Beltans Augen und wie Vani die Schulter krümmte, so dass sie etwas von ihm abgewandt stand, und ihr Mut sank erneut.

Das Schiff glitt in das funkelnde Wasser des Hafenbeckens hinaus, und Grace verspürte die ersten Anzeichen von Unbehagen in ihrem Magen. Etwas sagte ihr, dass es eine lange Reise werden würde.

12

Kapitän Magards Schiff trug den Namen *Schicksalsläufer*. Grace wäre kein passenderer Name eingefallen. Aber liefen sie vor dem Schicksal fort oder ihm direkt in die Arme?

Sie segelten durch das funkelnde Wasser des Meers der Morgenröte nach Norden, die Küste blieb Backbord immer als dünner grüner Strich in Sicht. Grace wusste, dass es für die Schiffe Sinn machte, wenn sie in Küstennähe blieben. Schließlich gab es auf Eldh keine Satelliten in geostationärer Umlaufbahn, die ihnen verrieten, wo sie waren. Am ersten Tag auf See hatte sie Kapitän Magard zugesehen, wie er ein Instrument benutzte, von dem sie annahm, dass es sich um eine Art Sextant handelte, mit dem man den Winkel der Sonne maß. Damit würde er eine ungefähre Einschätzung des Breitengrads vornehmen können. Doch ohne eine genau gehende Uhr – etwas, das Grace bis jetzt auf Eldh noch nicht gesehen hatte – war es unmöglich, den Längengrad zu errechnen. Von der Küste fortzusegeln bedeutete, vom Rand der Karte zu segeln.

Andererseits hatten die Polynesier Hawaii entdeckt, und die Wikinger hatten es in ihren Drachenschiffen bis nach Neufundland geschafft. Vielleicht gab es auf Eldh andere Kontinente; vielleicht hatten die Navigatoren der Vergangenheit sie bereits entdeckt.

Als an diesem ersten Abend die Sonne das Meer berührte und in Flammen setzte, entschied sich Grace, Kapitän Magard danach zu fragen. Es gab nicht viel anderes zu tun. Sie hatten nicht lange gebraucht, sich in den beiden engen Kabinen unter Deck einzurichten – eine war für Beltan und Falken, die andere für Grace und Vani. Obwohl keiner von ihnen richtig seekrank geworden war, bereiteten die Schiffsbewegungen den anderen doch mehr als nur ein bisschen Unbehagen. Beltan und Falken lagen in ihren Kojen und stöhnten gelegentlich wie die Planken des Rumpfs, wenn das Schiff auf eine besonders große Welle traf. Vani saß im Schneidersitz auf dem Boden der Kabine, die sie mit Grace teilte, und verhielt sich ausgesprochen still.

»Ich meditiere«, sagte die Mournisch. »Eine *T'gol* muss sich in der Kunst der Konzentration üben, damit sie niemals überrascht werden kann.«

Dem grünlichen Schimmer ihrer kupferfarbenen Haut nach zu urteilen, konzentrierte sich Vani mehr darauf, sich nicht zu übergeben, als auf alles andere. Grace zwang sich dazu, nicht zu lächeln, als sie die Kabine verließ.

Im Gegensatz zu ihren Freunden verspürte Grace keine Spur von Seekrankheit. Das Unbehagen im Magen am Morgen war das Resultat ihrer Unruhe gewesen und nicht der Schiffsbewegungen, und auch wenn es noch nicht ganz verschwunden war, hatte das Gefühl doch nachgelassen. Jetzt war es unmöglich geworden, wieder umzudrehen, also war es sinnlos, sich wegen der Reise Sorgen zu machen.

Es war offensichtlich, dass ihre Beine länger als ihr Magen brauchen würden, um sich anzupassen. Schon über Deck zu gehen, ohne über die Reling zu stürzen, war eine Herausforderung, und sie hielt sich an allem in Reichweite fest, während sie sich zentimeterweise ihren Weg bahnte.

Sie fand Magard auf dem Achterdeck, wo er an der Reling lehnte und die Schaumkronen betrachtete, die das Schiff hinter sich zurückließ. Sie war dem Kapitän nicht formell vorgestellt worden – dazu war in der Hektik, die das Verlassen des Hafens mit sich brachte, keine Zeit gewesen –, aber Falken hatte nur gut über ihn gesprochen.

»Entschuldigt.« Sie suchte nach ein paar höflichen Worten, fand aber keine und beschloss, direkt zur Sache zu kommen.

»Ich habe da eine Frage – gibt es auf Eldh außer den Ländern Falengarths noch andere?«

Der Kapitän drehte sich um. Seine Haut war so faltig wie altes Leder, aber seine Augen waren so hell wie die einer Möwe. Er schien sie mit einem einzigen Blick einzuschätzen.

»Im Süden gibt es noch Moringarth«, sagte er dann. »Aber abgesehen von den Sultanaten von Al-Amún an seiner Nordküste ist das nur eine verdammte Wüste, in der kein Mensch leben kann. Dann gibt es noch Toringarth im Norden, aber den Geschichten zufolge besteht es hauptsächlich aus Eis. Der Schwarze Barde hat mir gesagt, dass das euer Ziel ist.« Magard rieb sich das Kinn mit einer Hand, an der nur vier Finger waren. »Obwohl ich beim Salz meines Blutes nicht verstehen kann, warum ihr dorthin wollt.«

Grace entschied, dass es einfacher war, darauf nichts zu erwidern. »Gibt es noch andere Länder?«

»Keine, die mir bekannt sind. Meine Männer glauben, dass, wenn man zu weit nach Osten segelt, man vom Rand der Welt stürzt. Aber wisst Ihr, was ich glaube, Mädchen?« Die Falten um seine Augen zogen sich zusammen, als er grinste. »Ich glaube, wenn man nur weit genug segelt, landet man wieder in Falengarth – nur an der Westküste statt an der Ostküste.«

Grace erwiderte das Lächeln. »Ich glaube, da könntet Ihr Recht haben, Kapitän.«

»Jetzt seid Ihr aber nur höflich. Es ist eine verrückte Idee. Aber ich werde sie eines Tages mal niederschreiben müssen, wenn ich zu alt zum Segeln bin und meine Tage in einer Taverne an der See verbringen muss und mit einem Becher gewürzten Wein in der Hand am Feuer sitze.«

»Ich finde, das solltet Ihr tun«, erwiderte Grace, und sie meinte es auch.

Magard drehte sich um und blickte aufs Meer hinaus. Die ersten Sterne kamen gerade zum Vorschein. »Es heißt, dass es dort ein großes Königreich gibt, weit im Westen von Falengarth.«

Vom Ozean stieg ein kalter Nachtwind auf. Grace verschränkte fröstelnd die Arme. »Was für eine Art von Königreich?«

Magard zuckte mit den Schultern. »Wer kann das schon sagen? Der Versuch, über Land dorthin zu gelangen, wäre ein verrücktes Unternehmen. Es heißt, dass der Weg einst offen stand, aber wenn das stimmt, ist er seit langem wieder geschlossen. Jetzt gibt es dort nur den Großen Westwald, der sich über tausend Meilen erstreckt. Und wenn man den Geschichten glauben will, lauern in diesem Wald seltsame Dinge. Alte Dinge. Doch wenn man bis nach Westen reist, heißt es, dass man ein Königreich findet, in dem alle Straßen mit Silber gepflastert sind und Kinder mit Spielsachen aus Gold und Juwelen spielen. Wenn ich einen Seeweg dorthin finden und eine Handelsroute eröffnen könnte, wäre ich ...«

Seine Worte endeten in einem Seufzen. Eine Zeit lang sahen sie zu, wie das Meer seine Farbe veränderte und aus Kupfer ein rauchiges Amethyst wurde.

»Ich hoffe, es gelingt Euch«, sagte Grace leise. »Eines Tages einen Weg in Euer goldenes Königreich zu finden.«

Magards Zähne blitzten in der Dunkelheit auf. »Und was sollte ich mit einem Königreich voller Silber und Juwelen anfangen? Ich habe alles, was ich brauche, gleich hier.«

Er zeigte auf das Meer. Auf seiner Oberfläche spiegelten sich zahllose Sterne wie Diamanten auf schwarzer Seide. Grace lächelte, dann drehte sie sich um und suchte sich stolpernd einen Weg zurück in ihre Kabine.

Die folgenden Tage waren friedlich, wenn nicht sogar recht angenehm, auch wenn sie in ihrer völligen Gleichheit miteinander zu verschmelzen schienen.

Grace stand jeden Morgen früh auf. Nicht, dass es für sie etwas zu tun gab. Es war nur so, dass zwischen dem Rollen des Schiffs und dem ständigen Schaben der Ratten im Rumpf Schlaf so gut wie unmöglich zu finden war. Diese Tatsache schien Beltan und Falken nicht davon abzuhalten, die meiste Zeit liegend in ihrer Kabine zu verbringen – aber beide kamen schnell genug an Deck gestolpert, wenn das Horn den Ausschank der täglichen Ration Bier verkündete.

Zusätzlich zu dem großzügigen Schluck Bier gab Magard jeder an Bord befindlichen Person jeden Tag eine halbe Zitrone zu essen. Anscheinend kannte der Kapitän die Gefahren von Skorbut und wie man ihn abwenden konnte. Grace fragte sich unwillkürlich, ob das nicht etwas mit dem häufigen Übergeben zu tun hatte. Zu ihrer Überraschung waren nicht alle von Magards Matrosen gegen die Seekrankheit immun. Wenn der Gestank zu schlimm wurde, begab sich Grace in den Frachtraum und atmete den Duft ein, der aus den Kisten mit Gewürzen emporstieg, und ließ sich von dem aromatischen Geruch den Kopf klären, bis sie sich bereit fühlte, wieder an Deck zu gehen.

Obwohl sie eine Kabine teilten, unterhielt sich Grace nur wenig mit Vani. Die Mournisch erschien und verschwand ohne Vorwarnung. Magards Schiff war nicht groß; es verfügte nur über zwei Masten und maß kaum mehr als dreißig Meter von einem Ende zum anderen. Trotzdem verschwand Vani oft stundenlang, und an einem Tag bekam Grace sie zwischen Sonnenaufgang und Sonnenuntergang überhaupt nicht zu Gesicht.

Wenn sie sie dann sah, hockte Vani in gefährlicher Höhe in der Schiffstakelage, beschattete mit einer Hand die Augen und spähte in die Ferne. Einmal wurde Grace Zeugin, wie sie mit einem Fuß auf der obersten Rah des hinteren Mastes balancierte und mit der Schiffsbewegung hin- und herschwankte, so als würde sie tanzen. Diese Tat rief bei Magards Mannschaft Flüche und staunende Blicke hervor, und danach starrten die Männer Vani immer an, wenn sie vorbeiging. Aber die Meuchelmörderin schien sie nicht zu bemerken.

Bei den seltenen Gelegenheiten, in denen Grace Vani in der Kabine vorfand, meditierte die Mournisch für gewöhnlich, die Beine überkreuzt, die Hände auf den Knien, die goldenen Augen zur Hälfte geschlossen. Grace wusste, dass Vani trotz ihrer entspannten Position sich allem in ihrer Nähe bewusst war und in der Spanne zwischen zwei Herzschlägen zum Kampf bereit aufspringen konnte.

Was sie eines Tages auch tat, als Grace die Kabine betrat. Die See war sehr unruhig, und Grace war zu dem Entschluss gekommen, den Versuch aufzugeben, aufrecht an Deck stehen bleiben zu wollen. Das Brausen der Wellen musste ihre stolpernden Schritte sogar vor Vanis scharfen Ohren verborgen haben, denn als sie durch die Kabinentür trat, schaute die Meuchelmörderin nicht von ihrer Position am Boden auf. Dann sah Grace die einzelne *T'hot*-Karte, die vor ihr lag. Auf der Karte war das Bild eines Mannes. Er hatte durchdringende graue Augen und wurde von blauen Lichtstrahlen umgeben.

»Vani ...«, sagte Grace.

Vani war mit einer Bewegung, die schneller vonstatten ging, als die Augen ihr folgen konnten, auf den Beinen. »Ist das Wetter schlechter geworden?«, fragte sie angespannt. Die Karte war nirgendwo in Sicht.

Grace nickte. Sie suchte nach irgendetwas, das sie sagen konnte, aber Vani schob sich an ihr vorbei.

»Ich werde nach Felsen und Riffen Ausschau halten.«

Wieder einmal fragte sich Grace, warum Vani sie auf dieser Reise begleitete. War es wirklich ihr Schicksal, wie sie behauptet hatte? Oder war es einfach nur ihre Entscheidung gewesen?

Was auch immer die Karten sagen, sie will Travis finden. Genau wie du. Genauso sehr wie Beltan.

Sie konnte nicht anders; die Absurdität des Ganzen ließ sie lachen. Für einen nicht besonders ehrgeizigen Barbesitzer in einer kleinen Bergstadt in Colorado hatte Travis wirklich die Gabe, andere für sich zu interessieren. Der Fahle König, Duratek, die Sucher, Trifkin Moosbeere und das Kleine Volk, das Drachenweibchen Sfithrisir, die Hexen, Melia und Falken, Vani und natürlich Beltan – sie alle hatten zu diesem oder jenem Zeitpunkt ein außerordentliches Interesse an Travis gezeigt.

Am darauf folgenden Tag verstand Grace endlich den Grund für Vanis häufiges Verschwinden, seit sie an Bord der *Schicksalsläufer* gegangen waren. Nach der Unruhe des gestrigen Tages war das Meer ungewöhnlich ruhig und glasig – so sehr, dass sogar Beltan und Falken ohne den Lockruf des Biers an Deck kamen. Da Grace sich nach frischer Luft sehnte, begleitete sie sie.

Sie gingen um den Fockmast herum und liefen beinahe in Vani hinein. Die Mournisch lehnte mit gesenktem Kopf am Mast. In ihren Händen blitzte etwas farbig auf. Dann schaute die Meuchelmörderin auf, und was auch immer sie gehalten hatte, war verschwunden.

»Da seid Ihr ja, Vani«, sagte Falken. »Grace hat uns von Eurem Balanceakt erzählt.« Er berührte den Mast. »Ihr habt nicht zufällig eine Wiederholungsvorstellung geplant, oder? Es tut mir Leid, dass ich das Schauspiel verpasst habe.«

Vanis Wangen verfärbten sich dunkel, und sie wich dem Blick des Barden aus. »Das war kein Schauspiel. Man muss ständig üben, um den Körper und seine Fähigkeiten geschärft zu halten. Ich weiß, dass Ihr als Musikant das Gleiche tut. Was andere auch tun sollten.«

Ihr Blick flackerte in Beltans Richtung und heftete sich auf seinen Bauch. Diesmal war es das Gesicht des blonden Ritters, das sich rötete. Beltan war kräftig gebaut, und seine Gesundheit war durch Elfenmagie wiederhergestellt worden, aber niemand hätte je behauptet, dass er über den perfekten Körper verfügte. Seine Gliedmaßen waren lang und sehnig, und sein alter Bierbauch hatte sich während der Wochen in der Villa außerhalb von Tarras in Ansätzen wieder zurückgemeldet.

Unfähig, die Geste auch nur im Ansatz unauffällig zu machen, zog Beltan den Bauch ein. »Ich hatte in meinem Leben genug Übung. Ich glaube, ich halte mich an meinen Instinkt.«

Vani legte den Kopf schief. »Und wie gut sind Eure Instinkte wirklich?«

Beltan öffnete den Mund zu einer Erwiderung, aber Vani war verschwunden. Den Bruchteil einer Sekunde später trat direkt hinter dem Ritter ein Schatten aus der Luft. Schlanke Arme wanden sich schwarzen Schlangen gleich um seinen Kopf.

»Ein Ruck würde reichen, um Euer Genick zu brechen«, sagte sie mit einem scharfen Lächeln. »Ihr mögt größer und stärker sein, aber wenn ich gewollt hätte, wärt Ihr jetzt tot.«

Beltan grunzte. »Vielleicht. Aber zumindest hätte ich auf dem Weg ins Grab Begleitung.«

Erst da sah Grace das Messer in seiner rechten Hand. Die Klinge zielte nach hinten, ihre Spitze war nur wenige Zentimeter von Vanis Magen entfernt. Grace berechnete den Winkel des Messers und stellte sich die Anatomie vor.

Er wusste, was er tat. Das Messer würde die abwärts führende Aorta durchtrennen. Sie wäre in Minuten tot. Du könntest nichts tun.

»Schon gut, ihr beiden«, sagte Falken stirnrunzelnd. »Das ist wirklich weder der passende Ort noch die Zeit, um es einander zu zeigen.«

Vanis Augen verengten sich zu Schlitzen. »Nein. Das ist es nicht.«

Die Luft faltete sich zusammen, und Vani war verschwunden.

Beltan rieb sich den Nacken. »Vielleicht spart sie sich diesmal die Mühe, wieder aufzutauchen.« Der Ritter ging.

Und in diesem Augenblick wusste Grace Bescheid. *Darum bleibt Vani außer Sicht. Sie geht Beltan aus dem Weg. Aber warum uns auf dieser Reise begleiten, wenn sie ihn so sehr verabscheut?*

Die Antwort darauf war offensichtlich. Beide liebten Travis. Und nichts schürte Misstrauen so sehr wie Eifersucht. Die Tatsache, dass Travis nicht da war – dass sie ihn möglicherweise niemals wieder sehen würden – schien die Dinge nur noch schlimmer zu machen.

Grace seufzte. Für so etwas fehlte ihr die Energie. Die Reise würde auch so schon hart genug sein, ohne Vani und Beltan davon abhalten zu müssen, sich gegenseitig an den Kragen zu gehen. Und auf diesem engen Schiff war es unmöglich, dass sie sich nicht begegneten.

Falken musste ihre Gedanken erraten haben. Er nahm sie beim Arm. »Komm schon, Euer Majestät. Lass uns unsere tägliche Ration Bier holen und aufs Achterdeck gehen. Ich habe gehört, dass dort weder calavanische Ritter noch mournische Meuchelmörderinnen Zutritt haben.«

Grace drückte den Arm des Barden. »Klingt wunderbar.«

13

Zwei Tage später legten sie im Hafen von Galspeth in Perridon an.

Galspeth war eine kleine Stadt an der Mündung des Flusses Schlangenschwanz – und Magard zufolge der letzte navigierbare Hafen bis Omberfell weit im Norden. Nach mehr als einer Woche auf dem engen Schiff war Grace froh, von Bord gehen und sich die Beine auf einem Boden vertreten zu können, der sich nicht bewegte. Magard würde einen vollen Tag brauchen, um seine Gewürzfracht zu entladen und zu verkaufen. Da die *Schicksalsläufer* den Hafen nicht vor dem nächsten Tag verlassen würde, würden die vier Gefährten einen Ort zum Übernachten finden müssen.

Sie gingen von den Docks in die engen und schiefen Straßen der kleinen Stadt. Galspeth war in ein schmales Tal hineingequetscht; darüber auf einer Klippe lauerte eine eindrucksvolle graue Burg. Der Wind, der ins Tal rauschte, war kalt und drang durch Graces dünnes Kleid, das für sanfteres, südlicheres Klima gemacht war. Ihr Zittern blieb nicht unbemerkt.

»Wir sollten besser neue Kleidung finden«, sagte Falken. »Je weiter wir nach Norden kommen, desto kälter wird es werden.«

Beltan schlug sich auf den Bauch. »Etwas Bier in unseren Bäuchen würde uns aufwärmen.«

»Wie interessant«, sagte Vani und zog eine Braue hoch. »Ich habe gehört, dass den Seehunden dieser nördlichen Gewässer dicke Fettschichten wachsen, die sie von der Kälte isolieren. Sieht so aus, als wärt Ihr auf dem besten Weg, es ihnen nachzumachen.«

Beltans fröhliche Miene verwandelte sich in einen finsteren

Blick. Grace seufzte und schob sich zwischen den Ritter und die Meuchelmörderin. Etwas sagte ihr, dass Falken Recht hatte – es würde in der Tat noch viel kälter werden.

Sie begaben sich tiefer in die Stadt hinein. Nach der relativen Sauberkeit von Tarras – eine Stadt, die erfreulicherweise schon seit Jahrhunderten über Abwasserkanäle verfügte – hatte Grace schlichtweg vergessen, wie dreckig die mittelalterlichen Städte der Domänen sein konnten. Die zur Hälfte mit Holz gefertigten Läden und Wohnhäuser sahen robust aus, aber sie waren voller Ruß, und ihre Schieferdächer waren mit Flechten bewachsen. Schwarzes Wasser rann das Kopfsteinpflaster entlang – wo es nicht zu schwarzen Klumpen gefror –, und nicht einmal der kalte Wind konnte den Gestank vertreiben.

Die Menschen sahen aus, wie Grace sie aus anderen Städten der Domänen kannte: klein, gekrümmt, zahnlos – frühzeitig gealtert. Sie trugen schwere Kleidung mit rauchigen Farben, obwohl einige auch einfach nur in Lumpen gehüllt waren. Grace sah Dutzende kleiner Kinder, die barfuß herumliefen und deren Schienbeine mit eiternden Frostbeulen übersät waren. Warum kauften ihnen ihre Eltern keine Schuhe?

Vielleicht haben sie ja keine Eltern.

Eine Gruppe Kinder kam näher heran, mit ausgestreckten Händen; ihre Augen lagen tief in ihren Höhlen, und ihre Wangen waren eingefallen. Grace tastete nach der fetten Lederbörse mit den Münzen, die Kaiser Ephesian ihr gegeben hatte. Aber Beltan war schneller. Er drückte jedem der Kinder ein kleines Silberstück in die Hand, und sie liefen wortlos und ohne ein Lächeln weg.

»Galspeth ist etwas schmutziger, als ich es in Erinnerung habe«, sagte der blonde Mann und sah den Kindern nach.

Falken nickte. »Von den Domänen wurde Perridon am

schlimmsten von der Flammenpest heimgesucht. Wer kann schon sagen, wie viele Menschen gestorben sind?«

Natürlich – darum gab es so viele Waisen.

»Königin Inara wird eine Weile brauchen, um die Domäne wieder auf die Füße zu bringen«, sagte Falken. »Aber ich bin sicher, sie schafft es.«

Grace hätte die junge Königin gern wieder gesehen, genau wie ihren Spion, den Spinnenmann Aldeth. Schloss Spardis war nicht weit von hier entfernt – der Karte zufolge, die Kapitän Magard ihr gezeigt hatte, nicht mehr als zwanzig Meilen flussaufwärts. Aber Grace wusste, dass keine Zeit für einen Besuch blieb. Sie würden einige Zeit brauchen, um in Omberfell ein Schiff zu finden, das bereit war, sie über das Wintermeer zu befördern. Und dann würden sie sich beeilen müssen, um den Schwarzen Turm zur Wintersonnenwende zu erreichen, ganz egal, ob sie nun die Bruchstücke Fellrings in Toringarth fanden oder nicht – und Grace war sich nicht sicher, ob sie auf einen Erfolg hoffte.

Sie fanden einen Laden, der Kleidung verkaufte. Der Besitzer war ein jovialer Mann, der aussah, als wollte er ebenfalls Seehunde nachahmen – allerdings mit mehr Erfolg als Beltan. Er konnte sich in dem engen Laden kaum bewegen, während er wollene Wämser, dicke Hosen, Lederhandschuhe und für die Männer Winterumhänge zusammensuchte.

Vani verweigerte jede neue Kleidung – sie schien sehr an den eng anliegenden Ledersachen zu hängen –, aber sie ließ sich dazu herab, einen dicken, fein gewebten schwarzen Umhang zu nehmen. Für Grace wählte der Händler ein Wollgewand mit passender Unterwäsche aus, sowie einen Kapuzenumhang, der mit silbernem Fuchspelz gesäumt war.

»Die Männer können sich dort drüben umziehen«, sagte der Ladenbesitzer und deutete auf eine hölzerne Trennwand in der Ecke. »Und Ihr, Mylady, Ihr könnt Eure neuen Kleider dort drin anziehen.« Er öffnete die Tür zu einem kleinen Zimmer. »Ich werde Euch Esolda schicken, damit sie Euch hilft.«

Bevor Grace einwenden konnte, dass sie wirklich keine Hilfe brauchte, schaute sich der Ladenbesitzer um und fing an, herumzubrüllen. »Esolda? Wo steckst du, du missratenes Ding? Zeig dich!« Er sah zu Grace herüber. »Wäre sie nicht die Tochter meiner geliebten Schwester, die nicht länger auf der Welt wandelt, hätte ich sie auf die Straße geworfen, damit sie mit den anderen Bengeln betteln gehen kann. Ich weiß nicht, was mit ihr los ist, Mylady. Sie war ein so braves Mädchen, aber in letzter Zeit wird sie zusehends fauler und mürrischer. Esolda!«

Schließlich schob sich eine junge Frau hinter einem Vorhang hervor. Grace hielt sie weniger für mürrisch als vielmehr für nicht besonders intelligent. Sie trug ein schlichtes graues Kleid, und die schmuddelige Haube, die ihr Haar bedeckte, war bis zu den Augenbrauen heruntergezogen.

»Steh nicht einfach so da rum, Mädchen. Hilf der Lady mit ihren Sachen.«

Esolda schlurfte hinter Grace in den Nebenraum. Sie hielt Graces neue Kleider und starrte ins Leere, während Grace sich umdrehte und aus dem tarrasischen Kleid schlüpfte.

»Ich bin so weit«, sagte Grace schließlich mit klappernden Zähnen. In dem Raum brannte kein Feuer. »Esolda, die Unterwäsche, bitte.«

Keine Reaktion. Grace drehte sich um.

Die junge Frau regte sich nicht; sie blinzelte bloß. »Das ist eine hässliche Kette«, sagte sie mit schwerem Akzent. »Das ist überhaupt kein Schmuck.«

Grace griff unwillkürlich nach dem kalten Stahlstück an ihrem Hals.

Sie lächelte in der Hoffnung, dass sich das Mädchen dann

wohler fühlte – und etwas lebhafter wurde. »Nein, ich schätze, das ist es wirklich nicht. Man hat mir erzählt, dass es einst das Teil eines Schwertes war.«

Esolda kaute auf der Unterlippe herum, als müsste sie sich alle Mühe geben, Graces Worten einen Sinn abzuringen. »Ein Schwert ist kein Edelstein«, sagte sie schließlich. »Ihr solltet das nicht tragen. Es gefällt ihm nicht, wenn man komische Dinge tut. Dinge, die kein anderer tut. Ich werde es ihm sagen.«

Grace starrte sie an, während die Kälte in ihre Knochen kroch. »Wem wirst du es sagen?«

Das Mädchen sprach schneller, als wäre es aufgeregt, obwohl seine Augen ausdruckslos blieben. »Ich habe mal in ein Fenster hineingeschaut und gesehen, wie ein Mann sein Ding in das Hinterteil eines anderen Mannes steckte, als wäre er eine Frau. Ich habe es ihm erzählt, und er hat die Männer geholt und sie in Stücke gehauen. Ich wollte nicht, dass er sie in Stücke haut. Aber man darf keine Dinge tun, die andere nicht tun. Und das Blut ...«

Sie keuchte auf, ein Schauder ergriff ihren dürren Körper. »Ich habe in meinem ganzen Leben noch nicht so viel Rot gesehen.«

Wäre Grace in diesem Augenblick in der Notaufnahme gewesen, hätte sie den psychiatrischen Dienst gerufen; die junge Frau schien unter einem emotionellen Trauma zu leiden. Der Ladenbesitzer – ihr Onkel – hatte gesagt, dass ihre Eltern tot waren. Hatte sie sie an der Flammenpest sterben sehen? Offensichtlich litt sie unter Halluzinationen. Aber wer war der Mann, von dem sie da sprach, der, dem sie angeblich ihre Beobachtungen erzählt hatte? War es ihr Onkel?

Es war zu kalt, um nachzudenken. Grace riss Esolda die Unterwäsche aus der Hand und streifte sie sich hastig über. Die junge Frau stand einfach reglos da, also nahm sich Grace auch das Gewand und zog es ebenfalls an. Als alles richtig saß, betrat sie wieder den Laden. Falken zählte gerade dem Kleiderhändler die letzten Münzen in der Hand ab.

»Warum hast du so lange gebraucht?«, wollte Beltan wissen.

»Es war nichts«, sagte Grace. »Die ganzen Schnüre waren bloß verwirrend, das ist alles.«

Sie sah über die Schulter. Die Tür stand einen Spalt weit auf, und sie entdeckte ein braunes Augenpaar, das sie beobachtete. Während sie zuvor stumpf gewesen waren, lag nun ein schwaches Funkeln darin.

Grace wickelte sich in den Fuchspelzumhang. »Kommt. Lasst uns hier verschwinden.«

Nun geschützt gegen die bittere Kälte, traten sie hinaus und suchten sich einen Weg durch die Straßen zu einem Gasthaus, das der Kleiderhändler empfohlen hatte.

Als sie sich der Eingangstür des Gasthauses näherten, wog Falken seinen Geldbeutel. Er war ziemlich leer. »Ich hätte mehr von Melias Vorrat in Tarras stehlen sollen. Die Frau hat mehr Gold, als sie damit anzufangen weiß. Und unsere Kleidung war teurer, als ich dachte.«

Grace holte den Geldbeutel hervor, den Ephesian ihr gegeben hatte. »Hier, nimm den.« Sie ließ den dicken Geldbeutel in Falkens Hand fallen. »Ich glaube, ich bin mit Bezahlen dran.«

Beltan grinste. »Die Getränke gehen heute auf Kosten Ihrer Majestät.«

Am nächsten Morgen wachte Grace im geisterhaften Zwielicht vor der Morgendämmerung auf. Zitternd stand sie auf, schlich zum Kamin des Zimmers und schürte das Feuer. Von Vani fehlte jede Spur; ihr Bett schien unberührt.

Nachdem sich Grace angekleidet hatte, klopfte sie an der

Tür zu Falkens und Beltans Zimmer. Der Barde öffnete. »Tut mir Leid«, flüsterte er. »Es ist ein langsamer Morgen. Jemand hatte gestern Abend etwas zu viel Bier.«

»Hör auf zu brüllen!«, kam Beltans Stöhnen unter einem Haufen Decken hervor.

Grace musste lächeln. »Ich glaube, er hat mit der Fettschicht Fortschritte gemacht.«

»Allerdings«, sagte Falken.

»Das habe ich gehört!«, drang eine gekränkte Erwiderung unter den Decken hervor.

Zwei Stunden und viele Tassen *Maddok* später kamen sie zum Dock und fanden die *Schicksalsläufer* so gut wie zum Auslaufen bereit vor. Vani hatte sich in dem Gasthaus nicht gezeigt, aber als sie sich dem Schiff näherten, trat sie aus den Schatten einer Gasse.

»Müsst Ihr das immer tun?«, fragte Beltan mit einem Stirnrunzeln.

»Ich weiß nicht, was Ihr meint«, sagte die Mournisch kurz angebunden.

»Wo seid Ihr gewesen?«, wollte Falken wissen.

Vani warf einen Blick über die Schulter. »Ich habe Wache gehalten. Mit dieser Stadt ... stimmt etwas nicht.«

Trotz der neuen warmen Kleidung verspürte Grace ein Frösteln. »Was meinst du, Vani?«

»Ich bin mir nicht sicher. Auf den Menschen liegt ein Schatten. Ein Schatten der Furcht.«

Grace zog den neuen Umhang enger und dachte an die seltsamen Worte der Nichte des Kleiderhändlers. *Es gefällt ihm nicht, wenn man komische Dinge tut.*

Aber bevor sie den anderen von der seltsamen Begegnung erzählen konnte, hallte ein raues Krächzen über die Straße. Grace schaute auf und entdeckte auf einem in der Nähe befindlichen Dach einen dunklen Umriss. Der Schatten sprang in die Luft, breitete dunkle Schwingen aus und war verschwunden.

Beltan schnaubte. »Das Einzige, was an dieser Stadt nicht stimmt, ist, dass wir noch hier sind. Gehen wir, bevor Magard ohne uns die Segel setzt.«

Beltan nahm ihre Taschen und ging die Landungsplanke hinauf. Die anderen folgten ihm, und Grace konnte nicht behaupten, dass es ihr Leid tat, die unfreundliche Stadt hinter sich zu lassen.

Als sie ablegten, wallte ein grauer Nebel ins Tal. Der Nebel jagte sie aus dem Hafen, aber sie ließen ihn bald zurück. Er schien sich an der Küste festzusetzen und wehte nicht auf die offene See hinaus.

»Ihr habt es eilig, nach Norden zu kommen, nicht wahr?«, sagte Magard zu Grace an diesem ersten Abend, als er sie am Bug des Schiffes stehend fand, wo sie in die Ferne schaute.

Sie griff unter dem Umhang nach der Halskette. »Mir graut es davor.«

Der Kapitän nickte; der Blick in seinen dunklen Augen war ernst. »Dann bringt es am besten schnell hinter Euch.«

Darauf wusste Grace keine Antwort. Der Kapitän verließ sie, um nach seinen Männern zu sehen. Da das Schiff nicht mehr beladen war, trug es nur noch eine kleine Mannschaft. Wenn Grace früher an Deck gewesen war, hatte sie ständig ein Gegröle aus schmutzigen Witzen und fröhlichen, rauen Liedern vernommen. Jetzt hörte sie nur den Wind, der durch die Wanten pfiff. Es ließ den leeren Ozean noch einsamer erscheinen.

Während die *Schicksalsläufer* die nächsten fünf Tage nach Norden segelte, blieb die dichte Nebelbank stets an Backbord sichtbar und versperrte jeden Blick auf das Land. Nach dem dritten Tag sah Grace gelegentlich gedämpften gelben und giftgrünen Lichtschein im Nebel aufblitzen.

»Das ist die Ödnis«, sagte Falken eines Abends, als die Lichter besonders häufig und in wilder Intensität aufblitzten. Er ergriff neben Grace die Reling.

Anfang des Jahres hatten sich Falken, Durge und Lirith in das Niemandsland der Ödnis gewagt, um die Flammenfestung zu finden – eine von dem Nekromanten Dakarreth erbaute Festung, die den Großen Stein Krondisar beschützen sollte. Aber die Burg hatte leer gestanden; Dakarreth war nach Schloss Spardis gereist, wo Grace mit ihm zu Abend gegessen hatte, ohne seine wahre Identität zu kennen.

»Was ist aus den Menschen geworden, die dort lebten?«, fragte sie.

Falken schüttelte den Kopf. »Dort hat nie jemand gelebt. Zu Anbeginn der Welt kämpften die Alten Götter und die Drachen an diesem Ort. Die Götter versuchten dort Berge emporzutürmen, während die Drachen sie zu Staub zermalmen wollten. Das Land wird niemals von den Wunden heilen, die es davongetragen hat.«

Grace legte eine Hand an die Brust und spürte das Pochen ihres Herzens. Sie kannte sich mit Narben aus, die niemals heilen konnten. Aber Eldh machte trotz seiner Wunden weiter, und sie tat es auch.

»Das Buch, das ich in der Bibliothek gefunden habe«, sagte sie. »Hast du darin noch etwas entdeckt? Über die Splitter Fellrings?«

Der Wind wehte dem Barden das Haar aus der Stirn; darin schien etwas mehr Silber zu sein, als Grace in Erinnerung hatte. »Ich habe es drei Mal durchgearbeitet, und obwohl darin viele faszinierende Dinge zu finden sind, steht nicht viel darüber, was aus der zerstörten Klinge geworden ist. Dort steht lediglich geschrieben, dass nach dem Untergang von Malachor einer der letzten Runenmeister sie in ein Eisenkästchen legte und damit nach Toringarth floh. Er schaffte es bis nach

Ur-Torin, obwohl er auf dem Weg eine tödliche Verletzung davontrug und bald darauf starb.«

»In deinen Geschichten scheinen viele Leute tödliche Verletzungen davonzutragen«, sagte Grace mit einem trockenen Lächeln.

Falken seufzte bloß und schaute auf die Hand in dem schwarzen Handschuh. Grace bereute ihre Worte augenblicklich.

»Falken«, sagte sie und nahm seine Hand.

»Nein, schon gut, Grace. Als mich Dakarreth unsterblich gemacht hat, hat er vermutlich geglaubt, mich damit zu verfluchen. Aber wenn ich lebe, um das wieder gutzumachen, was vor tausend Jahren geschehen ist, dann muss es kein Fluch sein, oder?«

Sie wusste nicht, warum sich Falken für den Untergang des Königreichs von Malachor vor siebenhundert Jahren verantwortlich fühlte. Aber was auch immer er getan hatte, er hatte schon vor langer Zeit dafür gebüßt. Sie wollte ihm das sagen, aber der Schmerz in ihrer Brust machte es ihr unmöglich, die Worte auszusprechen, also begnügte sie sich mit einem Lächeln.

»Egal«, sagte der Barde. »Das Buch war eine enorme Hilfe. Ich war immer der Ansicht, die Splitter Fellrings wären nach Westen gebracht worden, nach Ewigsee. Jetzt weiß ich, dass das nicht geschehen ist.«

»Ewigsee?« Hatte sie diesen Namen nicht in dem Buch gelesen?

Falken nickte. »Nicht einmal ich bin mir sicher, ob es nicht bloß eine Geschichte ist. Der Legende zufolge war Merandon, der zweite König von Malachor, ein etwas ungestümer und stolzer junger Mann. Viele sorgten sich, dass er nicht der König sein würde, der sein Vater war. Eines Tages kurz nach seiner Inthronisierung begab er sich zu einer alten Hexe und fragte sie, was seine größte Tat als König sein würde. Sie sagte ihm, er solle ans westliche Ende von Falengarth reisen, dort würde er seine Antwort finden. All seine Berater beschworen ihn, die Worte der Hexe zu vergessen, aber sie brannten in Merandons Hirn. Als er sich ein paar Jahre später sicher war, dass die Hüter in seiner Abwesenheit alles regeln würden, brach er mit einem Dutzend Lords nach Westen auf. Er blieb sieben Jahre fort, und als er zurückkehrte, waren nur noch drei der Lords da, die mit ihm aufgebrochen waren. Er brachte eine kleine Gruppe von Männern mit, wie man sie in Malachor noch nie gesehen hatte. Sie waren Maugrim – die ersten Menschen, die die Alten Götter in den Wäldern Falengarths gefunden hatten, vor langer Zeit, in den Nebeln der Zeit. Die Maugrim waren stämmiger und ihre Stirn war viel ausgeprägter als bei den Männern von Malachor, und es hieß, dass sie von Kopf bis Fuß behaart waren. Sie trugen nur Tierfelle und hatten Waffen aus Stein, nicht aus Eisen.«

Grace hielt den Atem an. *Falken hätte da Neandertaler beschreiben können. Oder eine ähnliche Spezies von Protosapiens. Wie lange besteht der Kontakt zwischen der Erde und Eldh? Und auf welcher Welt hat sich der* Homo sapiens *zuerst entwickelt?*

»Die drei Maugrim waren die Letzten ihrer Art, von denen je in Falengarth berichtet wurde«, fuhr Falken fort. »Merandon konnte ihre seltsame Sprache sprechen, aber sie lernten nie die Sprache von Malachor, und keiner nahm sich eine Frau, also starben sie kinderlos. Aber Merandon brachte nicht nur die Maugrim aus dem Westen mit. Er erzählte auch fantastische Geschichten von seiner Reise. Schließlich, so behauptete er, hätte er das westliche Ende von Falengarth erreicht, und am Strand eines silbernen Ozeans hätte er einen Turm errichtet, den er Ewigsee nannte.

Erst dreißig Jahre später unterrichtete er auf dem Totenbett seine Tochter, die ihm als Königin folgen würde, flüsternd über die Wahrheit des Turmbaus. Nicht die Maugrim hatten ihm geholfen, Ewigsee zu bauen. Die Maugrim hatten ihn zu einer Stelle im Wald gebracht, wo Wesen aus Licht im Kreis tanzten. Die Wesen streckten die Hände nach Merandon aus und zogen ihn in ihren Tanz. Es waren Elfen, und sie baten ihn, am Meer einen Turm zu errichten. Da gibt es aber noch etwas; einigen Berichten zufolge gab es unter den Lichtelfen auch ein paar, die dunkel und verkrümmt waren. Nun wäre es nicht seltsam, wenn Dunkelelfen – oder Zwerge, wie sie auch genannt werden – bei dem Bau von Merandons Turm geholfen hätten, da sie sehr geschickt mit Stein und Eisen umgehen können.«

Grace runzelte die Stirn; etwas fehlte in Falkens Geschichte. »Die Hexe hat gesagt, dass, sollte Merandon nach Westen reisen, er entdecken würde, was seine größte Tat als König sein würde. Also was war es?«

Falken lachte. »Nun, nach Westen zu reisen, natürlich. Siehst du, als Merandon zurückkehrte, hatte die Reise ihn verändert. Er war älter und trug viele Narben, ja. Und er war weiser, ausgeglichener und verfügte über eine sanfte Stärke. Es heißt, dass er der größte von allen Königen Malachors war.«

Grace kaute auf ihrer Unterlippe herum und dachte über Falkens Geschichte nach. Wie würde diese Reise sie verändern? Irgendwie hatte sie ihre Zweifel, dass sie am Ende auf eine Gruppe von Elfen stoßen würden, die ihnen zur Seite standen.

»Falken«, sagte sie, bevor sie der Mut verließ, »selbst wenn wir Fellring irgendwie finden, was haben wir davon? Welchen Nutzen haben ein paar Stücke zerbrochenes Metall?«

Er sah sie mit seinen durchdringend blickenden, wässrigblauen Augen an. »Nach all dem, was du gesehen hast, glaubst du wirklich, dass Magie so leicht gebrochen wird wie Metall?«

Sie öffnete den Mund, um etwas darauf zu erwidern, aber der Barde wandte sich ab, ging über das Deck und verschwand im dunkler werdenden Zwielicht.

14

Am nächsten Tag drehte die *Schicksalsläufer* nach Südwesten, als sie die nördliche Spitze der Ödnis umrundete. Fast augenblicklich wurde die See grau und unruhig, und das Schiff schien von Welle zu Welle zu taumeln, während ein eisiger Wind in die Segel schnitt. Die Brise riss die Nebelwand, die an Backbord in ständiger Sicht gewesen war, in kleine Fetzen. Jetzt konnte Grace die felsige Küste sehen.

»Wir sollten den Hafen von Omberfell spätestens morgen bei Sonnenuntergang erreichen«, sagte Magard, als er Grace und Falken ihre Morgenzitronen reichte.

Beltan, der sich über die Reling des Achterdecks gebeugt hatte, drehte sich um und wischte sich den Mund ab; sein Gesicht war so grau wie das Meer.

»Bin das nur ich und mein Magen«, sagte der Ritter und nahm sein Stück Zitrone entgegen, »oder sind die Dinge in den letzten paar Stunden beträchtlich unruhiger geworden?«

Magard lachte. »Wir segeln nicht länger auf dem Meer der Morgenröte, mein Freund. Als wir das Nordhorn der Ödnis umrundet und den Blick auf die Küste von Embarr gerichtet haben, haben wir die Gewässer des Wintermeers erreicht. Das sind kalte und trügerische Meeresarme, voller seltsamer Strömungen und verborgener Riffe, die schon vielen Schiffen den Untergang gebracht haben.«

»Das ist nicht gerade beruhigend«, sagte Grace und zog den Fuchspelzumhang enger.

Der Kapitän legte ihr die Hand auf die Schulter. »Keine Angst, mein Mädchen. Ich bin schon früher in diesen Gewässern gesegelt, und die *Schicksalsläufer* ist flink genug, um alle Schwierigkeiten zu umfahren, die uns möglicherweise begegnen.«

Grace schenkte dem Kapitän ein dankbares Lächeln.

»Wo ist Vani?«, fragte Beltan und warf seine Zitronenschale über die Reling.

»Eure stumme Freundin?«, sagte Magard. »Ich glaube, sie ist wieder da oben.« Er grinste und zeigte mit dem Finger in die Höhe.

Sie alle schauten auf und entdeckten eine schlanke Gestalt, die auf dem Vormast des Schiffs hockte.

»Sie ist nicht meine Freundin«, knurrte Beltan, drehte sich um und ging.

Magard sah Grace und Falken fragend an.

»Lange Geschichte«, sagte Grace und beließ es dabei.

Im Laufe des Tages wurde der Wind schlimmer und heulte aus dem Norden heran, als wollte er das Schiff auf die zerklüftete embarranische Küste werfen und an den scharfen Felsen in Stücke schlagen. Magard und seine Matrosen arbeiteten ununterbrochen, übertönten das Brausen des Sturms mit Befehlen und Vollzugsmeldungen, rannten vom Vordeck zum Achterdeck, belegten Taue und schnürten Segel zusammen. Grace wünschte sich, sie hätte etwas tun können, um ihnen zu helfen, aber das Beste war, ihnen nicht im Weg zu stehen. Einmal verlor ein Matrose den Griff um ein Tau, und es knallte wie eine Peitsche nur wenige Zentimeter an Graces Gesicht vorbei.

Sie nahm das als Zeichen und kehrte in ihre Kabine zurück. Aber unter Deck waren die Dinge nicht weniger Besorgnis erregend. Der Kabinenboden hob und senkte sich so wild wie der Ritt auf einem Karussellpferd. Irgendwann sah Grace nach Falken und Beltan; die Männer lagen in ihren Kojen, die Augen fest geschlossen, also ließ sie sie in Ruhe. Sie hätte nichts gegen etwas Gesellschaft einzuwenden gehabt, aber zweifellos war Vani noch immer oben auf dem Schiffsmast. Da sie nichts anderes zu tun hatte, setzte sie sich auf den Boden und schloss die Augen.

Sie wollte sich bloß ausruhen; sie versuchte nicht bewusst, mit der Gabe zuzugreifen. Aber sie war nicht schläfrig, und ihre Gedanken mussten sich selbstständig gemacht haben, denn plötzlich war es überall um sie herum: das schimmernde Netz der Weltenkraft.

Grace zog sich nicht zurück. Sie konnte jedes Leben an Bord des Schiffes spüren. Beltan und Falken waren in ihrer Kabine in den Kojen, Kapitän Magard und seine Männer bewegten sich an Deck, und da war Vani, noch immer ganz oben auf einem der Maste. Außerdem krabbelten zahllose winzige Lichtfunken durch den Schiffsbauch. Ratten. Aber auf diese Weise betrachtet erschienen sie nicht so abstoßend. Sie glitten wie Glühwürmchen durch Graces Sichtfeld.

Die Weltenkraft erfüllte Grace mit Wärme und Trost. Sie ließ ihr Bewusstsein weiterwandern. Unter dem Schiff befand sich ein riesiger, leuchtender Ozean voller Leben. Fischschwärme schwebten strahlenden Wolken gleich unter dem Schiffsrumpf, und größere Kreaturen rasten zu schnell vorbei, als dass Grace erspüren konnte, was sie waren. Sie ergötzte sich an dem Gefühl der Verbundenheit und griff noch weiter hinaus.

Es raste wie ein wütender Blitz auf die *Schicksalsläufer* zu.

Grace riss die Augen auf. Was war es? Sie wusste es nicht. Aber es war groß, das Feuer seiner Lebenskraft brannte wie ein Stern und hob sich vom Netz der Weltenkraft ab. Und es kam direkt auf sie zu.

Grace sprang auf die Füße, stolperte, als das Schiff einen Satz machte, richtete sich wieder auf und stürmte aus der Kabinentür.

»Beltan! Falken!«, rief sie und hämmerte gegen ihre Tür. »Kommt raus!« Ohne abzuwarten erklomm sie den Niedergang zum Deck.

Der Tag war während ihrer Zeit unter Deck dunkler statt

heller geworden. Eisenfarbene Wolken trieben über den Himmel, überall um das Schiff herum krachten Wellen in weißen Explosionen gegeneinander. Die Küste war näher als zuvor – gefährlich nahe. Grace konnte die scharfen Umrisse einzelner Felsen ausmachen. Direkt voraus schien das Land einen scharfen Bogen nach Norden zu beschreiben. Sie packte die Reling und arbeitete sich das Deck entlang. Sie fand Magard neben dem Vormast.

»Ihr solltet unter Deck gehen!«, rief er über das Getöse des Sturms hinweg. »Hier oben ist es zu unruhig.«

Sie griff nach dem Mast, um sich festzuklammern, als sich das Deck unter ihren Füßen hob und senkte. »Kapitän Magard! Da draußen ist etwas. Es kommt direkt auf uns zu.«

Auf seinem ledrigen Gesicht zeichnete sich ein Stirnrunzeln ab. »Was kommt auf uns zu?«

»Ich weiß es nicht.« Es kostete sie Mühe, gegen den Wind und die Gischt anzukommen. »Es ist groß. Sehr groß. Beinahe wie ein ...«

»Es ist ein Schiff«, sagte Vani und trat aus dem Nichts.

Magard riss den Kopf herum. »Ein Schiff? Wo?«

»An Steuerbord. Es kommt schnell auf uns zu.«

Grace starrte Vani an. Ein Schiff? Ja, das machte Sinn. Aus der Ferne betrachtet würden sämtliche Lebensfunken zu einem großen verschmolzen sein, es wie ein großes, funkelndes Licht aussehen lassen. Wieder tastete sie mit der Gabe. Das Licht war näher gekommen. Jetzt konnte sie die individuellen Funken der Leben an Bord ausmachen.

»An Bord dieses Schiffes müssen hundert Männer sein.«

Magard sah sie ungläubig an. »Und woher wollt Ihr das wissen, Mädchen?«

Bevor Grace antworten konnte, erscholl ein Ruf vom Achterdeck.

»Schiff ahoi!«

Eine Glocke wurde wild geschlagen. Fluchend eilte Magard an die Reling. Vani und Grace folgten ihm; in diesem Augenblick erschienen Beltan und Falken an Deck. An Steuerbord brach ein gewaltiger Umriss durch eine auf dem Wasser haftende Nebelbank und zerfetzte sie in tausend Stücke.

»Bei der schaumigen Mähne von Jorus, seht euch das an«, sagte Magard in einem ehrfürchtigen Tonfall.

Das Schiff war gigantisch. Es schob sich wie eine hölzerne Festung aus den Wellen, seine Decks ragten doppelt so hoch über die Meeresoberfläche wie die der *Schicksalsläufer*. Grace zählte fünf Masten und über ein Dutzend Segel, und jedes davon war so rot wie Blut. Das Hauptsegel wurde schlaff, als der Wind die Richtung wechselte. Zahllose kleine, dunkle Gestalten hangelten sich durch die unzähligen Taue und Wanten des Schiffes, dann füllte sich das Segel wieder mit Luft und wölbte sich vor. Auf der riesigen roten Fläche war ein Symbol: eine schwarze Krone, die einen silbernen Turm umgab.

Die Segel erneut voller Wind, raste das Schiff über die Wellen.

»Blut und Salzwasser«, sagte Magard. »Sie wollen uns angreifen.«

Der Kapitän drehte sich um und brüllte Befehle. Seine Mannschaft spritzte auseinander; Männer eilten die Wanten hoch. Aber sie waren zu wenige; sie konnten das Schiff unmöglich rechtzeitig wenden.

Grace umklammerte die Reling und starrte die anderen mit weit aufgerissenen Augen an. »Was sollen wir tun?«

»Ich schlage vor, wir gehen auf die Backbordseite des Schiffes«, sagte Vani entschieden.

Beltan und Falken nickten grimmig. Gemeinsam flohen sie auf die gegenüberliegende Seite des Decks und hielten sich an der Reling fest. Als sich Grace umwandte, überragte das herannahende Schiff die *Schicksalsläufer* wie ein Turm. Sie wollte nicht glauben, dass sich etwas so Großes so schnell bewegen konnte. Der Bug des Schiffes war mit der Figur einer Frau in einem fließenden Gewand geschmückt, das in Blau und Silber bemalt war. Aber etwas war seltsam an der Frau; ihre Augen waren zu groß und schräg, der Hals war zu lang, die Ohren liefen absichtlich spitz zu.

Das ist keine Frau, Grace.

Sie schaute zu Falken herüber, aber der Barde hatte nur Augen für das schnell größer werdende Schiff.

»Das Ruder ruhig halten!« brüllte Magard so laut, dass an seinem Hals die Sehnen vortraten. »Kappt die Taue. Gebt ihr die vollen Segel. Jetzt!«

Oben in den Wanten zogen ein paar Matrosen gekrümmte Messer. Stahl blitzte auf, dann schossen Taue wütenden Schlangen gleich sirrend durch die Luft. Beltan konnte sich gerade noch rechtzeitig ducken, um zu verhindern, dass ihm der Kopf abgetrennt wurde. Die Segel füllten sich, und die *Schicksalsläufer* schoss nach vorn wie ein von einer Schleuder katapultierter Stein.

Das Riesenschiff war jetzt so nahe, dass Grace die Männer erkennen konnte, die auf Deck Aufstellung genommen hatten. Sie waren alle in Schwarz, von den gehörnten Helmen zu den Beinschienen. Selbst die Schwerter in ihren Händen waren schwarz. Allein die Schilde waren anders: blutrot wie die Segel, trug jeder die schwarze Krone und den silbernen Turm.

»Festhalten!«, rief Falken und klammerte sich an die Reling.

Vani wand sich ein Tau um den Unterarm. Bevor Grace etwas tun konnte, schlang Beltan die langen Arme um sie und drückte sie hart gegen die Reling, die er mit beiden Händen ergriff.

»Da kommt sie!« Magards Ruf übertönte den Wind.

Ein Tosen wie von einem Düsentriebwerk erscholl. Grace drehte den Kopf. Die riesigen Umrisse des herannahenden

Schiffes schoben sich schnell von links nach rechts durch ihr Gesichtsfeld; es blieb achtern hinter ihnen zurück, während die *Schicksalsläufer* vorwärts schoss.

Wir schaffen es. Wir ...

Wasser spritzte wie eine weiße Fontäne in die Höhe, als ein Laut wie ein Donnerschlag die Luft zerriss. Die *Schicksalsläufer* stöhnte wie eine Gefolterte, während ein Beben durch ihren Rumpf lief. Das Deck machte einen Satz, und Grace verlor den Halt. Ohne Beltans starken Griff wäre sie gestürzt. Zwei Matrosen hatten weniger Glück. Grace sah sie aus den Wanten stürzen. Einer traf das Deck und blieb verkrümmt liegen. Der andere traf die Reling und verschwand im Meer.

Ein leises, schabendes Geräusch ertönte. Wieder erbebten unter Grace die Planken. Dann schoss die *Schicksalsläufer* in eine Gischtwolke eingehüllt nach vorn. Das Schiff mit den roten Segeln blieb zurück. Die Männer an der Reling drohten mit ihren schwarzen Schwertern.

»Magards Mannschaft hat schneller reagiert, als ich für möglich gehalten hätte«, sagte Falken und atmete schwer, als er wieder aufstand. »Wir hatten genug Vorsprung, dass das Schiff nur mit unserem Heck in Berührung kam.«

»Werden sie es nicht noch einmal versuchen?«, fragte Vani und ließ das Tau los, das sie ergriffen hatte.

»Das werden sie«, sagte Beltan. »Aber sie sind zu groß. Sie können nicht so schnell wenden wie wir. Sie werden eine Zeit lang brauchen, um an Steuerbord heranzukommen.«

Der blonde Mann hatte Recht. Das gigantische Schiff hatte die Segel wieder aus dem Wind genommen, um nicht auf geradem Weg in die Felsenküste zu steuern. Es fing an zu wenden, kam aber nur langsam voran. Jeden Augenblick blieb es weiter hinter ihnen zurück.

Kapitän Magard brüllte wieder Befehle. Grace befreite sich aus Beltans Griff und eilte zu dem verkrümmt liegenden Matrosen, der aus den Wanten gestürzt war. Aus seinem Hinterkopf sickerte Blut. Grace griff mit der Gabe zu, aber sie wusste bereits, was sie finden würde. Sein Faden war so schwarz wie Asche, und er fiel in ihren Händen auseinander.

»Haltet sie ruhig!«, erscholl Magards Stimme. »Ein Grad nach links oder rechts, und wir sind alle tot.«

Grace riss den Kopf hoch und keuchte auf. Während ihrer Bemühungen, dem anderen Schiff zu entkommen, hatten sie direkt auf die scharf nach Norden führende Biegung der Küste zugehalten. Klippen stiegen über ihnen in die Höhe. Grace fragte sich, wie sie noch rechtzeitig wenden wollten. Sie erstarrte, bereitete sich auf den nächsten Zusammenstoß vor.

Zerklüftete Felswände schossen zu beiden Seiten des Schiffes vorbei, während die *Schicksalsläufer* geradeaus segelte. Grace zählte ein Dutzend Herzschläge, dann blieben die Felsen zurück. Sie drehte sich um und sah, wie die dunklen Klippen hinter ihnen kleiner wurden. Embarrs Küste befand sich wieder in sicherer Entfernung auf der Backbordseite.

Falken stieß einen leisen Pfiff aus. Er hatte sich zusammen mit Beltan und Vani zu Grace gesellt.

»Ich hätte nicht gedacht, dass wir es durch diese Enge schaffen würden«, sagte der Barde.

»Euch mangelt es an Glauben, Falken Schwarzhand«, sagte Magard und kam mit einem breiten Grinsen auf sie zu. »Ich habe diesen Aal schon durch viel engere Passagen gesteuert.«

»Das andere Schiff wird es nicht durch die Meeresenge schaffen«, sagte Beltan. »Wer auch immer sie sind.«

»Wie lange werden sie brauchen, um drumherum zu segeln?«, wollte Vani wissen.

»Einen guten halben Tag«, sagte Magard. »Vielleicht auch mehr. Diese Insel erstreckt sich von der Küste bis weit nach

Norden, und die darum befindlichen Gewässer sind sehr stürmisch.«

Endlich begriff Grace. Zuvor hatte es den Anschein gehabt, als würde die Küste nach Norden abknicken, aber das war ihr nur so erschienen, weil sie den schmalen Spalt in den Felsen nicht hatte sehen können. Tatsächlich war die Landmasse vor ihnen eine Insel gewesen und kein Landvorsprung. Aber jetzt lag sie hinter ihnen, und das große Schiff mit den roten Segeln würde sie umrunden müssen. Sie hatten ihre Verfolger abgehängt. Für den Augenblick. Aber wer waren die Männer auf dem seltsamen Schiff? Und warum hatten sie die *Schicksalsläufer* angegriffen? Dann rief sie sich ihre schwarzen Helme und Schwerter ins Gedächtnis zurück und hatte eine Ahnung.

Bevor sie sie aussprechen konnte, richtete sich Magards Blick auf die vor ihr liegende Gestalt. Sein Grinsen verblasste, er warf ihr einen fragenden Blick zu.

Grace seufzte. »Er war tot, als er auf dem Deck aufschlug.«

Magard nickte mit einem harten Ausdruck im Gesicht. »Dann werden wir ihn auf See bestatten, zusammen mit seinem Kameraden, den wir verloren, bevor wir in die Meeresenge eindrangen.«

Graces Magen verkrampfte sich, Übelkeit stieg in ihr auf. Das Deck rollte unter ihren Füßen. Auf dieser Seite der Enge schien es stürmischer zu sein. Der Himmel war eisengrau, und die Wellen leckten hoch genug, dass Wasser über Deck lief. Grace kämpfte darum, auf den Beinen zu bleiben.

Ein herrenloses Fass, das sich bei der Kollision losgerissen hatte, rollte über Deck. Beltan ging ihm mit einem Sprung aus dem Weg. Der Ritter runzelte die Stirn, als es weiter dem Schiffsheck entgegenrollte.

Grace begriff, und kaltes Entsetzen raubte ihr die Luft. »Das Deck. Es kippt ab, in Richtung Schiffsende.«

Der Winkel war jetzt sichtbar und wurde jede Sekunde steiler.

Magard fluchte. »Sie müssen uns härter getroffen haben, als ich dachte. Wir nehmen Wasser auf.«

»Kapitän!«, rief ein Mann aus den Wanten. »Untiefen voraus!«

Magard stieß noch einen Fluch aus.

Falken packte seinen Arm. »Habt Ihr nicht behauptet, die *Schicksalsläufer* könnte in flachem Wasser segeln?«

»Das kann sie auch«, erwiderte der Kapitän. »Wenn sie nicht tief im Wasser liegt. Aber jetzt, da sich der Laderaum füllt ...«

Magard hielt sich nicht mit weiteren Erklärungen auf. Er stürmte vorwärts und brüllte der Mannschaft Befehle zu. Grace verlor ihn aus den Augen.

»Was tun wir?«, fragte sie. Ihre Gedanken rasten, aber sie konnte nicht denken.

Falken warf Beltan einen grimmigen Blick zu. »Bleib bei ihr, Beltan. Was auch immer geschieht, du musst sie beschützen.«

»Bei meinem Leben«, sagte der blonde Ritter. »Ich schwöre es.«

Nein, das war Wahnsinn. Sie brauchten einen Plan, keine Untergangsbeschwörungen. Grace wollte etwas sagen, aber ein schreckliches Bersten und Krachen erfüllte die Luft, und wieder machte das Deck unter ihr einen Satz. Sie fiel auf die Knie.

»Macht euch bereit!«, rief Vani.

Das Bersten hörte auf, aber das Deck bewegte sich weiter. Es kippte wild nach Backbord. Grace konnte sich nirgendwo halten; sie fing an zu rutschen. Dann fühlte sie eine starke Hand an ihrem Arm.

»Schwimm«, knurrte Beltan ihr ins Ohr. »Ganz egal, wie

sehr die Strömung auch an dir reißt, schwimm mit all deiner Kraft.«

Plötzlich wechselten Himmel und Meer den Platz. Aus allen Richtungen ertönten Schreie, begleitet von dem schrecklichen Lärm zerreißender Taue und splitterndem Holz. Es gab ein letztes, ohrenbetäubendes Bersten, als das Schiff auseinander brach.

Dann stürzte Grace in das kalte Wasser, und unsichtbare Hände zogen sie in die Tiefe.

ZWEITER TEIL

Die Wiedergeburt
des Raben

15

Es war seltsam, wie schnell die Zeit vergehen konnte, wenn alles, was man tat, allein auf das Überleben ausgerichtet war.

Travis war sich bewusst, dass ihr Aufenthalt in Castle City allein den Zweck hatte, die Zeit zu überstehen, bis Jack Graystone eintraf und ihnen half, einen Weg zurück nach Eldh und in ihre Zeit zu finden. Grace und die anderen hielten sie vermutlich für tot, getötet beim Einsturz der Etherion. Travis konnte sie das nicht glauben lassen, nicht wenn es noch Hoffnung gab. Manchmal fragte er sich, ob Beltan ihn wohl aufgegeben hatte, oder Vani. Der Gedanke tat ihm weh, aber wem der Schmerz galt – dem blonden Ritter oder der Meuchelmörderin mit den goldenen Augen –, das vermochte er nie zu sagen.

Davon mal abgesehen ist es vielleicht besser, wenn du niemals zurückkehrst, Travis. Wenn der Drache und die Hexen Recht haben, wirst du Eldh zerstören, ganz egal, was du auch unternimmst.

Doch falls Vanis Großmutter die Wahrheit sagte und er einer der *A'narai* war – einer der Schicksalslosen –, wie sollte es dann sein Schicksal sein können, überhaupt Einfluss auf etwas zu nehmen, und erst recht eine Welt zu zerstören?

Es spielte keine Rolle. So, wie die Dinge jetzt standen, waren weder Beltan noch Vani geboren. Und es erschien nicht sehr wahrscheinlich, dass sie jemals nach Eldh zurückkehren konnten, ganz zu schweigen in ihre eigene Zeit. Außerdem fiel es bei der tagtäglichen Mühe, ein Dach über dem Kopf zu behalten, manchmal schwer, nicht zu vergessen, dass er mehr war als ein Barkeeper in einem Saloon im Colorado des Jahres 1887.

»Sagen Sie mir, wie Sie einen Velvet mixen, Mr. Wilder«, hatte Manypenny ihn gefragt, als er sich am ersten Abend in seinem neuen weißen Hemd und der schwarzen Hose im Mine Shaft zur Arbeit meldete.

Travis hatte sich über den frisch rasierten Kopf gerieben. Er war immer stolz darauf gewesen, das Rezept für so gut wie jeden existierenden Cocktail zu kennen, ganz egal wie seltsam oder obskur er auch war. Aber sein Hirn war etwas eingerostet. Es war über ein Jahr her, dass er den Mine Shaft verlassen hatte – in seiner Zeitlinie. Trotzdem schaffte er es, das Wissen hervorzukramen.

»Man nehme zu gleichen Teilen Champagner und Stout.«

Manypenny nickte zufrieden. »Jetzt beschreiben Sie, wie man einen Flip mixt.«

Der lag in einer noch verstaubteren Ecke von Travis' Erinnerung versteckt, aber dann fiel ihm jenes Halloween ein, an dem er im Saloon eine *Sleepy Hollow*-Themenparty gegeben hatte. Er hatte sich als Ichabod Crane verkleidet und zuvor gelernt, die Drinks zu mixen, die in den Kolonialzeiten populär gewesen waren.

»Rum, Bier und Zucker«, sagte er und zählte die Zutaten an den Fingern ab. »Alles in einem Becher vermischen, dann die Spitze eines heißen Schürhakens reinhalten, bis es schäumt.«

Manypenny strich sich den gebogenen Schnurrbart, seine kleinen Augen funkelten. »Wie ich sehe, kann man Sie nicht so schnell verwirren. Dann informieren Sie mich doch noch über die Zutaten, die einen Blue Blazer ergeben.«

Travis zermarterte sich das Hirn, aber am Ende gab er auf. Zweifellos würde ihn das seinen neuen Job kosten, aber es blieb ihm nichts anderes übrig, als die Wahrheit zu sagen. Er würde eben in einer der Minen Arbeit finden müssen, ganz egal, was Maudie davon hielt.

»Ich fürchte, das weiß ich nicht«, sagte er, gefasst auf Manypennys Groll.

Stattdessen stieß der Saloonbesitzer ein Lachen aus. »Nun, anscheinend hat die Sphinx diesen Rätselwettstreit doch gewonnen.«

Travis konnte ihn nur anstarren. Offensichtlich hatte Manypenny mit ihm gespielt, entschlossen, ihn bei diesem Spiel zu schlagen.

Sein Arbeitgeber schlug ihm auf den Rücken. »Keine Angst, wenn Ihnen ein bestimmtes Getränk unbekannt ist, Mr. Wilder. Der Silberschürfer, der bei Ihnen einen ausgefallenen Cocktail bestellt, wird wahrscheinlich genauso wenig wie Sie wissen, was da rein muss. Zweifellos hat er nur gehört, wie ein feiner Gentleman einen solchen Drink bestellt hat, und will ihn selbst probieren. Allerdings könnte der typische Schürfer Amontillado nicht von Eselspisse unterscheiden. Also mixen Sie irgendetwas zusammen, und er wird es mit Begeisterung trinken.«

Travis zwang sich zu einem schmalen Lächeln. Etwas sagte ihm, dass die Arbeit für Manypenny sehr abenteuerlich werden würde.

Wie sich herausstellte, verlangten nur wenige der Männer, die an den Tresen kamen, einen Cocktail. Viele bestellten Bier, aber die Mehrheit wollte nur eines: Whiskey. Für gewöhnlich war es Taos Lightning – oder Old Towse, wie ihn die rauer aussehenden Männer nannten. Das war ein scharfer und starker Whiskey aus der Stadt in New Mexico, die ihm auch den Namen verliehen hatte. Als Travis einen Schluck probierte, kam er zu dem Schluss, dass er die Schärfe und den Charakter einer Dose Sterno hatte – nachdem man den Spiritus angezündet hatte.

Travis fiel sofort die Ähnlichkeit zwischen den Männern, die in den Saloon kamen, und vielen der Männer, die er auf

Eldh kennen gelernt hatte, auf. Man hätte nur ihre Musselin-Hemden und Jeans gegen Wämser und Hosen austauschen müssen, und jeder wäre in Calavan als Bauer durchgegangen. Die meisten waren klein, die Gesichter faltig über ihre Jahre hinaus, ihre Zähne gelb und am Faulen und die Hände von der Minenarbeit auf ewig geschwärzt.

Viele der Männer hatten harte und leere Augen, als hätte man aus ihnen das Leben herausgespült, so wie man das Silber aus dem Gestein herauslöste. Sie tranken stehend an der Bar, kippten ihren Whiskey schnell und ohne Genuss und traten dann zur Seite, um dem nächsten Mann Platz zu machen.

Nicht alle Gäste waren so freudlos. Genau wie in der Zeit, in der Travis den Saloon besaß – oder besitzen würde? –, waren viele der Männer, die jeden Tag hereinschauten, Stammgäste und Freunde des Besitzers. Sie waren Bürger der Stadt, keine Silberschürfer oder Minenarbeiter, und viele besaßen Geschäfte auf der Elk Street.

Im Gegensatz zu den Minenarbeitern waren diese Männer mit Anzügen bekleidet, und aus ihren Westentaschen baumelten silberne Uhrketten. Sie redeten viel, lachten noch mehr, rauchten Zigarren und tranken genauso oft Bourbon und Champagner wie Whiskey und Bier. Und sie waren Männer von Reichtum und Erfolg – Bankiers, Kaufleute, Ärzte und Rechtsanwälte. Travis hatte nicht das Herz, ihnen zu sagen, dass sie alle in ein paar Jahren nach dem Zusammenbruch des Silbermarkts ruiniert sein würden.

Jedes Mal, wenn Manypenny mit seiner dröhnenden Stimme seinen neuen Barkeeper einem seiner Stammgäste vorstellte, spendierte der Kunde Travis einen Drink. Soweit Travis es zu sagen vermochte, schien es im Wilden Westen ein populärer Zeitvertreib zu sein, dem Barkeeper einen Drink auszugeben, und so gut wie jeder Anlass reichte aus.

Wenn ein Mann den Saloon betrat, der gerade aus dem Osten angekommen war und der noch den Traum träumte, großen Reichtum zu erwerben, und die Taschen noch voller Geld hatte, bestand er darauf, Travis einen Drink zu spendieren. Travis hasste es, diese Geste akzeptieren zu müssen, wusste er doch, dass derselbe Mann ein paar Wochen später wieder hereinkommen würde, wenn sich sein Claim als Niete erwiesen hatte, mit schmutzigen und zerrissenen Kleidern und leeren Taschen. In dem Augenblick würde Travis damit dran sein, dem anderen einen Drink zu spendieren, während der Bursche nach einer Möglichkeit suchte, genug Geld für das Eisenbahnticket nach Hause zu verdienen.

Dann gab es gelegentlich auch Prospektoren, denen es gelungen war, ein kleines Vorkommen hochgradigen Erzes zu finden, und die – nachdem sie dem Erzprüfbüro ihren Besuch abgestattet hatten – hereinstolziert kamen und eine Runde für den ganzen Saloon ausgaben. Natürlich war das neu gefundene Vermögen nach ein paar mit Trinken und Spielen verbrachten Tagen futsch. Dann gingen die Silbersucher mit schmerzendem Kopf zu ihren Claims zurück, um wieder von vorn anzufangen.

Sogar eine stattliche Anzahl der Minenarbeiter – Arbeiter, die am Tag drei Dollar verdienten – gaben Travis einen Whiskey aus, wenn sie selbst einen tranken. Ein Blick auf ihre gehetzten und einsamen Gesichter reichte aus, und Travis konnte es ihnen nicht abschlagen. Denn er hatte den Eindruck, dass diese Männer trotz der ganzen Hektik dieser Stadt und den dicht bevölkerten Straßen einsam waren und es für sie fast so etwas wie Freundschaft bedeutete, mit dem Barkeeper zu trinken. Manchmal erkundigte sich Travis nach dem Namen des Mannes – aber nur nach dem Vornamen, nie nach dem Nachnamen.

»Fragen Sie einen Mann nie nach mehr als seinem Vornamen«, belehrte ihn Manypenny. »Soweit es mich betrifft, wenn ein Mann diesen Laden betritt, lässt er seine Vergangenheit an der Tür zurück.«

Travis ballte die Hand zur Faust. Würde das doch nur stimmen. Doch obwohl er die Vergangenheit niemals vergessen würde, wusste er, dass sie hinter ihm lag – ein Schatten, der ihm folgte, und nicht mehr. Das war es, was er in der Etherion gelernt hatte, als er dem Dämon gegenübertrat; das war es, was ihm der Geist von Alice, seiner kleinen Schwester, gezeigt hatte. Also hob er das Glas auf den Burschen, der ihm den Drink spendiert hatte, und sie tranken ihren Whiskey schweigend.

Natürlich hätte Travis, hätte er jeden Whiskey auch getrunken, an den meisten Tagen bei Sonnenuntergang hinter dem Tresen gelegen. Nachdem er das Glas des Gastes mit dem guten Zeug gefüllt hatte, bediente er sich aus einer Flasche, die er unter der Bar stehen hatte und die mehr Wasser als Whiskey enthielt – ein Überlebenstrick, den die Barkeeper eines jeden Jahrhunderts anwendeten.

Sobald die Sonne hinter den Bergen versank, veränderte sich der Charakter des Saloons. Die ernsten Trinker, die die Bar am Tag mit Beschlag belegt hatten, wurden von einer lauteren, trinkfesteren und entschieden raueren Menge ersetzt. Zigarrenrauch und Gelächter erfüllten die Luft zusammen mit blecherner Musik, sobald der Pianospieler gekommen war, um »My Darling Clementine« und »Sweet Betsy from Pike« auf dem Piano zu klimpern, das so mitgenommen aussah, als hätte man es an einem Seil hinter einem Planwagen durch die Prärie hergeschleift.

Nach Einbruch der Dunkelheit wurden auch die Spieltische lebendig. Jeder der Tische war an einen Spieler vermietet, der sein eigenes Spiel laufen hatte und der Manypenny einen Anteil an den Einnahmen des Tisches bezahlte. Es gab eine Menge Auswahlmöglichkeiten, um sein Geld zu verlieren, einschließlich Poker, Paigow und Drei-Karten-Monte. Aber das bei weitem populärste Spiel hieß Faro.

Soweit Travis es beurteilen konnte, war Faro nicht schwierig. Dreizehn Karten – von As bis König – waren der Reihe nach auf die Tischoberfläche gemalt. Die Spieler platzierten ihr Geld auf diesen Bildern. Es wurde darum gewettet, ob eine bestimmte Karte gewann oder verlor. Der Geber drehte nacheinander jeweils zwei Karten seines Spiels um. Die erste Karte zeigte immer den Verlierer, die zweite Karte den Gewinner. Wettete der Spieler beispielsweise darauf, dass die Sieben verlor, und wurde die Sieben dann als erste Karte gezogen, hatte er seine Wette gewonnen. Wettete er aber beispielsweise darauf, dass der Bube gewann, und die erste Karte, also die Verliererkarte, war ein Bube, hatte die Bank gewonnen.

Nachdem Travis ein paar Spiele verfolgt hatte, wurde selbst ihm klar, dass die Chancen, bei Faro zu gewinnen, ziemlich ausgeglichen waren. Darum war es auch ein so populäres Spiel. Das Einzige, was der Bank einen kleinen Vorteil verschaffte, war die Tatsache, dass der Geber die erste und die letzte Karte eines Spiels verwarf – sie waren weder Gewinner noch Verlierer. Das bedeutete, dass der Geber im Laufe der Zeit nur einen kleinen Teil aller platzierten Wetten einbehielt. Angesichts der großen Geldmenge, die über den Farotisch ging, waren aber selbst ein paar Prozentpunkte keine schäbige Summe und für die Seidenweste und die diamantenen Manschettenknöpfe des Gebers verantwortlich.

Wenn die Atmosphäre im Mine Shaft nachts auch etwas wilder war, war sie doch für gewöhnlich friedlich. Männer tranken, lachten, spielten und betrieben mit den Frauen Konversation, die gelegentlich den Saloon betraten – Damen, die zwar keine Straßenmädchen waren, aber auch keine viel höhere Sprosse von Castle Citys sozialer Rangordnung einnahmen. Und obwohl man im Saloon viele der prominenten

Männer der Stadt finden konnte, waren ihre Frauen nicht in Sicht.

Die meisten Männer waren trinkfest und nahmen ihre Verluste an den Spieltischen mit einem verlegenen Grinsen hin. Aber es gab Ausnahmen. Zu den ersten Dingen, die Manypenny Travis zeigte, gehörte die Schrotflinte, die unter der Bar an einem Haken hing. Und fast jeden Abend holte der große Saloonbesitzer irgendwann die Schrotflinte hervor, spannte sie und zielte damit direkt auf den Raufbold, der zu viel getrunken oder beim Poker zu viel verloren hatte oder von einem Mädchen abgewiesen worden und nun entschlossen war, deswegen mit irgendjemandem – egal wem – Streit anzufangen.

Für gewöhnlich war der andere nicht so betrunken oder wütend, dass er nicht zweimal darüber nachdachte, dass eine Schrotflinte auf seine Brust zielte, und nachdem er schnell wieder nüchtern geworden war, eilte er durch die Tür. Aber eines Abends brüllte ein junger Mann in schmutzstarrender Kleidung, Manypenny würde seine Drinks verwässern – eine Anschuldigung, die von dem offensichtlichen Rausch des Burschen deutlich widerlegt wurde. Der Mann schien die Mündung der Schrotflinte nicht zu spüren, die sich in seinen Leib bohrte, während er wild die Arme schwang und nach Manypenny griff, der die Kiefer zusammenbiss und langsam den Abzug zog. Dann zerrten zwei andere Männer, anscheinend Freunde des Betrunkenen, ihn zurück und schleiften ihn nach draußen.

Sofort erfüllte wieder Gelächter und Musik die Luft, und Travis vermutete, dass er der Einzige war, der sah, wie Manypenny gegen den Tresen sackte, die Schrotflinte noch immer in seinen dicken Händen. Das Gesicht des Wirtes war gerötet, sein Hemd wies dunkle Schweißflecken auf.

»Sie hätten doch nicht abgedrückt, Mr. Manypenny, oder?«,

fragte Travis leise. »Ganz egal, was er getan hat, Sie hätten ihn nicht erschossen.«

Der Saloonbesitzer holte stockend Luft. »Legen Sie das hier für mich weg, Mr. Wilder.« Er gab Travis die Schrotflinte. »In Gottes Namen, bitte legen Sie sie weg.«

Travis nahm die Schrotflinte und hängte sie an den Haken unter der Bar, und er fragte sich dabei die ganze Zeit, wie es wohl in den anderen Saloons der Stadt zuging, wenn das hier eines der respektableren Etablissements war, wie Maudie behauptet hatte.

Glücklicherweise gab es im Mine Shaft seltener gewalttätige Zwischenfälle, als Travis befürchtet hatte. Tatsächlich ging von den Männern und Frauen im Saloon etwas Gedämpftes aus – und das trotz ihres Trinkens und Spielens und der Ausgelassenheit. Travis konnte nicht genau den Finger darauf legen, was es war. Manchmal konnte er beobachten, wie ein Mann mitten im Lachen verstummte und plötzlich über die Schulter sah, oder er brachte schnell einen anderen Mann zum Schweigen, der mit lauter, lallender Stimme über etwas sprach, das Travis nicht genau mitbekam.

Sie führen alle ein hartes Leben. Vermutlich sind sie ständig müde, das ist alles, Travis.

Nur konnte er einfach nicht glauben, dass es tatsächlich das war.

Aber in der ständigen Hektik der Saloonarbeit fiel es leicht, diese seltsamen Augenblicke zu vergessen. So wie es leicht fiel, Jack Graystone zu vergessen, oder wie sie einen Rückweg nach Eldh und in ihre eigene Zeit finden sollten. Tatsächlich hätte er bei seiner täglichen Arbeit im Mine Shaft alles vergessen können.

Aber dann, wenn er von hinten einen neuen Kasten Whiskey holte oder die Sägespäne auf dem Boden zusammenfegte, schaute er auf und sah den vergilbten Steckbrief an der Wand, der den Blick mit seinen eigenen Augen hinter der Nickelbrille erwiderte.

GESUCHT:
TOT ODER LEBENDIG.
TYLER CAINE, DER MÖRDER

Und Travis wusste, dass er niemals vergessen würde, wer er war.

16

Etwa eine Woche, nachdem Travis angefangen hatte, im Saloon zu arbeiten, schaute er auf und sah zwei vertraute Menschen durch die Schwingtüren treten und auf die Bar zukommen.

»Lirith, Durge«, sagte er überrascht. Er legte das Kartenspiel weg, mit dem er in einer ruhigen Minute herumgespielt hatte. »Was macht ihr denn hier? Ist etwas passiert? Ist ...?«

»Nein, Travis, sowohl Sareth wie auch Maudie geht es gut«, sagte Lirith, und ihre rauchroten Lippen verzogen sich zu einem Lächeln. »Falls es das war, was Sie fragen wollten.«

Das war es, was die Hexe zweifellos ganz genau wusste.

»Ich halte das für keine gute Idee, Mylady«, knurrte Durge.

Der Ritter sah von einer Seite zur anderen, und Travis verstand seine Sorge. Es war Nachmittag, und der Saloon war nicht mal bis zur Hälfte gefüllt. Aber das leise Murmeln der Unterhaltungen war einen Augenblick lang verstummt, als der Ritter und die Hexe durch die Tür getreten waren, und obwohl das Gemurmel nun wieder einsetzte, war es unmöglich, die Blicke zu übersehen, die ständig in ihre Richtung flackerten.

»Ich glaube, Durge könnte Recht haben«, sagte Travis leise, während er den Tresen mit einem Tuch polierte. Er wusste noch genau, was geschehen war, als sie das letzte Mal zusammen in der Öffentlichkeit gewesen waren – man hatte sie beschuldigt, Diebe zu sein und beinahe die Stadt niedergebrannt zu haben. »Wenn es kein Notfall ist, hätte es nicht warten können, bis ich wieder im Bluebell bin?«

Lirith seufzte. »Lady Maudie ist ein echter Schatz, Travis. Aber langsam komme ich mir im Bluebell wie eine Gefangene vor. Und Durge auch, auch wenn er es nicht zugeben will.«

Travis musterte den unerschütterlichen Ritter. Der Embarraner sah nur zu Boden, aber Travis entging nicht, dass er der Hexe nicht widersprach.

»Wir können uns nicht ewig verstecken«, fuhr Lirith fort. »Aber das ist nicht der Grund, warum ich heute kommen wollte. Es ist gut, dass Sie hier in dieser Schänke Geld verdienen, aber Ihr Lohn reicht nur für das, was wir Lady Maudie für die Unterkunft bezahlen müssen. Aber wenn wir noch Wochen bleiben müssen, gibt es noch andere Dinge, die wir brauchen. Wir brauchen Kleidung zum Wechseln und neue Schuhe. Und es gibt Medizin, die ich für Sareth kaufen will, damit er leichter atmen kann.« Lirith stützte die Hände auf den Tresen und blickte Travis ernst an. »Durge und ich haben entschieden, dass wir beide ...«

»So eine ist hier nicht willkommen«, sagte eine heisere Stimme.

Die drei Freunde schauten auf. Ein Mann schlenderte auf die Bar zu. Sein Gesicht war so verbraucht und staubig wie seine Kleidung, seine Augen waren zu gefährlichen Schlitzen verengt. Travis erinnerte sich an ihn; er und sein Begleiter waren am Morgen reingekommen, hatten eine Flasche Whiskey gekauft und sich an einem Tisch in der Ecke niedergelassen. Travis warf einen Blick in die Ecke. Der Freund stand neben seinem Stuhl. Die Flasche auf dem Tisch war leer.

Der Mann blieb ein paar Schritte vor Lirith und Durge stehen, die Hände in die Hüften gestemmt. Er spuckte auf den Boden, dunkler Tabaksaft rann sein Kinn hinunter. »Haben Sie mich nicht verstanden? Ich sagte, ihresgleichen ist hier nicht willkommen.«

»Ganz im Gegenteil«, widersprach eine dröhnende Stimme. »Im Mine Shaft Saloon sind alle willkommen.«

Manypenny trat durch die Lagertür und stellte sich neben Travis, einen leutseligen Ausdruck auf dem Gesicht.

Aber Travis entging nicht das harte Funkeln in seinen Augen.

Der Mann spuckte erneut aus. »Ich wusste gar nicht, dass das ein Farbigensaloon ist. Als Nächstes lassen Sie die Chinamänner rein. Aber es wäre egal, wenn Sie das tun. Sie gehört trotzdem nicht hier rein. Frauen verstehen nichts von Schnaps oder Karten.«

»Ist das so?«, fragte Lirith.

Bevor die anderen reagieren konnten, nahm sie das Kartenspiel von der Theke. Sie mischte es energisch, wobei sie die Karten durch die Luft fliegen ließ, fächerte sie auf, schob sie wieder zusammen, dann teilte sie das Spiel mit nur einer Hand in vier Teile, von denen jeder zwischen zweien ihrer schwarzen Finger klemmte. Sie schob es mit der einen Hand wieder zu einem Stapel zusammen und fächerte es erneut. Sie hielt die Karten dem Mann hin.

»Ziehen Sie eine«, sagte sie. »Und ich wette ein Goldstück, dass ich Ihnen sagen kann, welche Karte es ist, ohne nachsehen zu müssen.«

Das ließ Manypenny dröhnend lachen. Aber Travis wusste, dass es ein Fehler gewesen war. Er hatte in zwei verschiedenen Jahrhunderten lange genug im Mine Shaft gearbeitet, um die verschiedenen Arten von Betrunkenen zu kennen. Manche Leute konnten nicht aufhören zu lachen, andere wurden weinerlich, und wieder andere schliefen einfach ein. Aber für ein paar Männer war der Alkohol genau wie Dr. Jekylls Trank ein Schlüssel, der die Tür zu allen ihren dunkelsten, gefährlichsten Impulsen öffnete.

»Sie kennen Ihren Platz nicht, Miss«, sagte der Mann durch zusammengebissene, tabakverschmierte Zähne. »Sie sollten nicht hier sein. Sie sollten in der Tanzhalle sein, einem Kerl zwei Münzen für einen Tanz abnehmen. Und zwei Dollar für alles andere, wonach ihm der Sinn steht.«

Das waren die ersten Worte des Mannes, die Lirith wirklich zu erschüttern schienen. Das Blut wich aus ihrem Gesicht, die Karten fielen ihr aus der Hand und verteilten sich auf dem ganzen Boden. Mit einem Grinsen streckte der Mann die Hand aus, um ihre schwarzen Locken zu berühren.

Ein lautes Klatschen ertönte, die Hand flog zurück. Travis hatte Durges Bewegung kaum wahrnehmen können.

Der Mann schüttelte die Hand, sein Grinsen verschwand. »Das hätten Sie nicht tun sollen, Mister.«

»Und Sie sollten wissen«, sagte Durge ernst, »wie man einer ehrenwerten Lady auf angemessene Weise gegenübertritt.«

Als Travis erkannte, was geschehen würde, war es zu spät, um etwas anderes tun zu können als zuzusehen. Der Mann griff unter die Jacke und zog einen silbernen Sechsschüsser. Er zielte direkt auf Durges Brust.

Bevor der Mann abdrücken konnte, machte Durge einen Schritt an ihm vorbei, stellte ein Bein hinter sein Knie, packte das Gelenk der Revolverhand und riss den Arm nach oben hinter seinen Kopf. Die Knie des Angreifers knickten ein, und als Durge ihn herumwirbelte, knallte der rechte Arm gegen die harte Tresenkante. Der Arm des Mannes brach mit einem berstenden Krachen. Der Revolver flog hinter die Theke, direkt in Manypennys Hände. Der Mann sank zu Boden, krümmte sich um seinen zerschmetterten Arm und wimmerte. Durge drehte sich um.

Ein Revolverhahn spannte sich mit einem Klicken.

Der Trinkkumpan des Verletzten stand eine Armlänge von Durge entfernt. Er drückte dem Ritter die Mündung des Revolvers genau auf die Stirn.

»Sie haben gerade einen Fehler gemacht, Mister«, sagte der Mann und entblößte ein lückenhaftes Gebiss.

»Vielleicht machen es ja zwei Fehler wieder gut«, sagte Durge.

Der Ritter lächelte nicht, aber in seinen braunen Augen lag ein Funkeln, das Travis nur als begierig beschreiben konnte. Er schlug die Hand mit dem Revolver mit einer mühelos aussehenden Bewegung seiner Rechten zur Seite, dann hieb er mit der linken Faust zu. Der Kopf des Mannes flog zurück, er verdrehte die Augen. Ohne einen Laut von sich zu geben, stolperte er zurück und schlug der Länge nach auf den Boden, den Revolver noch immer in der schlaffen Hand.

Interessierte Blicke verweilten einen Augenblick lang auf den gestürzten Männern und auf Durge, dann wandten sich die übrigen Gäste des Saloons wieder ihren Gläsern zu. Ein Mann stürzte allerdings nach einem Nicken Manypennys aus der Tür.

»Alles in Ordnung, Mylady?«, fragte Durge Lirith.

Sie lächelte und legte dem Ritter die Hand auf den Arm. »Danke, Mylord. Vielen Dank. Es passiert nicht oft, dass zu Ehren einer Lady Köpfe aneinander geschlagen werden. Ich betrachte das als ein selten vergnügliches Ereignis.«

Manypenny trat hinter der Bar hervor und hob den zweiten Revolver auf. »Das war ausgezeichnet, Sir«, sagte er mit einem breiten Grinsen zu Durge. »Ein unvergleichliches Schauspiel von Können und Mut. Ich habe zu meiner Zeit viele Ringkämpfe gewonnen, aber selbst in meiner besten Form hätte ich die beiden Männer nicht mit solch herkulischer Leichtigkeit ausschalten können. Sie haben Ihre Schläge so leicht ausgeteilt wie die wunderschöne Lady ihre Karten.«

Manypenny hielt den silbernen Sechsschüsser auf die beiden Männer gerichtet, aber keiner von ihnen schien daran interessiert zu sein, irgendwohin zu gehen, obwohl der zweite wieder zu Bewusstsein kam. Ein paar Minuten später trat Sheriff Tanner durch die Schwingtür.

»Hallo, Bartholomew«, sagte Manypenny, als Tanner den Tresen erreichte.

»Hallo Arthur«, sagte Tanner. Er tippte sich an die Hutkrempe. »Miss Lily, Mr. Dirk und Mr. Wilder. Es scheinen immer interessante Dinge zu geschehen, wenn sie in der Nähe sind.«

Er musste mit Maudie gesprochen haben. Nur so konnte er ihre Namen erfahren haben.

Travis versuchte zu grinsen. »Ich schätze, das ist einfach nur Glück.«

»Bei solchem Glück schlage ich vor, dass Sie die Pokertische meiden, Mr. Wilder.« Der Sheriff warf Manypenny einen Blick zu. »Erzähl mal, was passiert ist, Arthur.«

Fünfzehn Minuten später führte Tanners Deputy – ein etwas beleibter junger Mann namens Wilson – die beiden Männer aus dem Saloon. Sie erschienen entschieden weniger mutig als vor dem Zeitpunkt, an dem Durge sich ihrer angenommen hatte.

»Sie werden einen Heiler brauchen«, sagte Lirith.

Tanner nickte. »Sie sind eine gute Frau, Miss Lily, um freundlich an Männer zu denken, die Sie nicht so freundlich behandelt haben. Aber keine Sorge – der Arzt wird sie sich im Gefängnis anschauen.«

Der Sheriff tippte sich wieder an den Hut und setzte sich in Richtung Tür in Bewegung. Doch auf halbem Weg blieb er stehen und drehte sich um.

»Mr. Dirk«, sagte er. »Ich würde es zu schätzen wissen, wenn Sie gelegentlich die Zeit hätten, mich in meinem Büro zu besuchen.«

Travis und Lirith sahen den Ritter besorgt an.

Durge nickte steif. »Zweifellos habe ich mit meiner Handlung die Gesetze dieses Ortes gebrochen. Wenn Sie es wünschen, werde ich mich Ihnen auf der Stelle ergeben, Sir Tanner.«

Tanner grinste. »Ich werde Sie nicht verhaften, Mr. Dirk.

Ganz im Gegenteil; Deputy Wilson ist zwar ein guter Junge, aber ich könnte einen Mann wie Sie gebrauchen. Zwar bekommt man für den ganzen Ärger, den es einem einbringt, nicht viel bezahlt, aber wenn Sie sich zum Deputy machen lassen, gebe ich Ihnen einen Stern und einen Revolver und jeden Tag drei Dollar fünfzig.«

Helles Sonnenlicht strömte in den Saloon, dann war Tanner verschwunden.

Travis konnte Durge nur erstaunt anstarren. Tanner wollte ihn als Deputy vereidigen? Doch wie sich herausstellte, war Durge nicht der Einzige, der an diesem Tag einen Job bekam.

»Ich brauche einen neuen Farogeber«, sagte Manypenny zu Lirith, als Durge sie zur Tür führen wollte. »Der Letzte ist ohne Vorwarnung verschwunden. Vermutlich haben ihn alte Schulden eingeholt. Kennen Sie sich mit dem Spiel aus?«

Lirith warf Travis einen fragenden Blick zu, und er erwiderte ihn mit einem, wie er hoffte, unauffälligen Nicken. Er hatte die Regeln des Spiels ziemlich schnell begriffen und nicht den geringsten Zweifel, dass Lirith klüger als er war.

»Das tue ich«, sagte Lirith.

»Gut«, verkündete Manypenny. »Es ist eine äußerst glückliche Fügung, dass Sie Mr. Wilder heute besucht haben. Sie können den Tisch in der Ecke dort mieten. Die Bank bekommt die Hälfte des Gewinns. Kommen Sie gegen Sonnenuntergang, wenn Sie den Job haben wollen. Ach, und Miss Lily, ziehen Sie ein Kleid an, das Ihnen etwas mehr schmeichelt.«

Unwillkürlich stellte sich Travis die Frage, ob es nicht etwas gewagt war, Lirith als Kartengeberin einzustellen. Schließlich konnte der Mann, der sie beleidigt hatte, nicht der Einzige in Castle City sein, der die Meinung vertrat, dass eine schwarze Frau nichts in einem Saloon zu suchen hatte. Man schrieb das Jahr 1887; der Bürgerkrieg war gerade mal zwanzig Jahre vorbei. Und Frauen besaßen nur einen Bruchteil der Rechte, die Männer hatten.

Andererseits war Manypenny mit Sicherheit eine schillernde Persönlichkeit, und Travis hatte das Gefühl, dass es der Saloonbesitzer genoss, einen kleinen Skandal zu inszenieren. Es würde sicherlich in der Stadt Gerede provozieren, was mit Sicherheit mehr neue Kunden brachte, als alte zu verscheuchen.

Manypenny widmete sich wieder seiner Arbeit, und Travis brachte Durge und Lirith zur Tür.

»Was ist ein *Deputy?*«, fragte Durge.

Travis überlegte, wie er es am besten beschrieb. »Gibt es einen Begriff für einen Ritter, der einem anderen Ritter dient?«

»Ein Vasall.« Durge strich sich den Schnurrbart. »Eine ehrenvolle Rolle, wenn man einem guten und edlen Mann dient.«

Travis konnte bereits sehen, wie sich in Durges Kopf die Rädchen drehten. Er fragte sich, ob er den Ritter überreden sollte, nicht zu Tanner zu gehen. Das Letzte, was sie gebrauchen konnten, war noch mehr Aufmerksamkeit zu erregen. Aber das konnte warten.

»Lirith«, sagte er, »warum seid ihr beiden eigentlich hierher gekommen?«

Die Hexe lächelte. »Ich wollte nur Bescheid sagen, dass Durge und ich uns entschieden hatten, Arbeit zu finden.«

17

Liriths erster Abend als Farogeberin war in jeder Hinsicht ein rauschender Erfolg.

»Herr im Himmel, in diesem Kleid können Sie doch kein Faro spielen«, rief Maudie aus, als sie ins Bluebell zurückkehrten und ihr und Sareth erzählten, was im Saloon geschehen war.

»Das hat Mr. Manypenny auch gesagt.« Lirith seufzte und glättete das braune Popelinkleid. »Ich nehme an, dass das hier ein ziemlich unscheinbares Kleid ist. Aber es wird reichen müssen. Ich werde mir kein neues leisten können, bis ich etwas Geld verdient habe.«

»Unsinn«, sagte Maudie in einem Ton, der keinen Raum für Widerspruch ließ. »Hier entlang, Miss Lily.«

Sie nahm den Stock in die eine und Liriths Ellbogen in die andere Hand und führte die verblüffte Hexe die Treppe hinauf.

»Wo gehen Sie hin?«, fragte Durge.

Sareth lachte leise. »Vermutlich zaubern.«

Die Vermutung des Mournisch war korrekt. Eine halbe Stunde später kamen Lirith und Maudie die Treppe hinunter und betraten das Wohnzimmer. Sofort standen die drei Männer auf.

Durge riss die Augen auf. »Mylady, Sie sehen ... Sie sehen ...«

»Wie etwas aus einem Traum aus«, murmelte Sareth nachdenklich.

Maudie lachte kehlig. »Sehen Sie, Lily? Ich habe Ihnen doch gesagt, dass Sie mit diesem Kleid Männer in Narren verwandeln würden, wenn sie es nicht bereits wären.«

Liriths Lächeln war beinahe schüchtern – und vielleicht etwas zufrieden –, als sie über das jadegrüne Taftkleid strich, das sie trug und das ihre schlanke Gestalt wie kühles Wasser umschmeichelte. Ein tiefer Ausschnitt enthüllte die dunkle, glänzende Haut der Brüste, die durch das enge Mieder voll und rund gemacht wurden. Das schwarze Haar der Hexe war mit roten Schleifen geschmückt und fiel in leuchtenden Locken auf ihre Schultern. Travis vermutete, dass das Kleid einst Maudie gehört hatte.

Sareth ergriff Liriths Hand. »Seien Sie heute Abend vorsichtig, *Beshala.*«

Sie berührte seine Wange. »Das werde ich. *Beshala.*«

Er und Durge waren so gebannt, dass nur Travis bemerkte, wie sich Maudie abwandte, um zu husten, und wie sie sich die Lippen abwischte und einen Fleck auf ihrem Taschentuch hinterließ, der so rot wie die Schleifen in Liriths Haar war.

Die Neuigkeit von Manypennys neuer Farogeberin musste sich in der ganzen Stadt verbreitet haben, denn an diesem Abend war der Mine Shaft bevölkerter als sonst, und ein ordentlicher Teil der Menge drängte sich um Liriths Tisch in der Ecke.

Travis hatte der Hexe auf dem Weg zum Saloon die Spielregeln erklärt – jedenfalls, soweit er sie kannte. Travis gab sich alle Mühe, sie zwischen dem Ausschank von Whiskey und dem Anzapfen neuer Bierfässer im Auge zu behalten. Aber wenn Lirith auch nur einen Fehler machte, fiel er ihm nicht auf – und den Dutzenden von Männern und einer Hand voll von Frauen, die an diesem Abend an ihrem Tisch spielten, auch nicht.

Lirith drehte die Karten mit eleganten Bewegungen um und strich die Gewinne mit einem so strahlenden Lächeln ein, dass Travis bezweifelte, dass es einen der Männer störte, wenn er verlor. Allerdings gab es ein paar Frauen, die nicht besonders über die Art und Weise erfreut waren, wie ihre Verehrer die Kartengeberin offen anstarrten.

Lirith ist eine Hexe, Travis. Glaubst du, sie hat einen Zauber gewirkt?

Doch, genau das tat sie. Aber es war ein Zauber, der nicht durch die Magie der Weltenkraft funktionierte, sondern durch einfache Schönheit und das Strahlen ihres Lächelns.

Abend für Abend blieb Liriths Farotisch so populär wie am ersten Tag – eine Tatsache, die Manypenny endlos begeisterte. Er hatte angefangen, sie Lady Lily zu nennen, ein Titel, der der Wahrheit viel näher kam, als der Saloonbesitzer je geahnt hätte. Und obwohl Travis gelegentlich finstere Blicke in Liriths Richtung bemerkte oder von Zeit zu Zeit ein paar unterdrückte Flüche, fiel es leicht, sie in der Hektik der Saloonarbeit zu vergessen. Denn durch den Erfolg von Liriths Farotisch lief das Geschäft besser als je zuvor.

Auch Durge hatte in diesen Tagen viel zu tun. Er verließ das Bluebell am Tag nach ihrer Unterhaltung mit Sheriff Tanner und ging in einem braunen Anzug, den Maudie aus einem ihrer scheinbar unergründlichen Kleiderschränke geholt und der ihr zufolge einem ihrer früheren Männer gehört hatte, zum Sheriffbüro. Travis war neugierig gewesen, wie viele Ehemänner Maudie gehabt hatte und was aus ihnen geworden war. Aber als er die Frage stellen wollte, hatte Lirith ihm einen festen Tritt gegen das Schienbein versetzt.

Als Durge in die Pension zurückkehrte, trug er ein silbernes Abzeichen an der Brust und einen funkelnden Revolver an der Hüfte.

Maudie presste die Lippen zu einem schmalen Strich zusammen, als sie ihn sah. »Dieser Anzug ist zu lang für Sie, Mr. Dirk. Bringen Sie ihn in mein Nähzimmer, damit ich ihn etwas kürzen kann.« Sie eilte los, aber nicht bevor Travis die Sorge in ihrem Blick sehen konnte.

Er verspürte die gleiche Sorge. »Seid Ihr sicher, dass Ihr das tun wollt, Durge?«

»Sir Tanner ist ein guter Mann«, sagte der Ritter resolut. »Ohne Zweifel wird es eine gefährliche Arbeit, und es ist ziemlich wahrscheinlich, dass ich dabei mein Leben verliere. Aber ich konnte nicht ablehnen und dabei meine Ehre als Ritter intakt halten.«

»Was ist mit dem Revolver?«, fragte Travis. »Hat Tanner Euch gezeigt, wie man ihn benutzt? Ihr wollt Euch ja nicht versehentlich selbst in den Fuß schießen.«

Durge schüttelte den Kopf. »Sir Tanner hat gesagt, dass ein Deputy eine dieser Schusswaffen tragen muss, aber ich habe ihm gesagt, dass ich eine solche Zauberei nicht benutze, auch wenn ich von ihm nicht geringer denke, wenn er es tut.«

Travis fragte sich, ob Durge wohl genau diese Worte benutzt hatte, und wenn ja, was Tanner wohl davon gehalten hatte. Andererseits kam er langsam zu der Ansicht, dass ein Teil der Magie der Silbermünze darin bestand, die Leute hören zu lassen, was sie je nach Situation zu hören erwarteten. Das erklärte auch die Unterschiede in der Art, wie sie einander ansprachen. Es schien immer darauf anzukommen, wer gerade in ihrer Nähe war.

»Diese Waffe funktioniert nicht«, fuhr Durge fort. »Ich habe Tanner gebeten, sämtliche Metallstücke zu entfernen, die sie schleudert.«

»Kugeln«, sagte Travis. »Sie heißen Kugeln. Also ist der Revolver nicht geladen.« Er wusste nicht, ob er jetzt erleichtert oder noch besorgter sein sollte.

Hör auf damit. Durge kann auf sich selbst aufpassen. Er ist der härteste Kämpfer, den du je kennen gelernt hast. Selbst Beltan würde es schwer fallen, in einem Duell gegen Durge zu bestehen.

»Nun, scheint so, als wäre ich der Einzige, der nichts zu tun hat«, sagte Sareth an dem Abend, als sie sich nach dem Essen im Wohnzimmer einfanden.

»Darum sind wir nicht hier«, sagte Travis. »Wir brauchen bloß Geld für den Lebensunterhalt, bis Jack eintrifft, das ist alles. Und jetzt werden wir mehr als genug haben.«

»Außerdem besteht Eure Arbeit darin, gesund zu bleiben«, sagte Lirith energisch.

Die Gesundheit des Mournisch hatte sich seit den ersten Tagen in Castle City verbessert, wenn auch nicht so sehr, wie sich Travis gewünscht hätte. Seine Augen wiesen noch immer dunkle Ringe auf, und er schien nicht fähig zu sein, aufrecht dazustehen. Travis fragte sich, was mit ihm nicht stimmte, aber es konnte viele Ursachen haben: die Höhe, der Schock der Reise zwischen den Welten oder irdische Bakterien, die Sareths eldhische Physiologie nicht vertrug.

Sareth warf Lirith ein bitteres Lächeln zu. »Gesund zu bleiben ist eine Arbeit, mit der man nicht viel Gold verdient, *Beshala*. Und ich muss mein Schicksal nicht in den Karten lesen, um zu wissen, dass mir in dieser Stadt niemand Arbeit geben würde.«

»Können Sie mit einem Hammer umgehen?«

Maudie stand in der Wohnzimmertür. Ihr Blick war auf Sareth gerichtet.

»Das kann ich«, erwiderte er nach einem Moment.

»Dann können Sie damit anfangen, auf der vorderen Veranda die Planken wieder zu befestigen, die sich lösen. Ich zahle Ihnen fünfundzwanzig Cent die Stunde.« Maudie drehte sich um, dann sah sie über die Schulter und blinzelte Sareth zu. »Sieht so aus, als hätten Sie doch einen Job, Mr. Samson.«

Sareth schaute auf seine Hände hinunter, aber Travis konnte sein Lächeln gerade noch sehen.

Tage vergingen. Sareth richtete die losen Planken auf der vorderen Veranda der Pension. Dann strich er die abblätternde Farbe des Verandageländers neu. Und reparierte ein Dutzend kaputter Fensterläden, flickte mehrere Löcher im Dach, jätete Unkraut und verjagte ein Stinktier aus seinem Schlupfloch unter dem Fundament. Er putzte alle Fenster und bastelte aus weggeworfenen Eisenteilen und zerbrochenen purpurfarbenen Flaschen Windspiele, die er vorn aufhängte, so dass die Luft um das Bluebell herum mit flirrendem Licht und heller Musik erfüllt wurde.

Und wenn er manchmal gezwungen war, in seiner Arbeit innezuhalten und die Hände auf die Knie zu stützen, während er wieder zu Atem kam, kümmerte er sich schon im nächsten Augenblick um etwas anderes.

Travis und Lirith bekamen nicht viel von Durge zu sehen, da sie abends im Saloon arbeiteten und Durge dem Sheriff während des Tages half. Soweit Travis es sagen konnte, bestanden Durges tägliche Pflichten größtenteils darin, einzuschreiten, wenn die Bürger Hilfe brauchten: ein Pferd einzufangen, das sich auf der Elk Street losgerissen hatte, einer Lady zu helfen, deren Wagen ein gebrochenes Rad hatte, oder kleine Brände zu löschen – was in Castle City ein regelmäßiges Vorkommnis zu sein schien.

Leider hatte Durge für gewöhnlich eine düsterere Geschichte zu erzählen, wenn sie sich am Abend zum Essen im Bluebell trafen, bevor Travis und Lirith zur Arbeit gingen. Fast jeden Tag hatte es einen – oder mehrere – Raufbolde und Tunichtgute gegeben, die man der Stadt verweisen musste.

Diese Geschichten ließen Travis immer die Zähne zusammenbeißen. Durge konnte geschickt mit seinen Fäusten umgehen. Aber sein Schwert war noch immer zwischen den Deckenbalken ihres Zimmers in der Pension versteckt, und in der Stadt trugen die meisten Männer Revolver. Ganz egal, wie stark oder schnell Durge auch war, es brauchte nur eine einzige Kugel, um ihn aufzuhalten. Aber Durge und Tanner schienen sich immer behaupten zu können. (In diesen Tagen bemannte der junge Deputy Wilson das Sheriffbüro und das

Gefängnis.) Bis jetzt hatte keiner ihrer Zusammenstöße schlimm geendet.

Zumindest nicht für Durge und Tanner. Bei drei Gelegenheiten war der Mann, den sie wegen Gesetzesverstößen aus der Stadt verwiesen hatten, ein paar Tage später wieder aufgetaucht. Einer wurde mit dem Gesicht nach unten im Granite Creek treibend gefunden, einen hatte man in einen alten Minenschacht gestoßen und einer baumelte an einem Cottonwood-Baum. Jeder von ihnen war direkt ins Herz geschossen worden – selbst der, den man aufgeknüpft hatte.

Tanner und Durge wussten nicht, wer diese Männer getötet hatte – und das galt auch für alle, mit denen der Sheriff sprach. Natürlich war die Redaktion des *Castle City Clarion* stets freundlich bemüht, in der Kolumne ›Morgendlicher Aufruhr‹ ihre Meinung zum Besten zu geben.

Während unser guter Sheriff, so stand eines Nachmittags in der Zeitung zu lesen, *den leichteren (und manche würde sagen weniger couragierten) Weg wählt, indem er nichts weiter tut, als diese Raufbolde und Gesetzesbrecher unserer schönen Stadt zu verweisen, teilt das Schicksal anscheinend angemessenere Bestrafungen für jene von solcher gewalttätigen und arbeitsscheuen Natur aus. Vielleicht wird das Gesetz davon Notiz nehmen und die Bestrafung solcher Individuen nicht länger der Vorhersehung überlassen, sondern drastischere Maßnahmen ergreifen, um diese Stadt von dem Abschaum der Gesellschaft zu reinigen. Andererseits, wenn Männer von fraglichem Charakter und unbestimmbarer Herkunft zu Deputies gemacht werden, fällt der Glaube schwer, dass das Gesetz seine Fehler einsehen wird. Sollte das der Fall sein, wird es anderen überlassen bleiben, das zu schaffen, was das Gesetz sich weigert zu tun. – Die Redaktion.*

»Was wissen die Drucker dieser Worte über Mut?«, knurrte Durge, nachdem Maudie ihm und den anderen den Artikel laut vorgelesen hatte. »Es ist der Feigling, der den Mann niederstreckt, der schwächer als er ist.«

Lirith tätschelte dem Ritter die Hand. »Ich habe im Saloon gehört, wie sich die Leute über diese Zeitung, wie man das nennt, unterhalten haben. Die Redakteure drucken alles, wenn sie glauben, die Leute damit dazu zu bringen, noch mehr Zeitungen zu kaufen.«

»Das ist eine Tatsache«, sagte Maudie und faltete die Zeitung zusammen.

Travis wusste, dass Lirith und Maudie Recht hatten. Journalistische Integrität und Ethik waren Dinge, die die Zugfahrt über die weiten Prärien in den Wilden Westen noch nicht gemacht hatten. Trotzdem bereitete ihm der Artikel Sorgen.

... wenn Männer von fraglichem Charakter und unbestimmbarer Herkunft zu Deputies gemacht werden ... Mit diesen Worten konnte nur Durge gemeint sein. Aufmerksamkeit war etwas, das Travis nicht gewollt hatte; sie durften bis Jacks Eintreffen keine Aufmerksamkeit erregen, wenn sie einen weiteren Zwischenfall wie ihre Begegnung mit Lionel Gentry und seinen Männern vermeiden wollten.

Nach dem Abendessen war es für Travis und Lirith Zeit, in den Saloon zu gehen. Travis musste zugeben, dass er anfing, sich auf die Arbeit im Mine Shaft zu freuen. Vielleicht lag es trotz aller Unterschiede einfach daran, dass die Arbeit für Manypenny ihn an die Zeit erinnerte, als er nach Castle City gekommen war und für Andy Connell an der Bar gearbeitet hatte. Das waren die Tage gewesen, in denen Jack Graystone bloß sein exzentrischer alter Freund gewesen war – bevor er je von den Runenmeistern oder den Suchern oder von Eldh gehört hatte.

Es dauerte nicht lange, bis Travis einige der Stammgäste

des Saloons kannte. Da war der Barbier, ein Mann, der beinahe so groß und jovial wie Manypenny war, und die ganzen Bürogehilfen, die in der First Bank of Castle City arbeiteten und die jeden Abend nach Schalterschluss mit ihren mit grüner Tinte befleckten Händen Gläser voll Portwein hoben. Beide Ärzte der Stadt und zahlreiche ihrer Anwälte tranken im Mine Shaft, genau wie der Erzprüfer und der Besitzer des Castle City Opera House, der sich auf die Sommeraufführung von *Die Zauberflöte* vorbereite.

Doch von all den Stammgästen, die jeden Tag für einen Drink in den Mine Shaft kamen, waren Ezekial Frost und Niles Barrett Travis die liebsten.

Den Geschichten zufolge, die er über Ezekial Frost gehört hatte, war dieser in seiner Jugend ein Trapper gewesen. Er hatte in den Dreißigerjahren Biber gejagt, bevor die Tiere – in einem der seltsamen Zufälle der Geschichte – in fast genau dem Augenblick beinahe ausgestorben waren, in dem sich im Osten die Hutmode für Gentlemen veränderte und Seide die Pelze ersetzte. In den Vierziger- und Fünfzigerjahren hatte Frost als Scout gearbeitet, zuerst für die US Army, dann als Führer für Leute, die zu den Goldfeldern Kaliforniens wollten.

1859 setzte Colorados eigener Goldrausch ein, und – zumindest behaupteten das die Gerüchte – kurz darauf war Ezekial Frost verschwunden. Seine wenigen Freunde (ebenfalls frühere Trapper) hatten ihn für tot gehalten, vielleicht von einem Grizzly gefressen oder einem Claimräuber erschossen.

Aber dann tauchte Frost vor ein paar Jahren so plötzlich in Castle City auf, wie er zwanzig Jahre zuvor verschwunden war.

Frost erschien mehr als nur ein bisschen verrückt. Er hatte die Angewohnheit, in Wildleder gekleidet – das genauso faltig und verwittert wie seine Haut war – die Elk Street entlangzugehen und dabei Selbstgespräche zu führen oder gelegentlich

Teile von Liedern zu singen, die niemand kannte. Er hielt oft Fremde auf der Straße an und packte sie am Arm, um ihnen unzusammenhängende Teile von Geschichten über verschollene Schätze oder geheime Pässe in den Bergen zu erzählen. Und er war dafür bekannt, weggeworfene, noch glimmende Zigarrenstummel vom Boden aufzuheben und zu rauchen. Soweit Travis wusste, hatte er kein Zuhause, sondern schlief irgendwo oben in den Hügeln in einem Tipi.

Obwohl die meisten Leute von der Bar abrückten, wenn Ezekial Frost erschien, lächelte Travis und schenkte ein Glas Taos Lightning ein.

»Habe ich dir von dem Kerl erzählt, der zwei Squaws, einen indianischen Scout und einen Franzosen aufgegessen hat«, sagte er eines Nachmittags, als Travis ihm seinen Drink hinstellte.

Frost hatte die Angewohnheit, bizarre Geschichten zu erzählen, was einer der Gründe war, warum Travis ihn leiden mochte. Er behauptete, 1811 in New York geboren zu sein, bevor er in seinen Zwanzigern in den Westen ging – und wenn man seinen langen weißen Bart und die Gestalt betrachtete, die so knorrig wie eine vom Wind verzerrte Kiefer war, war das eine Geschichte, die Travis nicht in Zweifel stellte.

»Nein, die kenne ich noch nicht«, sagte Travis und schenkte nach.

»Das war damals in den Fünfzigern, lange bevor diese Stadt hier überhaupt gegründet wurde«, sagte Frost mit seiner rostigen Stimme. »Nun, wie der Bursche überhaupt auf den Geschmack von Menschenfleisch kam, das weiß ich nicht. Aber wenn es mal so weit gekommen ist, dann wird man das nicht wieder los. Aber egal, er ist also auf dem Weg nach Fort Laramie, überbringt Depeschen für den General in Fort Craig, und er und sein Arapaho-Führer werden von diesem Blizzard erwischt, und sie sitzen tagelang in ihrem Loch im Schnee, während ihnen der Proviant ausgeht. Nun, endlich lässt der Schneefall nach, und einige Zeit später kommt der Kerl zu Fuß in Fort Laramie an. ›Wo ist dein indianischer Führer?‹, will der Leutnant des Forts wissen. Und der Kerl greift in die Satteltasche, holt einen verschrumpelten Fuß heraus und wirft ihm den Soldaten zu. ›Hier ist der Rest von ihm. Kannst du haben, denn ich habe ihn endgültig satt‹.«

»Das ist eine sehr interessante Geschichte, Mr. Frost«, sagte Niles Barrett und zog an seiner dünnen Zigarre. »Aber verzeihen Sie mir – es ist der Journalist in mir, der mich dazu bringt, einige Ihrer Einzelheiten in Frage zu stellen.«

Ezekial Frost starrte den großen, gut gekleideten Mann, der neben ihm an der Bar stand, mit zusammengekniffenen Augen und gerunzelter Stirn an.

In der Stadt wurde gemunkelt, dass Niles Barrett der jüngste Sohn eines britischen Lords war und dass er – wegen irgendeines Skandals oder einer Ungehörigkeit – von der Familie nach Amerika verbannt worden war. Travis konnte sich dafür nicht verbürgen, aber Barrett sprach mit einem englischen Akzent, und er schien genug Geld für gute Kleidung, Brandy und Zigarren zu haben, und er war Dauergast im Silver Palace Hotel, und das alles ohne eine ständige Einkommensquelle zu haben.

Barrett war kein gut aussehender Mann – sein Gesicht war zu lang, die Züge zu unregelmäßig –, aber seine beeindruckende Kleidung und kultivierte Sprechweise verliehen ihm ein attraktives Auftreten. Travis hörte Barrett gern zu, egal, worum es ging – obwohl das Lieblingsthema des Engländers die Wochenzeitung war, die er hoffte, bald herausgeben zu können. Er wollte sie *Castle County Reporter* nennen und wartete nur noch auf die in Philadelphia bestellte Druckerpresse.

»Nennen Sie mich einen Lügner?«, fragte Frost und schnaubte. »Ich bin länger in diesen Bergen gewesen, als Sie auf der Welt sind, Mister, und ich habe Dinge gesehen, die Ihr hübsches langes Haar über Nacht weiß werden und ausfallen lassen würden, jawohl.«

»Das bezweifle ich nicht«, sagte Barrett. »Aber auch wenn einige Zeitungen dieser Stadt alles drucken, ohne sich der Fakten sicher zu sein, wird das beim *Castle County Reporter* anders sein. Wenn ich diese Geschichte in meiner Zeitung bringe, muss ich Sie eine Sache fragen: Wenn dieser Mann, von dem Sie erzählt haben, den grausigen Beweis seines Kannibalismus vorzeigte – den eben erwähnten Fuß –, warum hat ihn der Leutnant von Fort Laramie nicht verhaftet? Schließlich wurde vor ein paar Jahren Mr. Packer ins Gefängnis geschickt, weil er in der Nähe von Lake City seine Gefährten gegessen hat.«

Frost stellte das leere Glas ab und richtete seinen beunruhigenden Blick auf Barrett. »Mister, ich sage Ihnen was. Kommen Sie mit in mein Tipi oben auf der Signal Ridge, und ich verrate Ihnen den Grund. Sorgen Sie nur dafür, dass Sie vorher etwas fetter werden.« Der alte Trapper schürzte die Lippen und rieb sich den Bauch, dann verließ er den Saloon.

Barrett warf Travis einen überraschten Blick zu. »Das ist doch nicht sein Ernst, oder? Er war doch wohl nicht selbst der Mann, von dem seine Geschichte handelte, der, der seinen indianischen Führer aß?«

»Vergessen Sie die beiden Squaws und den Franzosen nicht«, sagte Travis und grinste, während er ein neues Glas füllte.

»Vielleicht will er dieser Liste noch einen Engländer hinzufügen«, erwiderte Barrett und trank seinen Brandy aus.

18

Der vierte Juli kam mit viel Getöse, aber von Jack Graystone fehlte noch immer jede Spur.

Am Mittag trat Durge durch die Tür des Mine Shaft. Die Gäste schauten auf, erblickten das silberne Abzeichen auf seiner Brust und schauten wieder auf ihre Drinks. Durge trat an die Bar, als Travis einem hartgesichtigen Minenarbeiter ein Glas Whiskey zuschob.

»Travis, in dieser Stadt ist dunkle Zauberei am Werk«, sagte der Ritter mit grimmiger Stimme.

Der Minenarbeiter sah Durge neugierig an, und Travis griff schnell über die Bar, packte den Arm des Ritters und führte ihn ein paar Schritte das auf Hochglanz polierte Thekenholz entlang. »Wovon sprechen Sie, Durge?«

Der Schnurrbart des Ritters sträubte sich. »Es geschieht seit heute Morgen. In Castle City ist böse Magie am Werk.«

»Was meinen Sie? Was geht hier vor?«

»Rauch, der ohne Feuer als sichtbare Quelle erscheint. Explosionen wie bei den Minen, aber hier mitten in der Stadt. Und Flammenschweife, die kreischend in den Himmel rasen. Aber es kommt noch viel schlimmer, auf dem Weg hierher habe ich ein kleines Mädchen gesehen, das ein Streichholz an ein zusammengerolltes Stück Pergament hielt – vermutlich eine Art Zauber. Sie warf es auf die Straße, und es explodierte in eine Kaskade aus Funken, so dass sich Pferde in Panik aufbäumten und ein Mann schmerzerfüllt aufschrie. Und das Mädchen lachte.« Durge packte Travis' Arm. »Kinder, Travis. Diese Zauberer haben Kinder dazu verführt, ihr finsteres Werk zu verrichten. Wir müssen sie aufhalten!«

Das helle Knattern von Feuerwerkskörpern drang durch die

Schwingtür des Saloons. Durge fuhr herum. »Da ist es wieder. Sie muss mir gefolgt sein!«

»Durge, nur die Ruhe.« Travis nahm ihn bei der Schulter. »Da ist keine dunkle Magie am Werk. Das ist bloß Feuerwerk.«

»Feuerwerk?«

Travis goss noch ein paar Drinks ein, dann verbrachte er mehrere Minuten damit, Durge alles zu erzählen, was er über Feuerwerk wusste, während der Ritter einen Sarsaparilla trank. Als Travis geendet hatte, strich sich Durge den Schnurrbart; er sah jetzt eher interessiert als alarmiert aus. »Also wird dieses Feuerwerk mit der gleichen Alchemie erschaffen, mit der man Kugeln herstellt und in den Minen Explosionen verursacht?«

»Das ist richtig«, sagte Travis. »Man nennt es Schießpulver.«

»Und dieses Feuerwerk wurde von den Männern aus der Domäne namens China hergebracht?«

»Vermutlich. Dort stellen sie schon seit Jahrhunderten Feuerwerk her.«

»Und die Menschen entzünden es, um den Gründungstag der Domäne zu feiern, in der wir uns aufhalten. Sie heißt *Youssay*. Ich weiß das, weil Sir Tanner mich die Hand auf ein Buch legen und schwören ließ, die Gesetze von *Youssay* aufrechtzuerhalten.«

Travis grinste. »Das heißt USA. Ju-ess-äy. United States of America. Es ist der vierte Juli – der Tag, an dem wir unsere Unabhängigkeit von England erklärten. Die Leute feiern immer mit Feuerwerk.«

Durge runzelte die Stirn. »Dinge explodieren zu lassen scheint eine seltsame Art und Weise zu sein, die gewonnene Souveränität zu feiern.«

Lirith trat an die Bar, der grüne Taft knisterte.

»Eine Pause?«, fragte Travis. Er und Lirith waren wegen des Feiertags früher gekommen. Die Spieltische waren bereits gut besucht.

Die Hexe nickte. »Die Bank hatte eine ungewöhnliche Glückssträhne, also hielt ich es für besser, sie eine Weile ihre Wunden lecken zu lassen.«

»Und Sie haben dem Glück nicht nachgeholfen, Mylady?«, fragte Durge.

Lirith sah ihn entsetzt an. »Durge!«

Travis grinste. »Hören Sie nicht auf ihn. Er hat heute nur dunkle Magie im Kopf.«

Durge verschränkte die Arme und sah mürrisch aus. »Und ich behaupte trotzdem, dass in dieser Stadt etwas vorgeht.«

»Da haben Sie nicht ganz Unrecht, mein guter Deputy«, sagte eine tiefe britische Stimme. »In dieser Stadt geschieht tatsächlich etwas Böses.«

Niles Barrett trat an die Bar. Sein für gewöhnlich eleganter Anzug war leicht in Unordnung, die blutrote Weste wurde von einem schwarzen Streifen verunstaltet. Travis füllte ein Glas mit dem besten Brandy des Hauses und schob es ihm hin. Barrett trank einen Schluck und seufzte.

»Meiner Meinung nach ist das ein verdammt schlechter Vorwand für einen Feiertag«, sagte der Engländer. »Wissen diese Leute denn nicht, dass der Krieg vor mehr als hundert Jahren endete? Um Gottes willen, die Königin und der Präsident haben gerade zusammen Tee getrunken. Zwischen unseren Nationen herrscht Friede. Aber bei dem Rowdytum da draußen könnte man das glatt vergessen. Eben hat ein Mädchen einen Knallfrosch nach mir geworfen, und er hat sich beinahe bis auf meine Unterwäsche durchgebrannt.«

Travis füllte nach. »Davon haben wir gehört.«

Barrett hob eine Braue.

Travis wies mit dem Kopf auf Durge. »Ein Bericht des Deputys. Er verfolgt sorgfältig die ruchlosen Aktivitäten aller kleinen Mädchen in der Stadt. Aber machen Sie sich wegen des Knallfroschs keine Sorgen. Ich bezweifle, dass da eine böse Absicht dahinter steckte.«

»Im Gegensatz zu den anderen Gewalttätigkeiten in der Stadt, meinen Sie?« Barrett zündete sich eine Zigarre an.

Lirith legte eine Hand auf den Tresen. »Haben Sie das vorhin gemeint, als Sie vom Bösen in Castle City sprachen?«

»Das habe ich, Miss Lily.« Barrett zog an der Zigarre.

Durge sah den Engländer finster an. »Wenn Sie etwas über Gesetzesbrecher in der Stadt wissen, Lord Barrett, dann müssen Sie mir das sofort mitteilen.«

Barrett legte die Zigarre in einen Aschenbecher. »Ich sage Ihnen so viel, Mr. Dirk. Ich habe lange Monate auf die Lieferung meiner Druckerpresse aus Philadelphia gewartet, für die ich eine hübsche Summe gezahlt habe und mit der ich meine eigene Zeitung drucken will, den *Castle County Reporter*, ein wöchentliches Elixier der Wahrheit, das dem giftigen Lügengebräu entgegenwirken soll, das die einzige tägliche Publikation der Stadt auftischt. Endlich sollte meine neue Presse heute mit dem Zug aus Denver eintreffen. Doch als ich im Depot ankam, musste ich entdecken, dass die Presse doch nicht im Zug war.«

»Vielleicht trifft sie ja morgen ein«, sagte Lirith.

Barrett schenkte ihr ein bitteres Lächeln. »Nein, Miss Lily. Ich habe von dem Schaffner erfahren, dass meine Presse in der Tat im Zug war. Aber ein paar Meilen vor Castle City wurde sie aus dem Zug in einen tiefen Canyon geworfen, wo sie in kleine Stücke zerschmetterte.«

Durge war empört. »Wer hat das getan? Hat der Schaffner die Männer gesehen?«

»Er behauptet, sie nur von hinten gesehen zu haben.« Barrett nahm die Zigarre wieder auf und starrte die glühende Spitze an. »Und selbst wenn das nicht stimmen sollte, kann ich ihm nicht vorwerfen, dass er es gesagt hat. Denn ich habe eine ziemlich genaue Vorstellung, wer die Übeltäter waren. In dieser Stadt gibt es Männer, die die Wahrheit fürchten, so wie eine Kreatur der Nacht das Licht des neuen Tages fürchtet. Denn sie würde sie genauso furchtbar niederstrecken.«

»Wer sind diese Männer, von denen Sie sprechen?«, grollte Durge. »Wir müssen es sofort Sheriff Tanner sagen.«

Barrett schaute über die Schulter – genau wie Travis es von Zeit zu Zeit die anderen Männer hatte tun sehen –, beugte sich vor und sprach mit leiser Stimme.

»Sheriff Tanner ist ein guter Mann, Mr. Dirk, das ist mir genauso klar wie Ihnen. Aber es gibt nichts, was er gegen diese Männer ausrichten könnte.« Er zog ein Exemplar des *Castle City Clarion* aus der Jackentasche und warf es auf den Tresen. »Solange sie die Unterstützung der mächtigsten Institutionen der Stadt und der wichtigsten Stützen der Gesellschaft haben, geben sie in Castle City den Ton an und nicht Tanner.«

Durge schüttelte den Kopf. »Ich verstehe nicht.«

»Dann will ich Ihnen eine Geschichte erzählen, Mr. Dirk. Vor einigen Jahren geriet in einer der Goldgräberstädte unten im Süden, hinter Leadville, die Gesetzlosigkeit außer Kontrolle. Der Sheriff konnte die Schurken nicht länger kontrollieren. Also entschied eine Gruppe von Bürgern, die Sache selbst in die Hände zu nehmen, und sie gründeten ein Vigilantenkomitee.«

»Ein Vigilantenkomitee?«, fragte Lirith.

Barrett schnippte Asche von der Zigarre. »Richtig, Miss Lily. Das Vigilantenkomitee arbeitete im Schutz der Dunkelheit. Sie spürten die Diebe und Mörder der Stadt auf und fingen sie ein. Aber sie warteten nicht, bis der Bezirksrichter eintraf, um einen Prozess zu führen und Gerechtigkeit zu üben. Stattdessen handelte das Komitee als Richter, Geschworene und Henker, und viele der Männer, die sie fingen, wurden noch vor Sonnenaufgang gehängt.«

»Das ist sicherlich nicht schön«, sagte Durge. »Aber manchmal sind harte Maßnahmen erforderlich, um den Frieden zu bewahren, vor allem an der Grenze. Und es klingt nicht so, als wären die Hingerichteten unschuldig gewesen.«

»Nein, Mr. Dirk, das waren sie auch nicht. Nicht am Anfang. Eine Zeit lang lebten die Bürger der Stadt in Frieden. Aber nach einer Weile fand man morgens nicht nur die Diebe und Mörder am Strick baumeln. Da war dann ein Goldgräber, der einen der führenden Männer der Stadt in einer fairen Partie Poker geschlagen hatte. Oder ein leichtes Mädchen, das hatte durchblicken lassen, dass ihr bester Kunde einer der aufrechten Männer der Stadt war. Oder ein Prediger, der gegen die Gewalt predigte. Bald zitterten die Leute nachts in ihren Häusern, fürchteten sich vor den Lauten von Revolvern und Pferden vor der Haustür. Und als ein Bezirksrichter eintraf, um dem Ganzen ein Ende zu bereiten, fand man ihn mit einem Kopfschuss in seinem Hotelzimmer, und sein Hirn war auf dem ganzen Boden verteilt.«

Travis' Blick fiel auf die zerknitterte Ausgabe des *Castle City Clarion*. War nicht das genau das Muster, das er gesehen hatte, als er den Zeitungsstapel durchgearbeitet hatte? Die Gewalt ging eine Zeit lang zurück, nur um dann schlimmer als zuvor zurückzukehren.

Durge ballte die Hände zu Fäusten. »Was Sie da beschreiben, ist falsch. Das Gesetz muss immer respektiert werden. Das waren böse Männer.«

»Und doch handelten sie unter der Tarnung der Rechtschaffenheit, Mr. Dirk.« Barrett drückte die Zigarre wütend in dem Aschenbecher aus. »Aber vielleicht sind das ja die bösesten Männer von allen. Denn wie soll ein Mann sie beschuldigen, ohne als unredlich gebrandmarkt zu werden?«

Durge verschränkte die Arme. »Die drei Männer, die wir in den letzten Wochen gefunden haben, die Strauchdiebe, die Sir Tanner aus der Stadt verwiesen hat, dieses Vigilantenkomitee hat sie ermordet, nicht wahr?«

»Ich habe es Ihnen gesagt, Mr. Dirk. Sie nehmen die Gerechtigkeit in die eigenen Hände.«

Lirith berührte seinen Arm. »Sie kennen diese Männer, nicht wahr, Lord Barrett?«

»Nur ein paar von ihnen, Miss Lily. Und ich glaube, Sie kennen sie auch.«

Travis sprach den Namen aus, ohne nachzudenken. »Gentry.«

»Das stimmt, Mr. Wilder«, sagte Barrett; seine Stimme war kaum mehr als ein Flüstern. »Lionel Gentry und seine Kumpane, Eugene Ellis und Calvin Murray.«

Durge hob entschlossen den Kopf. »Das muss ich sofort Sheriff Tanner sagen. Wir müssen diese Männer ins Gefängnis schaffen.«

»Verschwenden Sie Ihre Zeit nicht, Mr. Dirk«, sagte Barrett. »Gentry und seine Jungs werden vom Vigilantenkomitee bezahlt, davon bin ich überzeugt. Aber sie sind bloß Vollstrecker, das ist alles. Würden Sie sie ins Gefängnis stecken, würde ein unbekannter Wohltäter ihre Kaution bezahlen, und sie wären wieder frei. Denn die wahren Mitglieder des Vigilantenkomitees gehören zu den reichsten und mächtigsten Männern der Stadt.«

»Aber wer sind diese mächtigen Männer?«, wollte Durge wissen.

Barrett zuckte mit den Schultern. »Das weiß ich nicht,

Mr. Dirk. Ich weiß nur, dass sie, wer auch immer sie sind, zu den führenden Männern dieser Stadt gehören. Jeder von ihnen könnte dem Vigilantenkomitee angehören.«

In der Stimme des Ritters vibrierte leiser Zorn. »Wo ich herkomme, können die Lords und Männer mit Macht oft mit denen, die unter ihnen stehen, so verfahren, wie sie wollen, das ist wahr. Aber Sir Tanner hat mir die Gesetze dieses Ortes erklärt, und sie besagen eindeutig, dass im Auge des Gesetzes alle Männer gleich sind. Es spielt keine Rolle, ob diese Männer, von denen Sie sprechen, reich oder wichtig sind. Sie müssen trotzdem bestraft werden.«

Bis jetzt war Barretts Stimme leise und müde gewesen. Jetzt trat eine gewisse Schärfe hinein. »Ich mag Sie, Mr. Dirk. Sie sind ein erfrischend ehrlicher Mann. Also werde ich ehrlich zu Ihnen sein. Es gibt nichts, das Sie oder Sheriff Tanner tun könnten. Ein Stern auf Ihrer Brust verleiht Ihnen keine Macht über diese Männer. Tatsächlich kann es Ihren Bemühungen nur hinderlich sein, wenn Sie auf der Seite des Sheriffs sind. Verstehen Sie, Sie müssen sich an das Gesetz halten; diese Männer nicht. Der Einzige, der uns jetzt helfen könnte, ist ein Friedensstifter wie Tyler Caine. Und ich fürchte, da besteht nicht viel Hoffnung.«

Travis verspürte einen Stich in der Brust, aber er vermochte nicht zu sagen, ob es Angst oder Aufregung war. Er sah nach hinten. Der Rand des Steckbriefs war gerade eben sichtbar, schaute hinter einer Säule hervor.

»Warum sagen Sie das?« Travis befeuchtete sich die Lippen. »Wieso könnte Tyler Caine uns helfen?«

Barrett zog ein Streichholz aus der Westentasche und entzündete es mit einem schnellen Ruck des Daumens. »Man sagt, man muss Feuer mit Feuer bekämpfen, Mr. Wilder. Nur ein Mann, der außerhalb des Gesetzes steht, kann jene aufhalten, die das Gesetz in die eigenen Hände genommen haben. Aber jede Hoffnung ist sinnlos. Tyler Caine war der letzte große Friedensstifter in diesem Teil des Westens. Und alle Geschichten behaupten, dass er tot ist.«

Er blies das Streichholz zwischen Finger und Daumen aus.

19

Lirith kehrte an ihren Farotisch zurück, und Durge eilte aus dem Saloon – vermutlich um sicherzugehen, dass kein gesetzloses kleines Mädchen die Stadt mit Knallfröschen in Brand steckte. Travis überließ Niles Barrett seinem Brandy und schenkte wieder Drinks ein. Doch als der Tag seinen Verlauf nahm, fiel es ihm immer schwerer, sich auf seine Arbeit zu konzentrieren, und oft musste ein Mann zweimal um sein Bier oder seinen Whiskey bitten. Mehr als einmal ertappte sich Travis dabei, auf den verblichenen Steckbrief im hinteren Teil des Saloons zu blicken.

Der Saloon wurde stündlich voller. Nach Sonnenuntergang sollte es auf der Elk Street eine Parade geben, die am Stadtrand mit einem Feuerwerk endete. Es war nicht nur ein nationaler Feiertag; auf den Tag genau vor elf Jahren war der Bundesstaat Colorado Mitglied der Union geworden.

Obwohl so gut wie alle Stammgäste für die Festlichkeiten gekommen waren, konnte Travis Ezekial Frost nicht sehen. Für gewöhnlich kam der alte Trapper lange vor Einbruch der Dunkelheit für sein Glas Old Towse vorbei. Wo war er?

Vermutlich meidet er die Menge. Ezekial ist ein ziemlicher Einsiedler, und ich bin mir sicher, dass er das mit dem Nationalfeiertag wusste.

Außerdem hatte Travis zu viel im Kopf, um sich wegen Ezekial Frost Sorgen zu machen. Barretts Worte wollten ihm einfach nicht aus dem Sinn gehen. Der Engländer saß den ganzen Tag am Ende der Bar, trank langsam mehrere Brandys und betrauerte offensichtlich den Verlust seiner Druckerpresse. Irgendwann kam Travis der Einfall, dass der Engländer möglicherweise Jack Graystone kannte, aber als er fragte, schüttelte Barrett lediglich den Kopf.

Als der Nachmittag in den Abend überging, häuften sich auf der Straße die Explosionen. Travis musste bei jedem Knallfrosch die Zähne zusammenbeißen und sich zwingen, nicht zusammenzuzucken. Der Lärm kam so laut und schnell wie Revolverschüsse. Er konnte nicht aufhören, an Durge zu denken, und er hoffte, dass der Ritter da draußen nicht in Schwierigkeiten geriet.

Kurz vor Sonnenuntergang herrschte im Saloon eine angespannte Atmosphäre, und es roch nach Schießpulver. Für Travis roch es nach Angst. Der unaufhörliche Lärm der Explosionen und das Gerede hatten seine Nerven zum Zerreißen gespannt, und er konnte kaum die Whiskeyflasche ruhig halten, während er eingoss. Oft griff er in die Tasche, um die glatte Rundung Sinfathisars zu berühren, und das beruhigte ihn etwas. Aber er würde dankbar sein, wenn der Abend vorbei war – wenn Durge unversehrt im Saloon auftauchte und sie zusammen mit Lirith ins Bluebell zurückkehren konnten.

Travis war froh, dass Sareth in der Pension in Sicherheit war. Nach der Menge Alkohol zu urteilen, die floss, wäre es kein guter Zeitpunkt für den Mournisch gewesen, sich in der Stadt sehen zu lassen. Das Feuerwerk hatte noch nicht einmal begonnen, und die ersten Männer torkelten bereits betrunken in den Saloon, bevor sie den ersten Drink bestellt hatten. Bevor dieser Tag zu Ende war, würden noch Leidenschaften hochkochen. Als Travis sich einen Augenblick stehlen konnte, vergewisserte er sich, dass die Schrotflinte hinter der Bar geladen war. Manypenny sah es und nickte anerkennend.

Schließlich begann die Parade. Travis sah Bewegungen hinter den Saloonfenstern. Ein mit rotem, weißem und blauem Flaggentuch geschmückter Wagen rollte vorbei. Die Angestellten der First Bank of Castle City saßen grinsend darin; alle winkten, genau wie Aaron Locke, der Besitzer der Bank.

Locke, ein Mann in den Vierzigern, hatte etwas von einem Bücherwurm an sich, sah aber dennoch recht gut aus, und alle waren der Meinung, dass er der reichste Mann von Castle City war, jetzt, da Mr. Simon Castle nach dem Tod seiner Frau wieder in den Osten zurückgekehrt war. Aber es hieß auch, dass das Vermögen von Mortimer Hale, dem Verleger des *Castle City Clarion*, nahe an das von Aaron Locke herankam. Simon Castle hatte die Zeitung gegründet, aber erst unter Hales Eigentümerschaft waren Auflage und Einfluss der Zeitung in ungeahnte Höhen geschossen.

Weitere Wagen fuhren vorbei, und Kutschen und Männer auf Pferden, und alle waren für den Anlass geschmückt. Knallfrösche explodierten, als wären es Blitze. Die meisten der Saloongäste gingen mit Drinks in der Hand nach draußen auf den Gehsteig, um die vorbeiziehende Parade zu bejubeln. Travis stützte sich auf die Bar und holte tief Luft, als er die plötzliche Ruhe im Saloon genoss.

»Bitte ein Sarsaparilla.«

Er sah Lirith in die warmen braunen Augen und lächelte. »Kommt sofort, Ma'am.«

Travis füllte ein Glas mit der dunklen, süßen Flüssigkeit und schob es Lirith hin; sie und Durge schienen das Zeug zu lieben; Travis bekam es nicht ohne zu würgen runter.

»Wollen Sie sich nicht die Parade ansehen?«, fragte er.

»Ich bleibe lieber hier«, sagte sie mit einem Seufzen.

Travis verstand. Solange die Männer sich die Parade anschauten, konnte sie eine Pause machen.

»Und was ist mit dem Feuerwerk?«, fragte er. »Ich nehme an, dass sich dafür der Saloon leeren wird. Und ich wette, Manypenny würde uns dafür gehen lassen.«

»Nein, danke. Ich möchte mir ein Theaterstück ansehen.«

Travis sah sie neugierig an. Sie stellte den Drink ab und zog ein zusammengefaltetes Stück Papier aus dem Kleid.

»Das hat mir ein Mann an meinem Tisch gegeben. Er nannte es ein Programm, und dort steht, dass heute Abend im Diamond Theater in der Aspen Street ein Theaterstück aufgeführt wird.«

»Ein Theaterstück, sagen Sie?«, sagte Niles Barrett vom Ende der Bar. Der Blick des Engländers war leicht getrübt, aber seine Stimme war so lebendig wie immer. »Das ist eine verdammt gute Neuigkeit. Wir könnten in dieser Stadt viel mehr Kultur gebrauchen. Wissen Sie, dass erst kürzlich Oscar Wilde Leadville besucht hat? Wenn diese Ansammlung von Hütten jemanden wie Oscar Wilde dafür gewinnen kann, einen Vortrag zu halten, dann wüsste ich nicht, warum das auch nicht in Castle City möglich sein sollte. Die, die ihn gesehen haben, meinten, er sei ein faszinierender Mann.«

Der Minenarbeiter neben Barrett schnaubte. »Und ich habe gehört, dass er mehr eine Lady als ein Mann ist.«

Barrett runzelte die Stirn, aber bevor er antworten konnte, sprach der nächste Mann an der Bar – den schmutzigen Händen nach zu urteilen ebenfalls ein Minenarbeiter.

»Ich war in Leadville«, sagte der Mann. »Und ich habe diesen Oscar Wilde gesehen. Er war in Samt und Spitze gekleidet, und er trug überall eine Lilie mit sich rum. Als er eine Mine besuchte, servierten sie ihm einen Whiskey, der so übel wie Schlangengift war, weil sie glaubten, ihn zum Narren halten zu können. Und wissen Sie was? Er hat jeden der Minenarbeiter unter den Tisch getrunken, und das trotz der weißen Kniestrümpfe und Knickerbocker.«

Das entlockte dem ersten Minenarbeiter ein respektvolles Grunzen.

Barrett rollte mit den Augen. »Ich verstehe. Also sollten wir Mister Wilde wegen seiner Trinkfestigkeit bewundern und nicht wegen seines Könnens mit der Feder.«

Die beiden Männer starrten ihn an.

»Egal«, sagte Barrett mit gequältem Blick. Er kehrte den Männern den Rücken zu und sah Lirith an. »Was ist es denn für ein Stück, Miss Lily? Shakespeare? Bitte lassen Sie es Shakespeare sein. Oder noch besser, Marlowe. Der arme Kit, in seinen besten Jahren ins Auge gestochen worden zu sein.«

Lirith lächelte aufgeregt. »Der Mann sagte, seiner Meinung nach wäre es genau das richtige Stück für mich.«

Sie entfaltete das Programm und drückte es flach auf den Tresen. Travis versetzte es einen Stich.

Barrett schnaubte. »Ah. Amerikanisches Melodram. Welch ein Unfug.« Er wandte seine Aufmerksamkeit wieder seinem Brandy zu.

Lirith glättete das Programm. »Sehen Sie nur, Travis. Die sehen wie ich aus.« Sie berührte die Zeichnungen der zwei Figuren – ein Mann und eine Frau. Ihre Gesichter waren so dunkel wie Liriths Hautfarbe. Über der überspitzten Darstellung stand der Titel des Theaterstücks.

ONKEL TOMS HÜTTE
ODER DAS LEBEN UNTER DEN NIEDEREN
EIN MELODRAM IN FÜNF AKTEN

»Lirith ...« Travis suchte nach Worten. Wie sollte er ihr das erklären? »Dieses Stück wollen Sie nicht sehen.«

Sie runzelte die Stirn. »Warum nicht?«

Travis wusste nicht, wo er anfangen sollte, also holte er tief Luft und erzählte Lirith von der Sklaverei. Er berichtete ihr das, woran er sich noch aus seinem Geschichtskurs auf dem College erinnerte, von dem Sklavenhandel, der Menschen mit Gewalt von Afrika nach Amerika brachte, von den Abolitionisten und dem Bürgerkrieg, von Präsident Lincoln und dem Attentat auf ihn. Lirith hörte die ganze Zeit mit ausdruckslosem Gesicht zu.

Schließlich glaubte Travis alles gesagt zu haben. Lirith schwieg einen Augenblick lang, dann berührte sie das Programm.

»Dieser Unabhängigkeitstag, den sie feiern«, sagte sie. »Er bedeutet nicht Unabhängigkeit für alle, oder?«

Travis nahm ihre Hände. »Jetzt tut er es, Lirith. Oder er wird es zumindest eines Tages.«

Sie zog die Hand weg und nahm das Programm. »Wenn die Frau, die das geschrieben hat, zu diesen Abolitionisten gehörte, wie Sie sie genannt haben, dann würde ich das Stück trotzdem gern sehen. Ich glaube, es wäre gut für mich, wenn ich wüsste, wie es für sie war.«

Travis schluckte. Er musste es Lirith begreiflich machen. Ja, Harriet Beecher Stove war gegen die Sklaverei gewesen, und ihr Roman *Onkel Toms Hütte* hatte der Sache der Abolitionisten geholfen. Aber er wusste, dass, als das Buch als Theaterstück populär geworden war, es mehr eine Slapstickkomödie als ein Kommentar zur Sklaverei gewesen war. Lirith wollte Menschen sehen, die wie sie aussahen. Aber Travis war sich sicher, dass die Schauspieler unter der dicken Schicht schwarzer Schminke so weiß wie er sein würden. Aber bevor er es sagen konnte, trat eine vertraute Gestalt durch die Schwingtür des Saloons und ging auf die Bar zu, und das Holzbein klopfte auf den Holzboden.

Travis erstarrte, aber Lirith lächelte. »Sareth. Was machen Sie denn hier? Ich dachte, Sie wollten Maudie bei der Dekoration helfen.«

Der Mournisch kratzte sich am Spitzbart. »Ich verstehe nicht, *Beshala*? Ich bin so schnell gekommen, wie ich konnte.«

Travis kämpfte um Worte. Hier stimmte etwas nicht. »Warum genau sind Sie hier, Sareth?«

»Wegen Ihrer Botschaft«, sagte Sareth und runzelte die Stirn. »Der Junge, den Sie in die Pension geschickt haben. Er sagte, sie müssten mich sofort im Saloon sehen.« Er sah nacheinander Travis und Lirith an und bemerkte die Verblüffung auf ihren Zügen. »Was geht hier vor?«

»Ich weiß es nicht«, sagte Travis. »Ich ...« Verwirrung machte Begreifen Platz, und in Travis' Brust breitete sich kaltes Entsetzen aus. »Gentry«, sagte er, und die anderen starrten ihn an.

Es musste so sein. Wer sonst würde Sareth mit einem Trick dazu bringen, das Bluebell zu verlassen? Tanner bestimmt nicht, und sonst kannte ihn keiner in der Stadt. Aber wozu das alles?

Du hast doch gesehen, wie er Sareth an diesem Tag angesehen hat. Gentry hasst ihn. Dafür gibt es zwar keinen Grund, aber ein Mann wie er braucht keinen Grund. Sareth sieht anders aus, und das reicht.

Aber warum gerade heute? Seit ihrem Zusammenstoß mit Gentry und seinen Komplizen war über ein Monat vergangen. Warum bis jetzt warten, um etwas zu tun? Bevor Travis eine Antwort einfiel, schwangen die Saloontüren zur Seite, und drei Männer traten ein und bestätigten seine Befürchtungen.

»Wenn man vom Teufel spricht«, murmelte Barrett und griff nach seinem Brandy. Stille hatte sich auf den Saloon gesenkt, und trotz seines leisen Tonfalls hallte die Stimme des Engländers laut.

Lionel Gentry richtete die blauen Augen auf den Engländer. »Sie wollen nicht hier sein, Niles«, sagte er in seinem schleppenden Tonfall. »Warum gehen Sie nicht rüber in die China Alley und kaufen sich einen dieser Pferdeschwanzjungen, die Ihnen so gefallen, wie wir alle wissen. Hat man Sie nicht deswegen aus England verjagt? Machen Sie sich eine schöne Zeit. Für Leute wie Sie kommt bald der Tag der Abrechnung. Aber heute sind wir wegen ihm hier.« Er deutete mit dem Kopf auf Sareth.

Gentrys Worte trafen den Engländer wie ein Schlag. Er wurde blass, und er wich in die Ecke zurück, den Drink noch immer in der Hand. Draußen zerbarst ein Knallfrosch an einer Eisenplatte; es klang wie eine Ladung Schrot. Die Dutzend Männer im Saloon zuckten reflexartig zusammen. Travis zwang sich, nicht in Richtung der Schrotflinte unter der Bar zu sehen. Seine Hände, die auf dem polierten Tresen lagen, waren nur Zentimeter davon entfernt. Er wünschte sich, Manypenny wäre da gewesen, aber der Saloonbesitzer war nach draußen gegangen, um sich die Parade anzusehen.

Lirith trat vor und stellte sich zwischen die Männer und Sareth.

»Sie haben keinen Anspruch auf ihn«, sagte die Hexe.

Der mit dem länglichen Gesicht, Eugene Ellis, zog an seiner dünnen Zigarre. »Also stimmt es«, sagte er und blies stinkenden Rauch aus. »Manypenny hat sie angeheuert. Aber ich kann nicht genau sagen, ob sie eine Negerin oder eine Mulattin ist.«

»Das ist doch egal«, sagte Calvin Murray. Der weiche rote Bart ließ sein Gesicht jungenhafter erscheinen, als es ohne gewesen wäre. »Eine Frau sollte keine Karten austeilen. Das ist nicht richtig.«

Ellis lachte sardonisch und glättete den gewachsten Schnurrbart. »Lassen Sie sich nicht von ihrer Schönheit täuschen, Mr. Murray. Ich sage Ihnen, zweifellos ist sie keine echte Lady. Sie trägt ein Hurenkleid.«

Liriths Wangen wurden dunkler, und sie wandte sich ab. Sareth versuchte ihren Blick einzufangen, aber sie sah ihn nicht an.

Ellis musterte die schlanke Figur der Hexe. »Ich frage mich, ob es überhaupt legal ist, so eine wie sie für eine solch öffentliche Tätigkeit einzustellen.«

»Vielleicht ist es das«, sagte Gentry und trat einen Schritt vor; seine Sporen klirrten. »Aber vielleicht sollte es das nicht sein. Vielleicht tut das Gesetz in dieser Stadt nicht das, was es tun sollte. Aber das macht nichts. Denn es gibt hier Männer, die tun werden, was das Gesetz nicht tun will.« Er richtete den Blick seiner kalten blauen Augen auf Travis. »Sie sind mit diesem neuen Deputy befreundet, nicht wahr? Ich glaube, er heißt Mr. Dirk?«

Travis schluckte, sagte aber nichts.

»Ich habe gehört, dass Dirk ein Killer aus Abilene ist«, sagte Murray mit schriller, aufgeregter Stimme. »Und ich bezweifle es nicht. Nicht, wie er aussieht. Das sieht Tanner ähnlich, einen Outlaw zum Deputy zu machen.«

»Da haben Sie Recht, Mr. Murray.« Gentry ließ Travis nicht aus den Augen. »Und an dem da ist auch etwas merkwürdig. Auch wenn ich den Finger nicht drauflegen kann. Er trägt keine Waffe, aber er ist trotzdem gefährlich. An Ihrer Stelle würde ich seine Hände im Auge behalten.«

Draußen brüllte eine Rakete wie ein Berglöwe. Travis ließ die Bar los. Die feuchten Umrisse seiner gespreizten Finger blieben auf dem Holz zurück und verdunsteten.

»Was wollen Sie von Sareth?«, fragte Travis; er wusste, dass die Magie der Münze aus dem Namen *Samson* machen würde.

Gentry trat noch einen Schritt vor. »Wir wissen aus sicherer Quelle, dass Ihr Freund Mr. Samson heute McKay's General Store ausgeraubt hat.«

Lirith und Travis warfen Sareth erstaunte Blicke zu. Der Mournisch schüttelte verwirrt den Kopf.

»Das kann nicht sein«, sagte Lirith.

»Ich habe persönlich mit einem von Mr. McKay's Angestellten gesprochen«, sagte Ellis und warf den Zigarrenstummel zu Boden. »Mr. Samson hat von der Laderampe eine Kiste gestohlen. Der Angestellte sagte, dass sie Tafelsilber enthielt, ein Hochzeitsgeschenk für die junge Miss McKay im Wert von mehr als fünfzig Dollar. Vermutlich hat dieser Dieb es bereits eingeschmolzen und verkauft.«

»Tatsächlich, Mr. Ellis?«, fragte eine tiefe Stimme.

Zwei Männer standen im Eingang des Saloons. Einer war schmal und hatte einen sandfarbenen Schnurrbart, der andere war nicht viel größer, aber breit und kräftig. Sheriff Tanner und Durge. Travis verspürte eine tiefe Erleichterung.

»Sheriff«, sagte Gentry; er spuckte das Wort aus wie schlechten Whiskey.

»Es tut mir Leid, dass es so lange gedauert hat, bis ich hier war«, sagte Tanner. »Ich habe eben erst von dem Raub bei McKay gehört. Und wäre nicht einer von Mortimer Hales Zeitungsjungen gewesen, der die neueste Ausgabe des *Clarion* frisch aus der Druckerpresse verkauft hat, hätte ich vielleicht gar nichts davon erfahren. Als ich Sie hier eintreten sah, dachte ich mir, ich sehe lieber mal rein. Denn wissen Sie, ich verstehe noch immer nicht, warum die Leute von der Zeitung davon gehört haben, ich aber nicht.«

»Vielleicht hat McKay geglaubt, dass Sie sich doch nicht darum kümmern, Sheriff«, sagte Gentry mit einem schmalen Grinsen. »Vielleicht ging er zu Leuten, von denen er wusste, dass sie ihm helfen würden.«

Durge warf Gentry einen durchdringenden Blick zu. »Es ist viel wahrscheinlicher, dass der Angestellte, von dem Sie sprechen, einen zwingenden Grund hat, nicht mit Sheriff Tanner zu sprechen. Vielleicht hat er ja selbst das Silber gestohlen und wollte einen anderen der Tat bezichtigen.«

Tanner nickte dem Ritter zu. »Gut gedacht, Mr. Dirk. Wir werden mit ihm sprechen. Vielleicht hat er uns ja noch mehr zu erzählen.«

Murray warf Gentry einen besorgten Blick zu, als er das hörte. Gentry funkelte ihn böse an.

Ellis' Gesicht wurde vor Zorn noch blasser. »Mr. Dirk, bezichtigen Sie uns etwa der Lüge?«

»Selbst gute Männer kann man zum Narren halten, Eugene Ellis«, sagte Tanner.

»Moment mal«, sagte Travis und wurde sich schockiert bewusst, dass er gesprochen hatte. »Es spielt keine Rolle, ob der Angestellte gelogen hat oder nicht. Sareth kann niemanden bestohlen haben. Er war den ganzen Tag in der Pension Bluebell. Ich bin sicher, dass Maudie Carlyle dies bestätigen wird.«

Tanner wandte sich Sareth zu. Der Mournisch nagte an der Unterlippe.

Travis fühlte Panik in sich aufsteigen. »Sie waren doch im Bluebell, Sareth, oder?«

Der Mournisch sah ihn hilflos an. »Ein Mann kam in die Pension, als Lady Maudie oben schlief. Der Mann sagte, er hätte eine Lieferung für Maudie, aber sein Arm lag in einer Schlinge, und er konnte die Kiste nicht tragen, also habe ich ihm angeboten, die Kiste für ihn tragen. Er führte mich zu einem Laden – diesem McKay – und zeigte auf eine Kiste auf der Laderampe. Also trug ich sie zu Maudies Pension.«

Travis' rechte Hand juckte. Es war eine abgekartete Sache gewesen. Auf Eldh standen die Mournisch in dem Ruf, geschickte Trickbetrüger zu sein. Sareth hätte erkennen müssen, was da passierte.

Aber das hier ist nicht seine Welt, Travis. Hier ist alles fremd für ihn. Er konnte unmöglich wissen, dass das, was passierte, nicht richtig war.

Das Feuerwerk erreichte einen Höhepunkt, zusammen mit hellem Trompetenklang und dem Trampeln von Füßen.

»Haben Sie das gehört, Sheriff?«, sagte Gentry und machte einen Schritt auf Sareth zu. »Der Dieb hat gerade sein Verbrechen zugegeben.«

»Das ist nicht, was ich gehört habe«, erwiderte Tanner.

Ellis ballte die Faust. »Was reden Sie da, Tanner? Jeder hier im Saloon hat gehört, wie er gesagt hat, dass er die Kiste von McKay mitgenommen hat.«

Ein paar der Zuschauer im Saloon nickten.

»Das stimmt«, sagte Tanner. »Er nahm die Kiste, die er diesem anderen Burschen zufolge nehmen sollte. Und ich frage mich, wer dieser Mann ist, der mit dem verletzten Arm. Können Sie ihn beschreiben, Mr. Samson?«

Sareth setzte zu einer Antwort an, aber bevor er etwas sagen konnte, stürzte Calvin Murray vor und packte ihn am Kragen.

»Du bist ein Dieb!«, rief der junge Mann. Sein Gesicht war so rot wie sein Bart. »Und wir werden dich nicht damit davonkommen lassen!«

»Gehen Sie von ihm weg, Calvin Murray«, sagte Tanner mit leiser Autorität in der Stimme, die rechte Hand an der Hüfte.

»Oder was, Sheriff?«, sagte Gentry mit einem Lächeln. »Ihren Revolver fallen zu lassen wird nicht viel ausrichten.«

Tanners Hand zitterte stark, sie bewegte sich so schnell, dass die Finger verschwammen. Der Sheriff wandte sich ab, packte die rechte Hand mit der linken und brachte den Krampf zum Stillstand.

»Lassen Sie mich los«, sagte Sareth. In seinen Augen funkelte ein gefährlicher Schimmer, der Travis an seine Schwester Vani erinnerte.

»Du wirst jetzt auf der Stelle für das bezahlen, was du getan hast«, stieß Murray durch die zusammengebissenen Zähne hervor.

Zahllose Lichtblitze brannten sich durch die Saloonfenster, als draußen eine Raketensalve abgefeuert wurde, und in dem Schein erschienen alle Bewegungen in einer irrealen, stakkatoähnlichen Geschwindigkeit.

Calvin Murray griff in die Anzugjacke und holte einen

Revolver hervor. Die Waffe funkelte im grellen Lichtschein, als er sie gegen Sareths Brust drückte. Sareth griff nach der Revolverhand des jungen Mannes. Als er das tat, schlug ihn Murray mit der freien Hand ins Gesicht. Dann taumelten beide Männer von der Bar fort, drehten sich und rangen miteinander; ihre Körper waren so dicht beieinander, dass Travis nicht sehen konnte, was passierte.

Lirith griff nach Sareth, den Mund zu einem Schrei geöffnet, den Travis im Lärm des Feuerwerks nicht hören konnte. Tanner und Durge warfen sich nach vorn, aber Ellis stellte sich ihnen in den Weg. Allein Gentry bewegte sich nicht. Er stand nur da und sah zu, ein Lächeln im Gesicht.

Du musst was tun, Travis.

Aber was? Die Schrotflinte war in Reichweite, aber Sareth und Murray wirbelten so schnell herum, dass er unmöglich sagen konnte, wen er treffen würde. Und eine Rune zu benutzen würde auch nicht besser sein.

Es spielte keine Rolle. Er konnte nicht einfach dastehen und zusehen. Hatte er nicht genau das bei der letzten Wintersonnenwende gelernt? Die falsche Entscheidung zu treffen war besser, als nichts zu tun. Travis' rechte Hand kribbelte, als er sie ausstreckte und anfing, eine Rune zu sprechen.

Ein blendender Lichtblitz zuckte auf, begleitet von einem letzten Krachen, das lauter war als alle zuvor, die Luft im Saloon erschütterte und alle Anwesenden betäubte. Dann verblasste das Licht, und der Lärm verklang wie Donnergrollen. Die Parade auf der Elk Street war vorüber.

Travis senkte die Hand, während sich in seinem Inneren Kälte breit machte. Sareth stand in der Mitte des Saloons, sein Kinn schwoll bereits dort an, wo ihn der Schlag getroffen hatte, auf seinem Gesicht lag ein Ausdruck der Verblüffung. Er hielt Murrays silbernen Revolver in den Händen, und Calvin Murray lag zu seinen Füßen. Der junge Mann starrte mit stumpfem Blick in die Höhe, seine Wangen waren nicht länger gerötet, sondern so weiß wie Asche. Blut sickerte aus dem Loch in seiner Brust in die Sägespäne auf dem Boden.

Die Stille im Saloon wurde gebrochen, als die Umstehenden Worte des Entsetzens und der Wut ausstießen. Lirith war die Erste, in die Bewegung kam. Die Hexe kniete neben Murray nieder, berührte seine Stirn, schaute dann zu Sareth auf.

»Er ist tot«, sagte sie gequält.

Sareth schüttelte den Kopf, starrte den Revolver an. Travis konnte nicht verstehen, was er sagte. Möglicherweise waren es die Worte: Das kann nicht sein.

»Geh von ihm weg, Jezebel!«, brüllte Ellis Lirith an und hob die Hand, als wollte er sie schlagen. Die Hexe erhob sich und stolperte auf die Bar und Travis zu.

»So ist aus dem Dieb ein Mörder geworden«, sagte Gentry. »Wenn er es nicht bereits schon war.« Von allen Leuten in der Bar war er der Einzige, der nicht von dem Ereignis schockiert war. Stattdessen sah er irgendwie zufrieden aus. »Was werden Sie jetzt tun, Sheriff? Ich sage, üben wir hier und jetzt auf der Stelle Gerechtigkeit.« Er legte die Hand auf den Griff seines geholsterten Revolvers. Zustimmendes Gemurmel erscholl im Saloon, zusammen mit ein paar gemurmelten Kommentaren wie *Killer* und *Er soll baumeln.*

Jetzt waren alle Blicke auf den Sheriff gerichtet. Tanner betrachtete den Toten mit einem scheinbar nachdenklichen Gesichtsausdruck. Schließlich nickte er und richtete den Blick auf Durge.

»Mr. Dirk«, sagte er müde, »verhaften Sie Mr. Samson. Bringen Sie ihn ins Gefängnis. Wir werden ihn bis zur Verhandlung einsperren.«

»Lyncht ihn jetzt!«, rief jemand im hinteren Teil des Saloons. Andere Rufe stimmten ihm zu, aber Tanner brachte sie alle mit einem strengen Blick zum Schweigen.

»Ich sagte, bringen Sie ihn ins Gefängnis, Mr. Dirk. Der Bezirksrichter kommt in ein paar Wochen. Mr. Samson wird dann seinen Prozess kriegen.«

Durge stieß einen tiefen Seufzer aus, dann trat er vor und nahm Sareth beim Arm. »Es tut mir Leid. Ich habe geschworen, Sir Tanner zu gehorchen.«

Der Mournisch nickte. »Ich verstehe.«

»Nein!«, stieß Lirith entsetzt aus. »Das können Sie nicht tun, Durge.«

Tanner trat auf sie zu und sprach mit leiser Stimme. »Lassen Sie Mr. Dirk seine Pflicht tun, Miss Lily. Sie werden sehen, es ist zu seinem Besten. Wir haben genug Zeit, um die Dinge zu klären, bevor der Bezirksrichter kommt. Und im Augenblick ist das Gefängnis der einzige Ort in der Stadt, an dem Mr. Samson sicher ist. Wenn ich ihn nicht hinter Gitter stecke, werden sie ihn vor Sonnenaufgang hängen.«

Travis wusste, dass Tanner Recht hatte. Weitere Männer kamen in den Saloon, lauschten den geflüsterten Erzählungen der anderen und richteten wütende Blicke auf Sareth.

»Mir wird nichts geschehen, *Beshala*«, sagte Sareth und zwang sich ihretwegen zu einem Lächeln. »Ich bin sicher, dass Durge gut für mich sorgen wird. Sie wissen doch, wie gut er mit Maudies Katzen umgeht.«

Der Embarraner schenkte der Hexe ein ernstes Nicken. »Sie haben mein Wort, dass ihm nichts geschieht.«

Lirith presste die Lippen zusammen, sagte aber nichts. Travis kam um die Bar herum und nahm ihre zitternde Hand.

»Bringen Sie Calvin Murrays Leiche zu Doc Svensson?«, wandte sich Tanner an Gentry.

Gentrys blaue Augen waren so kalt wie immer. »Machen Sie sich wegen ihm keine Sorgen, Sheriff. Wir kümmern uns um unseren Jungen.«

Seine Worte jagten Travis einen Schauder über den Rücken. Zwei Männer halfen Gentry und Ellis, Calvin Murrays schlaffen Körper aufzuheben, und sie trugen ihn aus der Tür. Tanner und Durge folgten ihnen, sie hatten Sareth in die Mitte genommen. Als sie fort waren, begrub Lirith ihr Gesicht an Travis' Brust, und er hielt sie so fest, wie er konnte, während sie weinte.

20

Hundert eiskalte Hände zogen Grace in finstere, endlose Tiefen.

Du ertrinkst, Grace, sagte die nüchterne Ärztinnenstimme in ihrem Bewusstsein. *Du musst schwimmen. Jetzt.*

Jede Bewegung fiel schwer; die Kälte lähmte sie. Aber in so kaltem Wasser konnte Hypothermie fast sofort einsetzen. Das Meer um sie herum war aufgewühlt, ein stöhnender Laut ließ ihren Körper vibrieren. Die Strömungen wirbelten sie herum, so dass sie nicht wusste, wo oben war. Ihre Lungen fingen bereits an zu brennen.

Etwas Warmes umklammerte ihr Handgelenk. Das Salzwasser brannte in ihren Augen, aber sie konnte eine undeutliche Gestalt ausmachen, die sich vor waberndem grauen Licht abzeichnete. Beltan. Das Licht musste von der Oberfläche kommen, und die Beine des Ritters traten hart zu. Er versuchte mit ihr nach oben zu schwimmen, während das sinkende Schiff sie beide in die Tiefe zerrte.

Hilf ihm. Wenn du Beltan nicht schwimmen hilfst, wird das Schiff euch beide mit sich in die Tiefe nehmen.

Ihr Fleisch war wie Lehm, aber sie zwang ihre Beine zur Bewegung. Hinter ihr (unter ihr?) spürte sie einen riesigen Schatten. Es war die *Schicksalsläufer*. Hatte jeder von dem Schiff entkommen können?

Sie griff mit der Gabe zu, und das Meer verwandelte sich in einen Sternenhimmel voller Lichtpunkte. Die meisten waren Fische, aber sie sah auch mehrere hellere Funken. Manche flackerten, sanken mit der dunklen Schiffsmasse in die Tiefe. Aber nicht alle. Sie konnte andere im Wasser fühlen, nicht weit von ihnen entfernt. Wem gehörten die Lebensfunken?

Der Schmerz in ihren Lungen wurde drängender und zerriss ihre Verbindung mit der Weltenkraft. Aber die Gabe hatte dafür gesorgt, dass etwas von der Lebenskraft in sie hineinfloss, sie wärmte, so wie sie es vor einem Jahr im eisigen Garten von Schloss Calavere getan hatte, als Lady Kyrene ihr das erste Mal gezeigt hatte, was es bedeutete, eine Hexe zu sein.

Durch seinen Griff musste auch Beltan etwas von der Energie abbekommen haben. Beide traten härter, und das Licht über ihnen wurde heller. Nadeln stachen in Graces Lungen. Der Instinkt, Luft zu holen, schrie sie an wie ein wütendes Kind, aber sie kämpfte dagegen an. Sie waren fast da.

So konzentriert, wie Grace auf das Licht war, sah sie es zu spät, um reagieren zu können. Ein zerfetztes Stück Holz von der Größe eines Autos wirbelte von einem wilden Strudel angetrieben auf sie zu. Es war ein Stück vom Schiffsrumpf. Beltan versuchte ihm mit einer Verrenkung auszuweichen, aber das Wasser verlangsamte seine Bewegungen. Als das Wrackteil sie traf, fühlte Grace den widerwärtigen, knirschenden Laut mehr, als dass sie ihn hörte.

Sie keuchte vor Schmerz auf, und Wasser strömte in ihren Mund und erstickte sie. Beltan wurde von ihr losgerissen, und dann drehte sie sich, völlig außer Kontrolle geraten. Licht und Finsternis blitzten in Schwindel erregendem Wandel an ihr vorbei. Bei einer Drehung glaubte sie zwei undeutliche Umrisse zu sehen, die nach unten sanken. Einer war groß und gezackt – das Stück des Rumpfs –, und der andere war kleiner, mit schlaffen Armen und Beinen. War es Beltan? Oder jemand anders?

Sie sank wieder in die Tiefe, und diesmal konnte sie nicht widerstehen. Ihre Gliedmaßen wollten nicht länger gehorchen, und sie fühlte, wie ihr Bewusstsein sich wie eine Kamerablende nach innen zusammenzog.

Im nächsten Augenblick würde es in der Dunkelheit versinken.

Die Dunkelheit verschwand, wurde von glänzendem Licht ersetzt. Das Licht war anders als das wabernde graue Tageslicht zuvor. Es war strahlend, hüllte sie ein wie eine glühende Sphäre. Ihr war, als hörte sie leise, glockenähnliche Musik.

Du halluzinierst, Frau Doktor, das ist alles. Es ist das Gleiche, was Patienten in der Notaufnahme sehen, wenn ihre Herzen stehen bleiben, kurz bevor du sie mit einem Stromstoß zurück ins Leben holst. Aber hier ist keiner, der den Defribilator bedienen wird.

Die Visionen würden nur wenige Augenblicke lang andauern; sie waren einfach ein Teil des Sterbeprozesses. Aber das Licht wurde heller, und es hatte den Anschein, als wäre ein Gesicht darin und würde sie mit großen, schrägstehenden Augen anblicken.

Wer bist du?, wollte sie sagen. Vielleicht tat sie es auch. Wie als Antwort erfüllte sie eine große Wärme, die sie an Sonnenlicht auf uralten Steinen erinnerte. Der Schmerz verschwand aus ihren Lungen, und es fühlte sich an, als wäre sie von einem wunderbaren Auftrieb erfüllt. Sie konnte spüren, wie das Wasser um sie herum rauschte, als das Licht sie nach oben trug. Sie würde es schaffen ...

Nein. Ich kann sie nicht aufgeben. Trotz der Wärme wurde sie von Panik erfüllt. *Ich kann die anderen nicht dort unten zurücklassen.*

Das Gefühl von Bewegung ließ nach. Das Licht zögerte.

Bitte. Grace fühlte, wie ihr wieder die Sinne schwanden. Jedes Wort war eine schreckliche Anstrengung. *Beltan. Und Vani und Falken. Sie werden dort unten ertrinken.*

Ihre letzte Vision bestand aus den Augen im Licht, die sie anblickten, und in ihnen lag ein Ausdruck, der Grace mit solchem Staunen erfüllte, dass sie bestimmt wieder halluzinierte.

Es war ein Blick voller Liebe.

Grace fühlte, wie das Wasser wieder an ihr vorbeirauschte, diesmal in eine neue Richtung. Dann hüllte sie Dunkelheit ein, und eine Zeit lang hörten sowohl Gedanken wie auch Licht auf zu existieren.

21

Grace schlug die Augen auf.

Um sie herum war es hell. Aber dieses Licht hatte die Farbe von Asche, und sämtliche Spuren der Wärme, die sie zuvor empfunden hatte, waren verschwunden. Sie konnte nicht viel sehen, und eine Weile später begriff sie, dass sie mit dem Gesicht nach unten auf nassem Sand lag. Alle paar Augenblicke spülte eine eiskalte Welle über sie hinweg und ließ sie noch mehr frieren. Irgendwie war sie am Leben, aber wenn sie nicht aufstand, wenn sie nicht in Bewegung kam, würde sie es nicht mehr lange sein.

Sich aufzusetzen war ein langwieriger Prozess. Zuerst dachte sie nur daran, sich zu bewegen, und selbst das war fast zu anstrengend, um es ertragen zu können. Als sie sich endlich rührte, wand sie sich bloß auf dem Sand wie ein gestrandeter Fisch. Schließlich machte sie echte Fortschritte und erhob sich auf die Ellbogen, was einen heftigen Würgekrampf hervorrief. Krämpfe schüttelten ihren Körper, Wasser schoss aus ihrem Mund.

Danach fühlte sie sich besser.

Du hast deine Lungen vom Wasser befreit. Du bekommst wieder mehr Sauerstoff. Du kommst wieder in Ordnung, solange du keine Sekundärinfektion bekommst.

Sie zerrte ihren Körper vorwärts, bis sie trockenen Sand erreichte – er fühlte sich weich und erstaunlich warm an, obwohl sie genau wusste, dass er das nicht war –, dann setzte sie sich auf und sah zum ersten Mal ihre Umgebung. Sie saß am einen Ende eines kleinen, hufeisenförmigen Sandstreifens, der eine schmale Bucht umgab. In beiden Richtungen bestand die Küste aus schwarzen Felsen mit bösartig aussehenden Kanten, an denen sich das Meer brach und schäumte. Hätten die Wellen sie nur hundert Meter weiter links angespült, wäre sie zerschmettert worden. Den Strand zu treffen war unglaubliches Glück gewesen.

Oder?

Grace fiel das silberne Licht wieder ein, das sie umgeben hatte, nachdem das Schiff gesunken war. Es hatte den Anschein gehabt, als wären Augen in dem Licht gewesen, und ein Gesicht. Aber das war unmöglich.

Wenn dem Gehirn Sauerstoff vorenthalten wird, fangen Neuronen schnell an zu feuern in einem letzten Versuch, am Leben zu bleiben. Das Resultat sind visuelle und akustische Halluzinationen. Das weißt du, Grace. Eine Strömung muss dich an Land getragen haben.

Und in dem Fall hatte sie möglicherweise auch noch andere außer ihr an Land gebracht.

Grace lauschte, aber sie konnte nur das Brüllen des Ozeans und das dünne Klagelied des Windes auf den nackten Felsen hören. Nach zwei Versuchen schaffte sie es, sich hinzustellen. Ihre feuchte Kleidung haftete in einer kalten Umarmung an ihrem Körper, und sie zitterte, aber das war ein gutes Zeichen. Zittern würde Körperwärme produzieren. Gehen auch. Aber in welche Richtung?

Hinter dem Strand erhob sich eine hohe Klippe aus demselben schwarzen Fels, der die Küste bildete, deren Kanten hier und da von braunen Grasbüscheln abgemildert wurden. Ein grauer Strich schlängelte sich quer die Klippe empor. War das eine Art Pfad? Vielleicht; sie konnte später darüber nachdenken. Der Strand selbst war mit Treibholz und gelatinösen Tanghaufen übersät. Dann fiel ihr Blick auf ein gewaltiges Stück Holz, das dunkel und nass war. Die zerbrochenen Enden von Planken ragten wie rissige Finger heraus. Grace war sofort klar, dass es sich um einen Teil der *Schicksalsläufer* handelte.

Sie legte die Arme eng um den Körper und stolperte den Strand entlang. Steine und Muschelsplitter bohrten sich in ihre nackten Füße; sie musste ihre Stiefel im Ozean verloren haben. Das Gehen lockerte die Beinmuskeln, und sie beschleunigte nach und nach ihre Schritte. Nach wenigen Augenblicken erreichte sie das Treibgut – es war ein Teil des Schiffshecks.

Falken saß auf dem Boden und lehnte daran.

Sie kniete neben ihm nieder. Das Haar des Barden klebte an seinem Gesicht, Seetang war einer zeremoniellen Schärpe gleich über seine Schulter drapiert. Grace berührte seinen Hals und tastete nach dem Puls. Da war er, stark und langsam. Sie strich ihm das Haar aus dem Gesicht, und seine Augen öffneten sich.

»Grace ...?«, krächzte er, aber weiter kam er nicht. Er krümmte sich zusammen und hustete Wasser aus.

Grace hielt seine Schultern. Als er fertig war, half sie ihm, sich wieder aufzurichten.

»Ich dachte, ich wäre ertrunken«, sagte er; seine Stimme war heiser, hatte aber an Kraft gewonnen. »Nicht der erste Fehler, den ich gemacht habe.«

Sie pflückte den Seetang von ihm. »*Kannst* du ertrinken, Falken?«

»Ich bin unsterblich, Grace, nicht unverwundbar. Ich altere nicht, und ich bin seit sieben Jahrhunderten nicht krank geworden. Aber alles andere, das einen Mann töten kann, kann auch mich töten.«

Sie dachte darüber nach. Falken war in Malachor geboren worden, und er glaubte, dass es sein Fehler gewesen war, der dem Königreich den Untergang gebracht hatte. Sie wusste, dass dieses Wissen ihn quälte. Und doch hatte er seit mehr als siebenhundert Jahren ausgehalten, obwohl er sein Leiden mit dem schnellen Schnitt einer Klinge oder einem Sprung von einer Klippe hätte beenden können. Hätte sie so lange überlebt, wenn sie das geglaubt hätte, was er glaubte?

Aber er hatte die ganzen Jahre eine Hoffnung, Grace. Das hat ihn weitermachen lassen. Malachor fiel. Aber einer der königlichen Erben überlebte – dein zwanzigfacher oder so Großvater. Falken hat es zu seinem Lebensinhalt gemacht, die Linie des Thronfolgers zu erhalten, bis das Königreich wiedergeboren werden konnte.

Und jetzt glaubte er, dass die Zeit gekommen war. War nicht das der Grund, warum er nach Toringarth reisen wollte, um die Splitter von Fellring zu finden? Er wollte sie zu einer Königin machen, und zwar zu einer Königin mit realer Macht.

»Kannst du stehen?«, fragte sie.

»Ich glaube schon, wenn du so nett wärst, mir aufzuhelfen.« Er streckte die rechte Hand aus.

Grace starrte sie an wie erstarrt. Falken sah sie verblüfft an, dann folgte er ihrem Blick auf die Hand. In seine verblichenen blauen Augen stahl sich ein Ausdruck von Niedergeschlagenheit.

Falken hatte seit ihrer ersten Begegnung stets einen schwarzen Handschuh an der rechten Hand getragen. Sie hatte ihn niemals ohne gesehen, und sicherlich hatte man ihm auch deshalb den Namen Falken Schwarzhand verliehen. Aber jetzt war der Handschuh weg. Die Strömungen des Ozeans mussten ihn mitgerissen haben, so wie Graces Stiefel, und die rechte Hand des Barden war unbedeckt.

Grace biss die Zähne zusammen, um ein Aufstöhnen zu unterdrücken. Falkens Hand bestand aus Silber.

Er ballte die Hand zur Faust, und sie staunte über die fließende Weise, auf die sie sich bewegte. Die Hand bestand nicht aus mehreren Teilen, so wie bei einem Roboterskelett. Stattdessen war sie glatt, das perfekte Spiegelbild seiner linken

Hand, bis hin zu den sich schlängelnden Linien der Adern auf dem Handrücken. Aber Grace war fest davon überzeugt, dass die Hand vollständig aus solidem Metall bestand. Sie musterte sie und dachte nach.

»Sie wäre warm, wenn du sie berührst.« Der Wind übertönte seine Worte fast. »War es nicht das, was du dich gefragt hast?«

»Ja.« Sie kniete wieder neben ihm nieder. »Darf ich ...?«

Er streckte die silbernen Finger, hielt ihr die Hand hin. Sie fühlte sich warm auf ihrer Haut an, wie er gesagt hatte, war bei der Berührung aber so hart und unnachgiebig wie gewöhnliches Silber. Wie konnte er sie nur bewegen? Sie versuchte herauszufinden, wie sie mit dem Handgelenk verbunden war, aber dort, wo das Fleisch endete und das Metall begann, gab es nur eine scharfe Trennungslinie. Es sah völlig verheilt aus.

»Wie ...?«

Der Barde schüttelte den Kopf. »Es ist eine lange Geschichte, und eine Geschichte, für die uns die Zeit fehlt. Es reicht, wenn ich sage, dass der Nekromant Dakarreth es für angebracht hielt, meine Hand als Strafe für die schlimme Tat, die ich mit ihr begangen hatte, abzuschlagen. Und dass eine Hexe Mitleid mit mir hatte und mir eine Hand gab, damit ich wieder Musik machen konnte.« Er seufzte. »Aber jetzt habe ich meine Laute im Meer verloren. Nach all den Jahren ist sie jetzt weg.«

»Verlorene Dinge haben so eine Art, wieder aufzutauchen, Falken Schwarzhand«, sagte eine energische Stimme.

Sie schauten auf. Vani stand da. Ihre Lederkleidung war voller Sand, und ihre sonst so dunkle Haut war blass. In den Händen hielt sie einen Holzkasten.

Vani stellte ihn ab. »Oder soll ich Euch jetzt Falken Silberhand nennen?«

Die Mournisch sah den Barden interessiert an, aber in ihrem Blick lag keine Neugier. Grace vermutete, dass sie seine Worte mitbekommen hatte.

Falken kroch zu dem Kasten, wischte ihn mit dem Umhang ab und öffnete ihn. Die darin befindliche Laute war trocken und unbeschädigt. Er verschloss den Kasten wieder sorgfältig.

Grace zuckte erschrocken zusammen. Falken hatte seine Laute im Meer verloren. Was hatte sie alles verloren? Doch noch während sie sich die Frage stellte, fanden ihre Finger die stählerne Halskette an ihrem Hals. Das Bruchstück von Fellring war sicher.

Sie stieß einen Seufzer der Erleichterung aus, aber dann erfüllte sie eine neue Sorge. »Wir müssen nach Beltan suchen.«

»Ich habe ihn bereits gefunden«, sagte Vani. »Ich glaube, es geht ihm gut, auch wenn er sich so langsam wie eine Schnecke bewegt. Er müsste jeden Augenblick hier sein.«

Und tatsächlich kam der Ritter in diesem Moment über den Strand auf sie zumarschiert. Sein weißblondes Haar war nass und verfilzt, und auf seinem Wams war Blut, wenn auch nicht viel.

»Beltan«, sagte Grace dankbar, als der Ritter vor ihnen stand. »Bist du in Ordnung?«

Er berührte seine Schulter. »Es ist nur ein Kratzer. Nichts, weswegen man sich Sorgen machen müsste. Mir geht es gut.«

»Dank meiner Hilfe«, sagte Vani.

Der Ritter schaute sie böse an. »Ich habe Euch gesagt, dass ich keine Hilfe brauche.«

»Nein«, erwiderte Vani, die Hände in die Hüften gestemmt, »Ihr sagtet etwas wie *blub, blub, blub*. Und dann habe ich Euch das Wasser aus den Lungen gedrückt und Euch vor dem Tod bewahrt.«

»Nein, Ihr habt mir den Brustkorb gequetscht und mich fast umgebracht. Ich hätte das Wasser auch schon allein ausgehustet, und das problemlos.«

»Ihr hättet höchstens Euren Verstand ausgehustet.«

»Schon gut, ihr beiden«, unterbrach Falken sie. »Es ist schon kalt genug hier. Kein Grund, es noch ungemütlicher zu machen.«

Der Barde kämpfte sich auf die Füße, und Grace half ihm.

»Oh«, sagte Beltan. »Du hast deinen Handschuh verloren.«

Grace runzelte die Stirn. »Bist du nicht ... nun ja, irgendwie schockiert?«

»Meinst du wegen seiner Silberhand?« Beltan zuckte mit den Schultern. »Eigentlich nicht. Ich meine, zugegeben, das ist schon seltsam und so. Und ich habe mich schon immer gefragt, wie sie hält.«

Falken warf dem Ritter einen bohrenden Blick zu. »Du meinst, du hast die ganze Zeit davon gewusst?«

Beltan grinste Grace an. »Es ist schon praktisch, wenn einen die Leute für dumm halten. Dann neigen sie dazu, in deiner Nähe sorglos zu werden, und verraten so manches von sich.«

»Du bist nicht dumm, Beltan«, sagte Grace ernst.

»Ich weiß, aber bewahren wir dieses Geheimnis.«

»Wir sollten von diesem Strand runter«, sagte Vani.

Die Meuchelmörderin spähte auf das Meer hinaus, und Grace begriff. Im Augenblick war das stürmische graue Wasser leer. Aber wie lange würde es dauern, bevor blutrote Segel am Horizont erschienen? Es gab keinen Unterschlupf, kein Versteck.

»Was ist mit anderen Überlebenden?«, fragte Falken.

»Es gibt keine«, sagte Vani. »Ich habe den ganzen Strand

abgesucht. Ich fand ein paar Schiffstrümmer, aber sonst nichts.« Sie legte den Kopf schief. »Außer ...«

»Außer was?«, fragte Beltan.

»Am anderen Ende des Strands waren Fußspuren im Sand. Die Wellen hatten die meisten bereits fortgespült. Ich hatte angenommen, es wären deine gewesen, Grace, oder Eure, Falken. Aber jetzt ist mir klar, dass das nicht sein kann. Ihr seid beide an diesem Teil des Strands angespült worden.«

»Vielleicht sind die Überlebenden diesen Pfad emporgestiegen«, sagte Falken. Er zeigte auf den grauen Strich, der sich zickzackförmig über die Klippe erstreckte.

Wenn es wirklich ein Pfad war, dann war er der einzige Weg, der vom Strand führte, so viel stand fest. Der Barde warf sich den Kasten mit der Laute über die Schulter, dann stapften sie los. Vani führte die Gruppe an, und Grace und Falken stützten einander um der Wärme willen, während Beltan die Nachhut bildete.

Es war ein Pfad, aber ein kein besonders guter. Grace vermochte nicht zu sagen, ob ihn Menschen aus dem Stein geschlagen oder ihn die Hufe von Tieren in die Klippe getreten hatten. Er bot gerade genügend Platz, dass sie einzeln nacheinander gehen konnten, und der Stein war glitschig vom Wasser und trügerisch. Scheinbar eine Ewigkeit kämpften sie sich die Klippe hinauf. Grace benutzte abgestorbene Grasbüschel als Haltegriffe, um sich voranzuziehen. Ihre nackten Füße bluteten bald, aber sie waren von der Kälte so taub, dass sie keinen Schmerz spürte. Der Wind heulte, die See brüllte zur Antwort, und die Wolken am Himmel drehten sich im Kreis.

»Ist das in Embarr immer so?«, rief sie, an niemand Bestimmten gerichtet.

»Nur an den schönen Tagen«, rief Beltan zurück.

Sie kletterten weiter, die steile Klippe entlang, immer vor

und zurück. Dann, gerade als Grace zu dem Schluss kam, lieber in die Tiefe stürzen zu wollen als noch einen Schritt weiterklettern zu müssen, und der Himmel die Farbe von Kohle annahm, erreichten sie das obere Ende der Klippe.

Und es gab gerade noch genug Licht, um die Burg zu erkennen, die sich vor ihnen erhob.

22

Der Lord hieß Elwarrd, und er war der siebte Graf von Meerwacht, einem Lehen im nördlichen Embarr, das, wie Grace vermutete, von dieser Burg aus beherrscht wurde.

Der Regen war schließlich aus den Wolken ausgebrochen und prasselte auf sie herab, während sie sich von der Klippe über Heideland einen Weg zur Burg suchten. Oder zum Bergfried, denn eigentlich bestand die Burg nur aus einem einzelnen rechteckigen Turm, den man auf einem Motte – einem von Menschenhand aufgeschütteten Erdhügel – errichtet hatte und der von einer niedrigen Palisade aus Erdreich umgeben wurde. Der Hof am Fuß der Motte wurde von Holz statt von Stein umgeben, und er beinhaltete keine Wachen, sondern Ställe, unter deren Dächern Schafe blökten und Kühe muhten und sich aneinander drängten, um sich zu wärmen.

Sie fanden niemanden auf dem Hof vor – er war kaum gut genug für die Tiere, geschweige denn für Menschen –, aber hinter einigen der aus geöltem Pergament bestehenden Fenster der Burg brannte Licht. Sie stiegen Stufen hinauf, deren Kanten von der Zeit und vom Wind abgerundet worden waren, und Falken klopfte an das große, eisenbeschlagene Tor der Burg, und seine Silberhand verursachte ein tiefes, nachhallendes Pochen.

Der Kämmerer der Burg öffnete; Falken verbarg die rechte Hand unter dem Umhang und verneigte sich tief. Sobald der Barde seine formelle Bitte um Gastfreundschaft vorgetragen hatte, winkte der Kämmerer sie hinein, schloss das schwere Tor und sperrte den Sturm aus. Der Kämmerer war ein junger Mann, kaum älter als Aryn, aber er ging so gebückt, dass Grace an eine Rückgratverkrümmung denken musste, vermutlich das Resultat von kindlicher Unterernäherung. Sein

Gesicht war unscheinbar, aber freundlich, und als er ihnen ein Zeichen gab, ihm zu folgen, schlossen sie sich ihm an.

Es überraschte Grace, dass er ihnen keine Fragen stellte – wer sie waren, wo sie herkamen. Nach dem zu urteilen, was sie gesehen hatte, war die Landschaft um die Burg herum düster und leer; sie bezweifelte, dass es hier viele Besucher gab. Andererseits hatte sie gelernt, dass die Gesetze der Gastfreundschaft in den Domänen wichtig, wenn nicht sogar heilig waren. Wenn auf die angebrachte Weise darum gebeten wurde, durfte einem Fremden die Unterkunft nicht verweigert werden. Allerdings musste man dafür auch von dem Hausherrn die Erlaubnis zur Abreise erbitten und erhalten. Was Grace an einen alten Rock'n'Roll-Song erinnerte, etwas über ein Hotel, in das man zu jeder gewünschten Zeit einchecken konnte, das man aber nie wieder verlassen durfte. Sie erschauderte, aber nur, weil der Regen sie bis auf die Haut durchnässt hatte.

Obwohl der Bergfried uralt war, war er dennoch gut erhalten. An den Wänden hingen Wandteppiche, die den gröbsten Zug abhielten, und Öllampen erhellten die Korridore ohne zu viel Qualm. Was Burgen betraf, roch sie besser als die meisten. Grace wusste, dass Durge ein Graf war, aber sein Zuhause bestand aus einem einfachen Herrenhaus und nicht aus einer solchen Burg. Möglicherweise stand Elwarrd hoch in König Sorrins Gunst.

Jemand musste die Nachricht von ihrer Ankunft verbreitet haben, denn der Graf wartete bereits auf sie, als sie seinen Saal betraten, der sich in der zweiten Etage des Bergfrieds befand. Er hatte große Ähnlichkeit mit dem Großen Saal von Calavere, war aber nicht mal ein Viertel so groß; rußbeschmutzte Pfeiler stützen eine hohe Decke und eine Galerie. Das eine Ende des Saals war durch einen Vorhang abgetrennt, und Grace wusste, dass dahinter das Schlafgemach beziehungsweise der persönliche Raum des Grafen lag. Zu ihrem Entzücken und ihrer Erleichterung brannte in einem Kamin, der groß genug war, dass sie sich hätte hineinstellen können, ein Feuer, und der Saal war wohlig warm und rauchig.

Falken stellte sie als vier Reisende auf der Suche nach einer Unterkunft vor, was Grace überraschte. Aber der Graf fragte nicht nach ihren Namen und stellte stattdessen sich und seinen Kämmerer vor, der Leweth hieß. Es folgten viele Verbeugungen und Hofknickse, und Grace konnte nur hoffen, dass sie im richtigen Augenblick die richtigen Bewegungen machte.

Elwarrd war Graces Schätzung nach vierzig Jahre alt, aber er war noch immer sehr athletisch und sah ausgesprochen gut aus. Er war nicht sehr groß, selbst für diese Welt – sein Scheitel reichte gerade mal bis an Graces Nase – aber er war wohlproportioniert. Seine Augen waren meergrün, seine Nase scharf geschnitten, der Schwung seines Mundes verriet Stärke, keine Grausamkeit. Sein braunes Haar und der Bart waren beide kurz geschnitten und lockig und mit Grau durchsetzt. Grace ertappte sich dabei, dass sie von ihm fasziniert war, und als es ihr endlich gelang, den Blick von ihm zu wenden, sah sie, dass Beltan ihn mit den Augen verschlang. Vani wiederum starrte den Ritter mit Verachtung im Blick an.

Wäre es Grace nicht so kalt gewesen, hätte sie vielleicht gelacht. Vani war eifersüchtig auf Beltans Liebe zu Travis. Aber es war auch offensichtlich, dass es die Meuchelmörderin empörte, dass Beltan einen anderen Mann verlangend ansah. Dann bemerkte Grace, wie Elwarrds Blick an ihrem Körper entlangwanderte, und ihr wurde klar, dass es sehr unwahrscheinlich war, dass Beltan die Gelegenheit erhielt, Travis in dieser Burg zu betrügen. Hitze wallte in ihr auf, und sie wurde nicht allein von dem Feuer verursacht. Sie richtete ihren Umhang und tat ihr Bestes, das nasse Kleid zu verbergen, das zweifellos mehr enthüllte, als ihr recht war. Und die Kälte war dabei auch nicht hilfreich.

»Ihr müsst euch ans Feuer setzen«, sagte Elwarrd, »während Leweth sich um eure Gemächer kümmert und für euch trockene Kleider findet.« Seine Stimme passte perfekt zu ihm; sie war wie der Klang einer Glocke, tief und klar.

Grace war dankbar für den Stuhl, den der Kämmerer energisch unter sie schob; sie war sich nicht sicher, ob ihre Beine sie noch lange getragen hätten. Sie setzten sich so nahe an das Feuer, wie sie wagten, und tranken gewürzten Wein, und bald fing ihre Kleidung an zu dampfen. Trotz aller Geschehnisse des Tages fühlte sich Grace auf eine merkwürdige Weise wach und lebendig.

Das ist das Adrenalin, Frau Doktor. Allein das hat dich seit dem Strand weitermachen lassen. Und sobald sich dein Körper beruhigt und aufhört, es zu produzieren, wirst du abstürzen. Und zwar hart.

Sie hörte Falken zu, wie er Elwarrd ihre Geschichte erzählte, und es war interessant, was der Barde geschickt verschwieg. Falken zufolge kamen sie aus den Freien Städten und waren nach Omberfell unterwegs gewesen, wo sie Händler seltener Edelsteine suchen wollten. Sie gehörten alle der Edelsteinschneidergilde an, mit Ausnahme von Beltan, der ihr gemieteter Beschützer war. Aber ihr Schiff war an der Küste zerschellt und hatte sie auf den Strand geworfen.

Falken teilte dem Grafen Vanis wahren Namen mit. Aber er selbst nannte sich Faldrig, und Beltan nannte er Borveal, und Grace erhielt den Namen Galinya. Grace hielt das für eine vernünftige Idee. In den Domänen würde niemand wissen, wer Vani war. Aber Beltan war der Sohn von König Beldreas, und Grace hatte Anfang des Jahres beim Rat der Könige für einigen Wirbel gesorgt. Ihre Namen waren möglicherweise bekannt, selbst hier im Hinterland von Embarr. Und jedermann in Falengarth kannte Falken Schwarzhand. Es war besser, in Deckung zu bleiben, und wenn Elwarrd ihrer Geschichte irgendwie misstraute, ließ er es sich jedenfalls nicht anmerken.

»Mylord«, sagte Grace, als Falken geendet hatte, »haben noch andere Überlebende des Schiffsuntergangs ihren Weg in Eure Burg gefunden? Wir glauben, am Strand außer unseren noch andere Fußabdrücke gesehen zu haben, aber wir konnten da nicht sicher sein.«

Elwarrds Blick wurde ernst. »Ihr seid die Einzigen, die an meine Tür geklopft haben, Mylady. Und der Pfad, über den ihr gekommen seid, ist der einzige Weg vom Strand. Falls es noch andere gegeben hätte, hätten sie sicherlich die Burg gesehen und wären hergekommen. Ich fürchte, es hat den Anschein, als wärt ihr vier die einzigen Überlebenden.«

»Habt Ihr den Schiffsuntergang gesehen?«, fragte Vani. »Denn dann hättet Ihr vielleicht beobachten können, wo die anderen an Land gespült wurden.«

Der Lord faltete die Hände. »Es gibt sonst nichts, um an Land gespült zu werden, Mylady. Abgesehen von dem Strand dort unten besteht die Küste nur aus Felsen, und zwar viele Meilen lang in alle Richtungen. Ihr habt viel Glück gehabt, dass Ihr hier gelandet seid. Und wie dem auch sei, keiner in der Burg hat den Untergang Eures Schiffes beobachtet.«

»Heißt dieser Ort nicht Meerwacht?«, sagte Beltan. »Wie ist er zu dem Namen gekommen, wenn Ihr keinen Wächter postiert?«

»Für uns besteht keine Notwendigkeit mehr, das Meer zu beobachten«, sagte Elwarrd und stand dann auf. »Und hier ist Leweth, um zu sagen, dass eure Räume fertig sind. Sobald ihr etwas Trockenes angezogen habt, kommt doch bitte zurück und leistet mir beim Abendessen Gesellschaft.«

Leweth führte sie zu Räumen in der dritten Etage des Bergfrieds. Falken und Beltan zogen sich in ihr Zimmer zurück, und Grace und Vani in das andere. Leweth sagte, er käme in einer halben Stunde wieder, und schloss die Tür.

Die Luft roch leicht modrig, aber im Kamin brannte ein Feuer, das einen süßen Duft verbreitete; es musste aus Fruchtholz gemacht worden sein. Das Bett – das ganze ein Meter fünfzig hoch war – war mit frischen Laken bezogen, und auf einem Ständer befanden sich eine Schüssel mit heißem Wasser, eine Schale voller getrockneter Lavendelblüten und ein Stück fettige Seife. Über einem Paar Stühle lagen zwei Gewänder. Aus dem, was Grace über eldhische Mode wusste (was nicht viel war), schloss sie, dass ihr Stil schon lange nicht mehr aktuell war, und sie waren auch etwas zu klein. Aber sie waren sauber und hatten sich nicht mit Seewasser voll gesogen, und das machte sie einladend.

Die Frauen wuschen sich und wechselten die Kleidung, und bald war ihnen viel trockener und wärmer als zuvor. Grace gelang es, mit einer Elfenbeinbürste die schlimmsten Knoten aus dem Haar zu kämmen, und sie hängte ihre nassen Sachen über einen der Stühle, den sie nahe ans Feuer stellte. Vani rollte ihr Leder zu einer engen Kugel zusammen und platzierte sie in einer weit vom Feuer entfernten Ecke.

»Ich muss es sauber machen, solange es noch feucht ist, und dann einölen, während es trocknet«, erklärte die Mournisch. »Sonst ist es ruiniert.«

Es war merkwürdig und erfreulich zugleich, Vani in einem Gewand zu sehen. Grace vergaß oft, wie schön die *T'gol* war. Ihre gewöhnliche Aufmachung akzentuierte die Schärfe ihrer Züge, genau wie es das kurze Haar tat. Aber das Gewand enthüllte eine weichere, gerundetere Figur, als Grace gedacht hätte.

Vani runzelte die Stirn. »Dieses Kleid ist unpraktisch und komisch. Habe ich es falsch verschnürt?«

Grace lächelte. »Nein, es ist perfekt.« Sie trat näher an das Feuer und labte sich an der Hitze. »Was glaubst du, hat Lord Elwarrd damit gemeint?«

Vani wollte durch das Zimmer gehen, trat auf den Saum ihres Gewandes und sackte auf einen Stuhl – eher zufällig, wenn man die Überraschung auf ihrem Gesicht bemerkte. »Was meinst du?«, fragte die *T'gol.*

»Er sagte, dass sie das Meer nicht länger beobachten. Was bedeutet, dass sie früher Wache gehalten haben. Also muss sich etwas verändert haben. Aber was?«

Bevor Vani antworten konnte, klopfte es an der Tür, und Vani verließ den Stuhl und öffnete die Tür schneller, als Grace es mit den Augen wahrnehmen konnte. Anscheinend stellte das Gewand für die Meuchelmörderin kein Hindernis dar, wenn sie sich nicht darauf konzentrierte.

Es war Leweth. Das Essen war fertig.

Als sie den Saal betraten, waren Falken und Beltan bereits da. Die beiden Männer trugen geliehene Wämser, und die Hand des Barden wurde vollständig von einem Verband verhüllt; er musste dem Grafen erzählt haben, dass er sich bei dem Schiffsuntergang verletzt hatte. Es war eine gute Tarnung. Elwarrd verbeugte sich bei ihrem Eintreten tief. Grace entging nicht, dass er Vanis neues Aussehen registrierte, aber sein Blick kehrte fast sofort zu Grace zurück. Sie schaute weg und tat so, als wäre das Zählen der im Saal befindlichen Pfeiler eine Aufgabe von äußerster Dringlichkeit.

Der Kämmerer zeigte ihnen ihre Plätze an dem aufgebockten Tisch, den man in ihrer Abwesenheit in der Saalmitte aufgestellt hatte. Elwarrd saß am Kopf der Tafel, Grace zu seiner Rechten in der Ecke. Vani und der Kämmerer saßen zu Graces Rechten, und Falken und Beltan saßen ihnen gegenüber. Aber damit blieb ein Platz am Tisch leer, zur Linken des Grafen und Grace gegenüber. Der Platz war mit einem Pokal, einem

Messer und einem Schneidebrett gedeckt, alles sorgfältig arrangiert. Wer würde dort sitzen?

Bevor Grace länger darüber nachdenken konnte, betraten Diener mit dampfenden Platten und Schüsseln den Saal, und bald vergaß sie alle anderen Sorgen, weil sie damit beschäftigt war, Essen in sich hineinzustopfen. Grace war hungriger als je zuvor im Leben. Dafür war natürlich die Anstrengung verantwortlich: der Überlebenskampf im Wasser, auf allen vieren über den Strand zu kriechen, die Klippe hinaufzuklettern. Es schien schrecklich zu sein, hier zu essen, wo Kapitän Magard und seine Mannschaft aller Wahrscheinlichkeit nach ertrunken waren. Aber sie war noch am Leben, und ihr Körper verlangte nach Nahrung. Und obwohl sie die mittelalterliche Küche noch immer nicht so richtig zu schätzen wusste, hatte sie sich daran gewöhnt, und so fand eine Auswahl verschiedener Fleischsorten, Pudding und unidentifizierbare Dinge, die in Sahne schwammen, schnell den Weg in ihren Magen.

Auf Calavere hatte Grace den Brauch kennen gelernt, dass sich der Herr und die Dame am Tisch einen Pokal teilten. Als der Graf seinen Durst bekundete, war es Graces Pflicht, den Wein einzuschenken, den Rand des Pokals mit einer Serviette abzuwischen und ihn ihm zu reichen. Sie versuchte zu ignorieren, wie dabei seine warme Hand die ihre berührte. Als er ihr den Pokal zurückgab, trank sie ein paar Schlucke und wurde sich erst dann bewusst, dass sie vorher den Rand hätte abwischen müssen. Er schien dieses Versäumnis zu bemerken, aber er hob nur eine Braue, und sein Ausdruck verkündete, dass ihn das alles andere als störte.

Vani teilte sich den Pokal mit dem Kämmerer, aber Beltan und Falken hatten ihre eigenen Pokale, da es keine Dame gab, die sie bedienen konnte. Die Gruppe aß größtenteils schweigend, die einzigen Kommentare galten der Qualität des Essens. Als die Mahlzeit beendet war, forderte der Graf zur

Konversation auf, allerdings hielt man sich nur an höfliche Themen – hauptsächlich verglich man das Wetter in Embarr mit dem im Süden –, und dafür war Grace dankbar. Der Graf schien froh über ihre Gesellschaft zu sein, er lachte oft, und Grace gefiel sein Lachen.

»Verzeiht mir, falls ich Euch beleidige, Mylord«, sagte Falken. »Aber ich bin überrascht, dass so wenige an dieser Tafel sitzen. Müsste eine Burg von dieser Bedeutung keinen größeren Haushalt haben?« Der Blick des Barden verweilte einen Augenblick lang auf dem leeren Platz.

»Das sollte sie in der Tat«, sagte Elwarrd, und seine Miene wurde ernst. »Heutzutage ist mein Hof so gut wie weggezogen.«

»Wohin denn, Mylord?«, fragte Grace, ohne nachzudenken.

»Nach Barrsunder, Mylady, auf Befehl von König Sorrin.«

»Und wie geht es dem König denn so?«, fragte Falken. Seine Worte waren sorgfältig gewählt und betont, und Grace erkannte seine Absicht.

Elwarrd auch. »Wie ich sehe, habt Ihr von König Sorrins Zustand gehört.«

»Ein wenig«, sagte Falken. »Es ist fast ein Jahr her, dass ich ihn das letzte Mal gesehen habe.«

Der Graf seufzte. »Dann ist sein Zustand viel ernster, als Ihr ihn kennt. Man erzählt sich, er würde alles tun, um den Tod fern zu halten.«

»Warum?«, fragte Vani. »Ist Euer König denn krank?«

Elwarrd erwiderte ihren Blick. »Nicht körperlich, Mylady.«

Grace erinnerte sich an die Begegnung mit dem König von Embarr auf dem Rat von Calavere. Sorrin hatte einen abgezehrten und zusammengekrümmten Eindruck gemacht, er war frühzeitig gealtert. Sein Blick war für gewöhnlich so scharf wie ein Messer gewesen, aber manchmal hatte sich ein verlorener und gehetzter Ausdruck hineingeschlichen. Durge hatte ihr erzählt, dass sich Sorrin zusehends vor seinem Tod fürchtete, so als würde er bereits auf ihn lauern.

»Heutzutage sind Sorrins Handlungen für seine Untertanen ein Rätsel«, sagte Elwarrd. »Aber er ist nicht verrückt. Jedenfalls nicht im herkömmlichen Sinn, denn er umgibt sich mit einer loyalen Fraktion mächtiger Männer, und jeder, der die Entscheidungen des Königs in Frage stellen könnte, hat Angst, gegen sie antreten zu müssen.«

Beltan füllte seinen Pokal selbst nach. »Aber aus welchem Grund hat er Eure Höflinge nach Barrsunder gerufen?«

»Um Schutz zu haben«, erwiderte Elwarrd. »Den Berichten nach, die ich erhalten habe, hat er angefangen, sich als Mann aus dem Volk zu verkleiden, um sich vor dem Tod zu verbergen. Er glaubt, dass es ihm irgendwie helfen wird, wenn auf Schloss Barrsunder mehr Leute leben. Es ergibt keinen Sinn.«

Grace spielte mit dem Pokal. »Nein, es ist völlig logisch. Er hat Angst, gejagt zu werden, also versteckt er sich in der Menge. Das ist ein äußerst anpassungsfähiges Verhalten. Man nennt es selbstsüchtige Herdentheorie, und Biologen auf ...« Ihr wurde bewusst, dass sie dabei war, Dinge ins Gespräch zu bringen, die sie wirklich nicht erklären wollte, und trank hastig einen Schluck Wein.

»Also lebt niemand mehr an Eurem Hof?«, fragte Falken.

»Nur noch ich, Leweth und die Diener. Und da sind die Leibeigenen, die meine Ländereien bearbeiten. Ihr habt das Dorf nicht sehen können, da ihr vom Strand gekommen seid. Es liegt direkt hinter dem nächsten Hügel. Aber sonst gibt es niemanden mehr in Meerwacht. Alle meine Ritter sind nach Barrsunder gegangen, und ihre Frauen und Kinder mit ihnen.«

»Hätten sie sich nicht weigern können?«, wollte Vani wissen.

Elwarrd sah sie streng an. »Den Befehl des Königs zu verweigern ist Verrat, Mylady, was mit dem Tod bestraft wird.

Sorrin hat seine sämtlichen Ritter nach Embarr befohlen. Die, die noch nicht gegangen sind, sind entweder schon gevierteilt worden oder werden es, wenn sie das nächste Mal einen Fuß nach Embarr setzen.«

Seine Worte schlugen Grace auf den Magen, und sie wünschte sich, nicht so viel gegessen zu haben.

»Aber was ist mit Euch, Mylord?«, sagte Falken. »Warum seid Ihr nicht mit den anderen Rittern nach Barrsunder gereist?«

Zum ersten Mal an diesem Abend zeigte sich ein Sprung in Elwarrds Benehmen. Seine rechte Hand ballte sich zur Faust. »Ich bin Graf, Mylord. Das ist mein Geburtsrecht.« Es hatte den Anschein, als würde sein Blick kurz nach oben zur Galerie über dem Saal schweifen. Dann richtete er sich aber direkt auf Falken. »Aber die Ritterschaft ist eine Ehre, die der König verleiht, und ich bin kein Ritter von Embarr. Das ist der einzige Grund, warum ich noch auf Meerwacht bin. Sonst hättet Ihr diese Burg leer vorgefunden.«

Sie sahen den Grafen schweigend an. Langsam, als würde ihn das viel Kraft kosten, entspannte Elwarrd die Faust.

»Ihr müsst nach den Anstrengungen des Tages sehr müde sein«, sagte er dann mit sanfterer Stimme. »Leweth wird euch nun in eure Zimmer bringen.«

Und damit war das Abendessen vorbei. Die Reisenden erhoben sich, verbeugten sich oder machten Hofknickse und bedankten sich bei dem Grafen. Leweth bat sie, ihm zu folgen.

Als sie den Saal verließen, warf Grace verstohlen einen Blick zur Galerie hinauf, wo Elwarrd eben anscheinend hingesehen hatte. Die Galerie bestand aus einer mit einem Geländer versehenen Holzplattform hoch über dem Saal. Während Festen saßen dort vermutlich Spielleute, um Musik zu machen, aber jetzt lag die Galerie stumm da, nur mit Schatten gefüllt.

Einer der Schatten bewegte sich.

Graces Herz setzte einen Schlag lang aus. Es hatte den Anschein, als würde sich im Dämmerlicht der Galerie eine Gestalt bewegen, eine schwarz verhüllte Gestalt. Grace fing an, mit der Gabe zuzugreifen, um zu fühlen, ob dort jemand – oder etwas – war. Aber Leweth berührte sanft ihren Ellbogen und führte sie durch die Flügeltür, und die Fäden des Zaubers schlüpften ihr durch die Finger.

23

Am nächsten Morgen hatten sie alle Fieber.

Beltan war am schlimmsten dran. Falken klopfte kurz nach Einbruch der Morgendämmerung an Graces und Vanis Zimmertür. Er beschrieb die Symptome des Ritters, und sofort marschierte Grace, noch immer in ihr Nachthemd gekleidet, in das Zimmer der Männer. Beltan lag mit geröteten Wangen auf dem Bett; auf seiner Haut perlte der Schweiß.

»Mir geht es gut«, sagte er, als Grace anfing, ihn zu untersuchen, aber die Glaubwürdigkeit seines Protests wurde beträchtlich von dem Hustenfall untergraben, den seine Worte auslösten.

Grace ließ Beltan sich aufsetzen, zog sein Wams hoch und drückte das Ohr auf seinen Rücken, während er atmete. Sie ließ ihn sich wieder hinlegen, griff mit der Gabe zu und schaute mit der Macht der Weltenkraft tief in den Körper des Ritters. Was sie dort sah, bestätigte ihre Diagnose.

Grace öffnete die Augen. »Du hast eine leichte Sekundärinfektion der Bronchien – das ist die Quelle deines Fiebers –, und die Entzündung lässt dich husten.«

Beltan starrte sie verständnislos an. Nicht, dass sie das hätte überraschen sollen. Auf Eldh wusste niemand, was eine Bakterie war, und Grace hatte nie eine Gelegenheit gehabt, mit ihren Freunden die Details moderner Medizin zu diskutieren.

»In deinen Lungen ist eine Krankheit«, sagte sie und versuchte diesmal Begriffe zu verwenden, die der Ritter verstehen konnte. »Das kommt oft vor, wenn man Wasser eingeatmet hat, so wie wir alle gestern. Und im Augenblick ist das keine große Sache. Aber wenn du dich nicht ausruhst, könnte die Krankheit schlimmer werden und deine Lungen dazu bringen, sich mit Flüssigkeit zu füllen, was das Atmen schwer macht.«

Beltan grunzte. »Du meinst nasse Lungen. Warum sagst du das nicht gleich? Kein Wunder, dass es sich so anfühlt, als säße ein Pferd auf meiner Brust.« Er legte sich wieder hin.

»Du musst dich schonen«, sagte Grace. »Ich will sehen, ob ich hier Medizin herstellen kann. In der Zwischenzeit solltest du dich nicht überanstrengen. Und nicht nach draußen gehen. Die Kälte wird deine Lungen reizen.«

Falken sah sie an. »Wie lange?«

Grace verstand. Der Barde hatte es eilig, ihre Reise nach Norden fortzusetzen. Aber Grace wusste, dass sie das nicht übers Knie brechen durften. Nach Toringarth zu eilen würde sinnlos sein, wenn unterwegs alle an Lungenentzündung starben.

»Bis es ihm besser geht«, sagte sie. »Ich würde sagen, höchstens eine Woche. Solange er sich ausruht.«

Falken schaute sie grimmig an, aber er nickte. Bis zur Wintersonnenwende war es noch über einen Monat, sie hatten genug Zeit, zuerst nach Toringarth und dann zum Schwarzen Turm zu reisen. Oder zumindest konnten sie darauf hoffen.

Mit Hilfe der Gabe untersuchte Grace sie alle. Es stellte sich heraus, dass Vani fast genauso krank wie der Ritter und eine viel schlimmere Patientin war.

»Du erwartest doch wohl nicht von mir, hier in diesem Zimmer herumzusitzen und nichts zu tun«, sagte die *T'gol* wütend.

Grace lächelte schmal. »In der Tat erwarte ich genau das von dir.«

»Du kannst mir keine Befehle geben. Ich bin eine Tochter vom Blut des königlichen Hauses von Morindu.«

»Das macht uns beide zu Erbinnen von Monarchien, die es nicht mehr gibt«, sagte Grace. »Und da du bloß die Prinzessin einer nicht existierenden Stadt bist und ich die Königin eines nicht existierenden Königreichs, bin ich fest davon überzeugt, dass ich im Rang über dir stehe. Falken?«

Der Barde rieb sich das Kinn. »Vani, ich glaube, sie hat Recht.«

Ihrer Miene nach zu urteilen, war die *T'gol* da ganz anderer Meinung, aber ein Hustenanfall verhinderte jede weitere Diskussion.

Grace richtete ihre Aufmerksamkeit auf Falken und sich selbst. Sie war krank, aber nicht so schlimm wie Beltan und Vani. Ihre Lungen waren nur leicht gereizt, und ihre Temperatur war kaum erhöht. Sie würde in ein oder zwei Tagen wieder völlig hergestellt sein, solange sie sich nicht überanstrengte.

Grace wusste, dass es sinnlos sein würde, Falken zu überprüfen – schließlich war der Barde unsterblich –, aber nur der Gründlichkeit halber blickte sie mit der Gabe in seine Brust.

Sie riss die Augen auf. »Du bist krank, Falken.«

Der Barde runzelte die Stirn. »Das ist unmöglich.«

Grace untersuchte ihn genauer, hörte seine Brust ab, berührte ihn sanft, während sie die Augen schloss und seinen silberblauen Lebensfaden untersuchte. Schließlich öffnete sie die Augen wieder. Es war nicht abzustreiten.

»Es ist kein schwerer Fall«, sagte sie. »Du bist nicht so krank wie Beltan oder Vani, nicht mal so krank wie ich. Aber du hast eine leichte Infektion in den Lungen. Ich meine ein Fieber.«

Beltan stemmte sich auf den Ellbogen auf. »Ich dachte, du könntest nicht krank werden, Falken«, sagte er neugierig.

»Das dachte ich auch.« Der Barde betrachtete seine rechte Hand. Er hatte den Verband entfernt, und die silbernen Finger funkelten in dem grauen Licht, das durch die Fenster drang. »Andererseits ist es in sieben Jahrhunderten das erste Mal, dass ich beinahe ertrunken wäre, also ist wohl alles möglich.«

Grace kehrte in ihr Zimmer zurück und zog ihr geliehenes Gewand an, dann half sie Vani beim Anziehen. Dabei erinnerte sie sich beinahe wehmütig an das erste Mal, als sie auf Calavere versucht hatte, ein derartiges Gewand anzulegen. Sie hatte sich fast selbst erwürgt, bevor Aryn zu ihrer Rettung geeilt kam.

Grace hatte Vanis Gewand gerade gerichtet, als es an der Tür klopfte. Es war der Kämmerer, der ein Tablett mit ihrem Frühstück brachte. Hinter ihm sah Grace eine Dienstmagd, die ein ähnliches Tablett in Falkens und Beltans Zimmer brachte. Sie bat Leweth herein, und er stellte das Tablett ab. Da waren Haferbrei, getrocknete Früchte, Sahne und – sie dankte den Göttern dieser Welt – eine Kanne mit kochend heißem *Maddok*.

Während sie sich die Hände an einem Becher mit dem reichhaltigen, leicht bitteren Getränk wärmte, fragte sie, ob sie den Hausherrn sprechen dürfte.

»Ich fürchte, Lord Elwarrd steht heute Morgen für keine Audienz zur Verfügung«, sagte Leweth mit einem Ausdruck aufrichtigen Bedauerns. »Angelegenheiten erfordern seine Aufmerksamkeit. Aber er wies mich an, Eure Verzeihung für seine Unhöflichkeit zu erbitten, und er würde sich über Eure Anwesenheit heute Abend bei Tisch sehr freuen.«

»Natürlich«, sagte Grace. »Wir fühlen uns geehrt.«

Leweth nahm ihre Worte offensichtlich mit Erleichterung zur Kenntnis. Grace fragte sich, wo Elwarrd wohl war; aus den tief hängenden Wolken fiel ein beständiger Nieselregen. Andererseits galt das in Embarr vermutlich als schöner Tag.

»Wenn Ihr meine Neugier verzeiht, Mylady«, sagte Leweth, »warum wolltet Ihr meinen Herrn denn sprechen?«

Grace beschrieb die Kräuter sowie den Mörser und Stößel, die sie brauchte, um Medizin herzustellen.

Der Kämmerer rang besorgt die Hände. »Kein Wunder, dass Ihr krank seid. Das Meer ist von einer tödlichen Kälte. Ich bin sicher, mein Herr möchte, dass ihr euch alle erholt, bis ihr wieder gesund seid. Ich werde mein Bestes tun, um Eure Wünsche zu erfüllen, Mylady. Es gibt in der Küche eine Frau, die sich etwas in der Kräuterkunde auskennt. Wenn Ihr beschreibt, was Ihr braucht, müsste sie die Dinge für mich besorgen können.«

Grace beschrieb die benötigten Kräuter, so gut sie konnte. Lieber hätte sie alles niedergeschrieben, aber Leweth schien aufmerksam zuzuhören, und er wiederholte ihre Worte fehlerlos. Außerdem bezweifelte sie, dass eine Küchenfrau gut genug lesen konnte, um ihre Zutatenliste zu verstehen.

Zu ihrer Überraschung kehrte Leweth keine Stunde später zurück und brachte einen Topf mit süßem Öl – den Vani verlangt hatte – und sämtliche von Grace beschriebenen Kräuter. Die Kräuter waren alt und hatten einiges von ihrer Wirkung verloren, aber sie würden ausreichen. Grace bedankte sich bei dem Kämmerer, der sich verbeugte und forteilte.

Da Graces und Vanis Raum größer und es hier weniger zugig war, bat Grace Beltan und Falken, den Tag dort zu verbringen.

»Ist das eine Bitte oder ein Befehl?«, fragte Beltan.

Grace lächelte freundlich. »Solange du tust, was ich sage, kannst du dir das aussuchen.«

»Ich glaube, dieses ganze Königinnenzeugs steigt ihr langsam zu Kopf«, knurrte der Ritter, als Falken ihm beim Aufstehen half.

Da draußen der Regen weiter fiel, verbrachten sie die Stunden in der Nähe des Feuers. Beltan lag im Bett, und Grace verbot ihm aufzustehen; er durfte nur in sein Zimmer zurück, um den Nachttopf zu benutzen. Vani wischte mit penibler Sorgfalt ihre Kleidung mit einem feuchten Tuch sauber, dann rieb sie Öl ins Leder, während es in der Wärme des Feuers trocknete; sie bearbeitete es mit den Händen, damit es geschmeidig blieb.

Falken borgte sich etwas von Vanis Öl für seine Laute. Er rieb es mit der Hand in das Holz, dann probierte er das Instrument aus. Der Kasten musste wasserdicht gewesen sein, denn die Laute befand sich in hervorragendem Zustand, und Falken zupfte die Saiten und füllte das Gemach mit leisen Melodien.

Grace verbrachte ihre Zeit damit, die Kräuter in dem Messingmörser sorgfältig zu zerstampfen und das daraus resultierende Pulver auf Pergamentstücken abzumessen, die sie dann zusammenfaltete, damit der Inhalt nicht herunterfiel. Nach der stundenlangen Arbeit mit dem Stößel schmerzten ihr Arm und der Rücken, aber sie hatte einen Wochenvorrat Medizin für alle.

Gegen Mittag kam eine Dienerin mit einem Tablett voller Brot, kaltem Fleisch und Käse an ihre Tür. Sie war eine kleine, gebückt gehende Frau mit einem schmutzigen, verängstigten Gesicht. Grace seufzte; sie hatte auf dieser Welt nur wenige Diener kennen gelernt, die sich nicht vor ihr fürchteten.

Und warum sollten sie auch nicht? Du bist eine Königin. Du könntest sie aus einer Laune heraus bestrafen lassen. Sogar hinrichten lassen.

Aber das würde sie niemals tun. Und sollte sie je durch eine seltsame Fügung des Schicksals eine Königin mit Untertanen werden, würde ihre erste Aufgabe als Herrscherin darin bestehen, eine Methode zu finden, die dafür sorgte, dass keine einzige Person in ihrem Schloss sie fürchtete. Möglicherweise würde sie dann keine besonders effektive Monarchin abgeben, aber das schien die bei weitem bessere Alternative zu sein.

Grace bat die Dienerin um einen Topf mit heißem Wasser, der schnell gebracht wurde. Sie füllte vier Becher mit je einem Briefchen Kräuterpulver und goss heißes Wasser ein, dann ließ sie die Kräuter ziehen, um Tee zu machen. Sie brachte die anderen dazu, einen Becher zu nehmen.

»Soll das wie Pferdemist schmecken?«, fragte Falken mit einem gleichermaßen angewiderten wie neugierigen Ausdruck. »Oder ist das bloß ein glücklicher Zufall?«

»So weißt du, dass es funktioniert.« Grace zwang sich dazu, keine Grimasse zu schneiden, als sie aus ihrem Becher trank.

»Mir schmeckt es«, sagte Vani und nahm wieder einen Schluck.

»Wie in aller Welt kann Euch das schmecken?« Beltan stöhnte auf dem Bett. »Ich glaube, dieses Zeug wird mich umbringen.«

Die Augen der *T'gol* blitzten. »Darum.«

Grace hatte genug davon. »Ihr seid jetzt alle still und trinkt«, sagte sie in einem, wie sie hoffte, majestätischen Tonfall. Er musste es gewesen sein, denn alle gehorchten.

24

Grace hatte sich an ihre Kräuterkunde gut erinnert, denn die Medizin schien alle sich besser fühlen zu lassen, was wiederum die allgemeine Gereiztheit im Raum abnehmen ließ. Während draußen vor dem Fenster der graue Nachmittag vernieselte, unterhielten sie sich leise.

»Ich vermute, es ist unmöglich, dass sie überlebt haben«, sagte Grace. »Ich meine, Magard und seine Mannschaft.«

»Das fürchte ich auch, Grace«, erwiderte Falken ernst. »Du hast gehört, was Elwarrd sagte. Mit Ausnahme von dem Strand, an dem wir gelandet sind, besteht die Küste hier nur aus Felsen und Klippen. Und vom Strand führt nur ein Weg zu dieser Burg. Hätten Magard oder einer seiner Männer den Untergang überlebt, hätten sie mittlerweile den Weg hierher gefunden.«

Grace nickte. Sie hatte nicht nach falscher Hoffnung gesucht, sondern nur nach Bestätigung. Sie musste an Kapitän Magards rauen Humor und sein Zwinkern denken und an seinen verrückten Plan, um die Welt zu segeln, die er für rund gehalten hatte. Jetzt würde er nie die Gelegenheit erhalten, herauszufinden, dass er Recht gehabt hatte. Ein Kloß formte sich in Graces Hals.

»Aber warum wir?«, fragte Beltan. »Kommt es euch nicht wie ein unglaublich glücklicher Zufall vor, dass ausgerechnet wir vier an den Strand gespült wurden und sonst keiner?«

Vani zuckte mit den Schultern. »Glück ist einfach eine Fügung des Schicksals, die wir nicht erwarten.«

Grace nahm einen Schluck *Maddok*. Trotz Vanis Beschwörung des Schicksals bereiteten ihr Beltans Worte Unbehagen. Sie dachte an den Schiffsuntergang zurück. Alles war so schnell passiert. Da war der schreckliche Lärm gewesen, mit dem das Schiff auseinander gebrochen war, das brutale Eintauchen in das eiskalte Wasser, und die näher kommende Dunkelheit, während sie in die Tiefe sank. Und dann ...

»Hat irgendjemand von euch ein Licht gesehen?«, fragte Grace. »Im Wasser, nachdem das Schiff untergegangen war?«

Die anderen sahen sie neugierig an, und Grace erklärte, was sie gesehen hatte, als sie nach unten sank: das Licht, das sie eingehüllt und an die Oberfläche gebracht hatte, und das leuchtende Gesicht, das sie gesehen zu haben glaubte. Falken und Vani schüttelten die Köpfe; beide hatten im Wasser das Bewusstsein verloren, und ihre Erinnerung setzte erst wieder am Strand ein. Aber Beltan schien sich an etwas zu erinnern.

»Es war kurz bevor alles schwarz wurde«, sagte der Ritter und schälte mit dem Dolch einen Apfel. »Aber es war kein Licht. Es war eher das Gefühl, plötzlich ... in Sicherheit zu sein. Und da war ein Geräusch. Es war wunderschön, fast so etwas wie Musik. Aber selbst ich weiß, dass das unmöglich ist. Man kann im Ozean keine Musik hören.«

»Ich will deine Worte nicht abwerten, Grace«, sagte Falken. »Oder deine, Beltan. Aber in so schlimmen Situationen kann einem das Bewusstsein Streiche spielen.«

Grace musste dem zustimmen; zweifellos hatte sie halluziniert. Aber es war schön zu wissen, dass sie nicht die Einzige war.

Danach wandte sich die Unterhaltung ihrem Gastgeber zu, an dem keiner von ihnen etwas auszusetzen fand. Zwar verlangte das Gesetz der Gastfreundschaft von ihm, sie aufzunehmen, aber er hätte ihnen auch ein kaltes Zimmer und einen Laib altes Brot geben können, um damit seine Pflicht erfüllt zu haben. Stattdessen hatte er sie mit nichts als Ehrerbietung behandelt, obwohl sie seines Wissens nur eine Gruppe freier Kaufleute waren.

Falken schlug einen Akkord auf der Laute. »Elwarrd scheint ein guter Mann zu sein.«

»Und er sieht sehr gut aus«, sagte Grace, und als alle anderen sie anstarrten, wurde ihr erst bewusst, dass sie die Worte laut ausgesprochen hatte. Sie suchte verzweifelt nach etwas anderem, was sie sagen konnte, und hoffte, dass ihre Wangen nicht so rot waren, wie sie sich anfühlten. »Aber was hat er wohl damit gemeint, als er sagte, er sei kein Ritter von Embarr? Ich dachte, alle Grafen wären Ritter. So wie Durge.«

»Sind die meisten auch«, sagte Falken. »Aber es stimmt, was Elwarrd sagte. Man ist adlig durch die Geburt, aber die Ritterschaft kann nur vom König verliehen werde.«

Vani schaute von der Arbeit an ihrem Leder auf. »Warum sollte der König einem Mann diese Ehre verweigern?«

Beltan stützte sich im Bett auf dem Ellbogen auf. »Für gewöhnlich wegen irgendeiner ehrlosen Tat – ein schwarzer Makel auf seinem Namen. Wenn der Graf etwas Unehrenhaftes oder Feiges getan hat, etwas, das zwar kein Verbrechen, aber dennoch abscheulich ist, könnte der König geneigt sein, ihm den Ritterschlag zu verweigern.«

Grace nagte an einem Knöchel. Was hätte Elwarrd tun können, das ihn die Ritterschaft kostete? Die Vorstellung, dass er sich schändlich oder feige verhielt, fiel schwer. Andererseits litt Sorrin allen Berichten nach an einer Art von Paranoia. Elwarrds Ehrlosigkeit mochte allein in der Vorstellung des Königs existieren. Aus irgendeinem Grund, den sie sich selbst nicht erklären konnte, hoffte Grace, dass das der Fall war.

»Vielleicht irre ich mich ja«, sagte Vani und faltete ihr Leder zusammen, das jetzt weich und sauber war, »aber ist nicht euer Freund Durge ein Ritter von Embarr?«

Grace verspürte einen Stich der Angst. Worauf wollte die *T'gol* hinaus?

Falken setzte seine Laute ab. »Ihr habt Recht, Vani. Wenn wir Durge finden, wird er in großer Gefahr sein, sollte er jemals nach Embarr zurückkehren.«

Die Worte des Barden machten Grace klar, worum es hier ging. Elwarrd hatte ihnen von König Sorrins Befehl an alle Ritter erzählt, nach Barrsunder zu kommen. Aber Durge war in Tarras gewesen, und jetzt war er an irgendeinem anderen Ort, wo man ihn nicht erreichen konnte. Er hatte Sorrins Befehl unmöglich befolgen können. Aber Grace wusste, dass das keine Rolle spielen würde, nicht für einen Mann, der so verrückt wie der König von Embarr war.

»Sie werden ihn hinrichten«, sagte sie, und es schnürte ihr die Kehle zu. »Wenn wir Durge finden und er nach Embarr zurückkehrt, werden sie ihn hinrichten, weil er dem Befehl des Königs nicht gehorcht hat.«

Falken nahm ihre Hände. Seine silbernen Finger fühlten sich auf ihrer Haut warm und glatt an. »Keine Sorge, Grace. Sobald wir ihn gefunden haben, werden wir dafür sorgen, dass Durge nicht einmal in die Nähe von Embarr kommt.«

»Embarr ist seine Heimat«, sagte Grace. »Es wird ihm das Herz brechen.«

»Nein, Grace.« Falken führte ihre Hände aneinander, als wollte er eine Schale formen. »Durges Heimat ist genau hier.«

Grace bekam kein Wort heraus, und es schmerzte sie im Inneren, aber in gewisser Weise war das ein willkommenes Gefühl. Sie wusste, dass sich Durge als ihr loyaler Diener betrachtete. Aber für sie war er der treueste Freund, den sie sich vorstellen konnte. In diesem Augenblick hätte sie alles getan, um diese gebeugten Schultern stürmisch umarmen, um diese faltige Wange küssen zu können.

Der Schmerz in ihrer Brust verwandelte sich langsam in einen leidenschaftlichen Entschluss. Sie würden Durge finden. Und wenn König Sorrin ihn auch nur anrührte, würde sie

Fellring nehmen und Sorrins Todesfurcht ein für alle Mal ein Ende bereiten.

Moment mal, Frau Doktor. Du sollst Leben bewahren, es nicht nehmen. Außerdem besitzt du im Augenblick nur ein kleines Stück von Fellring, und ich glaube nicht, dass man damit viel gegen einen verrückten König ausrichten kann.

Trotzdem machte ihr der Gedanke Mut, und sie fühlte sich besser.

»Jetzt verstehe ich, was hier passiert.« Beltan setzte sich auf; seine Wangen waren vom Fieber gerötet, aber sein Blick war klar. »König Sorrin hat seine Ritter nach Barrsunder befohlen. Damit sind sämtliche Schlösser und Burgen der Domäne verlassen. Natürlich sind da noch die Leibeigenen. Aber es gibt keine Ritter, keine Wächter und keine Krieger, die die Festungen beschützen können. Und das bedeutet ...«

»Embarr ist reif für eine Invasion«, beendete Vani seinen Satz.

Beltan schaute die Meuchelmörderin böse an, offensichtlich verärgert, dass sie ihm zuvorgekommen war.

Sie unterhielten sich weiter, während draußen der düstere Tag sich seinem Ende zu neigte. Da alle Burgen und Befestigungen aufgegeben waren, gab es nichts, das ein Heer daran hätte hindern können, durch Embarr zu marschieren und Barrsunder zu belagern. Und da die Hauptstadt so überbevölkert war, würden Nahrung und Wasser nicht sehr lange ausreichen – und die Belagerung nicht lange dauern. Die Domäne würde in wenigen Tagen fallen. Genau wie zuvor Eredane und Brelegond.

»Die Schwarzen Ritter«, sagte Grace, und trotz ihrer Nähe zum Feuer war ihr plötzlich kalt. »Glaubt ihr, dass die hinter alldem stecken?«

Falken stellte seine Laute ab. »Ich weiß es nicht, Grace. Aber ich würde die Bier-Ration eines Monats hergeben, nur um zu erfahren, wer Sorrins Berater sind. Erinnert ihr euch, wie Elwarrd sagte, dass der König von einer Runde mächtiger Männer umgeben ist? Männer, die alle fürchten? Nun, vielleicht wird Sorrins Wahnsinn ja unterstützt.«

Es ergab auf eine Furcht einflößende Weise Sinn. Die Krankheit des Königs machte ihn zu einem leichten Ziel für jede Manipulation. Und sobald solche Männer an ihn herangekommen waren, konnten sie die Autorität des Königs benutzen, alle, die ihnen Widerstand entgegenbrachten, von ihm fern zu halten – oder sie wegen Verrats zum Tode zu verurteilen. Alle Zeichen waren eindeutig, hier und anderswo in den Domänen. Embarr würde erobert werden, und Grace fiel außer den schwarzen Rittern niemand ein, der daran ein Interesse hatte.

»Zuerst Eredane, dann Brelegond«, sagte Beltan heiser. »Jetzt ist es Embarr. Und danach wird es vermutlich Perridon sein. Königin Inara ist klug, aber ihre Domäne wurde von der Flammenpest heimgesucht, und sie ist noch immer viel zu schwach, um großen Widerstand entgegenbringen zu können. Danach wird nur noch Galt zwischen diesen verdammten Rittern und Calavan und Toloria stehen. Und da sie durch Brelegond, Perridon und Eredane angreifen können, werden wir an drei Fronten kämpfen müssen. Eine solche Schlacht können wir unmöglich gewinnen, ganz egal wie hart wir kämpfen. Die Domänen werden fallen.«

»Du hast natürlich Recht«, sagte Grace, marschierte vor dem Feuer auf und ab und versuchte etwas von der nervösen Energie zu verbrennen, die der *Maddok* ihr gegeben hatte. »Genau das passiert. Es gibt keine andere Möglichkeit, die Sinn macht. Aber das beantwortet noch immer eine Frage nicht. Wer sind die Schwarzen Ritter? Dienen sie dem Fahlen König oder jemand anderem? Und was wollen sie?«

»Vielleicht wollen sie dich, Grace«, sagte Falken ernst.

Sie blieb mitten im Schritt stehen und griff nach dem Anhänger an ihrem Hals, aber bevor sie etwas erwidern konnte, klopfte es an der Tür. Es war Leweth, der sie darüber informierte, dass das Essen gleich fertig war. Der Kämmerer hatte ihnen ihre eigenen Kleider gebracht, die am vorigen Abend während des Essens nass und schmutzig verschwunden und jetzt so frisch und sauber waren wie in dem Augenblick, in dem sie sie in der Hafenstadt Galspeth in Perridon gekauft hatten.

Sie zogen sich um, dann gingen sie zum Saal. Grace war froh, wieder ihre eigenen Sachen tragen zu können; sie waren wärmer und passten besser. Vani trug ihr Leder, und sie sah aus wie eine schlanke, schwarze Katze, und sie bewegte sich auch so. Aber Elwarrd – der am Kopf der leeren Tafel stand – schien ihre ungewöhnliche Aufmachung nicht wahrzunehmen. Stattdessen war sein Blick auf Grace fixiert.

Als sich Grace setzte, bemerkte sie, dass sie in ihrer Eile vergessen hatte, den Schnüren ihres Oberteils den üblichen letzten Zug zu geben. Darum lag ihre Kette frei, und einen schrecklichen Augenblick lang glaubte sie, Elwarrd würde sie anstarren, so wie Detective Janson, der Mann mit dem Eisenherzen, es vor über einem Jahr auf dem Polizeipräsidium von Denver getan hatte.

Sei nicht albern, Grace. Es ist nicht dein Schmuck, den er anstarrt. Zweifellos siehst du aus wie ein Schankmädchen, und er ist beleidigt, dass du auf diese Weise gekleidet an seinen Tisch trittst.

Aber etwas sagte ihr, dass der Graf alles andere als beleidigt war. Sie konnte beinahe spüren, wie sein Blick über ihre entblößte Haut glitt, und plötzlich fühlte sie sich verletzlich. Seltsamerweise war es kein störendes Gefühl.

Sie nahmen dieselben Plätze ein wie am Vorabend. Wieder gab es zur Linken des Grafen einen leeren Platz; Pokal,

Messer und Schneidebrett waren sorgfältig gedeckt, als würde jeden Augenblick ein wichtiger Gast eintreffen. Während des Essens erkundigte sich Elwarrd nach ihrem Tag: wie sie ihn verbracht hatten und wie es ihnen ging. Grace erklärte, dass Leweth ihr die nötigen Zutaten für eine Medizin gebracht hatte und dass diese geholfen hatte, was den Grafen zu freuen schien.

»Und wie habt Ihr den Tag verbracht, Mylord«, fragte Grace, obwohl sie sich nicht sicher war, ob es als höflich galt, den Gastgeber zu befragen, aber Elwarrd schien nichts gegen ihre Aufmerksamkeit einzuwenden zu haben.

»Auf eine ausgesprochen langweilige Weise, Mylady«, sagte er mit einem Lächeln, das zugleich gequält war und sich selbst nicht ernst nahm, und darum war es charmant. »Da ich keine Vasallen mehr habe, muss ich mich selbst um mein Lehen kümmern. Ich bin eben erst in die Burg zurückgekehrt. Es war ein Ritt von einem Pachtgut zum anderen: das Vieh zählen und das Korn auf Fäulnis überprüfen.«

»Das klingt interessant«, sagte Grace.

»Und jetzt lügt Ihr, Mylady. Aber Doppelzüngigkeit steht Euch, also sei es Euch verziehen.«

Grace hob den Pokal an die Lippen, um ein Lächeln zu verbergen. Dann füllte sie ihn wieder und reichte ihn Elwarrd. Als er sich vorbeugte, fiel ihr auf, dass er nicht nach Regen und Schweiß roch, wie man nach seinen Tagesaktivitäten vielleicht hätte denken sollen. Stattdessen roch er nach Rauch und Seife. Burggerüchen.

Als Elwarrd einen vorbeigehenden Diener ansah, rückte sie unauffällig auf ihrem Stuhl herum und sah nach unten, um einen Blick auf seine Stiefel zu werfen. Sie waren sauber, ohne die geringsten Schlammflecken. Aber es hatte den ganzen Tag draußen geregnet. Sicherlich waren alle Wege und Pfade der reinste Morast.

Vielleicht bist du hier nicht die Einzige, die doppelzüngig ist.

Aber das war albern. Selbst wenn Elwarrd ihr nicht alles erzählt hatte, was er an diesem Tag getan hatte, so war das immerhin sein Recht. Sie waren Fremde, und es war kaum seine Pflicht, ihnen seine privaten Aktivitäten zu schildern.

Während des Essens warf Grace ein paar verstohlene Blicke zur Galerie hinauf. Soweit sie erkennen konnte, gab es dort nichts als Schatten. Aber sie wusste, dass Schatten das Auge betrügen konnten, und ihr standen andere Sinne zur Verfügung.

Als die anderen von einem Scherz abgelenkt waren, den Beltan erzählt hatte, schloss Grace die Augen und griff mit der Gabe zu. Die Lebensfäden der anderen funkelten stark und hell, obwohl sie bei Beltan, Falken und Vani Spuren ihrer Krankheit erkennen konnte. Leweths Faden strahlte nicht besonders. Das war keine Überraschung; er war ein freundlicher junger Mann, aber strotzte nicht gerade vor Tatkraft. Aber Elwarrds Strang leuchtete strahlendgrün. Grace musste dem Drang widerstehen, ihren Lebensfaden damit zu verbinden. Stattdessen zwang sie ihr Bewusstsein zur Galerie.

Kälte überflutete ihr Inneres und erstickte sie wie das kalte Wasser des Ozeans. Die Galerie war leer. Aber nicht leer wie ein Zimmer, in dem sich keine Tiere oder Menschen aufhielten, denn selbst dort verweilten die Rückstände der Macht der Weltenkraft in der Luft und im Stein. Stattdessen war die Galerie wie ein Nichts, so als wäre auch der letzte Lebensfaden mit einem grausamen Messer dort weggekratzt worden.

Dann bewegte sich etwas in diesem Nichts.

»Mylady, alles in Ordnung?«

Sie schlug die Augen auf und sah Elwarrds Gesicht ganz nahe vor sich; er musterte sie besorgt. Sie war sich undeutlich bewusst, dass auch die anderen sie anblickten, spürte aber überdeutlich die Hand des Grafen warm und stark auf dem Arm. Sie musste auf ihrem Stuhl geschwankt haben, während ihre Augen geschlossen waren.

»Es ist nichts«, sagte sie, aber ihre Stimme war unsicher.

»Ganz im Gegenteil«, sagte der Graf. »Ihr seid krank, und ich habe Euch zu lange beansprucht. Aber ich danke Euch für Eure Gesellschaft heute Abend. Es wäre sonst sehr einsam gewesen.«

Er erhob sich, und Beltan ging um den Tisch herum und half Grace vom Stuhl hoch. Sie wünschten dem Grafen eine gute Nacht, dann folgten sie Leweth aus dem Saal.

Unterwegs beugte sich Beltan vor und flüsterte: »Was ist passiert? Du hast einen Zauber gewebt, nicht wahr? Ich sehe es dich oft genug tun, also weiß ich, wie das aussieht. Du wirst ganz starr, als wärst du aus Stein gemacht.«

»Auf der Galerie«, flüsterte Grace dem Ritter zu. »Hast du während des Essens dort oben irgendetwas gesehen?«

»Nein. Warum?«

Grace befeuchtete die Lippen. Das überwältigende Gefühl der Leere, das sie bei der Erforschung der Galerie verschlungen hatte, bereitete ihr noch immer Übelkeit. Dort hatte es nicht die geringste Spur von Leben gegeben. Trotzdem war dort oben etwas gewesen.

»Es war der Tod, Beltan«, murmelte sie. »Es war der Tod, und er hat uns beobachtet.«

25

Ihre Hoheit Lady Aryn, Baronesse von Elsandry, Gräfin des Tals von Indarim und Herrin der Länder nördlich des Flusses Goldwein und südlich des Hügellandes von Grünschild, fühlte sich schmutzig; ihr war kalt und mehr als nur etwas übel, und sie kam sich alles andere als edel vor, als sie auf ihrer kastanienbraunen Stute in Begleitung von Lady Melia und Sir Tarus die gewundene Straße nach Schloss Calavere entlangritt.

Auf der Reise von Tarras nach Norden hatte es viele einsame Meilen gegeben, auf denen sie sich mit der Tatsache abgefunden hatte, dass König Boreas sie aller Wahrscheinlichkeit in dem Moment, in dem er sie zu Gesicht bekam, umbringen würde. Sie hatte sich vergangenen Sommer ohne seine Erlaubnis von Calavere fortgestohlen, um Grace zu folgen, und sie war ohne seine Erlaubnis zuerst nach Osten und dann nach Süden gereist. Außerdem war sie in Gesellschaft von zwei Hexen und dem Barden Falken Schwarzhand gereist, und es war schwer zu sagen, wen Boreas von den beiden mehr verabscheute – und wem er mehr misstraute.

Sei keine Gans, schalt sie sich. *Boreas kann dich nicht umbringen, wenn er dich zu seinem politischen Nutzen verheiratet. Dem Bräutigam wird es mit Sicherheit nicht entgehen, wenn du tot bist, und das wird den Wert der Allianz beträchtlich reduzieren.*

Es sei denn, er verheiratete sie mit Herzog Calentry. Der Herzog war angeblich der älteste noch lebende Mann in der Domäne Calavan, und hinter vorgehaltener Hand hieß es, dass es Vogelscheuchen gab, die lebendiger waren. Wenn sie vor ihrer Hochzeit ihr Ende fand, nun, dann würde der alte Herzog sie bloß umso verträglicher finden.

»Geht es Euch gut, meine Liebe?« Melia sah Aryn besorgt an. Die Lady schien auf dem Rücken ihrer weißen Stute zu schweben.

Aryn brachte einen Ausdruck zu Stande, von dem sie hoffte, dass man ihn mit einem Lächeln verwechseln würde. »Mir geht es gut. Wirklich. Doch sollte ich zufällig in Ohnmacht fallen und in den Schlamm stürzen, dann hoffe ich, dass Sir Tarus so galant ist, mich aufzuheben.«

»Natürlich, Euer Hoheit«, sagte der rothaarige Ritter, der auf ihrer linken Seite auf seinem gewaltigen Schlachtross saß. »Sofort nachdem ich mit meinem wohlverdienten Lachen fertig bin.«

»Ihr hattet schon zuvor einen Ritter-Hüter. Sind die immer so?«, wandte sich Aryn an Melia.

»Ich fürchte schon.« Melia seufzte gequält. »Ich glaube, das ist ein fundamentaler Fehler in ihrem Wesen. Das liegt an dem ganzen Eisen, das sie tragen. Soweit ich es sagen kann, verhindert es das einwandfreie Funktionieren ihres Gehirns.«

»Das habe ich bemerkt«, sagte Aryn.

Tarus ließ ein verwegenes Lächeln sehen und verbeugte sich im Sattel. »Ich stehe stets zu euren Diensten, Myladys.«

Aryn musste trotz der Schmetterlinge im Bauch lachen. Nicht zum ersten Mal wünschte sie sich, dass ihr zukünftiger Mann so fröhlich wie Sir Tarus sein würde. Nicht, dass Tarus besonders begeistert gewesen wäre, sie zu bekommen; sie wusste, dass er den Ruf seines Stiergottes gehört hatte, genau wie Sir Beltan. Aber zweifellos würde er seinen ehelichen Pflichten nachkommen, wie es der Brauch verlangte, und sie würde ihm die Zeit nicht übel nehmen, die er mit seinen Soldatenfreunden verbrachte, wenn er im Gegenzug sie ihren Studien mit den Hexen überließ. Solange sie einen Erben produzierten und ordentlich in Elsandry herrschten, würde man keine weiteren Ansprüche an sie stellen. Es würde eine erfreuliche Paarung sein.

Einen Augenblick lang amüsierte sie sich mit der Vorstellung, dass ihr Gemahl tatsächlich so ein Mann sein würde. Dann ratterte ein Karren an ihnen vorbei, spritzte Schlamm auf Aryns Gewand und holte sie unsanft zurück in den grauen Tag im Valdath.

Deine Ehe soll eine Allianz sein, das weißt du doch. König Boreas wird dich dorthin verheiraten, wo er den meisten politischen Nutzen daraus ziehen kann – wie er es auch sollte. Ein Mann wie Calentry ist viel wahrscheinlicher als einer wie Tarus.

Manchmal dachte sie an die Geschichten, die Grace ihr von ihrer Welt erzählt hatte, ein Ort, an dem Frauen ihren eigenen Weg gehen konnten, wo sie entscheiden konnten, wann und wen sie heirateten, falls sie überhaupt heirateten. Aber das hier war ihre Welt, nicht die von Grace.

Und wen würdest du überhaupt heiraten, wenn du die Wahl hättest?

Sie schloss die Augen und versuchte sich jemanden vorzustellen, der jung war, charmant und anmutig, und der ihren verkümmerten rechten Arm als das betrachten würde, was er war: ein Teil von ihr. Lirith verfügte über die Sicht und konnte manchmal einen Teil der Zukunft sehen. War es möglich, dass sie das gleiche Talent hatte, nur ein bisschen? Sie wusste es nicht, aber einen kurzen Moment später erschien ein Gesicht vor ihrem inneren Auge.

Doch es war nicht glatt und ansehnlich. Das Gesicht dieses Mannes war rau und ernst, mit tief liegenden braunen Augen, die von einem Leben voller Traurigkeit kündeten und einer grenzenlosen Loyalität – und vor allem von einer beständigen Zärtlichkeit. Aryn keuchte, und sie riss die Augen auf.

Tarus sah sie an. »Webt Ihr einen Zauber, Mylady?« Sein

Grinsen kehrte zurück. »Ich bin immun, müsst Ihr wissen. Das ganze Eisen. Es wehrt Hexenmagie ab.«

Aryn verdrängte ihre beunruhigenden Gedanken und erwiderte Tarus' Grinsen. »Das glaubt aber auch nur Ihr, Sir Tarus.«

Der Ritter fing an zu lachen, dann verstummte er wie abgeschnitten, da er sich nicht sicher war, ob sie scherzte oder nicht.

Aryn lachte. Trotz der steinernen Mauern des Schlosses, das sich über ihnen erhob, fühlte sie, wie sich ihre Laune besserte. Sie wusste nicht, wie sie die Reise nach Norden ohne Tarus oder Melia überstanden hätte. Tarus hatte immer einen Scherz auf den Lippen oder kannte eine alberne Geschichte, die sie aufstöhnen ließ und von dem ablenkte, was sie auf Calavere erwartete. Und auch wenn sie kaum glaubte, Melia jemals wirklich kennen zu lernen, war die Lady in den vergangenen drei Wochen sehr freundlich zu ihr gewesen. Aryn hatte ihre Mutter nie kennen gelernt; sie war während ihrer Geburt gestorben. Es war schön, sich vorzustellen, dass sie vielleicht ein kleines bisschen wie Melia gewesen war.

Andererseits wusste Aryn, dass Melia sie nicht aus reiner Nettigkeit auf dieser Reise begleitet hatte. Sir Tarus hatte von wachsenden Problemen in den Domänen gesprochen, und zweifellos wollte Melia sie mit eigenen Augen sehen. Allerdings waren ihnen kaum Anzeichen von Aufruhr begegnet. Das spätherbstliche Wetter war kühl und feucht, und die Dörfer, durch die sie gekommen waren, waren alle ruhig und friedlich gewesen, jetzt, da der Rest der Ernte eingeholt worden war. Jedoch war Calavan die südlichste der Domänen, und Aryn hatte bei der vergangenen Wintersonnenwende erfahren müssen, dass Unglück meistens aus dem Norden kam.

Sie ritten durch das Haupttor des Schlosses, während die Wächter auf den Pflastersteinen niederknieten, als sie Aryn erkannten, aber die drei Reisenden blieben nicht stehen. Sie suchten sich ihren Weg über den unteren Burghof – der vor Aktivität nur so barst – und dann durch das Tor, das auf den oberen Burghof und zum Bergfried führte.

Lord Farvel, König Boreas' Seneschall, wartete bei den Ställen auf sie. Er hatte seinen siebzigsten Winter schon lange hinter sich gelassen und hatte weißes Haar und ein freundliches Gesicht – auch wenn der Ausdruck etwas von der Lähmung beeinträchtigt wurde, die seine linke Gesichtshälfte befallen hatte, das Resultat eines Zusammenbruchs vor ein paar Jahren, der ebenfalls seinen linken Arm und das Bein geschwächt hatte. Boreas hatte Farvel von seinem behaglichen Altersruhesitz im westlichen Calavan zurückgerufen, um nach Lord Alerains Tod als Seneschall zu dienen.

Aryn hatte schöne Erinnerungen an Lord Farvel. Er hatte vor einigen Jahren als Marschall des Königs gedient und sie auf jedem Pferd des Stalls sitzen lassen, auf dem sie hatte sitzen wollen, vorausgesetzt, es war nicht zu wild. Der Seneschall lächelte, als er sie sah, und kniete ziemlich unbeholfen nieder, während Tarus ihr beim Absitzen half. Sie ließ ihn ihre Hand küssen, dann bat sie ihn, doch aufzustehen, und ließ ihn sich dabei auf ihren Arm stützen. Farvel hätte nicht auf dem harten Stein knien sollen, ganz egal was die Tradition verlangte.

»Euer Hoheit, es ist eine Freude, Euch wiederzusehen«, sagte der Seneschall und atmete schwer; seine Augen leuchteten. »Sir Tarus, ich danke Euch, dass Ihr sie sicher hergebracht habt. Und Eure Anwesenheit ist eine willkommene Überraschung, Lady Melia. Ich bin davon überzeugt, der König weiß zu schätzen, dass Ihr seinem Mündel zur Seite steht.«

»Ich werde dafür sorgen, dass er es tut«, sagte Melia und glättete ihr Überkleid, das im Gegensatz zu Aryns Gewand und Tarus' Wams nicht das geringste Stäubchen aufwies.

Farvel wandte sich wieder Aryn zu. »König Boreas hat Eure

Rückkehr ungeduldig erwartet, und er wünscht Euch auf der Stelle zu sehen.«

»Das ist nett«, sagte Aryn. »Aber ich will ihn nicht sehen.«

Farvels Augen drohten aus ihren Höhlen zu quellen. »Euer Hoheit, vielleicht habe ich mich nicht richtig ausgedrückt. Der König hat den strikten Befehl gegeben, dass ich Euch im Augenblick Eurer Ankunft in seine Gemächer bringe.«

»Das klingt ganz nach dem König, ja«, sagte Aryn. »Aber ich bin sicher, er wird unser Wiedersehen viel angenehmer finden, wenn ich gebadet und etwas Passenderes und Saubereres angezogen habe.« Viel wichtiger war, dass ihr das die nötige Zeit verschaffen würde, um sich zu sammeln und nachzudenken. Sie hatte noch immer nicht entschieden, was sie Boreas genau sagen wollte. Oder wie viel.

Farvel rang die Hände. »Aber Euer Hoheit ...«

»Hat sich deutlich ausgedrückt, Mylord«, sagte Melia energisch.

Farvel stotterte, dann drehte er sich um und humpelte in den Stall, um sich um ihre Pferde zu kümmern.

»Es ist immer besser, anderen zu seinen eigenen Bedingungen gegenüberzutreten«, sagte Melia anerkennend. »Ihr habt viel gelernt, seit ich Euch kennen gelernt habe.«

Aryn ergriff die Hand der Lady. »Ich hatte gute Lehrer. Boreas mag der König sein, aber noch hat eine Lady gewisse Rechte, und ich werde sie nutzen.«

Tarus schnaubte. »Ihr Frauen seid entschlossen, die Welt zu erobern, nicht wahr?«

Melia schenkte dem Ritter ein liebevolles und bedauerndes Lächeln. »Die Armen. Wissen sie denn nicht, dass wir das längst haben?«

Aryn lachte, als Melia ihren guten Arm nahm, und zusammen betraten sie das Schloss, während Tarus vor sich hin murmelnd hinter ihnen herkam.

Eine Stunde später war Aryns gute Laune verschwunden. Sie schritt durch die vertrauten Korridore von Calavere, warm und sauber nach ihrem Bad, in ein Gewand von der gleichen blaugrauen Farbe wie die Abenddämmerung draußen vor dem Fenster gekleidet. Einer der Wächter des Königs hatte ihr angeboten, sie zu Boreas' Gemächern zu begleiten, aber sie hatte abgelehnt. Sie brauchte einen Augenblick für sich allein, um sich auf das vorzubereiten, was sie tun würde.

Ganz egal, wie sie es betrachtete, sie war immer wieder zu demselben Schluss gekommen: Sie konnte den König nicht über ihre Studien bei den Hexen unterrichten. Denn wenn sie dies tat, würde sie ihn auch über das informieren müssen, was die Hexen glaubten und was sie planten – wie sie die Krieger im Auge behalten wollten, die Vathris Stiertöter anbeteten, und wie sie gegen sie arbeiten wollten.

Dem Wenigen nach zu urteilen, was Aryn wusste, waren die Krieger von Vathris der festen Überzeugung, dass die letzte Schlacht nahte. Und sie glaubten, dass sie dazu bestimmt waren, diese Schlacht zu verlieren, aber dass sie in diesem Kampf große Ehre erringen und nach dem Tod in der Halle ihres Stiergottes wandeln würden.

Genau wie die Krieger glaubten auch die Hexen, dass ein großer Konflikt nahte – ein Konflikt, der von dem Mann mit der Bezeichnung Runenbrecher heraufbeschworen werden würde und der – wie Aryn zugeben musste – niemand anderes als Travis Wilder sein konnte. Die Krieger schienen für diesen Konflikt bereit zu sein, sie schienen ihn sogar begierig zu erwarten. Darum fürchteten die Hexen, dass die Krieger in der letzten Schlacht auf der Seite des Runenbrechers kämpfen wollten. Also hatten sie beim Weben des Musters entschieden, gegen die Männer von Vathris zu arbeiten.

Und wegen des Musters konnte Aryn König Boreas mit keinem Wort darüber informieren.

Es war erst wenige Wochen her, dass sie endgültig begriffen hatte, was es wirklich bedeutete, in das Muster eingebunden zu sein. Ivalaine hatte ihr befohlen, Melia und Falken nach Tarras zu folgen, sie im Auge zu behalten und sofort Bescheid zu geben, wenn Travis Wilder nach Eldh zurückkehrte. Dann kehrte Travis zurück. Aber bei dem chaotischen Kampf gegen die Zauberer von Scirath und den Dämon war keine Zeit gewesen, Ivalaine einen Brief zu schreiben, und dann war Travis so schnell wieder verschwunden, wie er gekommen war.

In ihrer Verzweiflung war es ihr zuerst leicht gefallen, nicht an Ivalaines Befehl zu denken. Aber schon bald kehrten die Gedanken an die Pflicht zurück. Sie fand sich mit Feder und Pergament in der Hand wieder, ohne sie bewusst geholt zu haben; es kostete sie größte Anstrengungen, sie zur Seite zu legen. Wie konnte sie Ivalaine über Travis Bericht erstatten, wenn sie nicht einmal mit Grace über alles gesprochen hatte? Sie wusste, dass Grace viel für Travis Wilder empfand. Und wenn sie ihn jemals fanden, wollten die Hexen ihn einsperren. Grace verdiente es, die Wahrheit zu erfahren. Aber jedes Mal, wenn Aryn ihr von dem Muster erzählen wollte, erstarrte sie und war unfähig, die nötigen Wörter zu formen.

Vielleicht gehörte es zur Magie des Musters, dass es nicht jenen enthüllt werden konnte, deren Lebensfäden nicht mit ihm verwoben waren. Aber Aryns Faden war gebunden, und jeden verstreichenden Tag, an dem sie den Brief an Ivalaine nicht schrieb, wurden die Gedanken in ihrem Kopf lauter und schriller, bis sie wie ein Schwarm Fledermäuse waren, die kreischend aus einer Höhlenöffnung geflattert kamen und sich auf sie stürzten. Noch schlimmer war es sogar, wenn sie die Gabe benutzte. Der Aufbruch nach Calavere half auch nicht. Melia hatte angefangen, ihr öfters besorgte Blicke zuzuwerfen, und Aryn war sich durchaus bewusst, dass sie vor sich hin murmelte und an ihren Haaren zog.

Schließlich konnte sie nicht mehr widerstehen. In einem Augenblick, in dem sie fast dem Wahnsinn zu verfallen drohte, als sie vor Gendarra in einem Gasthaus übernachteten, schrieb Aryn einen Brief, in dem sie erklärte, wie Travis Wilder kurz erschienen und dann wieder gegangen war, dass Lirith mit ihm verschwunden war. Mit einem ihrer wenigen Juwelen bezahlte sie einen Boten, den Brief nach Ar-Tolor zu Königin Ivalaine zu bringen. Fast augenblicklich verstummten die schrill klagenden Stimmen in ihrem Kopf. Sie konnte die Gabe mühelos benutzen, um nach der Weltenkraft zu greifen, und sie genoss es. Auch wenn das Gefühl den Makel eines leisen Schuldgefühls trug.

Du hättest eine Möglichkeit finden müssen, Grace von dem Muster zu erzählen.

Aber selbst wenn ihr das gelungen wäre, nun war es zu spät. Grace war meilenweit weg. Soweit Aryn wusste, waren sie und die anderen bereits in Toringarth und spürten die Teile von Ulthers Schwert auf. Hätte es doch bloß eine Möglichkeit gegeben, über eine solche Distanz durch das Netz der Weltenkraft zu sprechen. Aber die gab es nicht, und sie wusste nicht, wann sie Grace wieder sehen würde.

Als sie den Korridor betrat, der zu den königlichen Gemächern führte, erregte etwas ihre Aufmerksamkeit und lenkte sie von ihren Gedanken ab. Es war wie ein leises Geräusch oder ein Schatten, der im Augenwinkel vorbeihuschte, und sie griff schnell mit der Gabe zu und tastete. Da war nichts; sie war allein in dem Korridor.

Aber die Netzfäden der Weltenkraft vibrierten noch immer kaum merklich, als hätte man erst vor Augenblicken etwas mit ihnen gewoben.

Aryn gab die Weltenkraft frei und ließ zögernd ihre Wärme

und ihr Licht aus den Fingern gleiten. Dann trat sie vor die Tür am Ende des Korridors. Das Wappen von Calavere war in sie eingelassen: zwei gekreuzte Schwerter über einer Krone mit neun Zacken. Aryn hob die gute linke Hand, aber bevor sie anklopfen konnte, rief eine barsche Stimme: »Kommt rein.«

26

Der König saß in einem Stuhl, dessen Beine in Drachenklauen endeten, vor dem Feuer. Er sah nicht auf, als sie eintrat, sondern hielt den Blick auf die Flammen gerichtet. Eine der vor dem Kamin ausgestreckt liegenden Bulldoggen hob den Kopf, um Aryn anzuknurren, aber eine Handbewegung des Königs brachte sie zum Schweigen.

Aryn zwang sich, an den Tag vor Jahren zu denken, an dem sie nach Calavere kam – ein Mädchen von zehn Wintern, dessen Eltern beide tot waren, das zu dem König reiste, der von nun an sein Vormund sein würde. Sie würde nie vergessen, wie sie Boreas das erste Mal gesehen hatte. Er hatte auf dem Thron wie ein Riese ausgesehen, und als er sprach, hatte sich seine Stimme wie Donnergrollen angehört. Sie hatte ihn für den beeindruckendsten Mann gehalten, den sie je gesehen hatte, und es hatte sie ihren ganzen Mut gekostet, ihre Beine zu zwingen, zum Thron zu gehen und dort einen Knicks zu machen.

So war es wieder. Einen Augenblick lang lähmte die Grimmigkeit seines Profils sie. Falls sie sich eingebildet hatte, er würde vor Sorge ganz hager aussehen, erlebte sie eine Enttäuschung. Den grauen Stellen in seinem glänzenden schwarzen Bart und Haar zum Trotz erschien der König von Calavan so mächtig und eindrucksvoll wie immer.

Bevor ihr Zögern zu groß wurde, um aufzufallen, überwand Aryn den halben Weg bis zu seinem Stuhl und machte einen Hofknicks. »Ich bin gekommen, wie Ihr gewünscht habt, Euer Majestät.«

Er grunzte, sah aber noch immer nicht auf. »Ihr seid da, Lady Aryn. Aber kaum, wie ich gewünscht habe. Ich warte jetzt seit über einer Stunde auf Euch.«

»Ich hielt es für besser, den Schmutz der Reise abzuspülen, bevor ich vor Euch trete.«

»Tatsächlich, Mylady?« Endlich drehte er den Kopf und richtete den Blick auf sie. »Wisst Ihr eigentlich, dass Lady Grace einmal meinem Ruf in einem Gewand Folge geleistet hat, das mit dem Blut von Sir Garfethel getränkt war? Sie schien nicht der Meinung gewesen zu sein, dass ein Bad wichtiger als mein Befehl ist.«

Aryn seufzte, aber nicht wegen des Tadels, der in den Worten des Königs gelegen hatte, sondern wegen der Erinnerung an den wunderbaren Garf. Grace hatte alles in ihrer Macht Stehende getan, um den jungen Ritter von den von einem Bären geschlagenen Wunden zu heilen, aber es hatte nicht ausgereicht.

Boreas schien zu begreifen, dass seine Worte nicht den gewünschten Effekt hatten. »Wo ist Lady Grace?« Hörte sie da einen leichten Unterton der Enttäuschung in seiner Stimme? »Lord Farvel hat mir mitgeteilt, dass sie nicht mit Euch gekommen ist. Ist sie im Süden geblieben?«

Aryn trat noch einen Schritt vor und sprach so geradeheraus, wie sie nur konnte. »Sie befindet sich auf einem Schiff nach Toringarth, Euer Majestät, wo sie hofft, die verlorenen Teile von König Ulthers Schwert zu finden.«

Es war ein Fehler des Königs – oder eine Tugend, es kam darauf an, wen man fragte –, dass er keine oder kaum Anstalten machte, seine Gefühle zu verbergen. Auf seinem Gesicht zeigte sich Erstaunen, dem einen Augenblick später eine berechnende Vorsicht folgte. Er wusste genauso gut wie sie, dass die Mitteilung ihn schockieren und ihm demonstrieren sollte, dass sie Dinge wusste, die ihm unbekannt waren. Sie hatte es nicht aus einer Laune heraus oder aus Wut gesagt. Er war noch immer ihr König, und er würde immer ihren Respekt besitzen. Aber sie war kein kleines Mädchen mehr. Sie hatte viel getan und so viel gesehen, seit sie gewagt hatte, die Mauern dieses Schlosses hinter sich zu lassen. Das musste er begreifen, bevor diese Unterhaltung weiterging.

Es gab viele, die den König wegen seiner körperlichen Präsenz und seiner Neigung zu schnellem Handeln für nicht besonders intelligent hielten. Sie irrten sich. Aryn wusste, dass Boreas alles andere als dumm war. Er lehnte sich vor, seine Augen funkelten neugierig. »Setzt Euch, Mylady.« Er zeigte auf den Stuhl, der ihm gegenüber stand.

Ja, er hatte ihre Botschaft verstanden, und er schien darüber eher erfreut als verärgert zu sein. Aber Boreas hatte es schon immer vorgezogen, sich mit jenen direkt auseinander zu setzen, die es wagten, ihm Widerstand entgegenzubringen. Aryn hoffte von ganzem Herzen, dass sie diese Kraft hatte. Sie raffte ihr Gewand und setzte sich in den Stuhl. Es war heiß so nahe am Feuer.

Boreas entblößte seine kräftigen Zähne zu einem Grinsen. »Erzählt mir alles, was Ihr auf Euren Reisen erlebt habt, Mylady. Lasst nichts aus. Vergesst nicht, ich bin Euer König.«

»Glaubt mir, Euer Majestät, das ist etwas, das ich nie vergessen werde.«

Sie verbrachte die nächste Stunde damit, genau zu beschreiben, was sie seit dem Tag im vergangenen Sommer, an dem sie sich aus Calavere fortstahl, alles erlebt hatte. Boreas lauschte ohne Unterbrechung, manchmal sah er sie an, manchmal schaute er ins Feuer. Gelegentlich nickte er, als hätten ihre Worte eine seiner Ansichten bestätigt. Und mehr als einmal starrte er sie auch erstaunt an.

Aber seit ihrem Aufbruch von Calavere war sie vor Wesen aus Feuer geflohen, hatte mit einem Nekromanten an seiner Tafel gegessen und war Zeugin der Geburt einer Göttin gewesen. Sie war zur ältesten Stadt von Falengarth gereist, hatte mit Göttern und Kaisern gesprochen und vor einem körperlosen, aus Blutmagie geborenen Bösen gezittert. Sie selbst war etwas erstaunt. Hatte sie diese Dinge wirklich alle erlebt?

Das hatte sie. Und wenn sie daran dachte, was sie alles überlebt hatte, dann war ihr klar, dass im Vergleich dazu eine so lächerliche Sache wie eine vom König befohlene Heirat ihre Furcht nicht wert war.

Während ihres Berichts war es beunruhigend einfach, alles auszulassen, was die Hexen betraf. Sie tat es, ohne eigentlich darüber nachzudenken. Der Große Hexenzirkel, die Entscheidung, nach Travis Runenbrecher Ausschau zu halten, die Vervollkommnung ihrer eigenen Kräfte – ihre Zunge tänzelte um alle diese Dinge so mühelos herum, als hätte es sie nie gegeben. Tatsächlich war es so einfach, dass sie sich fragte, ob ihre Worte nicht von der Macht des Musters gelenkt wurden, das dafür sorgte, dass nichts von den Plänen oder Überzeugungen der Hexen diesem Krieger enthüllt wurde, der ihr da gegenübersaß.

Nachdem sie zum Ende gekommen war, schaute der König weiter ins Feuer. Sie fragte sich, was er in den Flammen sah.

»Es kommt ein Krieg, Mylady«, sagte er mit leiser Stimme, und vielleicht war das die Antwort auf ihre Frage. Er stand auf und fing an, auf und ab zu gehen. »Ich bin sicher, Sir Tarus hat Euch von Anzeichen der Unruhen erzählt, die wir bemerkt haben. Die Schwarzen Ritter, von denen wir weder ihre Motive noch ihren Herrn kennen, beherrschen mittlerweile sowohl Brelegond als auch Eredane. Darüber hinaus balanciert König Sorrin von Embarr nicht länger am Rand des Wahnsinns, sondern ist kopfüber in den Abgrund gestürzt. Er hat seine Unterstützung für den Orden von Malachor zurückgezogen, und nun sind die malachorianischen Ritter beträchtlich geschwächt.«

Aryn hatte nicht gesehen, dass er ihn zur Hand genommen hatte, aber jetzt hielt Boreas einen Dolch, mit dem er gedankenverloren spielte, während er weitersprach. »Sicher, nicht alles, was vor einem Jahr beim Rat der Könige an Gutem zu Stande gekommen ist, ist gescheitert. Galt steht noch immer an unserer Seite, auch wenn es die kleinste aller Domänen ist. Und ich bin davon überzeugt, dass unsere Allianz mit Ar-Tolor bald stärker als je zuvor sein wird. Ich zähle auch die neue Königin von Perridon zu den engen Verbündeten, auch wenn ihre Domäne allen Berichten zufolge von der Seuche im Sommer verwüstet wurde und es Jahre dauern wird, bis Perridon seine alte Stärke zurückerlangt hat.

Und das ist nicht alles, Mylady. Unter dem gemeinen Volk gibt es eine wachsende Unruhe, genau wie zur letzten Wintersonnenwende. Sie flüstern von Geschöpfen, die die Nacht heimsuchen und Kinder aus ihren Betten stehlen, von dunklen Wolken, die gegen den Wind durch den Nachthimmel fliegen, und von seltsamen Lichtern, die in den Tiefen der Wälder flackern, wo niemand lebt. Die wenigen Ritter, die dem Orden verblieben sind, verbringen ihre ganze Zeit damit, solche Geschichten zu untersuchen und die Leute davon abzuhalten, in Panik zu verfallen.«

Seine Worte machten Aryn sprachlos. In der Vergangenheit hatte der König nie so offen mit ihr über seine Ängste oder Sorgen gesprochen. »Und was haltet Ihr von dem Ganzen, Euer Majestät?«

»Ich habe mich eigentlich gefragt, was *Ihr* davon haltet, Mylady! Schließlich gibt es viel, was Ihr mit eigenen Augen gesehen habt, das ich nur vermuten konnte. Aber ich will Euch sagen, was ich glaube. In der Nacht der Wintersonnenwende wurde ein Unheil abgewandt, aber nur mit Mühe, und es wurde nicht vernichtet. Und jetzt deuten alle Zeichen auf eine Sache: Das Böse regt sich erneut, stärker als je zuvor.«

Mit einer schnellen Bewegung rammte er den Dolch in den Tisch in der Mitte des Raums. Die Klinge sank in das Holz, als wäre es Käse, und blieb zitternd dort stecken. Unwillkürlich dachte Aryn darüber nach, wie leicht ihm das gefallen war. War er wirklich so begierig auf den Kampf?

Boreas kam auf sie zu. Obwohl sie es nicht wollte, sank sie in dem Stuhl in sich zusammen, so wie sie es als Mädchen getan hatte, wenn sie mit seinem Zorn konfrontiert wurde. Nur dass er nicht wütend zu sein schien, sondern triumphierend, und irgendwie war das genauso Furcht erregend.

»Und jetzt, Mylady, gerade als die Dinge am verzweifeltsten aussehen, da kommt Ihr und bringt mir den König von Malachor. Oder die Königin, wie sich herausstellt. Und was viel wichtiger ist, sie ist unsere Lady Grace.« Er ballte die Hand zur Faust. »Vathris, lass mich die Kraft haben, das zu glauben.«

Aryn zwang sich, seinen Blick zu erwidern. »Lady Grace ist in der Tat die Erbin von Malachor, Euer Majestät. Die königliche Linie wurde während all der Jahrhunderte im Geheimen von Falken Schwarzhand und Lady Melia gehegt. Ich habe Euch die Wahrheit gesagt.«

»Ja, das habt Ihr. Aber nicht die ganze, Mylady.«

Ein Stich durchfuhr ihr Inneres. »Euer Majestät, ich verspreche Euch, dass ich Euch alles gesagt habe.«

Boreas zuckte mit den massiven Schultern und seufzte. »Ich habe mich stets darüber beklagt, dass Ihr in der Kunst der Täuschung hoffnungslos seid, Mylady. Ich hatte immer die Befürchtung, dass in Euren Adern das Blut von Bauern fließt, weil Ihr einen so langweiligen Hang zur Wahrheitsliebe habt. Aber wie ich jetzt sehe, habe ich mich geirrt. Ihr habt endlich gelernt zu lügen.«

Panik stieg in Aryn hoch. Sie war davon überzeugt, nichts enthüllt zu haben. Wie konnte er davon erfahren haben? Sie stand von ihrem Stuhl auf und öffnete den Mund, um etwas zu erwidern.

Boreas winkte ab und brachte sie zum Schweigen. »Nein, Mylady. Im Gewebe der Täuschung, das Ihr gestrickt habt, war kein Fehler. Tatsächlich bin ich davon beeindruckt. Ich hoffe nur, dass meine Lektionen einen Teil zu der Entwicklung Eurer Fähigkeiten beigetragen haben. Ich wäre nie auf die Idee gekommen, dass Ihr lügt, wäre nicht das hier gewesen.«

Auf dem Tisch lag ein Blatt Pergament, direkt neben dem Messer. Er hob es auf.

Aryn versuchte ihre Lippen mit einer trockenen Zunge zu befeuchten. Hätte der König sie doch aufgefordert, sich Wein einzuschenken. »Was ist das?«

»Es ist ein Schreiben von Königin Ivalaine. Ich habe es letzten Durstag bekommen.«

Aryn lauschte ungläubig, als Boreas beschrieb, was er aus dem Brief der Königin von Toloria erfahren hatte: wie Ivalaine vergangenen Winter herausgefunden hatte, dass sowohl Aryn wie auch Grace über das Talent für Hexerei verfügten, dass Lirith nach Calavere entsandt worden war, um als ihre Lehrerin zu dienen, und dass Aryn während ihres Aufenthalts auf Ar-Tolor ihre Studien fortgeführt hatte.

Aryn konnte kaum atmen. Die ganze Zeit, die sie sich auf Calavere von Ivalaine und Lirith hatte unterrichten lassen, hatte sie darum gekämpft, Boreas die Wahrheit vorzuenthalten, da sie wusste, wie sehr er den Hexen misstraute. Und jetzt enthüllte ihm Ivalaine persönlich alle diese Dinge? Aber warum nur?

Boreas legte das Schreiben weg. »Also habe ich jetzt zwei Schutzbefohlene, die in diesem Hort der Geheimnisse lebten und unter ihren zauberischen Einfluss gerieten. Ihr versteht sicher, warum ich der Ansicht bin, dass Königin Ivalaine mir die Treue schuldet. Aber vielleicht kommt am Ende ja etwas Gutes dabei heraus, dass ich dieser Hexe das Kind von meinem Blut und das Kind meines Herzens anvertraut habe. Bei Vathris, ich kann nur hoffen, dass das alles einen Sinn macht.«

Aryn wusste nicht, was sie darauf antworten sollte.

Boreas sah aus dem Fenster. Die Nacht brach herein. »Sie behauptet, Ihr wäret ziemlich mächtig, Mylady. Sie schreibt in ihrem Brief, dass Ihr die stärkste Hexe seit einem Jahrhundert seid.«

War da ein leichtes Zittern in der Stimme des Königs? War es Furcht? Ekel? Bei den Göttern, es konnte doch wohl kein Stolz sein, oder?

Er drehte sich um. »Ist es wahr, Mylady? Könnt Ihr meine Gedanken lesen, noch bevor ich sie ausgesprochen habe?«

Entsetzen durchflutete sie, und Qual. Sie streckte die linke Hand aus. »Nein, Euer Majestät. Bei allen Sieben, nein.«

Der König hielt ihren Blick fest, dann sprach er, und seine Stimme war leise, aber hart. »Ich hoffe, Ivalaine hat Recht. Denn wisset, Mylady, ganz egal was manche glauben, die Schlacht wird kommen. Die größte Schlacht, die diese Welt je gesehen hat. Und sie wird geschlagen werden, ganz egal, wie sehr andere auch versuchen werden, dies zu verhindern. Ich könnte eine Macht wie die Eure auf meiner Seite gebrauchen.«

Aryn wusste, dass sich die Dinge verändert hatten, seit sie Calavere verlassen hatte, dass *sie* sich verändert hatte, aber erst in diesem Augenblick wurde ihr klar, wie sehr. Hier stand Boreas, in jeder Hinsicht so stark und Furcht einflößend, wie sie ihn in Erinnerung hatte. Und er bat sie um Hilfe.

»Ihr seid mein König«, schaffte sie schließlich hervorzuwürgen. »Ich stehe unter Eurem Befehl.«

Aber selbst als sie diese Worte sprach, fragte sie sich, ob das nicht bloß eine weitere Lüge war, und der Niedergeschlagenheit in seinem Blick nach zu urteilen, schien er sich diese Frage ebenfalls zu stellen. Dann war diese Betrübtheit blitzschnell verschwunden, und sie fragte sich, ob sie richtig gesehen hatte.

Boreas klatschte in die Hände. »Das ist genug Gerede über den Krieg, Mylady. Lasst uns stattdessen über Eure Hochzeit sprechen.«

Er zeigte auf eine Kommode, auf der ein Krug und Pokale standen. Aryn eilte dorthin und füllte die Pokale mit rotem Wein. Sie reichte dem König einen und trank dann gierig selbst.

»Ich glaube, sie wird bald stattfinden«, fuhr der König fort. »Ich stelle mir vor, dass Ihr beim Fest der Erneuerung verheiratet seid.«

»Wenn es Euer Majestät gefällt«, murmelte sie. »Und darf ich den Namen des Mannes erfahren, der mein Gemahl werden wird?«

»Er wird in wenigen Tagen auf Calavere eintreffen. Ich werde ihn dann Euch und dem Rest des Hofes vorstellen.«

Sie nickte. »Wie es Euer Majestät gefällt.« Es störte Aryn nicht, dass sie nicht wusste, wer er war. So blieben ihr noch ein paar Tage, in denen sie angenehmen Fantasien nachhängen konnte, dass ihr Gemahl noch über die meisten seiner Zähne verfügte und ohne ihre Hilfe den Nachttopf würde benutzen können.

Boreas stellte den Pokal ab und betrachtete sie. »Das Schloss ist ohne Euch grauer gewesen. Ich habe Euch vermisst, Aryn.«

Ihr Herz schmerzte so sehr, dass sie glaubte, es würde gleich zerspringen. »Und ich habe Euch vermisst, Vater.«

Bevor sie es sich anders überlegen konnte, stellte sie den Pokal ab und warf sich in seine Arme, um ihn fest zu umarmen. Er stieß sie nicht weg, sondern legte die Arme um sie, und sie waren so stark, wie sie in Erinnerung hatte, und sie hüllten sie ein und ließen sie sich wieder wie ein kleines Mädchen fühlen. Sie drückte die Wange gegen seine Brust. Er roch nach dem Feuer und nach der freien Natur. Schließlich löste sie sich zögernd aus seinem Griff und trat zurück.

»Ihr versteckt ihn nicht länger«, sagte er mit einem Lächeln auf den Lippen. »Euren rechten Arm. Das sehe ich mit Freude. Ihr habt nichts, weswegen Ihr Euch schämen müsst. Vergesst das nie, Mylady.«

Sie wischte sich mit der guten Hand über die Augen und nickte. »Das werde ich nicht, ich verspreche es Euer Majestät.«

Er grinste sie an, und sie erwiderte den Ausdruck. Es schien, dass für den Moment, wenn auch nicht alles vergeben, es doch zumindest vergessen war. Trotzdem blieb eine Distanz zwischen ihnen, ein Abgrund, und Aryn wusste, dass er niemals wieder völlig überbrückt werden konnte.

Er ist ein Krieger, ein Anhänger des Inneren Kreises von Vathris Stiertöter. Und du ...

Aber was war sie? Eine Hexe, ja. Was Ivalaine in dem Brief geschrieben hatte, entsprach der Wahrheit; das war unbestritten. Aber was für eine Art Hexe war sie? Keine wie Belira und ihre bösartigen Freundinnen, die sie allein deswegen verspottet hatten, weil sie anders aussah. Aber auch keine wie Schwester Liendra, die die ältesten und weisesten Hexen an den Rand des Musters gedrängt hatte und die sie aufgerufen hatte, den Kriegern von Vathris in offenem Kampf entgegenzutreten.

Liendras Wünsche waren im abschließenden Gewebe des Musters abgeschwächt worden. Aber sie waren noch da, und die Fäden, die alle Hexen banden, verlangten von ihnen, die Krieger nicht aus den Augen zu lassen und sie daran zu hindern, ihre letzte Schlacht zu schlagen. Und Aryn war ebenso sicher ein Teil des Musters wie Liendra. Sie konnte sich nicht dagegen wehren. Oder etwa doch?

Diese Frage konnte warten. Sie unterdrückte ein lautes Gähnen, und Boreas befahl ihr, in ihr Gemach zurückzukehren und sich auszuruhen. Sie küsste die bärtige Wange, dann trat sie durch die Tür und überließ den König seinem Feuer, seinen Hunden und seinen Gedanken an den Krieg.

27

Die nächsten paar Tage vergingen für Aryn auf eine seltsam angenehme Weise.

Sicher, es gab viel, weswegen sie sich sorgte. Sie dachte oft an Grace, und auch an Beltan, Vani und Falken. Wo waren sie jetzt? Hatten sie schon jemanden gefunden, der sie über das Wintermeer brachte? Vielleicht öffnete Grace ja in genau diesem Augenblick in einer uralten Burg in Toringarth eine staubige alte Truhe, in der die zersplitterten Teile des magischen Schwertes Fellring ruhten. Aryn fand den Gedanken aufregend, auch wenn sie nicht genau sagen konnte, warum das so war. Sie wusste nur, dass sie sich wünschte, dass Grace sämtliche Geheimnisse ihrer Herkunft aufdeckte. Nach all dem, was sie durchgemacht hatte, hatte sie das ja wohl verdient.

Ich wünschte, ich könnte bei dir sein, Grace. Zumindest im Geiste, wenn schon nicht in Person.

Aber Grace befand sich weit außerhalb ihrer Reichweite, und wenn Aryn sich der Gabe bediente, fühlte sie nur die zahllosen Lebewesen im Schloss: Menschen, Hunde, Katzen und Ungeziefer. Versuchte sie, die Gabe über die Schlossmauern hinaus auszudehnen, spürte sie ein unangenehmes Ziehen, als würde ihr Lebensfaden zu sehr gespannt. Sie konnte nicht länger als ein paar Sekunden so weit ausholen, bevor sie gezwungen war loszulassen und aufkeuchte, wenn ihr Lebensfaden zurück an Ort und Stelle schnellte.

Das Quartett, das nach Toringarth reiste, waren nicht die einzigen Reisenden, die Aryn beschäftigten. Sie dachte oft an die vier, die aus der Etherion verschwunden waren. In mancherlei Hinsicht war es besser für Travis Wilder, dass er nicht länger auf Eldh weilte. Aber Lirith vermisste sie schrecklich, und sie hatte Angst um sie.

Wenigstens war vermutlich Sareth in ihrer Nähe. Aryn war nicht entgangen, dass da etwas zwischen den beiden war. Aber etwas schien sie beide auch zurückzuhalten. Aber was? Aryn wusste es nicht. Es hatte keine Zeit zum Fragen gegeben, und jetzt grübelte sie darüber nach, ob sie Lirith jemals wieder sehen würde. Oder Sareth. Oder Durge.

Und warum war es wichtig, Durge wiederzusehen? Was sollte sie ihm sagen, und warum spielte es überhaupt eine Rolle?

Denk nicht so. Du wirst Lirith wiedersehen, und Durge auch, und dann kannst du dir noch immer deswegen Sorgen machen. Grace und Falken werden sie bei der Wintersonnenwende im Schwarzen Turm finden. Das muss Himmels Botschaft bedeutet haben.

Außerdem hatte sie dringendere Sorgen; in der Hauptsache ihre bevorstehende Hochzeit. Ihr Gemahl würde bald im Schloss eintreffen, und Lord Farvel war mit den Vorbereitungen für ein Fest beschäftigt, das aus diesem Anlass gegeben wurde. Aryn hatte ihn gefragt, ob sie helfen könnte, aber der alte Mann hatte so verwirrt ausgesehen, als hätte sie vorgeschlagen, trotz des draußen vor den Fenstern niedergehenden Graupelregens ein Picknick im Garten abzuhalten.

»Mylady, Ihr seid einer der Ehrengäste. Ich würde eher den König darum bitten, in der Waschküche Tische zu schrubben.«

Das hätte Aryn nur zu gern gesehen. Aber sie wollte nicht dafür verantwortlich sein, dass Lord Farvel noch einen Zusammenbruch erlitt, also überließ sie ihn seiner Arbeit.

Während die Tage vergingen, vertrieb sie sich die Zeit damit, durch das Schloss zu spazieren und ihre sämtlichen Lieblingsplätze zu besuchen: den Fenstersitz, in dem sie sich als kleines Mädchen immer zusammengerollt und dem Kommen und Gehen der Leute unten im Burghof zugesehen hatte, und die Galerie über dem Großen Saal, auf der während des Essens die Musikanten spielten, und den Kühlraum außerhalb der Küche, in dem duftende Brotlaibe auf Steintischen ausgelegt wurden, nachdem man sie aus den Öfen geholt hatte, und wo sie auf ihre Reise zum Tisch des Königs warteten.

Sie tat ihr Bestes, diese Orte zu genießen. Schließlich würde sie nach ihrer Heirat wieder zurück nach Schloss Elsandry ziehen. Natürlich würde sie Calavere wiedersehen, aber nur, wenn besondere Ereignisse die Reise erforderlich machten. Sie würde ihren eigenen Haushalt haben, den sie in Ordnung halten musste.

Calaveres Korridore erwiesen sich als vertraut und tröstend, aber sie waren viel einsamer, als sie sie in Erinnerung hatte. Die paar jungen Frauen am Hof, mit denen sie in der Vergangenheit ihre Zeit verbracht hatte, hatten Ritter und Grafen geheiratet und waren fort. Und auch wenn sie viele der Diener kannte, boten sie doch kaum die passende Gesellschaft für eine Frau ihres Rangs.

Manchmal dachte sie an Sir Tarus, aber nach ihrer Ankunft auf Calavere sah sie nur wenig von dem rothaarigen Ritter. Er verbrachte viel Zeit in Boreas' Gemächern, und es war klar, dass Tarus hoch im Orden von Malachor aufgestiegen war. Aryn hatte den Eindruck, dass er in dieser Zeit der Krise zu einem von Boreas' wichtigsten Beratern geworden war. Natürlich war Tarus bei seiner Arbeit für den Orden viel herumgekommen. Er wusste vermutlich mehr über die in den Domänen brodelnden Probleme als sonst jemand.

Die Person, die Aryn am häufigsten sah, war Melia. Zu ihrer großen Überraschung festigte sich ihre Freundschaft mit der einstigen Göttin auch weiterhin. Sie saßen oft in Aryns Gemach und arbeiteten an Stickarbeiten und unterhielten sich dabei, während draußen kalter Nieselregen fiel. Manchmal erzählte Melia Geschichten aus ihrer Zeit in Falengarth, als sie Falken geholfen hatte, aus dem Verborgenen heraus die Linie von Malachor zu bewahren. Es war spannend, von den Bemühungen zu hören, die nötig gewesen waren, um eine Entdeckung zu vermeiden, und anscheinend hatten sie im Verlauf der Jahrhunderte fast an jedem Ort in den Domänen gewohnt, ob in einem abgelegenen Bergtal in Galt oder einer windumtosten Burg in Embarr, einer Hütte an der felsigen Küste von Perridon oder einem kleinen Landhaus an den Ufern des Kelduorn, dem Fluss Goldwein.

Aryn war so von Melias Geschichten gefesselt, dass sie einmal, nachdem Melia zum Ende gekommen war, nach unten schaute und bemerkte, dass sie sich mit einer Nadel in den Finger gestochen und es nicht einmal bemerkt hatte.

»Oje«, sagte sie und seufzte. »Ich habe dieses Halstuch überall mit Blut beschmiert. Dabei hatte ich es fast fertig.«

»Ihr müsst die Stickerei in Pergament einwickeln und weglegen«, sagte Melia. »Dann müsst Ihr sie nach der Hochzeit Eurem Gemahl geben.«

Aryn sah die Lady überrascht an. »Wie kommt Ihr darauf?«

»Im Blut liegt große Macht. Ihr habt der Stickerei ein Opfer dargebracht – Euch selbst. Jetzt enthält das Tuch einen kleinen Teil Eurer Macht. Es wird Eurem Gemahl Glück in der Schlacht bringen.«

Aryn strich über das aufgestickte Muster. Die Blutung an ihrem Finger hatte aufgehört, aber auf dem Tuch war ein heller roter Fleck. Lag wirklich Macht in ihrem Blut? Vielleicht ja. Vielleicht hatte es sie ja schon immer dort gegeben, und sie hatte nur darauf gewartet, von ihr entdeckt zu werden.

»Schlacht«, murmelte sie und erwiderte Melias Blick. »Ihr glaubt, dass sie kommt, genau wie er.«

Ein kleines, haariges schwarzes Etwas sprang auf Melias Schoß, um nach einem Wollknäuel zu schlagen. »Wie wer, meine Liebe?«

»König Boreas«, sagte Aryn. »Und die Krieger von Vathris.«

Das Kätzchen hörte zu spielen auf, gähnte und rollte sich dann in Melias Ellbogen zusammen. »Erzählt mir mehr davon«, bat die Lady.

Und Aryn gehorchte. Sie berichtete Melia alles, was Boreas während ihrer Unterhaltung gesagt hatte – seine Überzeugung, dass ein Krieg unvermeidlich war und dass etwas Böses, das geschlafen hatte, sich wieder rührte, nur diesmal stärker als je zuvor.

Als sie geendet hatte, drückte Melia ihre Wange an das Kätzchen. Es schlug die Augen auf, und sie waren genauso golden und hell wie die der Lady. »Also sieht es auch der König.« Melia seufzte. »Aber ich vermute, es ist auch offensichtlich genug. Nachdem Tarus uns berichtet hatte, dass die Schatten zurückkehren, wussten Falken und ich, dass es nur eine Antwort geben kann.«

Aryn befeuchtete sich die Lippen. »Es ist der Fahle König, nicht wahr? Er versucht erneut, sich zu befreien.«

Melia nickte. »Travis hat vor einem Jahr das Runentor mit Magie gebunden und den Fahlen König in Imbrifale eingesperrt. Aber er hat nur eine der Runen auf dem Tor ersetzt – eine, wo einst drei waren. Wir konnten nicht erwarten, dass es für alle Ewigkeit hält, obwohl das schön gewesen wäre.«

Aryn fröstelte, als sie sich an den schrecklichen Abend der Wintersonnenwende erinnerte, als die Streitkräfte des Fahlen Königs das Schloss heimgesucht hatten.

Ihr Frösteln blieb nicht unbemerkt. Melia ließ das Kätzchen zu Boden springen, dann stand sie auf und goss zwei Pokale Wein ein. Einen reichte sie Aryn. »Das wird Euch wärmen, meine Liebe. Und versucht, Euch keine Sorgen zu machen. Noch ist der Fahle König nicht frei, und wenn wir Glück haben, wird das auch nie passieren.«

Aryn trank langsam ihren Wein, obwohl sie ihn kaum schmeckte. »Aber Travis ist nicht mehr auf Eldh. Wie soll er das Tor erneut binden?« Und würden ihm die Hexen dazu überhaupt die Chance geben? Aber das sprach sie nicht aus. »Und es ist nicht nur der Fahle König, nicht wahr? Sein Herr Mohg, einer der Alten Götter, versucht nach Eldh zurückzukehren. Er will die Welt für sich selbst. War es nicht das, was Grace erfahren hat?«

Melia nickte. »Es ist wahr. Mohg sucht einen Rückweg nach Eldh. Aber das bedeutet nicht unbedingt, dass er auch einen findet. Schließlich haben die Diener des Fahlen Königs die Scirathi in dem Glauben aufgesucht, dass die Zauberer eine Möglichkeit finden, ein Tor zu öffnen und für Mohgs Rückkehr nach Eldh zu sorgen. Aber Xemeth hat sie verraten, und der Dämon hat sie verschlungen, bevor Travis ihn vernichtet hat.«

Aryn kaute auf ihrer Unterlippe herum. Ja, Travis hatte den Dämon vernichtet. So wie er dem Nekromanten Dakarreth den Stein des Feuers abgerungen hatte. So wie er den Fahlen König hinter dem Runentor eingesperrt hatte. Travis' Macht war nicht zu leugnen. Er musste der Runenbrecher sein; die Prophezeiungen konnten nicht falsch sein, was das betraf. Doch bei allem, bei dem sie Zeugin geworden war, hatte er Eldh helfen und ihm nicht schaden wollen. Es war Mohg, der die Welt zerstören wollte, nicht Travis. Es ergab alles keinen Sinn.

Ihre Verwirrung musste sich auf ihrem Gesicht widergespiegelt haben. Melia hob eine Braue. »Worüber denkt Ihr nach, meine Liebe?«

»Ich weiß es nicht.« Das entsprach durchaus der Wahrheit. »Ich wünschte nur, ich wüsste, was ich tun muss.«

»Wir müssen unser Leben leben«, sagte Melia entschlossen. »Wozu die Finsternis bekämpfen, wenn wir vergessen, uns ins Licht zu stellen, um seine Wärme zu fühlen? Wir müssen uns auf Eure Hochzeit vorbereiten und diesen Anlass feiern.«

Aryn strich über die blutverschmierte Stickerei auf ihrem

Schoß. »Und was ist mit dem Krieg? Sollten wir uns darauf auch vorbereiten?«

Melia presste die Lippen zu einem schmalen Strich zusammen. »Vergesst es nicht«, sagte sie. »Verwahrt das Tuch für Euren Gemahl.« Dann beugte sie den Kopf über ihre eigene Stickarbeit und fing an zu nähen.

Aryn folgte ihrem Beispiel, und sie arbeiteten schweigend weiter, bis es draußen dunkel wurde.

Am nächsten Morgen spazierte Aryn allein durch das Schloss und fragte sich, ob sie Melia nicht zu viel erzählt hatte. Hatte sie das Vertrauen des Königs missbraucht? Aber sie sah nicht ein, wieso es schaden sollte, wenn Melia Boreas' Gedanken kannte. Schließlich war der König froh gewesen, die Wahrheit über Graces Herkunft zu erfahren, und es war Melia gewesen, die zusammen mit Falken die Linie von Malachor die ganzen Jahre beschützt hatte.

Aryn wandte ihre Gedanken einem anderen, viel beunruhigenderen Problem zu: Travis Wilder. Er war der in den Prophezeiungen vorhergesagte Runenbrecher, aber sie konnte nicht glauben, dass er böse war – nicht nach all dem, was sie mit eigenen Augen gesehen hatte. Sollte sie Ivalaine einen weiteren Brief schicken, in dem sie der Hexenkönigin ihre Meinung mitteilte? Konnten die Hexen sie wegen solcher Zweifel verstoßen? Die Idee jagte ihr eine Gänsehaut über den Rücken.

Sie war so in ihre Gedanken versunken, dass sie, als sie um die Ecke bog, den Diener nicht bemerkte und genau in ihn hineinlief. Er stolperte zurück und ließ das Bündel Feuerholz fallen, das er getragen hatte. Die Scheite prasselten zu Boden; aus einem seltsamen Grund erinnerten sie Aryn an einen Haufen Knochen.

Sie richtete sich wieder auf. »Alles in Ordnung?«

Der Mann stand einfach da, seine braunen Augen waren so

stumpf wie sein braunes Wams und die Hosen. Er sah nicht besonders alt aus – bis auf ein paar Pockennarben war sein Gesicht ganz glatt –, aber er nahm die gekrümmte Haltung eines alten Mannes ein. Er machte keinerlei Anstalten, das Feuerholz wieder aufzuheben.

Aryn runzelte die Stirn. »Entschuldige, alles in Ordnung mit dir?«

Der Mann rührte sich noch immer nicht. Sie streckte die Hand nach ihm aus, aber in diesem Augenblick eilte eine junge Frau im taubengrauen Kleid einer Dienstmagd auf sie zu.

»Alfin. Alfin, da bist du ja.« Sie kam atemlos zum Stehen und packte den Mann am Arm. »Mylady, verzeiht ihm. Bitte. Lasst ihn nicht wieder prügeln. Mein Bruder hat es nicht so gemeint. Ich flehe Euch an, Mylady.« In ihren Augen glänzten Tränen.

Ihre Worte entsetzten Aryn. »Wovon auf Eldh sprichst du? Natürlich werde ich ihn nicht prügeln lassen. Es war mein Fehler. Aber mit ihm scheint etwas nicht zu stimmen.«

Die junge Frau hob das Feuerholz auf. »Es ist alles in Ordnung. Man muss nur wissen, wie man mit ihm sprechen muss, das ist alles.« Sie drückte den Stapel Feuerholz gegen seine Brust, und seine Arme schlossen sich automatisch darum. Sie nahm sein Gesicht in beide Hände und sprach ganz langsam. »Die Küche, Alfin. Bring das Holz in die Küche.« Sie gab ihm einen sanften Schubs, und er schlurfte den Korridor entlang.

Als er Aryn passierte, sah sie es: die Delle in seinem Hinterkopf, die ins Auge fiel, weil auf der Narbe keine Haare wuchsen. Aber das war nicht das Einzige, das ihr zu denken gab. Etwas an dem jungen Mann erschien vertraut.

Sie warf der Magd einen entsetzten Blick zu. »Was ist mit ihm geschehen?«

Die junge Frau rang die Hände. »Bitte, Mylady. Es war ein Unfall. Der Wächter hat ihn wie befohlen geprügelt, und er war nicht zu grob mit dem Stock, wirklich nicht. Aber Alfin ist auf den Steinen ausgerutscht, und der letzte Schlag traf ihn am Kopf. Es war nicht der Fehler des Wächters. Wir sind deshalb nicht böse.«

Aryn versuchte, diese Worte richtig zu verstehen. Sie glaubte, den Sinn erkennen zu müssen. »Sein Verstand«, sagte sie. »Der Schlag hat ihn verwirrt.«

»Ihm geht es gut, Mylady. Wirklich. Ich kümmere mich darum, dass er es in die Küche schafft.« Sie machte einen tiefen Knicks, dann eilte sie ihrem Bruder hinterher.

Aryn machte einen zögernden Schritt hinter ihr her. Etwas stimmte nicht. Da gab es etwas, an das sie sich hätte erinnern müssen, da war sie sich sicher. Sie machte einen weiteren Schritt.

Und hörte das helle, bimmelnde Läuten eines Glockenspiels.

28

Aryn drehte sich auf dem Absatz um. Das Glockenspiel war hinter ihr ertönt. Aber wo genau war es hergekommen? Und warum ließ es ihr das Herz bis zum Hals schlagen?

Sie hatte diesen Gedanken noch nicht bis zu Ende gedacht, als sie es schon wieder hörte. Die Melodie schien aus einem in der Nähe befindlichen Torbogen zu kommen. Aus irgendeinem Grund musste sie an Trifkin Moosbeere und seine seltsame Schauspielertruppe denken, die vergangenen Winter ins Schloss gekommen war. Bevor Aryn überhaupt bewusst wurde, was sie da tat, trat sie durch den Torbogen.

Sie vernahm die Glöckchen noch drei Mal, immer direkt hinter der nächsten Biegung. Aryn folgte ihnen, und bald fand sie sich in einem kalten und staubigen Teil des Schlosses wieder. Direkt voraus sah sie flackerndes orangefarbenes Licht, das über die Wand zuckte. Es drang aus einer Tür, die in eine alte Wachstube führte. Jemand hatte dort ein Feuer entzündet. Aber wer würde sich in diesem verlassenen Teil des Schlosses aufhalten?

Es gab nur eine Möglichkeit, dies herauszufinden. Sie hob den Saum ihres Gewandes, bewegte sich so langsam, wie sie konnte, und spähte durch die Öffnung. Bis auf das im Kamin brennende Feuer war der kleine Raum leer.

Oder? Wie an ihrem ersten Abend im Schloss erspähte sie etwas am Rand ihres Sichtfelds. Schnell griff sie mit der Gabe zu.

Ihr entfuhr ein Aufschrei. Die leuchtenden Fäden der Weltenkraft schlängelten sich um ihn herum und ließen seine Gestalt so deutlich hervortreten, als hätte sie ein silbernes Netz über eine Glasskulptur geworfen. Der Mann stand keine drei Schritte von ihr entfernt.

Sie öffnete die Augen und trat ein Stück zurück. »Ich weiß, dass Ihr da seid. Zeigt Euch.«

Der Mann schob die Kapuze seines grauen Umhangs zurück, warf die Umhangschöße über die Schultern und enthüllte seine Gestalt so plötzlich, als wäre er buchstäblich aus dem Nichts getreten. Der Umhang war genau wie der, der Travis Wilder gehörte, allerdings befand er sich in einem besseren Zustand. Bei jeder Bewegung des Mannes schimmerte er leicht, wie ein Ölfilm auf Wasser.

»Es scheint, als wäre ich ertappt«, sagte der Mann in spöttischem Tonfall. Er war nicht groß und von schlanker Gestalt, mit gewellten blonden Haaren. Ein sorgfältig gestutzter Bart schmückte sein spitzes Kinn, unter dem Umhang trug er eng anliegende schwarze Kleidung.

In Aryn blitzte Erkennen auf. »Ich kenne Euch. Ihr seid der Spion, den wir in Perridon kennen gelernt haben. Euer Name ist Aldeth, und Ihr seid einer von Königin Inaras Spinnenmännern.«

Der Mann stöhnte gequält auf. »Ihr wisst, dass ich durch meinen Eid als Spinnenmann gezwungen bin, jeden zu töten, der mich entdeckt.« Er machte eine kaum sichtbare Bewegung mit der Hand, und plötzlich hielt er einen schmalen Dolch. »Aber ich vermute, es würde einen diplomatischen Zwischenfall provozieren, wenn ich das Mündel des Königs und eine Baronesse ermorde. So gesehen habt Ihr Glück, was das betrifft, Lady Aryn.«

Also erinnerte er sich an sie. »Und wieso könnt Ihr Euch nicht vorstellen, dass nicht Ihr der Glückliche seid?«, fragte sie. Seine Worte ärgerten sie. Sie hob den verkümmerten Arm und webte die schnellen Fäden eines Zaubers.

Aldeths rechte Hand zuckte, der Dolch fiel klirrend zu Boden.

Er hob eine Braue. »Wie habt Ihr das gemacht, Mylady?«

Ihre Lippen verzogen sich zu einem Lächeln. »Wenn ich Euch das sage ...«

»Ja, ja, ich weiß – dann müsstet Ihr mich töten.« Er runzelte die Stirn, aber es sah eher komisch als alarmierend aus. »Ich dachte, das wäre mein Spruch.«

Aryn antwortete mit einem zuckersüßen Lächeln. Sie hatte ganz vergessen, dass ihr der Spinnenmann sympathisch gewesen war. »Was macht Ihr in diesem Schloss?«

Er hob den Dolch auf und steckte ihn irgendwo unter seinen Umhang. »Ich könnte Euch dieselbe Frage stellen, Mylady. Da gebe ich mir Mühe, einen abgelegenen Ort zu finden, um mich auszuruhen, und dann besteht Ihr darauf, hier völlig uneingeladen hereinzuplatzen.«

Aryn zuckte mit den Schultern. »Wenn Ihr eine Entdeckung hättet vermeiden wollen, hättet Ihr vielleicht darüber nachgedacht, kein Feuer zu machen. Nichts sagt ›He, hier bin ich‹ so schön wie ein fröhlich flackerndes Feuer.«

Aldeth kniff die blaugrauen Augen zusammen. »Jetzt seid Ihr einfach gemein, Mylady. Mir war kalt. Und ich dachte nicht, dass es hier Augen geben würde, die das Feuer sehen können. Ihr wisst genau, dass Ihr kein Recht habt, in diesem Teil des Schlosses herumzuspazieren. Bei Jorus, ich glaube, sogar die Ratten haben diesen ganz besonderen Flügel vergessen. Was tut Ihr hier?«

»Offensichtlich Spionen den Tag verderben.«

Aldeth grunzte zustimmend.

»Also, warum seid Ihr wirklich auf Calavere?«, fragte Aryn und fühlte sich mutig genug, zwei Schritte näher in den Raum und auf das Feuer zuzugehen.

Der junge Mann breitete die Hände aus und grinste; seine Zähne waren verfault. »Ich bin Spion, Mylady. Was glaubt Ihr, was ich hier mache? Ich beobachte natürlich den König.«

»Aber warum? Sind Perridon und Calavan nicht Verbündete?«

»Und jetzt habt Ihr mir verraten, dass Ihr aber auch gar nichts von Politik versteht, Mylady. Deine Feinde auszuspionieren ist nützlich. Aber deine Freunde auszuspionieren ist absolut unumgänglich. Königin Inara weiß, dass finstere Zeiten vor uns liegen, und sie will in Erfahrung bringen, was Boreas deswegen unternehmen will.«

»Und warum fragt sie ihn dann nicht einfach?«

»Weil sie wissen will, was er wirklich tun wird, nicht, was er sie glauben lassen will, dass er tut. Und diese beiden Dinge sind nur sehr selten das Gleiche, Mylady.«

Aryn runzelte die Stirn. »Das hört sich wirklich nicht danach an, wie Freunde miteinander umgehen sollten.«

»Unsinn, Mylady. Die besten Freundschaften gründen auf einem soliden Fundament aus Lügen und Täuschungen. Es sind jene Freunde, die völlig ehrlich zueinander sind, die sich am Ende gegenseitig umbringen.«

»Jetzt seid Ihr albern.«

»Wirklich?« Aldeth glättete den Bart. »Und was würdet Ihr einer Eurer Freundinnen sagen, wenn sie das schrecklichste Gewand trägt, das Ihr je gesehen habt?«

Aryn dachte darüber nach. »Ich würde eine Möglichkeit finden, sie mit einem Glas Wein zu beschütten, und es wie ein Missgeschick aussehen lassen. Dann müsste sie sich umziehen, und sie würde nie erfahren müssen, wie furchtbar das erste Gewand war, und – oh!«

Aldeth grinste wieder und verbeugte sich. »Ich akzeptiere das als Eingeständnis der Niederlage, Mylady.«

Aryn stieß erbost die Luft aus. »Also, was machen wir jetzt?«

»Spielt nicht mit mir, Mylady. Ihr wisst ganz genau, dass das der Augenblick ist, in dem Ihr aus mir einen unaussprechlichen Gefallen herauspresst als Gegenleistung dafür, meine Anwesenheit nicht dem König zu verraten.«

Aryn dachte über seine Worte nach. »Nun, daran hatte ich gar nicht gedacht. Aber ich muss zugeben, es ist eine gute Idee. Also lasst uns das tun. Diese Sache mit der Erpressung.«

Aldeth schaute sie böse an. »Ich glaube, Ihr genießt das.«

»Vielleicht ein bisschen. Ist das falsch?«

»Sagt mir einfach, was es ist«, sagte er. »Welchen Gefallen wollt Ihr dafür, dass Ihr unsere kleine Zusammenkunft als Geheimnis behandelt?«

Sie tippte sich mit dem Finger gegen die Wange. »Ich weiß es noch nicht genau. Aber ich bin sicher, mir fällt etwas ein. Ich lasse es Euch wissen, sobald ich es weiß.«

»Und wie kommt Ihr darauf, dass Ihr mich noch einmal finden werdet?«

Aryn dachte an das Glockenspiel, das sie hergeführt hatte. Melia und Boreas glaubten beide, dass der Fahle König wieder am Werk war, genau wie vor einem Jahr. Aber er war nicht die einzige uralte Macht, die bei der Wintersonnenwende aufgetreten war. Sie hatte das Gefühl, dass jemand – etwas – gewollt hatte, dass sie Aldeth fand. Vielleicht würde er oder es ihr erneut helfen.

»Ich bin sicher, ich finde eine Möglichkeit«, sagte sie mit einem, wie sie hoffte, geheimnisvollen Lächeln. Sie wandte sich zum Gehen, aber als sie durch den Torbogen schritt, blickte sie über die Schulter. »Wir waren alle froh, Aldeth. Als wir erfuhren, dass Ihr Euch von Eurer Verletzung erholt habt. Ich bin davon überzeugt, dass Ihr Eurer Königin alle Ehre macht.«

Er nickte. »Allein die Götter wissen, wie sehr ich es versuche, Mylady.«

Aryn überließ den Spinnenmann seinem Feuer, dann begab sie sich durch die Korridore zurück in die bevölkerten Regionen des Schlosses. Sie fragte sich, ob es richtig gewesen war,

Aldeth zu versprechen, seine Anwesenheit dem König zu verschweigen. Aber so schuldete der Spinnenmann ihr etwas, und es gab ihr die Möglichkeit, ihn im Auge zu behalten. Sicherlich war das besser, als ihn aus dem Schloss zu werfen – eine Handlung, die zweifellos einen diplomatischen Zwischenfall zwischen Perridon und Calavan zur Folge haben würde, etwas, das beide Verbündete im Augenblick nicht gebrauchen konnten. Davon abgesehen hatte Aryn das Gefühl, dass Aldeths Hilfe irgendwann noch sehr nützlich sein würde, auch wenn sie noch immer nicht wusste, worum sie ihn bitten würde. Zufrieden, für ihre Domäne das Beste getan zu haben, bog sie in den Korridor ein, der zu ihrem Gemach führte.

Lord Farvel stand vor ihrer Tür und wartete.

»Mylady!«, sagte der Seneschall voller Erleichterung. »Da seid Ihr ja. Die Wächter des Königs haben das Schloss nach Euch durchsucht.«

»Offensichtlich nicht sehr gründlich«, erwiderte Aryn. »Wie Ihr sehen könnt, Mylord, bin ich hier.«

»Ihr müsst mich sofort begleiten.«

Ohne um ihre Erlaubnis zu bitten, ergriff er ihren Arm und führte sie den Korridor entlang. Aryn war zu überrascht, um sich zu wehren.

»Was ist denn, Lord Farvel?«

»Er ist da, Mylady. Und einen Tag früher, bei allen Sieben. Es ist noch nicht alles bereit, nicht im Mindesten, aber manchmal muss man sich eben damit begnügen.«

Aryn schüttelte den Kopf und versuchte zu verstehen, wovon Farvel da sprach. »Was meint Ihr, Mylord? Wer ist da?«

»Was? Euer Gemahl, natürlich.«

Seine Worte trafen Aryn wie ein Schlag. Ihr Inneres wurde taub, und sie erlaubte dem Seneschall, sie mit sich zu ziehen wie ein zurückgebliebenes Kind. Ihr Gemahl war da? So früh?

Sie kamen zum Eingang des Großen Saals. Zwei Wächter

verbeugten sich und stießen die riesigen Eichentüren auf, und der Luftzug, den sie verursachten, schien Aryn genauso durch sie hindurchzustoßen wie Lord Farvels Drängen.

Der Boden des Großen Saals war mit frischen Binsen bestreut; man hatte Fackeln entzündet, um das schwindende Tageslicht zu kompensieren. Der König saß auf seinem hölzernen Thron oben auf dem Podest. Vor ihm standen zwei Gestalten. Nur ihre Rücken waren zu sehen, und beide trugen schwere Reiseumhänge, so dass Aryn nicht sagen konnte, ob es sich um Männer oder Frauen handelte, obwohl beide von schlankem Wuchs zu sein schienen.

Eine dritte Gestalt – dies war unverkennbar eine Frau – saß auf einem Stuhl, der auf der ersten Stufe des Podests aufgestellt worden war, dem Thron zugewandt. Dieser Anblick schockierte Aryn. Nur die edelsten aller Gäste durften während einer Audienz beim König sitzen. Aryn konnte das Gesicht der Frau nicht erkennen, da es Boreas zugewandt war, aber ihr Haar hatte die Farbe von Flachs, und der Umhang war über die Schultern geschoben und enthüllte ein Gewand, das so hell und grün wie die Binsen auf dem Boden war.

Die Türflügel knallten mit einem lauten Krachen zu. Boreas schaute auf, und die Frau auf dem Stuhl wandte den Kopf und richtete die Augen – die so klar und farblos wie Eis waren – auf Aryn.

Es war Königin Ivalaine.

Aryn zögerte und wäre ohne Lord Farvels hartnäckigen Griff gestolpert. Sie riss sich zusammen, nahm das Kinn hoch und ging weiter auf das Podest zu, während ihre Gedanken rasten. Was tat die Königin auf Calavere? Hatte sie ihren Brief erhalten und war nach Calavere gereist, um darüber zu sprechen?

Sie ist gekommen, um dich dafür zu bestrafen, dass es so lange gedauert hat, ihr zu schreiben, dachte Aryn mit wachsender Panik. *Sie ist gekommen, um den Faden aus dem Muster zu reißen. Bei Sia, das wird ein quälender Schmerz werden, oder?*

Aber das war absurd. Der Bote würde Ar-Tolor an dem Tag erreicht haben, an dem Aryn auf Calavere eingetroffen war. Das war vor drei Tagen gewesen. Es war unmöglich, dass die Königin in dieser Zeit hergereist war. Sie musste ihr Schloss bereits vor einer Woche verlassen haben.

Was bedeutet, dass sie deinen Brief nicht bekommen hat, Aryn. Sie weiß nichts von Travis oder den Geschehnissen in Tarras.

»Ich freue mich, dass Ihr entschieden habt, Euch zu uns zu gesellen, Lady Aryn«, knurrte Boreas auf seinem Thron und klang alles andere als erfreut.

Königin Ivalaine stand von ihrem Stuhl auf. »Lady Aryn, es ist schön, Euch wiederzusehen.«

Aryn machte hastig einen Hofknicks und schaute zu Boden, weniger aus Ehrerbietung als vielmehr aus Furcht. »Euer Majestät«, sagte sie mit noch immer gesenktem Kopf. »Ich wusste nicht ... ich wusste nicht, dass Ihr kommt.«

»Tatsächlich«, sagte Ivalaine mit ihrer kühlen Stimme. »Und wer, habt Ihr geglaubt, würde ihn Euch denn sonst bringen, Lady Aryn?«

Diese Worte ließen Aryn ruckartig den Kopf heben. In den Augen der Königin lag ein seltsames Funkeln. Es ähnelte Trauer, war aber leerer, eher gehetzt. Doch Aryns Aufmerksamkeit blieb nur einen Herzschlag lang auf die Königin gerichtet, denn die beiden Gestalten, die sie flankierten, hatten sich umgedreht.

Zur Linken der Königin stand eine Frau am Ende ihrer mittleren Jahre. Eine einzelne weiße Strähne zeichnete ihr tiefschwarzes Haar, und in ihren fast mandelförmigen Augen lag eine sanfte Weisheit. Schwester Mirda.

Aryn verspürte Unglauben, gefolgt von Freude. Es war Mirda gewesen, deren ausgeglichene Gegenwart das von Schwester Liendra geschürte Fieber des Hasses gekühlt und das Muster verbessert und sein Zustandekommen so verändert hatte, dass die Hexen den Runenbrecher nicht töten, sondern lediglich aufspüren und daran hindern wollten, Schaden anzurichten.

Bevor Aryn sich weiter wundern konnte, ertönte eine leise, sarkastische Stimme.

»Hallo, Cousine.«

Die Stimme war tiefer als das letzte Mal, als sie sie gehört hatte, aber sie erkannte sie sofort.

»Prinz Teravian!«, stieß sie hervor und wandte sich dem jungen Mann zu, der zur Rechten der Königin stand. Einen Augenblick später fielen ihr ihre Manieren wieder ein, und sie machte einen Knicks. Als sie sich wieder erhob, hatten sich seine Lippen zu einem spöttischen Grinsen verzogen. Es überraschte sie nicht; Teravian schien sich immer an der Nervosität anderer zu erfreuen.

König Boreas' Sohn war gewachsen, seit sie ihn das letzte Mal auf Ar-Tolor gesehen hatte. Er war größer als sie, und seine Schultern waren recht breit, auch wenn er noch immer schlank war. Er musste jetzt achtzehn sein, aber egal, wie alt er auch werden würde, er würde nie so stämmig wie sein Vater werden. Er war wie ein Tänzer gebaut, nicht wie ein Krieger. Trotzdem war er auf die gleiche dunkle, mürrische Weise attraktiv wie der König, eine Tatsache, die ihn deutlich als Boreas' Sohn auswies. Andererseits zeichnete seine Züge eine Zartheit aus, die dem König fehlte. Sie musste von seiner Mutter stammen, aber Aryn konnte sich da nicht sicher sein, denn sie hatte Königin Narenya nie mit eigenen Augen gesehen. König Boreas' Gemahlin war gestorben, bevor Aryn nach Calavere gekommen war.

»Nun, wollt Ihr mich nicht begrüßen?«, sagte Teravian. Er wirkte zugleich gelangweilt und amüsiert.

Aryn schaffte es, Luft zu holen. »Verzeiht mir, Euer Majestät. Natürlich ist es gut, Euch zu sehen. Aber sagt, warum seid Ihr nach Calavere zurückgekehrt? Ist Euer Aufenthalt auf Ar-Tolor zu Ende?«

Teravian starrte sie an, als hätte sie den Verstand verloren. Auch Boreas und Ivalaine starrten sie an, genau wie Mirda und Farvel. Auch wenn Mirdas Blicke weitaus freundlicher als die der anderen waren.

Aryn sah sie der Reihe nach an, versuchte verzweifelt zu verstehen, was hier vor sich ging. Dann, wie aus weiter Ferne, erklangen erneut Lord Farvels Worte in ihrem Bewusstsein.

Was meint Ihr, Mylord? Wer ist da?

Was? Euer Gemahl, natürlich.

»Ihr«, sagte sie und starrte den jungen, ganz in Schwarz gekleideten Mann an. »Ihr seid es, den ich heiraten soll.«

»Es ist nicht nötig, dass Ihr so angewidert klingt«, sagte der Prinz und zog die dichten Brauen zusammen. »Glaubt mir, ich bin darüber genauso wenig erfreut wie Ihr.« Und er stapfte davon, ohne bei der Königin oder dem König die Erlaubnis einzuholen, sich zurückziehen zu dürfen, und verschwand durch eine Seitentür.

»Nun«, sagte Mirda und brach leise das Schweigen, »eigentlich kann es nur noch besser werden.«

29

Ihr dritter Tag auf Meerwacht dämmerte noch finsterer als die ersten beiden herauf. Kein Wunder, dass den Embarranern der Ruf vorauseilte, sie seien schwermütig; dieser Ort ließ Seattle wie Palm Beach aussehen. Ohne die Magd, die das Frühstück brachte, hätte Grace nicht gewusst, dass die Sonne aufgegangen war.

»Danke, Mirdrid«, sagte Grace schläfrig und stützte sich im Bett auf einen Ellbogen auf, während die Frau das Tablett abstellte.

Grace hatte sich am Vortag etwas mit der jungen Frau unterhalten – ein Teil ihrer neuen Strategie, die Diener nicht zu ängstigen. Überraschenderweise schien es funktioniert zu haben, da die junge Frau einen Hofknicks machte und schüchtern lächelte. Sie war hübsch, wie eine Blüte, die sich gerade erst zu öffnen begonnen hatte. Eines ihrer braunen Augen sah stumpf aus, aber das andere konzentrierte sich auf Grace.

»Lasst mich wissen, wenn Ihr noch etwas braucht, Mylady.«

»Natürlich, Mirdrid. Und bring mir die Stickarbeit, an der du gearbeitet hast – das Stück, von dem du mir gestern erzählt hast. Ich würde es gern sehen.«

Die Dienstmagd lächelte erneut, dann eilte sie aus dem Zimmer. Grace schob die Bettdecke zurück und wurde sich erst dann bewusst, dass Vani nicht da war. Sie berührte die Stelle, an der die Meuchelmörderin gelegen hatte, aber das Laken war kalt. Grace kletterte mit Hilfe der hölzernen Stufen aus dem Bett, schenkte sich eine Tasse *Maddok* ein und setzte sich ans Feuer.

Die anderen kamen eine halbe Stunde später. Zuerst klopften Falken und Beltan an der Zimmertür – der Barde, um zu reden, und der Ritter, um zu sehen, was er von Graces Frühstückstablett klauen konnte, nachdem er offensichtlich alles vertilgt hatte, was auf seinem und Falkens gelegen hatte. Grace trug noch ihr Nachthemd, aber sie hatte sich in eine Decke gewickelt und hoffte, dass sie das ausreichend majestätisch erscheinen ließ. Dann war Vani da, und es war ein deutliches Zeichen ihres schlechten Gesundheitszustands, dass diesmal alle mitbekamen, wie die Meuchelmörderin eintrat.

»Wo bist du in der Nacht gewesen?«, fragte Grace.

»Ich habe die Burg durchsucht.«

Keiner von ihnen musste fragen, wonach sie gesucht hatte. Nach dem Abendessen hatte Grace ihnen von dem Wesen erzählt, das sie auf der Galerie gesehen hatte. Das sie beobachtete, aber nicht lebendig war.

Falken sah die *T'gol* an. »Habt Ihr irgendetwas gefunden?«

»Nein. Wie Lord Elwarrd bereits sagte, sind auf seiner Burg nur noch wenige Leute, also war es leicht, sich frei zu bewegen. Und ich habe keine Spur von einem Wesen gefunden, wie Grace es beschrieben hat. Da war nur ...« Vani runzelte die Stirn.

»Da war nur was?«, hakte Grace nach.

»Nichts.« Vani hielt die Hände ans Feuer. »Ich habe keine Spur von einem Wesen entdecken können, wie du es beschrieben hast, Grace.«

»Was macht Euch so sicher, dass sich diese Person nicht einfach vor Euch verborgen hat?«, fragte Beltan skeptisch.

Vani schenkte dem Ritter einen vernichtenden Blick. Die Botschaft war eindeutig: Falls es etwas zu finden gab, würde die *T'gol* es auch entdecken. Aber jetzt, nach einer ordentlichen Nachtruhe, war Grace sich nicht mehr so sicher, was sie da mit der Gabe aufgespürt hatte. Es war ein so flüchtiger Eindruck gewesen, und sie hatte noch immer leichtes Fieber. Vielleicht war ja gar nichts da gewesen.

Und warum kannst du es dann noch immer fühlen, Grace?

Den Tod. Das Gefühl war so stark, dass es beinahe dein Herz zum Stehen gebracht hätte.

»Du hättest nicht in der Nacht draußen sein sollen«, sagte sie zu Vani. »Du bist noch nicht gesund. Du brauchst Ruhe.«

»Ich ruhe jetzt.« Die *T'gol* setzte sich mit untergeschlagenen Beinen vor das Feuer.

Beltan putzte mit dem letzten Stück Brot die Haferschleimschale aus. »Also, hat das, was du gesehen hast, deine Pläne verändert?«

Grace dachte über ihre Möglichkeiten nach. Die Medizin fing an zu wirken; eine schnelle Überprüfung ihrer Lebensfäden zeigte, dass es ihr und Falken beträchtlich besser ging. Auch Vanis und Beltans Zustand hatte sich verbessert, aber nicht so sehr, dass Grace davon überzeugt war, dass sie außer Gefahr waren. Wenn sie die Burg verließen und durch dieses scheußliche Wetter marschierten, konnte sich ihr Zustand schnell verschlechtern.

Also konnten sie Meerwacht noch nicht verlassen. Sollte sie Lord Elwarrd über das informieren, was sie gesehen hatte, falls es eine Bedrohung für die Burg war? Sie entschied sich dagegen. Falls es einen normalen Eindringling gegeben hätte, hätte Vani ihn mit Sicherheit gefunden. Und Grace verspürte keine Lust, dem Lord zu erklären, auf welche Weise sie ihre Entdeckung gemacht hatte. Sie würden eben während der paar Tage, die sie sich noch erholten, einfach die Augen offen halten müssen.

Da es keine andere Unterhaltungsmöglichkeit gab, verbrachten sie den Tag wieder in ihren Zimmern. Falken spielte auf der Laute, damit die Zeit schneller verging, und manchmal sang er mit leiser Stimme, und Grace träumte von uralten Sälen und geheimen Türmen.

Kurz nach Mittag kam Leweth vorbei, um sich zu vergewissern, dass alles in Ordnung war. Grace erkundigte sich nach

Elwarrd – nicht, weil sie den Wunsch verspürte, ihn zu sehen, sondern aus reiner Neugier.

»Ich fürchte, der Graf ist heute beschäftigt«, sagte der Kämmerer und verneigte sich, um sich zu entschuldigen. »Aber wenn wir Glück haben, wird er heute Abend beim Essen da sein. Und ich weiß, dass er in diesem Fall sehr erfreut wäre, wenn Ihr ihm Gesellschaft leistet.«

»Natürlich«, sagte Grace.

»Anscheinend ist Lord Elwarrd ein viel beschäftigter Bursche«, sagte Falken, nachdem der Kämmerer gegangen war.

»Da alle seine Ritter weg sind, muss er sich vermutlich um vieles selbst kümmern«, sagte Beltan.

Vani und Beltan verschliefen beide den ganzen Nachmittag, was die Ärztin in Grace erfreute. Und falls ihre Ruhe von dem Pulver unterstützt wurde, das sie in ihre Becher geschüttet hatte, als beide nicht hinsahen, nun, sie konnten wütend auf sie sein, wenn sie wieder wach waren. Grace selbst fing an, eine gewisse Unruhe zu verspüren – ein sichereres Zeichen, dass sie sich erholte –, aber sie war zufrieden damit, sich zum Zeitvertreib mit Falken zu unterhalten. Allerdings machte ihr das Leuchten in seinen Augen, wenn er von ihrem Vorhaben sprach, die Teile von Fellring zu finden, manchmal Sorgen. Selbst wenn es ihnen gelang, Ulthers Schwert irgendwie aufzutreiben, und wenn sie es dann schafften, es irgendwie wieder zu flicken, bedeutete das noch lange nicht, dass Malachor etwas anderes als eine Erinnerung war. Und was würden sie davon haben?

Die Wahrheit war, dass Grace trotz Falkens offensichtlicher Überzeugung einfach nicht sah, wie ihnen das gegen den Alten Gott Mohg helfen sollte. Oder gegen seinen Diener, den Fahlen König. Oder die Schwarzen Ritter, wer auch immer sie waren und was auch immer sie wollten. Am Ende würde sie nur eine dürre Frau mit einem rostigen alten Schwert sein, mit dem sie nicht umgehen konnte. Aber als sie Falken von ihren Befürchtungen erzählen wollte, sah sie die nackte Hoffnung in seinem Ausdruck und die Art und Weise, wie er seine Silberhand aufgeregt zur Faust ballte, und die Worte starben auf ihrer Zunge. Stattdessen bat sie ihn, noch einmal seine silberne Hand untersuchen zu dürfen. Das Ding faszinierte sie, vor allem da Falken gesagt hatte, eine Hexe hätte es für ihn gemacht.

Obwohl sie aus Metall bestand, war die Hand genauso lebendig wie Falken selbst; mit der Gabe konnte sie sehen, wie die Umrisse der Hand schimmerten. Das schien etwas zu sein, zu dem eine Hexe fähig war. Aber Metall zu einer solch feinen Form zu schmieden und es zu verzaubern, dass es sich auf solch komplizierte Weise bewegen konnte – wenn sie an ihr geringes Wissen dachte, hatte sie eher den Eindruck, dass es sich hier um Runenmagie handelte. Und tatsächlich befanden sich auf der Handfläche drei kleine Runen, die sie entdeckte, als sie sie umdrehte. Sie waren so unscheinbar, dass sie ihr Funkeln kaum sehen konnte, und alle in einem Kreis angeordnet. Aber wie konnte Falkens Hand gleichzeitig ein Resultat aus Hexenmagie und Runenmagie sein? Ihre Untersuchung brachte kein Ergebnis.

Als draußen die Sonne unterging, verfärbte sich der Himmel von Schiefergrau zu Pechschwarz. Leweth kam erneut an ihre Tür, diesmal um sie voller Bedauern darüber zu informieren, dass Elwarrds Pflichten es ihm nicht erlauben würden, wie gehofft das Abendessen mit ihnen gemeinsam einzunehmen, und dass man ihnen die Mahlzeit aufs Zimmer bringen würde. Grace war das nur recht; sie hatte kein Verlangen, in den Saal zurückzukehren und die Schatten der Galerie betrachten zu müssen. Auch wenn sie flüchtig Bedauern verspürte, Elwarrd nicht zu sehen.

Vani und Beltan waren zu dieser Zeit aufgewacht, und

beiden hatte die Ruhe gut getan, allerdings bereitete Grace der Husten des Ritters Sorgen. Sie ließ ihn in eine Serviette spucken, und auf dem weißen Stoff zeigten sich Spuren von Rostrot. Grace bereitete für die beiden ein neues Gebräu zu, und obwohl sie ihre Becher misstrauisch beäugten, tranken sie den Tee nach einem strengen Blick. Sie aßen ihr Abendbrot, und da sie nichts Besseres zu tun hatten, gingen sie wieder zu Bett.

Der nächste Tag verging auf so ziemlich die gleiche Weise, wie auch der übernächste. Das Wetter blieb bedrückend, und ihr Gastgeber blieb seltsamerweise abwesend, weshalb sie ihre Mahlzeiten auf dem Zimmer einnehmen konnten.

»Es wird unmöglich sein, um unsere Abreise bitten zu dürfen, wenn Lord Elwarrd nie auftaucht«, sagte Falken frustriert am Nachmittag ihres fünften Tages auf Meerwacht.

Grace schnitt mit dem Messer, das sie für gewöhnlich in ihrem Stiefel stecken hatte, aus einem steifen Stück Pergament Muster aus. »Ich weiß nicht, was Elwarrd fern hält. Aber könnten wir nicht einfach gehen, wenn wir müssen? Der Lord würde es doch sicherlich verstehen.«

Falken schüttelte grimmig den Kopf. »Die Gesetze der Gastfreundschaft zu brechen ist ein schlimmeres Verbrechen als Diebstahl. Und es ist eine tödliche Beleidigung. Wenn wir einfach gehen, hätte Elwarrd jede Berechtigung, uns zu jagen und in Eisen zu legen.«

»Nicht, dass er Ritter hätte, die er uns nachschicken kann«, sagte Beltan und verschränkte die Finger hinter dem Kopf. »Davon mal abgesehen, warst du es nicht, der Kelcior verließ, ohne sich König Kels Erlaubnis zu holen?«

Der Barde sah so indigniert wie ein nasser Hahn aus. »Das war etwas anderes. Kel hatte bereits entschieden, mich hinrichten zu lassen, also konnte mein Aufbruch die Dinge nicht noch schlimmer machen, als sie ohnehin schon waren.«

Grace hatte keine Ahnung, wie der Ritter gegen diese Logik argumentieren wollte. Sie schnitt weiter.

Vani saß neben ihr am Tisch. »Was machst du da, Grace?«

»Ich weiß es nicht. Ich war gelangweilt und hatte Lust, etwas zu machen, und das ist daraus geworden.« Grace hob eines der ausgeschnittenen Stücke hoch. Es hatte im Großen und Ganzen menschliche Form, war nur schief, und die Proportionen stimmten nicht. Offensichtlich war sie besser darin, Leute wieder zusammenzuflicken als sie zu basteln. »Ich schätze, es sollen wohl Papierpuppen sein.«

Beltan nahm eines der Pergamentstücke und hielt es mal so und mal so, offensichtlich bemüht zu entscheiden, wo oben war. »Und was soll man damit anstellen?«

»Ich weiß es wirklich nicht. Ich hatte nie eine Puppe.« Grace strich über die Pergamentfigur in ihrer Hand. Unwillkürlich dachte sie an Tira, das stumme rothaarige Mädchen mit den Brandnarben, das sich vor ihren Augen in eine Göttin verwandelt hatte.

Falken warf ihr einen durchdringenden Blick zu. »Du meinst, du hattest keine Puppe mehr, seit du ein Mädchen warst.«

Grace schüttelte den Kopf. »Es waren keine Puppen erlaubt im ...« Sie verschluckte das Wort. »Ich meine, nein, ich hatte nie eine.«

Vani nahm das Messer und ein Stück Pergament. »Ich zeige dir eine bessere Methode, sie herzustellen. Meine Al-Mama hat es mir beigebracht, so wie ihre Al-Mama es ihr beibrachte. Das war, als ich ein Mädchen war, bevor ich zur Festung Golgoru ging, um mit meiner Ausbildung zur *T'gol* zu beginnen.«

Die Männer verloren schnell ihr Interesse an dieser Aktivität, aber Grace und Vani verbrachten den Rest des Tages damit, Puppen aus dem Pergament zu falten und Kleider für sie auszuschneiden. Grace stellte aus einigen der Kräuter, die

Leweth gebracht hatte, und getrockneten, vom Essenstablett stibitzten Beeren Farben her, und sie benutzten aus dem Kamin genommene Holzkohle als Stifte. Bald hatten sie einen König, eine Königin und ein Dutzend Höflinge, die ihnen dienten.

Zuletzt machte Grace eine winzige Puppe – ein Kind – mit langem, beerenrotem Haar. Als sie fertig war, streichelte sie die Kindpuppe. Vielleicht summte sie ihr sogar ein Lied vor. Dann, als gerade niemand hinsah, warf sie sie ins Feuer. Helle Flammen kräuselten sich um die Puppe, und sie war verschwunden. Grace drückte eine Hand auf den Leib und schloss die Augen, um ihre Tränen zu verbergen. Genau wie die Puppe war auch Tiras Stern jetzt verschwunden.

Am nächsten Morgen hatten sie Lord Elwarrd noch immer nicht zu Gesicht bekommen, und Falken war entschlossen, sich auf die Suche nach ihm zu begeben.

»Ich begleite Euch«, sagte Vani, entfaltete ihre schlanke Gestalt von einem Stuhl und streckte sich, so als wäre sie bloß gelangweilt und dies eine nette Ablenkung.

Falken nickte, und Grace warf der *T'gol* einen dankbaren Blick zu. Sie alle fingen an, sich unbehaglich zu fühlen, zweifellos ein Resultat der Krankheit und des Gefühls des Eingesperrtseins. Sie war froh, dass die Meuchelmörderin den Barden begleiten würde.

Beltan gab ein paar Laute von sich, als wollte er ebenfalls nach dem Grafen suchen, aber Grace verbot es mit einem scharfen Blick. Beltans Husten ließ nach, und bei ihrer letzten Überprüfung war sein Speichel klar gewesen. Er war fast wieder gesund – und sie wollte sichergehen, dass es auch so blieb.

»Noch ein Tag, Beltan«, sagte sie und legte ihm die Hand auf den Arm. »Das ist alles, worum ich dich bitte. Falken und Vani werden Elwarrd finden und seine Erlaubnis erhalten, und wir brechen morgen auf.«

Beltan seufzte. »Wie du willst. Noch ein Tag, aber mehr nicht. Dieser düstere Ort schlägt mir aufs Gemüt. Wenn wir noch länger bleiben, werden wir am Ende alle wie Durge reden.« Draußen donnerte es, wie um seine Worte zu unterstreichen.

Grace konnte der Ansicht des Ritters nicht widersprechen. Sie hoffte, dass Falken den Hausherrn fand und dass Elwarrd sie Pferde kaufen lassen würde. Ohne Pferde würde es ein langer Marsch nach Omberfell werden.

Es war Beltan, der sich einen Zeitvertreib einfallen ließ, bis die anderen wieder da waren. »Ich verstehe nicht viel von Puppen, Grace. Aber ich verstehe was vom Kämpfen. Und da wir nach Toringarth reisen, um dir ein Schwert zu besorgen, solltest du vielleicht lernen, wie man damit umgeht.«

Grace hatte ihre Bedenken gegen diese Idee. Beltan hatte ihr einst gezeigt, wie sie mit einem Messer umgehen musste, um sich zu verteidigen, aber ein Messer war nicht viel größer als ein Skalpell. »Du hast dein Schwert beim Schiffsuntergang verloren«, sagte sie. »Es ist zusammen mit deiner Rüstung versunken. Wir haben nichts zum Üben.«

»Wie wäre es hiermit?« Beltan ergriff den Schürhaken, der am Kamin lehnte. Er packte ihn, testete sein Gewicht, dann führte er ein paar Probehiebe aus. »Das fühlt sich richtig an. Das Gleichgewicht ist besser als bei so mancher Klinge, die ich geführt habe. Das wird reichen, bis wir mit echten Schwertern arbeiten können.«

Grace starrte den Schürhaken an. Vor fast genau einem Jahr hatte sie ein ähnliches Instrument dazu benutzt, den *Feydrim* abzuwehren, der sie und Travis in ihrem Gemach auf Calavere angegriffen hatte. Das spindeldürre Ungeheuer hätte sie um ein Haar getötet, aber Travis und sie hatten es mit vereinten Kräften besiegt.

Grace schluckte. *Vielleicht ist es ja doch keine so schlechte Idee, wenn du dich verteidigen lernst, Euer Majestät.*

Sie nahm den Schürhaken. »Bring es mir bei.«

Sie fingen langsam an. Beltan zeigte ihr eine Reihe von Positionen; er stand hinter ihr und bewegte ihre Arme, während sie den Schürhaken bloß hielt, und er schob ihre Füße mit den seinen auf die richtigen Positionen. Dann trat er zurück und sah zu, während er die Namen der Positionen sagte und sie sie so schnell wie möglich einnahm. Zuerst war sie einfach erbärmlich; sie konnte nicht mal den Feuerhaken gerade halten. Aber nach einer Stunde zeigte sie die ersten schwachen Anzeichen von Fortschritten.

Keuchend und mit schmerzenden Armen und Schultern ließ sie sich auf einen Stuhl sinken und den Schürhaken klirrend neben den Kamin fallen.

»Nicht schlecht, Euer Majestät«, sagte Beltan, und sein Gesicht erhellte sich durch ein Grinsen. »Du bist besser als die meisten Anfänger, die ich gesehen habe. Du hast ein Talent dafür.«

Grace lächelte schwach. »Vermutlich liegt es mir im Blut.«

Beltans Grinsen verblasste, und er schaute weg.

Trotz ihrer Schmerzen stand Grace auf und ging zu dem Ritter. »Was ist los, Beltan? Du kannst es mir sagen, wenn etwas nicht in Ordnung ist.«

Er zuckte mit den Schultern. »Es ist nichts, Grace. Nur, was du da gesagt hast, hat mich an das denken lassen, was heutzutage in meinem Blut ist.«

Grace verstand. In Denver hatte Duratek Beltan eine Transfusion mit Elfenblut verabreicht. Es hatte ihn geheilt. Und vielleicht hatte es ihn auch verändert.

Sie nahm seine großen, rauen Hände. »Du bist noch immer du, Beltan. Ganz egal, was sie mit dir gemacht haben.«

In seinen grünen Augen lagen Traurigkeit und auch so

etwas wie Staunen. »Ich bin mir nicht sicher, ob das stimmt. Ich weiß, wie ich früher war, Grace. Und bestimmt nicht so.« Er ging zum Fenster und sah in den Regen hinaus. »Erinnerst du dich, dass Falken sagte, wegen der Wolken hier könnte man unmöglich sagen, wann die Sonne untergeht?« Er drehte sich um. »Nun, für mich ist das nicht unmöglich. Ich verspürte eine Art Kribbeln auf dem Rücken, und ich weiß, dass die Sonne gerade untergegangen ist, ganz egal wie wolkenverhangen der Himmel ist. Und ich weiß, wann sie aufgegangen ist, und wann sich der Mond zeigt und wann nicht.«

Grace starrte ihn an; ihr fehlten die Worte.

»Ich spüre solche Dinge, Grace. Und ich höre Dinge, die ich nicht hören dürfte. Wie die Laute, die die Sterne machen. Sie geben Laute von sich, wusstest du das? Es ist so ähnlich wie Kristalle, die aneinander schlagen. Nur tausend Mal leiser, und so weit entfernt, dass ich es nur hören kann, wenn ich den Atem anhalte. Und der Wind – er hat eine Stimme, die ich auch hören kann. Aber ich verstehe nie, was sie sagt, nur dass sie manchmal schläfrig und manchmal auch traurig ist. Und wenn ein Sturm heraufzieht, dann ist sie aufgeregt und vielleicht sogar zornig.« Er fuhr sich mit einer Hand über die Augen. »Und ich sehe Dinge.«

Grace trat einen Schritt näher an ihn heran. »Was für Dinge?«

»Ich bin mir nicht sicher.« Er schien an ihr vorbeizusehen. »Manchmal, im hellen Tageslicht, sehe ich im Augenwinkel einen Schatten, aber wenn ich mich umdrehe, ist er verschwunden. Und dann, in der Nacht, sehe ich ein flackerndes Licht, aber nur ganz kurz und nie lange genug, um sicher sein zu können, dass es auch wirklich da ist.« Er strich sich mit der Hand durch das dünner werdende Haar, und jetzt erwiderte er ihren Blick. »Werde ich wahnsinnig, Grace? So wie König Sorrin?«

»Nein«, sagte sie leise, entschieden. »Du wirst nicht wahnsinnig.«

»Aber ich bin anders, nicht wahr? Das Elfenblut hat mich verändert.«

Grace zögerte, dann nickte sie. »Du solltest es Falken erzählen. Er könnte eine Ahnung haben, was es ist, das du da siehst.«

»Ich weiß. Aber noch nicht. Ich habe nichts dagegen, dass du es weißt, Grace. Ich bin froh darüber, wirklich. Aber ich glaube nicht, dass ich für Falkens Fragen bereit bin. Nicht, bis ich mich besser an diese Empfindungen gewöhnt habe.«

»Ich werde es niemandem sagen. Du hast mein Wort.«

Der Ritter grinste zaghaft. »Danke, Euer Majestät.«

Sie stöhnte. »Wenn du mir danken willst, dann nenn mich nicht *Euer Majestät.*«

»Ja, Euer Majestät.«

Und dann umarmte sie ihn, ungestüm, und sie war überrascht, als sie fühlte, wie er trotz seiner Stärke zitterte. Und sie zitterte auch am ganzen Leib. Aber schließlich war er nicht der Einzige, der sich verändert hatte.

»Wir werden das durchstehen, Beltan. Wir werden es gemeinsam durchstehen. Ich verspreche es.«

Der Ritter gab darauf keine Antwort, aber sie fühlte das regelmäßige Pochen seines Herzens, und das war Antwort genug.

30

Falken und Vani kehrten erst weit nach Mittag zurück. »Habt ihr den Grafen gefunden?«, fragte Grace und stand von ihrem Stuhl am Feuer auf. Sie verzog dabei das Gesicht und hielt sich die Hüfte, so wie sie es bei alten Damen gesehen hatte, die eine Treppe hinunterwanken.

Falken legte den Kopf schief. »Was ist mit dir?«

»Nichts, wirklich nicht.« Grace streckte sich und zwang die verspannten Muskeln in Beinen und Rücken, sich zu lösen. »Beltan hat sich entschieden, mir beizubringen, wie man ein Schwert schwingt, das ist alles.«

Der Barde stieß einen leisen Pfiff aus. »Du lässt dir von Beltan zeigen, wie man kämpft? Das ist keine gute Idee, Grace. Es sei denn, du *willst* am Ende schrecklich verstümmelt sein.«

»Ich liege hier, weißt du«, sagte Beltan und schaute ihn finster vom Bett aus an.

Falken ignorierte den Ritter. »Wir haben Elwarrd nicht gefunden – vermutlich ist er wieder unterwegs und kümmert sich um seine Ländereien. Aber wir haben den Kämmerer gefunden, Leweth, und er hat uns versprochen, dass der Graf heute Abend zum Essen kommt. Sieht so aus, als bekämen wir endlich eine Chance, die Erlaubnis zur Abreise erbitten zu können. Und nicht zu früh. Ich glaube, bald wird sich dieser Regen in Schnee verwandeln.«

»Erschien Euch der Kämmerer nicht auch beunruhigt?«, fragte Vani. Ihr Leder quietschte leise, als sie näher ans Feuer ging. Grace wusste, dass die Mournisch, die im warmen Süden aufgewachsen war, dieses nördliche Land freudlos und kalt fand.

Falken rieb sich das Kinn. »Jetzt, wo Ihr es erwähnt, er schien irgendwie hektisch zu sein. Vermutlich hat er bloß hart daran gearbeitet, dass das Essen seines Herrn besonders gut wird. Ich bin sicher, dass sowohl der Graf als auch der Kämmerer wissen, dass wir heute Abend um die Erlaubnis zur Abreise bitten werden, und es ist ja nicht so, als hätten sie hier viele Gäste.«

Vani nickte, aber sie sagte nicht, ob sie der Erklärung des Barden zustimmte oder nicht.

»Aber deswegen waren wir nicht so lange unterwegs«, sagte Falken und wickelte den Verband von seiner Silberhand. »Wir haben etwas Interessantes herausgefunden. Das heißt, Vani hat es gefunden.«

Die *T'gol* stemmte die Hände in die Hüften. »Ohne Euch hätte es nichts bedeutet, Falken.«

Beltan kletterte aus dem Bett, und Grace setzte sich, als der Barde und die Meuchelmörderin berichteten, was sie gesehen hatten. Die beiden hatten jeden Zentimeter der Burg durchstöbert, und wenn sie gelegentlich einem Diener begegnet waren, hatten sie behauptet, nach dem Kämmerer zu suchen. Sie nickten und hörten aufmerksam zu, wenn die Diener ihnen den Weg beschrieben, dann taten sie prompt wieder so, als hätten sie sich erneut verlaufen, um weiterforschen zu können. Sie hatten sogar einen Blick in das Schlafgemach des Grafen im Saal geworfen, allerdings hatten sie dort nichts Besonderes gefunden: sein Bett, eine Truhe für seine Kleidung und das Bettzeug, das war alles gewesen.

Sie hatten gerade aufgeben wollen, als Falken eingefallen war, dass sie noch gar nicht am Mysterienschrein gewesen waren. Jede Burg und jedes Schloss in den Domänen hatte einen Schrein, der dem bevorzugten Mysterienkult des jeweiligen Lords geweiht war – auch in Embarr, wo die Mysterien nicht so populär wie in den anderen Domänen waren. Vani wusste, wo der Schrein war, denn sie war bei ihrer nächtlichen Erforschung daran vorbeigekommen. Der Schrein bestand aus einem rechteckigen Steinbau, der aus dem hinteren Teil der Burg herausragte. Er enthielt kaum mehr als einen Altar mit einer Falltür, die in eine kleine Familiengruft führte.

»Auf dem Altar war nur Staub«, sagte Falken. »Es gab keine Figuren, keine Kerzen, keine Weinpokale – nichts, was darauf hinweisen würde, dass man in den letzten Jahren auch nur eines der sieben Mysterien gefeiert hätte. Aber heutzutage sind viele Embarraner nicht religiös, also ist das nichts Ungewöhnliches. Aber die Geheimtür gegenüber dem Altar war das schon.«

Grace warf Vani einen überraschten Blick zu. »Aber ich dachte, du hättest während deines nächtlichen Erkundungsgangs nichts Ungewöhnliches gesehen.«

»Das habe ich auch nicht. Obwohl ich das Gefühl hatte, etwas übersehen zu haben. Ich habe es Falken erzählt, und er hat sich den Schrein näher angesehen.«

»Und es ist kein Wunder, dass Vani die Tür übersehen hat«, sagte Falken. »Denn ihr müsst wissen, dass die Tür mit Alth gebunden ist, der Rune der Schatten.«

Grace verspürte trotz der Nähe zum Feuer ein Frösteln. Sie beugte sich vor, während der Barde leise weitersprach.

»Die Kunst des Runenbindens ist vor Jahrhunderten verloren gegangen – zumindest bis Travis Wilder nach Eldh gekommen ist –, also ist die Tür offensichtlich uralt. Vermutlich weiß niemand in der Burg von ihrer Existenz – nicht mal Elwarrd. Die Rune des Schattens macht sie für das Auge völlig unsichtbar. So scharf Vanis Sinne auch sind, konnte sie sie nicht sehen, obwohl sie das Gefühl hatte, etwas sehen zu müssen.«

»Wieso konntest du sie dann sehen?«, fragte Beltan den Barden skeptisch.

»Deswegen.« Er hob die Silberhand hoch. »Sie verleiht mir eine gewisse Sensibilität für Runenmagie. Es reichte aus, dass ich die Anwesenheit der Rune der Schatten spüren konnte, als ich nahe genug vor der Tür stand. Und indem ich mich konzentrierte, konnte ich durch den Schattenschleier hindurchsehen und die Tür dahinter erkennen.«

Grace verschränkte die Arme und versuchte sich warm zu halten. »Und was, glaubst du, ist hinter dieser Tür?«

»Es könnte so gut wie alles sein. Ich vermute, dass in dieser Burg vor langer Zeit ein Runenbinder lebte. Vielleicht hat er dort seine geheimen Bücher versteckt. Die Tür ist abgeschlossen, aber es scheint sich nur um ein normales Schloss zu handeln. Die Rune des Schattens verbirgt lediglich, dass es sie gibt, nicht mehr. Hätten wir einen Schlüssel, könnten wir die Tür öffnen. Aber ich vermute, der Schlüssel ist schon vor Jahrhunderten verloren gegangen.«

Die Worte des Barden faszinierten Grace – es gab so viel Geschichte in dieser Welt, ihr Wissen kratzte kaum an der Oberfläche –, aber ihr war auch klar, dass das kaum mehr als eine interessante Episode war. Die Wissenschaftlerin in ihr sehnte sich danach, die Tür zu öffnen und die dahinter befindlichen uralten Artefakte zu katalogisieren. Aber sie hatten andere Ziele, und es war Zeit, Meerwacht zu verlassen.

Der Nachmittag ging vorüber. Grace zündete wegen der hereinbrechenden Dunkelheit gerade Kerzen an, als es an der Tür klopfte. Falken und Beltan waren vor einer Stunde in ihr Zimmer zurückgekehrt, um sich auszuruhen, und Vani hatte sich auf der Suche nach mehr Öl für ihr Leder, das nicht ganz so geschmeidig war, wie sie wollte, in die Burgküche begeben. Grace öffnete die Tür in der Annahme, dass es ein Diener war, der sie zum Essen holen wollte.

Es war Mirdrid, die Dienstmagd.

»Verzeiht mir, Mylady. Ist das ein schlechter Zeitpunkt?«

Grace hatte sie angestarrt. Nach allem, was sie erlebt hatte, konnten die einfachsten menschlichen Handlungen sie noch immer aus dem Gleichgewicht bringen. »Natürlich nicht, Mirdrid. Komm rein. Bitte.«

Die junge Frau machte einen Hofknicks, dann trat sie ein. Grace setzte sich ans Feuer und bedeutete Mirdrid, das Gleiche zu tun.

»Oh! Nein, Mylady, ich darf mich nicht setzen. Das gehört sich nicht. Ich bin nur gekommen, Euch das zu zeigen. Ihr habt gesagt, Ihr würdet es vielleicht gern sehen.« Sie hielt ein zusammengefaltetes Stück Stoff. »Es ist die Stickerei, an der ich gearbeitet habe.«

Grace lächelte; sie freute sich darüber, dass die junge Frau das Vertrauen gehabt hatte, zurückzukehren. Offensichtlich war Grace gut in diesem ganzen Nicht-Furcht-einflößend-Sein. Sie nahm das Stück Stoff – es war überraschend groß –, faltete es vorsichtig auseinander und breitete es auf ihrem Schoß aus.

Das Feuer im Kamin wurde dunkler; ihr Herz setzte einen Schlag lang aus.

»Ich habe es für meinen Vater gemacht«, sagte Mirdrid, und ihre Stimme schien wie aus weiter Ferne zu kommen. »Er ist nicht mehr unter uns, müsst Ihr wissen. Es war nur drei Tage, bevor Ihr in die Burg gekommen seid. Seit Fallowing ist er immer kränker geworden. Also habe ich vor einem Monat hiermit für ihn angefangen. Ich wollte ...« Sie wischte sich mit einem Zipfel ihrer dreckigen Schürze Tränen aus den Augen. »Ich wollte, dass er es noch sieht. Aber ich hatte nicht genug Zeit, und es ist noch immer nicht fertig.«

Grace zögerte, es ekelte sie, das Ding anzufassen, aber dann strich sie wie von einer dunklen Macht getrieben mit den Fingern über den bestickten Stoff. Die Bilder waren primitiv, aber ausdrucksvoll, mit ungleichmäßigen Stichen in farbigem Garn ausgeführt.

Es gab mehrere Bilder, die in einem Kreis arrangiert waren.

Die meisten stellten Szenen des bäuerlichen Lebens dar: Männer ernteten Korn, Frauen backten Brot, Kinder hüteten mit Ruten Kühe. In vielen der Szenen war ein Mann zu sehen, dessen Haar so blond wie Mirdrids war und der die Arbeit überwachte. Aber es war das Bild in der Mitte der Stickerei, das Graces Blicke anzog. Es zeigte denselben Mann mit dem blonden Haar, der auf einer Bahre lag. Neben der Bahre stand ein Baum, und in dem Baum hockte ein mit schwarzem Garn gestickter Umriss, der wie ein dunkler Fleck wirkte.

Es war ein Vogel.

Grace suchte stockend nach Worten. »Was ist das?«

»Das ist ein Leichentuch für meinen Vater.« Mirdrid kniete nieder und strich mit sanften Bewegungen Falten aus der Stickerei. »Lord Elwarrd ist so freundlich. Er hat sich um alles selbst gekümmert. Er hat meinen Vater in die Gruft gebracht, das hat er mir gesagt, ihn direkt neben die Lords und Ladys aus alten Zeiten gelegt. Ist das nicht wunderbar, und so freundlich? Und er hat gesagt, wenn ich diese Stickerei fertig habe, darf ich selbst dort hineingehen und ihn damit bedecken. Das soll helfen, die Erinnerung an ihn und sein Leben aufrechtzuerhalten. Und seht Ihr? Mein Vater ist nicht allein. Es wird für alle Zeiten über ihn gewacht.«

Grace verspürte Übelkeit. »Was meinst du damit, es wird über ihn gewacht?«

Mirdrid berührte die Umrisse des Vogels. »Über uns alle wird gewacht, die ganze Zeit. Ist das nicht ein sicheres Gefühl, Mylady? Ich hatte immer vor so vielen Dingen Angst, vor der Dunkelheit, vor dem Tod, aber das ist jetzt anders. Das Auge wacht über uns, und es passt auf, dass wir immer das Richtige tun, dass wir nicht vom Weg abweichen, bevor das Ende kommt, und ...«

»Mirdrid, was tust du da?«

Der Klang der strengen Stimme ließ Grace und die Magd

zusammenzucken. Sie schauten auf. Leweth stand in der Tür.

Mirdrid erhob sich, riss Grace den Stoff aus der Hand und knüllte ihn zu einer engen Kugel zusammen. »Ich habe nichts Böses getan. Ich habe mich nur mit Mylady unterhalten, das ist alles.«

»Du solltest dich um deine Pflichten kümmern.«

Mirdrid nickte wortlos und eilte aus dem Zimmer, ohne Grace noch einen weiteren Blick zu gönnen.

»Es tut mir Leid, Mylady«, sagte Leweth jetzt mit sanfterer Stimme. »Hat meine Schwester Euch belästigt?«

Schwester? Also war Leweth Mirdrids Bruder. Was bedeutete, dass Mirdrids Vater der alte Kämmerer gewesen sein musste. Darum erschien Leweth zu jung für ein solches Amt; er hatte es erst ein paar Tage vor ihrem Eintreffen auf Meerwacht übernommen.

Grace holte tief Luft, um sicherzugehen, dass ihre Stimme ganz ruhig klingen würde. »Nein, sie war nicht lästig.«

Leweth nickte. »Das Essen wird gleich aufgetischt. Der Lord erbittet Eure Anwesenheit im Saal.« Dann drehte er sich um und war verschwunden.

Grace eilte zu Falken und Beltan, um ihnen zu sagen, dass es Zeit zum Essen war, und als sie hinuntergingen, war Vani bereits da. Grace wollte ihnen von der seltsamen Begegnung mit Mirdrid erzählen, aber dafür war keine Zeit. Und sie war sich nicht sicher, was es zu bedeuten hatte – falls es überhaupt etwas zu bedeuten hatte.

Als sie den Saal betraten, sah Grace unwillkürlich zur Galerie hoch, aber sie war dunkel und leer, und sie wusste, dass, wenn sie mit der Gabe zugreifen würde, sie dort nichts spüren würde. Was auch immer sie da gesehen hatte, es hatte ihre Aufmerksamkeit gespürt und war jetzt vorsichtig. Falls es überhaupt existierte.

Vermutlich sind es bloß deine Nerven. Sie liegen nach dem Schiffsuntergang blank, und dann in dieser düsteren Burg eingesperrt zu sein. Kein Wunder, dass du Schatten siehst.

Trotzdem, es fiel schwer, nicht an den dunklen Vogel auf Mirdrids Stickereiarbeit zu denken oder an die Worte der jungen Frau.

Über uns alle wird gewacht, die ganze Zeit ...

»Alles in Ordnung, Grace?«, flüsterte ihr Beltan ins Ohr.

Sie drückte seine Hand. *Ich erzähle es dir später*, sandte sie durch die Weltenkraft, und seinem überraschten Grunzen entnahm sie, dass er sie verstanden hatte.

Wie versprochen war der Graf anwesend, und er stand auf, als sie auf den Tisch zugingen. Grace fühlte, wie ein Teil ihrer Unruhe durch die Kraft seines Lächelns verschwand. Sie hatte in der Zwischenzeit ganz vergessen, wie attraktiv er war. Er trug eine Art langer Weste über einem lose fallenden Hemd, Hosen, die sich eng an die kräftigen Beine schmiegten, und Lederstiefel.

»Mylords, Myladys«, sagte Elwarrd. »Ihr müsst meine Abwesenheit die letzten Tage verzeihen. Es gab viel zu tun. Befehle aus Barrsunder verlangen zusätzliche Abgaben an Lebensmitteln. Es war schwer, unsere Pflicht dem König gegenüber zu erfüllen und gleichzeitig dafür zu sorgen, dass wir für den Winter genug in den Vorratskammern haben.«

Falken und Beltan tauschten wissende Blicke aus. Grace glaubte zu verstehen. Warum sollte Barrsunder mehr Lebensmittel fordern, falls dort nicht jemand wusste, dass eine Belagerung erfolgen würde? Und die Ressourcen von Embarrs Burgen und Schlössern zu erschöpfen würde es viel einfacher machen, sie zu besiegen. Anscheinend bereiteten sich die Berater des Königs tatsächlich auf den Krieg vor – gegen Embarr selbst.

»Ihr müsst Euch keine Sorgen machen, Mylord«, sagte

Falken. »Man hat sich gut um uns gekümmert, und die Ruhe hat uns gut getan. Aber jetzt, da keine Krankheit mehr droht, ist für uns die Zeit gekommen ...«

Der Graf hob lächelnd die Hand. »Nein, Mylord, spart Eure Bitten bis nach dem Essen. Das hier mag das Hinterland der Domänen sein, aber wir tun diese Dinge hier richtig.«

Falken legte eine Hand auf die Brust und verneigte sich. Grace fragte sich, was der Barde wohl dachte, aber falls man mit der Gabe Gedanken lesen konnte, war das eine Kunst, die sie noch nicht erlernt hatte.

Sie nahmen ihre Plätze am Tisch ein. Wieder war zur Linken des Grafen ein Gedeck aufgelegt worden, aber diesmal fehlte Leweth am Tisch.

»Ich fürchte, der Kämmerer hat Pflichten, die nicht warten können«, sagte Elwarrd, »darum kann er sich heute Abend nicht zu uns gesellen.«

Vani setzte sich neben Falken, so dass Beltan sich selbst bedienen musste. Wieder war es Graces Pflicht, den Hausherrn zu bedienen. Sie goss Wein ein und gab ihm den Pokal, und als sich ihre Hände berührten, war es wie ein elektrischer Schlag, was sie schockierte.

Wie zuvor betrieben sie während des Essens höfliche Konversation, aber Grace hörte kaum zu. Sie konnte nicht aufhören, an die Ausstrahlung des Grafen zu denken; sie konnte die Hitze seines Körpers spüren, als würde sie von einem Feuer kommen. Ihre Nervosität veranlasste sie, den Wein herunterzustürzen, und bald wich ihre Furcht, und eine seltsame Tapferkeit überkam sie.

»Mylord, ich habe eine Frage an Euch.«

Elwarrd hob eine Braue. Sie fuhr fort, bevor sie es sich anders überlegen konnte. »Das leere Gedeck, das immer so sorgfältig zu Eurer Linken aufgelegt wird. Für wen ist es?«

Die anderen starrten sie an, und Grace wusste, dass sie

einen schweren Fehler begangen hatte. Ihr vom Wein verursachter Leichtsinn verschwand und hinterließ bloß ein dumpfes Pochen in ihrem Kopf. Aber der Graf wies sie nicht wegen ihrer Unhöflichkeit zurecht. Stattdessen lächelte er einen Augenblick später.

»Ich bin überrascht, dass Ihr so lange gebraucht habt, um zu fragen, Mylady.« Elwarrds Stimme war jovial, aber in seinem Blick lag Härte. »In der Tat, es sieht seltsam aus, nicht wahr? Der Stuhl ist für meine Mutter bestimmt. Jeden Abend befehle ich den Dienern, für sie zu decken. Und jeden Abend weigert sie sich zu kommen. Ihr müsst wissen, auf diese Weise bestraft sie mich.«

Grace befeuchtete sich die Lippen. »Sie bestraft Euch?«

»Ja, Mylady. Für meinen Ungehorsam.« Er hob den Pokal und nahm einen tiefen Zug. Seine Stimme wurde schriller, als er weitersprach. »Ihr müsst wissen, ich habe mein Leben nicht immer so gelebt, wie sie es wollte. Ich habe bei einigen Gelegenheiten gewagt, ihr nicht zu gehorchen. Für diese Verbrechen, die ich als junger Mann begangen habe, hat sie mich bestraft, indem sie dem König Lügen erzählte, behauptete, ich hätte eine schwache Konstitution, ihn anflehte, mich nicht zu einem Ritter zu machen, weil das mein Tod sein würde. Und so wurde ich bei der Ritterschaft übergangen.« Er leerte den Pokal und wischte sich mit dem Handrücken rote Flüssigkeit aus dem Bart. »Und jetzt, wo mein Vater seit drei Jahren tot ist und ich nun an seiner Stelle der Graf bin, bestraft sie mich weiter, indem sie sich weigert, mich als den rechtmäßigen Herrn des Hauses anzuerkennen. *Ist das nicht so, Mutter?«*

Die letzten Worte waren ein Schrei. Er schob den Stuhl zurück und stand auf. »Haltet Ihr es nicht für an der Zeit, Euch unseren Gästen zu zeigen?«

Sein Körper erstarrte, die Sehnen seines Halses traten hervor, als seine Stimme durch den Saal hallte. Grace starrte ihn an, unfähig, ein Wort zu äußern. Vani stand auf und glitt geschmeidig auf den Vorhang zu, der das Ende des Saals abtrennte. Eine Sekunde später sah es Grace: Der schwere Vorhang bewegte sich, als würde jemand – oder etwas – dahinter stehen. Vani griff zu und riss den Vorhang zur Seite.

Dort war nichts; das Schlafgemach des Grafen war leer.

Elwarrd fuhr sich mit der Hand übers Gesicht. »Ihr müsst mir verzeihen.« Seine Stimme war jetzt leise. »Ich bin müde von meiner Arbeit, das ist alles. Es gibt Dinge, die ich ... ich muss gehen. Bitte verzeiht mir.«

Und bevor sie etwas sagen konnten, verließ der Graf von Meerwacht den Saal.

31

Nun«, sagte Falken, »das war etwas peinlich.« Sie hatten sich wieder in Graces und Vanis Zimmer versammelt, da sie nicht wussten, wo sie sonst hätten hingehen sollen.

Beltan spielte mit einem Messer herum; er musste es vom Essenstisch mitgenommen haben. »Ich weiß nicht, wo sich seine Mutter die ganze Zeit über versteckt hat, aber es sieht so aus, als wären wir mitten in einen Familienstreit hineingeraten.«

»Ein Thema, über das Ihr Bescheid wisst, oder?«, sagte Vani mit verschränkten Armen.

Beltan rammte das Messer in den Kaminsims und starrte die *T'gol* finster an. »Was soll das denn heißen?«

Grace hielt sich den Kopf. Im Augenblick konnte sie Vanis und Beltans Animositäten nicht gebrauchen. Etwas ging vor, etwas, an das sie sich erinnern musste.

»Was ist, Grace?«, fragte Falken und berührte sie an der Schulter.

»Kurz vor dem Essen habe ich etwas erlebt. Ich hatte keine Gelegenheit, es euch zu erzählen, aber es war sehr seltsam.«

Sie berichtete von ihrer Begegnung mit Mirdrid, von dem Leichentuch, das die junge Frau für ihren verstorbenen Vater gemacht hatte, und dem Vogel, der über ihn wachte und mit schwarzem Garn gestickt worden war. Dann, als Grace Mirdrids Worte wiederholte, fiel ihr endlich wieder ein, warum sie ihr in diesem Augenblick so vertraut vorgekommen waren. Sie hatte ähnliche Worte schon zuvor gehört, in der Hafenstadt Galspeth in Perridon, gesprochen von der Gehilfin des Kleiderhändlers, als sie Graces Halskette gesehen hatte.

Ihr solltet das nicht tragen. Es gefällt ihm nicht, wenn man komische Dinge tut. Dinge, die kein anderer tut ...

»In dieser Burg stimmt etwas nicht«, sagte sie, nachdem sie den anderen erzählt hatte, was ihr wieder eingefallen war. »Genau wie in Galspeth. Ich glaube, wir sollten von diesem Ort verschwinden. Uns allen geht es gut genug, um wieder reisen zu können.«

Aber der Graf hatte den Saal verlassen, bevor er ihnen die Erlaubnis zur Abreise geben konnte, und Falken schien noch immer zu zögern, ohne diese Erlaubnis zu gehen. Grace vermutete, sie hätte das Gleiche empfunden, hätte Falken ihr vorgeschlagen, eine Bank auszurauben, nur weil sie gerade nicht flüssig war.

»Elwarrd mag dich, Grace«, sagte Beltan leise. »Wir alle haben es gesehen. Vielleicht könntest du allein mit ihm sprechen und die Erlaubnis zur Abreise von ihm einholen. Ich glaube nicht, dass er dir etwas abschlagen könnte.«

Grace spürte ihre erwartungsvollen Blicke, und sie wusste, dass sie sie nicht enttäuschen konnte, aber zu Elwarrd zu gehen war im Augenblick das Letzte, was sie tun wollte.

Und ist das wahr? Willst du ihn nicht doch sehen?

Sie zitterte, aber sie vermochte nicht zu sagen, ob aus Furcht oder Erwartung.

»Ich mache es«, sagte sie.

Den Grafen zu finden war leichter, als sie gedacht hätte. Sie hielt einen Diener an, der Lampen entzündete; seit dem Abendessen war eine Stunde vergangen, mittlerweile war es dunkel. Der Diener hatte Elwarrd wenige Minuten zuvor gesehen, wie er in sein Schlafgemach am Ende des großen Saals zurückkehrte.

Grace stieß die großen Türen zum Saal auf. Sie ließen sie winzig erscheinen und vermittelten ihr das Gefühl, ein kleines Mädchen zu sein, das etwas Verbotenes tat. Das einzige Licht kam von dem Feuer, das noch immer in dem gewaltigen Kamin brannte. Grace durchquerte den Saal, sich ihrer hallenden

Schritte bewusst, und ging auf den schweren Vorhang zu, der das andere Ende des riesigen Raums abteilte.

Sie räusperte sich. »Mylord?«

Die einzige Antwort war das Krachen eines brennenden Scheits.

Vielleicht hatte sie nicht laut genug gesprochen. »Lord Elwarrd, seid Ihr da?«

Grace hob eine zitternde Hand, berührte den rauen Stoff des Vorhangs. Dann nahm sie ihren Willen zusammen, schob den Vorhang zur Seite und trat hindurch.

Lord Elwarrd, Graf von Meerwacht, drehte sich um.

Sie hatte ihn gerade dabei überrascht, wie er sein Hemd auszog. Das Kleidungsstück entglitt seinen Fingern und fiel zu Boden. Er trug nur noch Hosen und Stiefel, und die nackte Haut seiner Brust glänzte im Licht von einem Dutzend Kerzen.

Grace keuchte auf. »Mylord, verzeiht mir.« Sie wandte sich ab.

»Und was sollte ich Euch verzeihen, Mylady?« Seine Stimme war tief, leise, nur für sie bestimmt. »Dass Ihr das Gestalt werden lasst, von dem ich eben noch geträumt habe? Als ich Euch dort sah, dachte ich, Ihr wärt nur ein Phantom, das von dem Fieber heraufbeschworen wurde, das in meinem Hirn brennt, seit ich Euch das erste Mal sah. Aber Ihr seid hier, nicht wahr? Ihr seid real.«

Obwohl sie es nicht wollte, veranlassten seine Worte sie dazu, sich wieder umzudrehen und tiefer in den dämmrigen Raum hineinzugehen. Ihre Augen gewöhnten sich an den Kerzenschein, und sie sah ihn deutlicher. Seine Brust war glatt und schweißfeucht, und sein Bauch war so angespannt, dass sie Schatten darüber flackern sehen konnte, im Einklang mit seinem Herzschlag. Sie fragte sich, wo er nach dem Essen hingegangen war und wo er gerade herkam, aber diese Gedanken standen nicht an erster Stelle.

Ihr wurde klar, dass sie nun dran war, etwas zu sagen, und suchte nach Worten, egal welchen. »Es war sehr nett von Euch, Mylord, sich Mirdrids Vater auf diese Weise anzunehmen.«

»Was?«

»Mirdrid. Die Tochter des alten Kämmerers. Sie hat mir von Eurer Großzügigkeit erzählt – dass Ihr ihn in der Familiengruft bestattet habt.«

»Mylady, ich glaube kaum, dass Ihr gekommen seid, um Euch über Dienstmägde zu unterhalten.« Er machte eine wegwerfende Geste mit der Hand. Dabei spritzten ein paar dunkle Tropfen zu Boden.

Graces ärztlicher Instinkt meldete sich blitzartig. »Eure Hand, Mylord. Sie blutet.«

Er starrte seine Hand an, als hätte er es noch gar nicht bemerkt. Grace ergriff die Hand, drehte sie um, untersuchte sie. Aus zwei Reihen nadelförmiger Verletzungen quoll Blut, eine befand sich auf dem Handrücken, eine auf dem Handteller. Sie zog ein Taschentuch aus dem Gewand und wischte das Blut fort, um sie näher betrachten zu können. Sie kannte ähnliche Verletzungen aus der Notaufnahme. Es sah beinahe wie ein Hundebiss aus.

»Es ist nichts, Mylady. Ich spüre es nicht einmal. Nicht, da Ihr jetzt hier seid.«

»Haltet still.« Sie wickelte das Taschentuch um seine Hand und verband sie provisorisch. Sofort sickerten blutrote Flecken durch den Stoff, aber für den Augenblick würde das reichen. Plötzlich war ihr bewusst, wie nahe sie bei ihm stand. Sie trat einen Schritt zurück.

»Danke für Eure Sorge, Mylady. Aber jetzt müsst Ihr mir sagen, warum Ihr wirklich gekommen seid.«

Grace holte tief Luft, sammelte ihre Kraft. »Ich bin gekommen, um Eure Erlaubnis einzuholen, Meerwacht zu verlassen, Mylord. Meine Gefährten möchten am Morgen aufbrechen.«

»Warum sie dann nicht ziehen lassen?« Sein Blick tastete über ihr Gesicht, ihren Hals, ihre Brüste. »Aber seht mich an. Seht mich an, und dann sagt mir, dass Ihr wirklich abreisen wollt.«

Er war ein Adliger, und sein Wort war Befehl, und sie konnte ihm nicht widerstehen. Sie schaute ihn an, berührte ihn mit ihrem Blick, ihren Gedanken. Sein Gesicht war schön, die Lippen überraschend voll für einen Mann, die Arme muskulös. Die Art seines Verlangens zeichnete sich deutlich durch den dünnen Stoff seiner Hose ab; hart und kompakt wie der Rest von ihm.

Sie durchfuhr ein Schauder. Sie war so lange nicht fähig gewesen, andere zu berühren, anderen zu erlauben, sie zu berühren. Aber diesen Schatten hatte sie in Tarras hinter sich gelassen. Diesmal würde es ihre Entscheidung sein, eine Tat der Leidenschaft, nicht der Gewalt. In ihr stieg eine Hitze auf, die so stark war, dass sie sicherlich ihr Gewand zu Asche verbrennen würde.

Mit einem Schritt überwand sie die Distanz zu ihm. Er schlang seine unverbundene Hand um ihren Nacken und beugte ihren Kopf mit unwiderstehlicher Kraft nach unten, denn sie war größer als er. Ihre Lippen berührten seine Nase, seinen Bart, dann fanden sie die heiße, feuchte Härte seiner Lippen.

Und aus den sie einhüllenden Schatten ertönte eine Stimme, gleichermaßen schrill und krächzend, dem Ruf einer Krähe gleich.

»Häretikerin! Eindringling! Ich sehe, was du tust!«

Grace erstarrte. Elwarrd stieß ein Stöhnen aus – war es Furcht oder Zorn? – und riss sich von ihr los. Ein metallischer Geschmack breitete sich in Graces Mund aus. Sie berührte ihre Lippen, und ihr Finger war dunkel von Blut. Blut, das nicht ihr Blut war.

»Ich weiß, was sie ist!«, krächzte die Stimme. »Eine Dirne. Eine Hexe. Und noch viel mehr. Sie ist nichts für dich!«

Elwarrd fuhr herum, auf der Suche nach der Quelle der Stimme. Grace wurde sich einer Bewegung bewusst. Da, in der finstersten Ecke des Raums, dort, wo das Licht der Kerzen nicht hinreichte, bewegte sich etwas. Grace griff mit der Gabe zu.

Ihr Bewusstsein wurde wie durch einen wütenden Schlag zurückgeschmettert, ihre Konzentration zersplitterte.

»Behalte deine faule Magie für dich, Hexe! Ich habe zu lange geschuftet, um ihn jetzt von dir mit deinen Zaubern vergiften zu lassen!«

Als Grace es kommen sah, war es für jede Bewegung zu spät. Der Dolch flog durch die Luft, der funkelnde Stahl spiegelte das Kerzenlicht wider. Sie machte sich für seinen tödlichen Biss bereit.

Die staubige Luft vor ihr flimmerte, entfaltete sich. Eine Hand schoss hervor und schloss sich um den Dolch, hielt ihn auf, bevor er sein Ziel erreichte. Grace starrte in zwei goldene Augen.

Vani warf den Dolch zu Boden und sprang in die Richtung, aus der die Waffe gekommen war. Sie riss einen Wandteppich herunter, der resultierende Luftzug ließ die Kerzen flackern, dann aufflammen. Ihr Licht reichte bis in die Ecke hinein, enthüllte eine Holztür. Sie stand offen.

»Wer auch immer es war, ist dort entlang«, sagte Vani.

Elwarrd lachte abgehackt. »Ihr werdet sie nicht finden. Ich kann sie nie finden. Ich weiß nicht, wo sie in dieser von allen Göttern verlassenen Burg ihre Verstecke hat.« Er drückte die verletzte Hand gegen die Schläfe; der Verband war rot durchtränkt. »Was ich auch will, sie verweigert es mir. Was ich auch tue, sie hat nur Spott dafür übrig.« Er warf den Kopf in den Nacken, seine Brust erbebte, als er brüllte. »Ich werde es nicht tun, Mutter! Hört Ihr mich? Ich werde nicht zu dem werden, zu dem ich nach Eurem Willen werden soll. Zuerst müsst Ihr mich töten, so wie Ihr meinen Vater getötet habt!«

Vani sah dem Spektakel schweigend zu, die Hände in die Hüften gestemmt. Grace streckte eine zitternde Hand aus. »Mylord, wir müssen gehen. Bitte. Wir müssen Meerwacht verlassen.«

Er schlug ihre Hand zur Seite. »Niemand geht, bevor ich es sage. Ich bin der Graf, das ist mein Lehen. Wenn ihr geht, werdet ihr überall in Embarr Gesetzlose sein. Ich werde die Kunde von eurem Verbrechen bis in jede Ecke der Domäne verbreiten. Man wird euch stellen und köpfen, bevor ihr die Grenze erreicht habt.« Er ballte die verletzte Hand zur Faust, Blut rann seinen Arm hinunter. »Kehrt in eure Zimmer zurück. Auf der Stelle!«

Grace konnte sich nicht bewegen, der Schock lähmte sie, aber Vani zog sie mit, führte sie durch den Saal und den sich anschließenden Korridor. Kühlere Luft traf Graces Wangen, und ihre Sinne kehrten zurück. Was hatte sie getan? Und was hatte Vani gesehen? Sie fühlte wieder die Lippen des Grafen auf ihrem Mund.

»Vani, ich habe nicht ... was dort geschehen ist ... ich ...«

Die starke Hand der *T'gol* an ihrem Arm schob sie vorwärts. »Denk jetzt nicht dran, Grace. Wir müssen den anderen sagen, was vorgefallen ist.«

Minuten später versammelten sie sich in Graces und Vanis Zimmer. Grace zitterte noch immer am ganzen Leib, also berichtete Vani den beiden Männern, was sich zugetragen hatte. Aber die *T'gol* sprach nicht von Graces und Elwarrds Kuss, und dafür warf Grace ihr einen dankbaren Blick zu. Falken schenkte Wein für sie alle ein, und Grace stürzte ihren mit großen Schlucken herunter und fühlte, wie sich ihre Nerven etwas beruhigten.

Beltan stellte seinen leeren Becher ab. »Das hört sich so an, als wäre Elwarrds Mutter völlig wahnsinnig. Ich kann nicht glauben, dass sie dir etwas antun wollte, Grace.« Seine Miene war starr vor Zorn.

»Seine Mutter wollte nicht Grace töten«, sagte Vani kühl, beinahe schon in klinischem Tonfall. »Der Dolch zielte auf Elwarrd. Hätte ich ihn nicht aufgehalten, hätte die Klinge sein Herz durchbohrt.«

Falken bewegte die Finger seiner silbernen Hand. »Aber das ergibt doch keinen Sinn. Warum sollte sie ihren eigenen Sohn töten? Grace hat Recht – in dieser Burg geht etwas Seltsames vor. Und ich wette, die Mutter des Grafen ist die Einzige, die weiß, was es ist. Vani, habt Ihr gesehen, wo sie hingelaufen ist?«

»Nein, sie bewegte sich mit einer seltsamen Gewandtheit. Die einzige Spur, die ich fand, war das hier, an einem Nagel in der Tür.« Die *T'gol* legte einen kleinen schwarzen Stofffetzen auf den Tisch.

»Es spielt keine Rolle, wo sie ist«, sagte Beltan. »Wir verschwinden hier.«

Falken sah Grace an. »Hat er uns die Erlaubnis zur Abreise gegeben?«

»Nein, das hat er nicht.« Es war Vani, die antwortete. »Und er hat gedroht, dass wir, falls wir abreisen sollten, als Gesetzlose gebrandmarkt und zur Strecke gebracht werden.«

»Ich glaube, er meint es ernst«, sagte Falken mit einem Seufzen.

Beltan riss das Messer aus dem Kaminsims. »Wir werden mit jedem fertig, der uns folgt.«

Grace starrte in ihren leeren Becher. Etwas an ihrer Unterhaltung mit Elwarrd nagte an ihr. Dann hatte sie es: Als sie Mirdrid und den alten Kämmerer erwähnte hatte, schien er nicht zu wissen, wovon sie überhaupt sprach.

Sie schaute auf. »Vani, als du die Burg durchsucht hast, bist du da auch in der Familiengruft gewesen?«

»Ja. Außer alten Knochen gab es dort nichts.«

Grace fröstelte. »Bist du dir sicher? Hast du nicht die Leiche eines Mannes gesehen? Elwarrd hat Mirdrid gegenüber behauptet, ihren Vater in die Gruft gebracht zu haben, nur ein paar Tage vor unserer Ankunft.«

Vani verschränkte die Arme. »Die einzigen Leichen in dieser Gruft liegen dort schon seit Jahren.«

»Vielleicht ist er irgendwo anders in der Burg«, meinte Beltan.

Falken schüttelte den Kopf. »Vani und ich sind durch die ganze Burg gegangen, und wir haben keine Leichen gesehen. Der einzige Ort, an den wir nicht herankamen, lag hinter der mit der Rune der Schatten markierten Tür verborgen.«

In Graces Bewusstsein kamen plötzlich zwei Informationen zusammen. »Das ist es – das muss es sein. Elwarrd sagte, er wüsste nicht, wo sich seine Mutter versteckt. Er weiß nichts von der Tür, aber sie hat eine Möglichkeit gefunden, sie zu öffnen.«

Der Barde rieb sich das Kinn. »Ich schätze, du hast Recht, Grace. Aber ich weiß nicht, wie uns das weiterhelfen soll. Elwarrd muss uns die Abreise erlauben, nicht seine Mutter. Außerdem gibt es für uns keine Möglichkeit, diese Tür zu überwinden.«

Aber die gab es doch, und Grace wusste es. Sie stand auf, zwang ihre Beine, endlich mit dem Zittern aufzuhören, und hob den schwarzen Stofffetzen vom Tisch auf. Ja, das würde reichen. Sie wandte sich den anderen zu.

»Ich werde einen Zauber weben. Aber es ist gefährlich. Ich habe ihn schon einmal benutzt, und da ...« Sie hatte damals die halbe Silbermünze benutzt, um zu sehen, wie Travis im Grauen Turm zu seiner Hinrichtung gezerrt wurde. Dabei wäre sie fast verloren gewesen, wäre ihr Geist beinahe für immer von ihrem Körper getrennt worden. »Ich brauche euch alle, ihr müsst auf mich aufpassen.«

Falkens Gesicht war ernst. »Bist du sicher, dass du das tun willst, Grace?«

»Wir müssen wissen, was hier geschieht«, sagte sie, obwohl sie die Angst spüren konnte, die in ihr aufstieg.

Minuten später war sie so weit.

»Mir gefällt das noch immer nicht«, sagte Beltan, der auf und ab ging. »Wie sollen wir dich verteidigen, wenn du nicht in deinem Körper bist?«

Grace setzte sich auf den Stuhl und legte den Stofffetzen auf den Schoß. »Du wirst es meinem Gesicht ansehen können, wenn ich in Schwierigkeiten stecke. Und der Trank wird mich aufwecken.« Sie hatte Falken einen bitteren Kräutertrank gegeben. Der Geruch müsste sie aus ihrer Trance reißen.

Falken kniete neben ihrem Stuhl nieder. »Ich werde dich genau beobachten, Grace. Ich werde dich kein zweites Mal verlieren. Und Beltan und Vani werden dafür sorgen, dass uns keiner belästigt.«

Grace erwiderte seinen Blick, dankbar für die Ruhe des Barden. Dann war es so weit. Sie schloss die Augen und griff mit ihrem Bewusstsein nach dem Fetzen Stoff.

Im nächsten Augenblick flog sie durch die Burg.

Körperlos schwebte sie durch steinerne Korridore, Wendeltreppen hinunter, vorbei an einem alten Diener, der sie nicht sehen konnte, der aber zusammenschrak, als sie ihn passierte. Vor ihr ragte eine riesige Flügeltür auf; sie durchdrang sie, als wären die Türflügel nur eine Illusion, dabei war sie es, die keine Substanz hatte.

Als Grace diesen Zauber zuvor gewebt hatte, hatte sie beide Male Ereignisse gesehen, die noch gar nicht stattgefunden hatten. Diesmal sah sie die Gegenwart, da war sie sich sicher.

Mit kaum wahrnehmbarer Panik – ihr war so kalt, sie kam sich wie ausgehöhlt vor, so dass es schwierig war, überhaupt etwas zu fühlen – wurde Grace bewusst, dass es sie zu dem Vorhang am Ende des Saals zog. Aber bevor sie sich noch mehr fürchten konnte, fuhr sie wie ein sanfter Luftzug durch den Stoff. Der Graf war nicht länger in seinem Schlafgemach. Das Blut auf dem Boden war die einzige Spur von ihm. Grace flog weiter, durch die zur Hälfte geöffnete Tür in der Ecke, eine sich windende Treppe hinunter, und dann durch einen Torbogen in einen kleinen Raum.

Es war ein Schrein. Dort waren ein nackter Altar, und Ablagen, auf denen einst vermutlich steinerne Götter gestanden hatten. Aber die Götter hatten diesem Ort schon vor langer Zeit entsagt. Oder waren sie vertrieben worden? Grace bewegte sich schneller. Sie schwebte zur Ecke des Schreins und erblickte eine Dunkelheit, die so rein, so perfekt war, dass sie aufgeschrien hätte, wäre ihr eine Stimme geblieben. Die Dunkelheit war hungrig; sie war nicht lebendig, aber sie lebte. Bestimmt würde sie ihren nebeldünnen Geist verschlingen. Grace raste direkt darauf zu, gezogen von der Macht ihres eigenen Zaubers.

Sie hatte angenommen, die Dunkelheit würde kalt sein, aber stattdessen war sie schrecklich heiß, sie erstickte sie wie eine schwarze Decke. Es gab einen furchtbaren Widerstand, als würde sie durch Teer gezerrt. Grace konnte fühlen, wie diese Dunkelheit am Kern ihres Wesens fraß. Dann war sie plötzlich durch sie hindurch.

Wieder flog sie Steinstufen hinunter. Sie blickte zurück und sah eine fest verschlossene, mit Eisen beschlagene Tür. In ihrer Mitte war ein kleiner Kreis aus Eisen mit einem rechteckigen Symbol, von dem sie wusste, dass Falken es als Alth erkennen würde, die Rune der Schatten. Dann verschwand die Tür aus ihrer Sicht, als die Treppe in größere Tiefen führte.

Drei Mal führte sie sie im Kreis herum, und Grace wusste, dass sie sich tief unter der Burg befand. Voraus war eine Öffnung, aus der blutrotes Licht flutete. Grace schwebte weiter, dann hörte ihre Bewegung auf. Das war er, das war der Ort, an den ihr Zauber sie geführt hatte. Sie spähte durch die Öffnung.

Und irgendwo, hoch über ihr in der Burg, musste ihr Herz einen Schlag lang ausgesetzt haben.

Sie bezweifelte Falkens Annahme nicht, dass dieser Ort einst von einem Zauberer benutzt worden war, der die Rune der Schatten in die Tür gebunden hatte. Aber es war klar, dass dies hier ursprünglich das Verlies der Burg gewesen war. Es handelte sich um einen Raum, der von einer Reihe Alkoven umringt wurde, die allesamt mit rostenden Gittern versperrt wurden. In einigen der Zellen schlichen graue, sich windende Dinge auf und ab. Knurren und Schnauben hallten vom Stein zurück.

In eine der Verlieswände war eine Reihe Handfesseln eingelassen. Dort hingen die Überreste von drei Männern, allerdings war außer den Knochen nicht mehr viel von ihnen übrig. Zuerst glaubte Grace, sie wären zu Tode geprügelt worden, aber dann sah sie, dass man zielgerichteter vorgegangen war. Sie begriff die Bedeutung der Schnittmale, die sich kreuz und quer über die Knochen zogen. Diese Männer waren geschlachtet worden, man hatte ihnen systematisch das Fleisch aus den Körpern geschnitten. Und irgendwie wusste sie, dass sie nicht tot gewesen waren, als man damit angefangen hatte. Übelkeit stieg in ihr auf, sowie das überwältigende Verlangen, sich zu übergeben, aber natürlich konnte sie das nicht.

Auf einer Bank lag eine weitere Leiche, die wie die anderen zugerichtet war. Auf ihrem Kopf war noch ein blonder, mit Grau durchsetzter Haarschopf zu sehen. Warum erschien ihr das nur wichtig?

Bevor sie darüber nachdenken konnte, wurde ihre Aufmerksamkeit von den beiden Gestalten in der Mitte des Raums angezogen. Die eine drehte ihr fast den Rücken zu, aber Grace erkannte sie trotzdem: Es war Leweth, der Kämmerer. Die andere war eine Frau in einem strengen schwarzen Gewand. An einer Kette um ihren Hals hing ein eiserner Schlüssel. Sie war alt, das war offensichtlich, aber ihre Haltung war gerade, steif und stolz. Ihr eisengraues Haar war so fest zurückgekämmt, dass es ihre Züge zu einem Ausdruck verzerrte, der zugleich Lächeln und Grimasse war. Weiße Schminke klebte auf ihrer Haut, Wangen und Lippen waren rot angemalt; es war ein grelles Faksimile des Lebens.

Aber die Illusion scheiterte; es war ziemlich offensichtlich, dass die Frau tot war. In ihrer gegenwärtigen Form konnte Grace die Fäden der Weltenkraft so deutlich wie den Fackelschein sehen. Keiner von ihnen wand sich um die Gestalt. Die alte Frau war tot.

Und sie sprach.

»Wie gefällt dir das Geschenk?« Es war derselbe krächzende Laut, den Grace im Schlafraum des Grafen gehört hatte. Sie war es: Elwarrds Mutter.

»Es gefällt mir gut, Lady Ursaled. Ich fühle mich stark. Stärker als je zuvor in meinem Leben. Ich danke Euch.« Etwas an Leweths Stimme klang seltsam. Sie klang härter, als Grace sie in Erinnerung hatte.

»Du warst klug, es zu akzeptieren«, sagte die Mutter des Grafen. »Dein Vater wäre noch am Leben, wäre er nicht so dumm gewesen, es auszuschlagen.«

Leweth stieß ein Lachen aus. »Aber er war auf andere Weise nützlich, oder etwa nicht?« Er deutete auf die Leiche auf der Bank, die mit dem blondgrauen Haarschopf. Kehliges Knurren kam aus den Zellen. Eisen klirrte, als harte Krallen über die Gitterstäbe gezogen wurden.

»Sie sind hungrig, Mylady«, sagte der Kämmerer. »Und an

diesen Leichen ist nichts mehr dran. Nicht an meinem Vater und auch nicht an den dreien, die ich am Strand gefunden habe. Wir müssen sie an den Knochen nagen lassen, aber ich bezweifle, dass sie sich damit lange zufrieden geben. Hätte ich doch nur Zeit gehabt, zurückzugehen und die anderen am Strand zu finden, bevor sie erwachten.«

Die Frau schob einen Tisch in die Mitte des Verlieses. »Es ist gut, dass du es nicht tun konntest. Ich weiß nicht, welches Schicksal sie hergebracht hat, aber sie ist der Schlüssel zu allem, was wir begehren. Elwarrd wird sie unserem Herrn bringen, und so wird mein Sohn hoch in der Gunst des Meisters aufsteigen, genau wie ich es all die Jahre geplant habe.«

»Also suchte der Meister sie tatsächlich?«

»Ja«, zischte Ursaled. »Und er will, dass sie am Leben bleibt! Das vor allem! Besagen nicht die Geschichten, dass allein eine von ihrem Blut die Macht hat, ihn zu verletzen? Aber es steht uns nicht zu, seinen Willen zu kritisieren. Unsere einzige Aufgabe besteht darin, ihn zu erfreuen, damit mein Sohn hoch in seiner Gunst aufsteigen wird.«

Leweth trat zögernd einen Schritt vor. »Und warum muss es der Graf sein, Mylady? Warum könnt Ihr sie nicht dem Meister übergeben?«

»Du zeigst deine Unwissenheit. Ich bin nur eine Frau, und von gewöhnlicher Geburt – nur durch meine Heirat bin ich zur Gräfin geworden. Welche Stellung könnte ich am Dunklen Hof des Meisters erwarten? Nein, es muss mein Sohn sein. In seinen Adern strömt adliges Blut. Der Meister wird ihn sicher belohnen. Und Elwarrd wird dann uns belohnen.«

Graue Körper warfen sich nach vorn; Eisenstäbe ächzten.

»Hat Elwarrd den eingefangen, der entkommen ist?«, fragte Leweth. »Habt Ihr ihn nicht hinterhergeschickt?«

Ursaled schnaubte. »Es war das Mindeste, was er tun konnte, nach all dem, was ich für ihn getan habe. Aber er hat in seiner Aufgabe versagt.«

»Soll ich nach ihm suchen, Mylady?«

»Nein, es spielt keine Rolle mehr. Die Zeit ist gekommen, meine Schoßtiere freizulassen. Die Magie des Meisters hat sie wohlgeformt; sie werden die Dirne mit den hellen Haaren, die Hexe, nicht verletzen. Und sie können die anderen fressen, um zu Kräften zu kommen.«

»Und was ist mit Elwarrd? Glaubt Ihr wirklich, der Graf wird das tun, was Ihr wollt? Ich glaube, sie gefällt ihm, Mylady.«

Die alte Gräfin schlug mit der knorrigen Faust auf den Tisch. »Natürlich wird er tun, was ich will! Die ganzen Jahre habe ich für ihn jedes Opfer gebracht. Ich habe ihn vor der Aufmerksamkeit des Königs beschützt, um ihn für lohnendere Gelegenheiten aufzusparen. Ich habe verhindert, dass er sich von einer Frau einfangen lässt. Und die ganze Zeit ist er undankbar gewesen. Aber das wird sich bald alles ändern. Bald wird er alles verstehen, genau wie du, Leweth!«

Ursaled nahm einen Gegenstand vom Tisch und stieß ihn triumphierend in die Höhe. Es war ein faustgroßes Stück Eisen.

Furcht durchströmte Grace. Sie konnte nicht schreien, das war unmöglich, aber anscheinend hatte sie doch einen Laut produziert, denn der Kämmerer und die Gräfin wandten sich in ihre Richtung. Das Hemd des Kämmerers stand offen, der zerrissene Stoff war blutgetränkt. In der Mitte seiner Brust war eine gezackte Wunde, das zerrissene Fleisch wurde von primitiven Nähten zusammengehalten. Ja, Grace konnte es jetzt genau sehen, da sie hinschaute: den Klumpen Eisen in seiner Brust, wo sein Herz hätte schlagen sollen. Er war genauso tot wie die Gräfin.

Der Kämmerer starrte mit leblosen Augen nach vorn. Auf

seiner Stirn war ein Brandzeichen, das sich durch die Haut in seinen Schädelknochen eingebrannt hatte. Das Zeichen hätte die Schwinge eines Raben darstellen können. Oder ein starr blickendes Auge. Grace sah wieder zur Gräfin; unter der dicken Schicht Schminke erhaschte sie einen Blick auf die gleiche Zeichnung.

Die Gräfin bewegte sich vorwärts, drehte den Kopf hin und her. »Da ist jemand, jemand beobachtet uns.« Dann richtete sich ihr Blick ungeheuerlicherweise auf Grace. »Du!«

Graces ganzes Wesen wimmerte vor Entsetzen. Die Alte streckte die Hand nach ihr aus, das Gesicht eine weiße, mörderische Maske ...

... und Grace schlug die Augen auf und saß zusammengesunken auf dem Stuhl vor dem Kamin in ihrem Zimmer. Falken senkte das Fläschchen mit dem bitteren Trank. Beltan und Vani starrten sie an.

»Es ist der Rabenkult«, sagte Grace.

32

Es ging nicht länger darum, um ihre Abreise zu bitten. Jegliche Verpflichtung, die sie dem Grafen gegenüber gehabt haben mochten, hatte sich durch Graces Beobachtungen als null und nichtig erwiesen. Jetzt ging es nur noch darum, aus der Burg herauszukommen. Grace konnte nur hoffen, dass sie sich geirrt hatte, dass das, was sie gesehen hatte, erst in der Zukunft passierte und ihnen noch immer Zeit zur Flucht blieb.

»Sie hatten dort unten drei Matrosen der *Schicksalsläufer* eingesperrt«, sagte Grace. Sie fühlte sich schwach, schrecklich schwach, und so leer. »Leweth muss sie am Strand gefunden und zur Burg gebracht haben. Ich bin mir nicht sicher, aber ich glaube, einer von ihnen war Kapitän Magard. Und die andere Leiche, das war der alte Kämmerer. Sie haben die Leichen an sie verfüttert. *Feydrim.* Sie hatten *Feydrim* im Verlies. Sie ...«

Beltan legte ihr die Hand auf die Schulter. »Denk nicht darüber nach, Grace. Wir verschwinden hier. Auf der Stelle.«

Falken schwang sich den Lautenkasten über die Schulter. »Ich frage mich bloß, warum Magard und seine Männer uns nicht am Strand gesehen haben und warum sie Leweth in die Burg begleitet haben, ohne vorher nach weiteren Überlebenden zu suchen. Vermutlich ist das ein Geheimnis, das wir niemals lösen werden.«

Aber vielleicht kannte sie doch die Antwort. Grace dachte erneut an das Licht, das ihr im Wasser Auftrieb gegeben hatte, und an das uralte und wunderschöne Gesicht, das sie flüchtig erblickt hatte. Vielleicht hatte sie etwas versteckt, sie beschützt. Wenn dem so war, dann war es jetzt verschwunden.

»Kommt«, sagte Vani und spähte durch die Tür, die sie einen Spaltbreit geöffnet hatte. »Der Weg ist frei.«

In der Burg herrschte Stille. Grace war sich eines jeden Lautes bewusst, als sie sich bewegten: das Schaben ihrer Schuhe auf dem Holzboden, das Knistern ihres Fuchspelzumhangs, als sie ihn enger um den Leib zog. Sicherlich würde man ihre Abreise bemerken. Vani führte die Gruppe an, Beltan machte die Nachhut. Niemand begegnete ihnen, während sie an verschiedenen Türen vorbei zur Treppe gingen.

Sie wollten gerade hinuntergehen, als laute Schritte ertönten. Jemand lief die Treppe hinauf. Beltan drückte sich an Grace und Falken vorbei, das Messer in der Hand. Vani duckte sich, zum Sprung bereit. Grace sah einen Schatten über die Wand huschen, gefolgt von einer Gestalt, die die Treppe hinaufrannte. Die Läuferin stolperte auf der letzten Stufe und stürzte der Länge nach hin.

Es war Mirdrid, die Dienstmagd. Leweths Schwester. Beltan kniete nieder und half ihr auf. Ihr graues Kleid war in Unordnung und zerrissen, und sie weinte. Die Tränen zeichneten helle Bahnen in ihr schmutziges Gesicht. Unter dem Dreck auf ihrer Wange bildete sich unübersehbar eine Schwellung.

Mitgefühl verdrängte Graces Furcht. »Mirdrid, was ist? Was ist mit dir passiert?« Sie strich der jungen Frau das zerzauste Haar aus dem Gesicht.

»O Mylady!«, schluchzte Mirdrid und klammerte sich an Grace fest. »Ich habe sie gesehen, und sie sind schrecklich, und sie werden mich fressen. Sie werden uns alle fressen!«

»Was hast du gesehen, Mirdrid?« Grace fragte sie in scharfem Tonfall, denn wie sie nur zu gut wusste, war das die einzige Möglichkeit, die Hysterie der anderen zu durchdringen. »Und wer hat dich geschlagen?«

Die junge Frau zitterte unkontrolliert. »Es war der Graf. Ich habe ihn im großen Saal gesehen, und er war außer sich vor Zorn. Er sprach vom Tod, Mylady, dass wir alle sterben müssen, und es war so Furcht einflößend. Ich habe ihn nie zuvor so gesehen. Er hat mich geschlagen, und ich fürchte, er hätte mir noch Schlimmeres angetan, aber ich konnte ihm entkommen. Ich lief weg, ich wollte ins Dorf zu meiner Mutter, aber ...« Ein Schluchzen schüttelte ihren Körper.

Grace packte sie hart an den Schultern. »Was, Mirdrid? Du musst es uns sagen.«

Die Augen der jungen Frau waren weit aufgerissen. »Ungeheuer, Mylady. Am Burgtor. Ich sah sie in den Schatten. Sie hatten Zähne wie Dolche. Zwei von ihnen. Vielleicht auch drei. Ich weiß es nicht. Ich rannte weg, aber jetzt werden sie mich fressen!«

»Niemand wird dich fressen, das verspreche ich«, sagte Grace und nahm die junge Frau in den Arm.

Beltan warf Vani einen Blick zu. »Gibt es noch einen anderen Weg aus der Burg?«

»Die Küche!«, sagte Mirdrid, bevor die *T'gol* etwas erwidern konnte. Sie löste sich von Grace und wischte sich die Tränen aus dem Gesicht. »Dort müssen wir hin. Es ist der einzige andere Weg nach draußen.«

Beltan hob eine Braue. Vani nickte.

Mirdrid ging mit unsicheren Schritten in den Korridor hinein. »Hier entlang. Es gibt eine Hintertreppe, die nur die Diener benutzen.«

Sie sahen sich an, dann eilten sie hinter der Magd her. Mirdrid hatte Recht; am anderen Ende des Korridors lag hinter einem Wandvorhang ein Durchgang verborgen, der zu einer schmalen Wendeltreppe führte.

»Mirdrid!«, zischte Grace, aber die Magd verschwand bereits in den Schatten.

»Das Mädchen hat Recht«, sagte Vani. »Diese Stufen führen in die Küche unterhalb des großen Saals. Dort führt eine kleine Seitentür nach draußen. Mit etwas Glück wird sie nicht bewacht sein wie der Eingang.«

Sie gingen die Treppe hinunter, in einer Reihe hintereinander.

Die Dunkelheit schloss sich wie eine Faust um Grace. Sie glaubte unter sich einen huschenden Schatten wahrzunehmen. Mirdrid?

Unter ihnen erschien ein Rechteck voller Dämmerlicht. Wenige Schritte später betraten sie die Küche. Holzpfeiler stützten verrußte Deckenbalken, im Kamin loderte ein Feuer, es war unerträglich heiß.

Grace wischte sich schweißfeuchtes Haar aus dem Gesicht. »Mirdrid?«

Beltan ging in Richtung der mit Eisenbändern verstärkten Tür auf der gegenüberliegenden Seite des Raums, aber Vani war schneller. Sie stemmte sich dagegen.

Die Tür rührte sich keinen Zentimeter.

Jetzt hatte der blonde Ritter die *T'gol* erreicht. Er warf sein ganzes Gewicht gegen die Tür, genau wie sie. Ein Ächzen ertönte, aber die Tür blieb verschlossen.

Falken sah Beltan stirnrunzelnd an. »Was ist los?«

»Ich bin mir nicht sicher. Etwas blockiert sie.«

Hinter ihnen erscholl Gelächter; sie drehten sich um. Mirdrid trat aus den Schatten hinter einem Schrank, schlenderte auf sie zu und wedelte mit ihrem schmutzigen Rock.

»Mirdrid«, sagte Grace. »Gibt es eine Möglichkeit, die Tür zu öffnen?«

Die junge Frau lächelte und entblößte verfaulte Zähne. »O nein, Mylady. Sie ist auf der anderen Seite mit Eisen verriegelt. Ihr werdet sie niemals rechtzeitig aufbekommen.«

Grace schüttelte den Kopf, versuchte die Worte zu begreifen. Die junge Frau lachte wieder. Mit drei schnellen Schritten hatte Beltan die Entfernung zu ihr überbrückt. Er packte ihr Handgelenk, drehte ihr den Arm herum und schob den Ärmel in die Höhe.

Auf der Innenseite ihres Unterarms war eine wulstige Brandnarbe. Die Rune des Raben. Das Auge von Mohg.

Mirdrid riss sich los. »Sie kommen, um euch zu holen.« Sie zeigte auf Grace. »Der Meister hat nach ihr verlangt. Und der Rest von euch wird Fleisch für die Schoßtiere des Meisters sein.«

Grace berührte Mirdrid mit der Gabe, aber das Herz in ihrer Brust war lebendig und aus Fleisch und Blut, nicht aus Eisen. Also war sie nur eine Anhängerin des Rabenkultes, kein Eisenherz. »Warum, Mirdrid?«, fragte sie mit brüchiger Stimme.

Die junge Frau zeigte nur weiterhin mit todernster Miene auf Grace. Dann drehte sie sich um und lief aus der Küche.

»Beim Blut der Sieben«, sagte Falken durch zusammengebissene Zähne. »Sie hat uns in die Falle gelockt. Wir müssen einen Weg finden, diese Tür zu öffnen.«

Es war zu spät. Grace hörte Grunzen, das Schaben von Krallen auf Stein. Verwachsene Gestalten schlichen in die Küche, es waren fünf, sechs, dann sieben. Auf ihren Rücken wölbten sich Buckel, ihr graues Fell war verfilzt, ihre gelben Augen starrten voller Schmerz und Hunger.

Die *Feydrim* nahmen auf der anderen Seite des Raums einen Halbkreis ein, sahen aus wie mit Wölfen gekreuzte Klammeraffen. Wild. Intelligent. Gequält. Worauf warteten sie nur? Beltan hatte bloß ein kleines Messer, und nicht einmal Vani konnte auf so engem Raum gegen so viele von ihnen antreten. Dann teilte sich der Halbkreis, und zwei Menschen traten durch die Lücke, eine Frau und ein Mann, die eine einen Schritt vor dem anderen, und Grace verstand. Die *Feydrim* hatten auf ihre Herrin gewartet.

»Ihr könnt nicht entkommen«, sagte die alte Gräfin.

Sie sah genauso aus wie in Graces Vision, in ein staubiges, begräbnisschwarzes Gewand gekleidet, das Gesicht eine weiße Totenmaske, die Lippen und Wangen rot beschmiert. Direkt hinter ihr stand der Kämmerer, Leweth, ein hämisches Grinsen auf dem unscheinbaren Gesicht, während aus der Wunde in seiner Brust noch immer Blut sickerte. Beltan machte eine Bewegung nach vorn, das Messer bereit, aber ein scharfer Blick der Gräfin ließ ihn stehen bleiben. Selbst Vani stand wie erstarrt da. Die *Feydrim* duckten sich, zum Sprung bereit.

»Was wollt Ihr von uns?«, wollte Falken wissen.

»Von euch will ich nichts, abgesehen von dem Fleisch auf euren Knochen, um meine Geschöpfe damit zu füttern.« Sie strich mit dürren Fingern einem *Feydrim* über den Kopf; er wimmerte, als hätte sie ihn geschlagen. Die Gräfin deutete mit dem Kopf auf Grace. »Allein sie ist wichtig. Der Meister hat uns allen klar gemacht, dass er sie für sich will. Ich habe die Botschaften empfangen, die des Meisters Raben brachten und die allen seinen Dienern befahlen, nach einer Frau mit blondem Haar und einer Halskette mit Runen Ausschau zu halten. Als ich sie aus den Schatten der Galerie erblickte, konnte ich unser Glück kaum fassen. Schon so lange suchte ich nach einer Möglichkeit, dass mein Sohn hoch in der Gunst des Meisters aufsteigt. Und da kommt sie in unsere Burg, sie, nach der der Meister verlangt.«

»Ihr sprecht von Berash«, stieß Falken hervor. »Dem Fahlen König.«

Die dicke Farbschicht auf dem Gesicht der Gräfin bekam Sprünge. »Du bist es nicht wert, seinen Namen auszusprechen! Du wirst heute Nacht sterben, so wie alle, die es wagen, sich gegen ihn zu stellen, bald sterben werden. Die Heere des Raben werden durch die Domänen marschieren, und sie werden seine Feinde wie eine schwarze Feuersbrunst aus dem Land tilgen!« Sie wandte sich Leweth zu. »Nimm sie jetzt. Ich will sie aus dem Weg haben, bevor ich die *Feydrim* auf die anderen hetze. Sie sind hungrig, und der Wunsch des Meisters ist eindeutig: Sie darf nicht zu Schaden kommen.«

»Ja, Lady Ursaled.« Der Kämmerer setzte sich in Bewegung, sein toter Blick lähmte Grace. »Komm, du Miststück. Es wird leichter für dich sein, wenn du dich nicht wehrst. Der Meister will dich lebend. Aber ich glaube, es wird ihn nicht stören, wenn du ... etwas zerzaust bist.«

»Lass die Finger von ihr!«, brüllte Beltan außer sich vor Zorn.

Er warf sich nach vorn und trieb das Messer tief in Leweths Leib. Der Kämmerer starrte mit dumpfem Blick auf den Griff, der aus seinem Magen ragte, während ringsum schwarzes Blut heruntertropfte. Dann zog er das Messer mit einer mechanischen Bewegung wieder heraus und rammte es Beltan in die Schulter.

Beltan stöhnte auf und taumelte zurück, die Hand um das Messer geschlossen, während Blut zwischen seinen Fingern hervorquoll. Die *Feydrim* stießen ein Heulen aus; der Blutgeruch machte sie rasend.

Falken zerrte Grace auf die verriegelte Tür zu. Im gleichen Augenblick bewegte sich Vani so schnell, dass sie wie ein Schemen wirkte; sie packte Leweths Arm, bog ihn nach hinten und drehte ihn herum. Ein Krachen ertönte, dann durchbohrte ein zersplitterter weißer Knochen die Haut des Unterarms und ragte in einem schrecklichen Winkel heraus.

Nein, Vani, wollte Grace rufen, *das ist sinnlos. Sie spüren keinen Schmerz, nicht so wie wir.*

Dafür blieb keine Zeit. Leweth schlug mit dem anderen Arm zu, bewegte sich mit einer unnatürlichen Schnelligkeit, die selbst Vanis überragte. Seine Hand raste gegen ihre Brust, und sie flog zurück und krachte mit brutaler Gewalt gegen die Steinwand. Sie sackte zusammen.

Leweth schnappte sich Graces Umhangkragen und zog sie von Falken weg. »Und jetzt wirst du ...«

Seine Worte endeten in einem Schwall dunkler Flüssigkeit,

die aus seinem Mund schoss. Er stand wie erstarrt da, mit hervortretenden Augen. Dann kippte sein Kopf langsam vom Hals und traf mit einem dumpfen Aufprall auf dem Boden auf, und sein Körper folgte ihm.

Grace begriff nicht, was passiert war. Dann sah sie die Gestalt aus dem schattenverhüllten Durchgang zur Wendeltreppe treten, die auch sie benutzt hatten. Es war Elwarrd. Er hielt ein Schwert in der Hand, die Schneide war mit schmierigem Blut befleckt. Auf seinem Gesicht lag ein seltsamer Ausdruck, ernst und nachdenklich zugleich.

»Du Narr!«, kreischte die Gräfin, ihre blutroten Lippen verzerrten sich vor Zorn. »Was tust du da?«

»Euch retten, Mutter.« Er ging mit erhobenem Schwert auf sie zu. »Uns alle retten.«

Die *Feydrim* beobachteten ihn mit ihren gelben Augen, aber sie griffen ihn nicht an. Elwarrd entblößte die Zähne zu einem scharfen Grinsen. Er ließ seine freie Hand über ihre buckeligen Rücken streichen, versenkte die Finger in ihrem dünnen Fell. Sie leckten seine Hand mit schwarzen Zungen, winselten und pissten auf den Boden.

»Ihr habt sie gut dressiert, Mutter. Sie dienen Euch, aber sie werden mich nicht angreifen, wenn ich ihnen nichts tue, nicht wahr? Sie wissen, dass ich wichtig bin. Das habt Ihr ihnen beigebracht.«

Die Gräfin trat vor ihn hin, griff an dem Schwert vorbei und schlug ihm mit der welken Hand mitten ins Gesicht. »Hör mir zu, du unverschämter Kerl. Alles, was ich je getan habe, habe ich nur für dich getan. Die letzte Schlacht naht, und der Meister wird siegreich sein. Ich habe das erkannt, aber dein Vater nicht.«

Elwarrd hielt sich die Wange. »Also habt Ihr ihn getötet.«

»Er war schwach. Er hat die Verwandlung nicht überlebt, die das Geschenk brachte. Also habe ich das Geschenk auf mich genommen. Ich habe es für dich getan, mein Sohn. Und als ich die Verwandlung überlebte, wusste ich, dass ich mich ganz der Aufgabe widmen kann, dass du hoch in der Gunst des Meisters aufsteigst, wenn die Dunkle Zeit kommt.« Sie krallte sich mit knochigen Fingern in seinem Hemd fest. »Und jetzt ist dieser Augenblick endlich da! Wir müssen ihm nur diese Hure geben, diese Hexe, und er wird uns bestimmt belohnen. Du musst dein Herz nicht aufgeben, das ist nicht nötig. Das habe ich an deiner Stelle getan, mein Sohn. Ich bin deine Mutter, und ich habe dir jedes erdenkliche Opfer gebracht. Und jetzt bitte ich dich, nur diese eine Sache für mich zu tun.«

Elwarrd ließ Kopf und Schultern hängen, das Schwert glitt ihm aus der Hand und landete klirrend auf dem Boden. Die alte Gräfin faltete mit triumphierender Miene die Hände. Grace sah die anderen an. Vani stand wieder auf den Füßen, und Beltan hatte das Messer aus der Schulter gezogen. Die Wunde blutete, aber ein schneller Blick mit der Gabe verriet Grace, dass sie nicht ernst war. Falken nickte. Wenn es einen Zeitpunkt zum Handeln gab, dann war er jetzt gekommen.

Bevor sie etwas tun konnten, hob Elwarrd den Kopf. In seinen grünen Augen lag Trauer, aber seine Züge waren wie versteinert. »Mutter«, flüsterte er zärtlich. »Geliebte Mutter. Ihr habt so viel für mich getan. Aber jetzt gibt es nur eines, das ich für Euch tun kann.«

Und mit einer zuerst sanften und dann ruckartigen Bewegung stieß er sie rückwärts in den Kamin.

Die Gräfin starrte ihn ungläubig an. Dann flammte ihr schwarzes Gewand wie das Blitzpapier eines Zauberkünstlers auf und entzündete sich. Die Flammen leckten ihren Körper entlang, schmolzen die weiße Farbe, die ihr Gesicht maskierte, ließen sie Blasen schlagen, zerfraßen ihr Fleisch.

»Mein Sohn!«, rief sie Mitleid erregend. Zwei verdorrte

Arme streckten sich aus dem brausenden Feuer, dann stolperte die Gräfin aus dem Kamin und griff nach Elwarrd. Sie kollidierte mit einem der Stützpfeiler, Flammen leckten rasend schnell das Holz hinauf. »Hilf mir, mein Sohn!«

Elwarrd hob das Schwert auf und trennte ihr mit einem sauberen Schlag den Kopf von den Schultern. Der schrecklich anzusehende Schädel rollte qualmend in eine Ecke; ihr Körper sackte gegen einen anderen Pfeiler und setzte ihn wie den ersten in Brand. Grace riss den Kopf in den Nacken. Flammen tobten die hölzerne Decke entlang.

»Geht«, rief Elwarrd mit heiserer Stimme Grace zu, um das Brausen des Feuers zu übertönen. »Ihr alle. Ihr habt meine Erlaubnis.«

Furcht durchzuckte Grace wie ein Stich. Sie ging auf den Grafen zu. »Was ist mit Euch, Mylord?«

»Ich sorge dafür, dass diese Kreaturen euch nicht folgen. Aber an der Vordertür könnten noch andere sein. Nehmt das hier mit.« Er hielt Beltan das Schwert hin, und der Ritter nahm es.

Grace verspürte würgende Panik. Die Hitze war schon fast unerträglich. »Aber Ihr könnt nicht bleiben. Die Burg wird brennen.«

Fast hatte es den Anschein, als würde er lächeln. »Bitte, Mylady. Wenn Ihr irgendwo in Eurem Herzen wirklich etwas für mich empfindet, lasst mich das tun. Lasst mich diese einzige ehrenvolle Sache in meinem Leben tun.« Er betrachtete die qualmende Hülle der Gräfin. »Sie hat mir die Gelegenheit genommen, Ritter zu werden, und die Gelegenheit, ein Mann zu sein.« Seine meergrünen Augen richteten sich auf Grace. »Verweigert mir dies nicht, Mylady.«

Grace verspürte eine tiefe Qual – aber auch Verständnis. Sie zögerte, dann beugte sie sich vor und gab ihm einen Kuss auf die Stirn. Ohne seine Reaktion abzuwarten, drehte sie sich um.

In der Notaufnahme hatte sie immer gewusst, wann die Zeit gekommen war, einen Patienten gehen zu lassen.

»Komm, Grace«, sagte Falken, nahm ihren Arm und zog sie zum Ausgang. Die halbe Küche brannte mittlerweile, die Flammen verwandelten sie in ein Inferno. »Wir müssen hier weg.«

Wie gelähmt ließ sich Grace von dem Barden mitziehen. Sie rannten einen langen Korridor entlang, während Flammen hinter ihnen herzüngelten und von oben glühende Holzstücke herabregneten. Sie stürmten eine mit Rauch gefüllte Treppe hinauf, dann standen sie vor dem Tor der Burg. Sie schauten sich um, aber falls hier irgendwelche *Feydrim* lauerten, waren sie in dem Rauch unsichtbar. Grace verspürte eine gewaltige Böe, als Luft durch die Torflügel in die Burg gesogen wurde und das gierige Feuer weiter anfachte. Alles innerhalb der Burgmauern bestand aus Holz. Der ganze Bau würde brennen.

Sie stolperten sich aneinander klammernd durch das offen stehende Tor in die Nacht hinaus. Sie stürmten die Stufen hinunter in den Burghof, von dem Inferno fort. Erst als sie stehen blieben, blickte Grace zurück. Die Burg brannte auf ihrem Hügel wie eine große Fackel, Funken flogen den Sternen entgegen.

»Danke, Sir Elwarrd«, flüsterte Grace.

Beltan grunzte. »Ich glaube, wir haben gerade die restlichen *Feydrim* der Gräfin gefunden.«

Grace drehte sich um. Sie waren deutlich im Feuerschein zu sehen: ein Dutzend hagerer Körper, die verstreut auf dem Burghof lagen, die Rachen offen und zu einem Knurren erstarrt, das Fell mit dunklem Blut verklebt.

Vani kniete neben einer Kreatur nieder. »Dieses Ungeheuer wurde mit einem Schwert erschlagen.«

»Das hier auch«, sagte Beltan und stand wieder auf.

Falken hob eine Hand. »Hört doch.«

Eine Sekunde später nahm auch Grace es wahr: das Trommeln von Hufen auf hartem Boden. Flucht war sinnlos, zu Fuß würden sie niemals schnell genug sein, und die Heide bot keinerlei Deckung. Augenblicke später galoppierten schwarze Pferde auf den Hof und kreisten die vier Gefährten ein.

Grace musste den Kopf in den Nacken legen, um zu den gewaltigen Pferden aufschauen zu können. Die Bestien trugen schwarze Panzerungen auf der Brust, genau wie ihre Reiter. Schwarze Helme verhüllten die Gesichter der Ritter, in den Händen hielten sie schwarze Schwerter. Ihre Schilde waren blutrot, in der Mitte leuchtete das Symbol einer schwarzen Krone, die einen silbernen Turm umgab.

Beltan hielt das Schwert vor den Körper, aber seine Schulter blutete noch immer, und das Schwert bebte in seinem Griff. Vanis Hände waren erhoben, zu allem bereit, aber sie konnte kaum aufrecht stehen. Leweths Schlag hatte ihre Rippen geprellt.

Falken stellte sich vor Grace. »Was wollt ihr?«

Einer der Ritter trieb sein Pferd an. Stehend hätte er sogar noch Beltan überragt. Er schien beinahe aus seiner Rüstung zu platzen. Sein schwarzer Brustpanzer war mit drei silbernen Kronen markiert. Vermutlich war er der Anführer. Er zeigte mit dem Schwert an Falken vorbei auf Grace. An der Spitze klebte deutlich sichtbar Blut.

»Sie ist es, die wir wollen.« Der Helm verlieh der tiefen Stimme einen Widerhall. »Brüder, ihr wisst, was zu tun ist.«

Und Grace konnte nur zusehen, wie sich der Kreis aus Schwarzen Rittern um sie schloss und immer enger wurde.

Catherine O'Donell

Der verbotene See

Die Trilogie der Streitenden Reiche – Band 1

Seit langer Zeit herrscht Krieg zwischen den Königreichen Fiann und Caernadon. Eine uralte Prophezeiung besagt, dass nur eine Tochter aus dem mystischen Schwanenvolk, das versteckt auf einer nebelverhangenen Insel lebt, den Menschen Frieden schenken kann, indem sie die Streitenden Reiche eint. Auch Eirion, die Adoptivtochter des Königs von Caernadon, kennt diese Geschichte – aber *sie* ahnt nicht, dass sie die Heilsbringerin ist und grausame Feinde seit langem darauf warten, sie vernichten zu können!

Catherine O'Donell – die neue Königin der phantastischen Literatur!